下部·定乾坤

晚清三杰

徐哲身 / 著

中国文史出版社
CHINA CULTURAL AND HISTORICAL PRESS

图书在版编目（CIP）数据

晚清三杰.下部,定乾坤/徐哲身著.--北京：
中国文史出版社,2018.7
ISBN 978-7-5205-0464-5

Ⅰ.①晚… Ⅱ.①徐… Ⅲ.①中国历史—清后期—通
俗读物 Ⅳ.① K252.09

中国版本图书馆 CIP 数据核字（2018）第 183247 号

责任编辑：梁玉梅

出版发行：中国文史出版社
社　　址：北京市海淀区西八里庄 69 号院　邮编：100142
电　　话：010-81136606　81136602　81136603（发行部）
传　　真：010-81136655
印　　装：北京温林源印刷有限公司
经　　销：全国新华书店
开　　本：16 开
印　　张：21.5
字　　数：352 千字
版　　次：2019 年 4 月北京第 1 版
印　　次：2019 年 4 月第 1 次印刷
定　　价：58.00 元

目录

目录

第一回

彭帅笑颜述前因 王姬下嫁别有意

郭嵩焘听见曾国藩如此问他，便笑上一笑道："后辈前年夏天，偶在天津碰见浙江诗人俞曲园先生，无意之中，说起雪琴京卿小的时候有件怪事。他说王太夫人临蓐四日，不广颜危。忽有人风发自窗外，室户白辟，灯烛俱灭。其时房内伴守之人无不惊仆于地。王太夫人也晕绝床上，直过好久，王太夫人方始苏醒，乃生雪琴京卿。王太夫人因见产后甚安，方始对人说道'顷见一伟丈夫，面色乌黑，伛偻而入，身高竟与室齐，我便一吓而晕'等语。后辈当时听得曲园先生说得郑重其事，觉得此事似近神怪。不知果有此事否，或是误传。"

郭嵩焘尚未说完，曾国藩、曾贞干一同现出诧异之色地问着彭玉麟道："真有此事不成？我们怎么未曾听你提过。但是曲园先生是位品重南金的人物，决不至于说谎的。"

彭玉麟笑着点头道："确有此事，但不知曲园先生闻诸何人所说的？"

曾国藩听说，不禁哈哈大笑起来道："史传所载，曾有黑面仆射，又有黑王相公，这样说来，不知雪琴前世，究竟为谁？"彭玉麟又笑答道："此事甚长，门生也因他有些迹近神怪，往往深秘其事，所以并未对着老师和老世叔提及。今天既被筠仙编修提起此事，不妨说给大家听听。

"门生先世，籍隶江西太和，明洪熙时始迁湖南衡阳，现在所居的那个日查江。先父鹤皋公，曾任安徽怀宁三桥镇，以及合肥梁围镇等处的巡检。娶先母王太夫人后，其为伉俪。直至嘉庆二十年十二月某日，先母方始生我。

"我曾经听见先母说过：生我的那天晚上，风雪严寒，甚于往岁。先父仅任微秩，家境很是艰窘。那晚上守伴的人们并非丫鬟仆妇，乃是四邻的妇女。因为先母为人和善，一班老辈姊妹时常过去相帮先母做事。先母当时既被那个黑面的伟丈夫惊得晕了过去，那班邻妇虽未瞧见什么，但因风声怪异，反而先比先母惊扑于地。等得先母苏醒转米，旋即生我，始将此话，告诸那班邻妇。当时先母和那班邻妇的意思，自然都认我就是那个黑面的伟丈夫投胎的，其实那个黑面的伟丈夫，乃是护卫我的。我前生本是一个女子，老师和诸位倘若不信，你们且看我的耳朵，现在还有戴过耳环的穿痕。"

曾国藩、曾贞干、郭嵩焘三个一听彭玉麟说得如此认真，大家真的围了拢去看他耳朵。及至仔细一看，耳朵之上并没什么痕迹。曾贞干先问道："雪琴，你耳朵上的穿痕，究在哪里？怎么我们都瞧不见呢？"

彭玉麟见问，忽又笑而不言。

郭嵩焘却在一旁啧啧称异道："这真有些奇怪，岂非活龙活现了么？"（略）

彭玉麟对曾国藩说道："老师，六合县的那位温忠愍公，他竟前去托梦百姓，说他已奉上帝封为六合城隍，岂不更奇？"

曾国藩道："正直成神，史书所载甚多，并不为奇。"曾国藩说到这句，忽问曾贞干道："你知道城隍二字，典出何处？"

曾贞干答道："据俗谚说，省城隍例于阳世巡抚，府城隍例于阳世知府，县城隍例于阳世知县，土地例于汛地。典出何处，倒未知道。"

曾国藩又问郭嵩焘和彭玉麟两个道："你们二位，应该知道城隍二字如何解法。"郭、彭二人都一愣道："这倒有些答不出来。"

曾国藩道：《礼记》祭法曰：大夫以下成群立社曰置社。郑注谓百家以上共立一社，今时里社是也。此即后世祀土地神之始。至城隍则始于春秋时四墉之祭，或引礼坊与水塘为证。然孔颖达谓坊者所以畜水，亦以障水，庸者所以受水，亦以泄水，则是田间沟塍，非城隍也。夫土地之所包者广，城隍亦止土地之一端，宜乎土地大而城隍小。然城隍必一州一县始有之，而土地则小村聚中亦无不有。此城隍之神，所以反尊于土地也。城隍与土地皆地祇，非人鬼。然古者以句龙配社，王肃之徒，并谓社即祀句龙，则如吴越以庞玉为城隍固不足怪矣。"曾国藩说完，郭嵩焘、彭玉麟、曾贞干三个敬谨受教。

这天大家又畅谈了一天。第二天大早，曾贞干便与郭嵩焘二人辞别曾国藩，迳往安庆去了。彭玉麟也想辞行，遄返湖口防地。曾国藩留住他道："雪琴，你再在此地耽搁一两天，我还有事情与你商量。"彭玉麟听说，当然住下。

就在这天的傍晚，曾国藩忽据戈什哈入报，说是欧阳柄钧大人新从湖北到来，有事要见。曾国藩一听他的内弟到了，连忙吩咐"快请快请"。等得欧阳柄钧走入，一见彭玉麟在座，赶忙见礼。原来欧阳柄钧虽是曾国藩的内弟，因为才具不甚开展。从前在京，既不能扶摇直上。出京以后，凭着曾国藩的面子，荐到胡林翼那儿，无非委在粮台上办事。这几年来，银钱虽然弄了几文，可是他的官阶还是一个记名知府。此次因奉胡林翼之命，去到四川成都，和那川督骆吁门有所接洽。眼见翼王石达开已被骆吁门生擒正法。入川一路的发军，也和北进的那个威王林凤翔一样，都是寸草未留、全军覆没的。骆吁门因见欧阳柄钧到得很巧，正遇着在办保案的时候，看在曾国藩的面上，便也送他一个异常劳绩。欧阳柄钧于是便以道员送部引见。此次顺道祁门，特来一见他的姊丈。他和彭玉麟本是熟人，相见之下，各道一番契阔。说了一会，始向曾国藩说道："姊丈接到骆制军的喜信没有？"

曾国藩听了一愣道："什么喜信？我没有知道。"

欧阳柄钧道："骆制军已将入川的发军、伪翼王石达开生擒正法了。"

曾国藩和彭玉麟二人一齐喜道："此人一除，现在发军之中，只剩伪忠王李秀成一个了。这真正是新主的洪福。"彭玉麟又问欧阳柄钧道："我不知几时，还听见一个传言，说是骆制军想将石达开招抚的，怎么又会把他擒下？"

欧阳柄钧道："此次兄弟奉了胡润帅所委，去到成都，和骆制军有件紧要公事接洽。等得兄弟一到，骆制军正奉到将那石达开就地正法的上谕。骆制军亲自验明正身，始把石达开绑到青羊宫前正法。哪知成都的老百姓忽然起了一派谣言，说是正法的那个石达开，乃是石达开的干女婿姓马的。至于石达开的本人，早已先期走出，到了峨嵋山为僧去了。"

曾国藩急问道："骆吁帅听了此等谣言，你瞧他是何态度？"

欧阳柄钧道："我瞧他很是镇定，对于这些谣言，不过一笑置之。"

彭玉麟插嘴问曾国藩道："老师此问，是甚意思？"

曾国藩道："骆吁帅也是现今督抚之中一位为守兼优的人才。虽然不能及你和季高两个，可也不在润芝、少荃之下。他若明知生擒的那个石达开是假，有意袒护部下，诳骗朝廷，一闻此等谣言，心里一定有点愧恶；至少要命成都、华阳两县，禁止造谣之人。若是他有把握，认定所擒的石达开是真，他的态度决不为那谣言所动。"

彭玉麟听了，很悦服地说道："老师此言，竟是观人于微。一个人若没慎独的功夫，一遇失意之事，无不大乱章法。骆吁帅既能如此镇定，想来不会捉到假的。"彭玉麟说到此地，便问欧阳柄钧这回四川官兵得胜之事，可曾晓得一些。

欧阳柄钧道："我到成都，石达开业已捉到。不过那件奏捷的折子，我却亲见。再加沿途听人传说，合了拢来一看，骆制军的奏报，倒也没有什么十分夸张的话。"

曾国藩道："你既蒙骆吁帅保了道员，送部引见，两宫召见你的时候，一定要问起四川的军务的。你若奏对不出，那就辜负骆吁帅的栽培了。"

欧阳柄钧道："骆制军也是这个意见，所以才把奏捷的折子给兄弟去看的。"

彭玉麟道："四川的百姓，怎么忽会起了这个谣言的呢？"

欧阳柄钧道："石达开入川的时候，本来想先占湖北的。嗣因胡润帅和官中堂二人，把那武汉三镇守得犹同铁桶相似，石达开方始知难而退。那时伪军师钱江曾经有书劝他，说是万万不可派军深入腹地。第一上策，速返南京，代他调度军事，腾出他去北伐。第二中策，也宜进兵汴梁，可以兼顾秦晋。若是决计冒险入川，便是下策。谁知石达开因负一时之气，无暇计及万全之策。他的入川宗旨，本是明知吉少亡多的政策。

"后来石达开忽于黄州地方，得着一个名叫唐媚英的才女。当时他的部下，个个都劝他收作妾媵。因为石达开的一家八十余口，都为伪北王韦逆所害，身边没有伺候。石达开却不以此言为然。只因那个唐媚英，非但真的有才，而且兼之有貌，一时不忍纵她而去，即把她收为义女，以塞众口。时人称呼石逆军中的四姑娘其人，就是此女。一天行到巴东地方，又捉到一个河南秀才，名叫马秉恩的。石达开见他人还长厚，留于军中，办理记室。无如所拟文书，极其平庸，件件须得四姑娘笔削过的。好在石达开那时手下的兵弁号称三十万，自然何在乎多用一人。

"有天晚上，四姑娘把她手批的紧要军书拿去给石达开画行的时候，忽然将脸一红，很露腼腆之色，似有说话要说的样子。石达开觉得很是奇怪，便含笑地问她，有何说话，尽管直言不妨。四姑娘方才老实说出，她愿嫁给姓马的为妻。当时石达开听了大笑起来道：'我儿若欲择婿，我的军中，文如子建之才，武似孟贲之勇的，何止车载斗量，为何单单取中这个腐儒？'

"四姑娘却答道：'孩儿别有用意，爹爹不必顾问。只要成全这段婚姻，那就感激不尽。'

"石达开听说道：'既是如此，我就命人替你执柯。'哪知那个姓马的，对于执柯的一口拒绝，毫无转圜之法。石达开据报，更是奇怪起来。后来仔细一探，方才知道姓马的拒绝婚事的理由极其平常。无非第一样怕的是，四姑娘乃是石达开的爱女，恐怕土姬下嫁，驾驭不住，以后反受其累。第二样怕的是，他的为人，既少无贝之才，又少有贝之才。一个穷措大，怎敢贸然答应婚亲。石达开既然明白姓马的两个意思，复又命人前去解释他听，教他对于两桩事情，一桩都不必发愁，他能帮他办妥。姓马的至此自然感激万状，乖乖答应。成亲之后，姓马的虽然一脚跌在青云里了，自知别无所长，仍旧按步就班地做他记室。那位四姑娘对于闺房之事，倒也并不去注重。也是仍替她的义父，日日夜夜地擘划军务。

"有一天，石达开坐在行军帐中，瞧见四姑娘手不停挥地替他办理文书，他就含笑对着四姑娘说道：'我儿自从认识为父以来，倒也花了不少的心血。现在你的婚姻大事既已成就，应该可以享享闺房之福的了。为父不日就要入川，因思兵凶战危，打算不将你们夫妇两个带走，留在此地听候我的信息再讲。'

"石达开在讲说的当口，四姑娘起初时候还当她的义父和她在说玩话，后来越听越真，方才放下笔杆，望着石达开说：'爹爹方才的说话，还是真的假的？'

"石达开答道：'为父爱儿心切，怎么不真？'四姑娘听到这句，吓得走去噗的一声，跪至石达开的面前，涕泪交流地说道：'女儿蒙爹爹不以外人看待，衣之食之，且配婚姻，无异亲生。平时每想答报大恩，只恨没有机会。现在爹爹的大军入川，正是女儿的机会到了。怎么爹爹竟要把你的女儿女婿留在此地，不知爹爹别有用意没有？'当时石达开一见四姑娘说得那样恳切，急把四姑娘扶起道：'为父并无他意，不过怕的是兵凶战危，你们夫妻两个又未受过天国之恩，所以不教跟了前往。'四姑娘又说道：'女儿夫妻两个，就算未曾受过天国之恩，却受过爹爹的一番大德，怎能不教我们同去？'石达开听了忽又笑着道：'我儿既要同去，为父多有两个帮手，岂有不乐之理。决不许哭，准定同走便了。'

"四姑娘听见石达开许她同走，方始破涕为笑地问着石达开道：'爹爹此地起程，打算如何进兵。'石达开答道：'我想步那三国时代邓艾的后尘，即从阴平

进兵。'

"四姑娘听了，大不为然地答道：'此事爹爹得斟酌，一则时代不同，二则川督骆秉章也是一个知兵人物。阴平地方，只可偷渡，不可拒战。倘遇有兵把守，我军便没退路。'石达开听了四姑娘之言，连说此言有理。后来石达开就变了宗旨，先去联络川边土司，有个姓巫的土司，首先和石达开通了声气。石达开即从万山之中，绕道地到了川边。"

欧阳柄钧一直说到此地，忽见曾国藩的老家人曾贵亲自送进一封书信，呈给曾国藩去看，便把话头停下。正是：

漫言烽火连三月，
毕竟家书抵万金。

不知曾贵送进来的那一封信，又是谁的，且阅下文。

第二回 移花接木救义父 破敌捷报传曾府

欧阳柄钧停下话头，便去低声地问着彭玉麟道："我在湖北的时候，没有一天不听见那个红孩儿的声名，雪琴京卿，你倒说说看，此人可有什么真实本领？"

彭雪琴因见曾国藩凝神一志地在看书信，不便高声说话，便将欧阳柄钧的衣袖一拉，二人同到窗前，伏在栏杆之上。彭雪琴方才答着欧阳柄钧的说话道："陈国瑞的历史，我却知之最深。他在十二岁的时候，就被长毛掳去。年纪虽小，确具一种天生的神勇。每逢出战，不管胜仗也好，败仗也好，非得一口气手刃几十个人，方能过瘾。当时的一班老百姓，个个说他杀星转世，只要一见了他的旗号，连小儿都不敢夜哭。后来忽被黄开榜总镇所得，认为义子。那时他的年纪还只一十四岁。平日喜着红色衣服，一出打仗，在那战阵之间驰突冲越，犹同一团火球一般，因此贼中替他起了一个红孩儿的绰号，无人不避其锋。

"适值僧王攻打白莲池不克，正在无计可施之际，黄开榜总镇就把国瑞保举上去。僧王本已久闻其名的，一见大喜，命他去打白莲池的头阵。

"因为白莲池的地方，本是山东捻匪的老巢，连岩斗绝，仅有一径可通。当时国瑞即率手下健儿五十人，乘那黑夜从山后最险峻之处，暗暗地攀藤爬石而上，不到四更天气，业已蹿到贼人的老巢后面。那时贼人因为击败了僧王，骄气正盛，又值深夜，都在熟睡的时候，国瑞便出其不意，放起一把野火。贼人不知到了多少官兵，顿时大乱。然也有几个悍贼持了快枪，瞄准国瑞就放。岂知国瑞矫捷如同猿猴，直至子弹近身，方始一跃而起，离地数尺，能将子弹一一避过。有时子弹飞过他的颊边，他只骂声入娘贼，这火热的家伙倘若一着老子的皮肉，倒也有些麻烦。可是子弹仿佛也会怕他，从来没有一次打着他身上的。及将白莲池一占，僧王非常高兴，便拊着国瑞的背脊，大赞他道：'咱统十万大兵，费时六月，不能克此。你这小小孩子，竟能一晚上的工夫，灭此老巢，真是咱们的大帅了。'于是陈大帅之名，播诸天下。国瑞也能奋发天性，力报僧王。去年因被左季高调到浙江，委署处州总兵，所以僧王与英人开战，每次失利，倘若国瑞还在僧王手下，大沽口的一役，胜败正未可知也。"

彭玉麟说到此地，曾国藩已将那信看完，便问彭玉麟和欧阳柄钧二人道："你们两个叽里咕噜，究在谈些什么？"

欧阳柄钧便回到原处坐下，指指彭玉麟道："我见姊丈在看书信，所以在和雪琴京卿谈那红孩儿陈国瑞的事情。"曾国藩听说道："此人的神勇，却也不亚鲍春霆。不过性子不好，所有礼貌之间，得罪于人的地方不少。"彭玉麟接口道："他对僧王，都是老子长、老子短地说个不休，何况他人面前。"

欧阳柄钧直至此时，方去看了一看信封面上之字，便问曾国藩道："这不是家姊写来的信么，我们几个外甥甥女，大概也长成人了。"曾国藩蹙额地答道："孩子多，我又为了国家之事，不能回家教养，倒使令姊很费心的。"

欧阳柄钧道："家姊人本贤淑，且又深明大义，姊丈乃是尽心王事，我们家姊，不见得会怪着姊丈的。"

曾国藩竟被欧阳柄钧如此一说，反而笑了起来道："你们令姊来信要钱。她说连岁荒歉，田中颗粒无收，男女孩子渐渐长成，家用浩大。她说很盼望纪泽早些娶亲，所有家事，她便不问。"

欧阳柄钧笑着道："姊丈现在已经做到封疆大员，对于府上家用，也应该稍宽一点的了。家姊所说，无非也是此意。"

曾国藩大摇其头地答道："勤俭家风，乃是《朱子格言》说的，莫说现在我也没钱，就是有钱，自奉也不宜太厚。"彭玉麟插嘴道："一份人家的家用，也要称家之有无而讲，过费果然不好，过省也觉非是。"

曾国藩笑着接口道，"雪琴既是如此说法，何以从前你们的那位永钊世兄，仅不过修造老屋，花费了二十串钱，你就大发议论起来的呢？"

彭玉麟不敢和他老师辩驳，单是笑而不言。

曾贵在旁忽来插口道："在家人的愚见，也赞成彭大人的说话。以后若寄家用，大人真的须得稍为宽裕一些才好。"

曾国藩对于曾贵这人，本是另眼看待的，当下便笑答道："我就看你之面，每月加寄家用银二十两便了。"

曾贵连连地答道："大人今儿怎么这般高兴，竟和家人说起笑话来了。"

曾国藩忽然站了起来，肃然地说道："我因你是我们二代的家人，··看见你就会想到我那两代的亡亲。此刻并非在说笑话，无非存着追远的意思。"曾国藩说到此地，方才重又坐下。

等得曾贵退了出去，欧阳柄钧又接续说道："石达开当时既到川边，姓巫的土司又有兵力，四川省军每次都吃败仗，所以骆制军才有招抚石达开之意。后来四川松藩镇总兵周大发献计于骆制军。他说巫土司虽与石达开联合，抗拒天兵，无非受了石达开的蛊惑，说是天下乃天下人的天下，不能由满洲人去做。巫土司的头脑本来很是简单，一被石达开包围，已经不能自主。再加那个四姑娘，真是能说能话。民间谣言，还有人说巫土司中了美人计的。又说职镇衙内，有个姓雷的文案，他和巫土司的老子曾经换过帖子的。他说巫土司为人，最贪货利，大帅若能拼出两三万银子的珍宝，他愿亲去一走。办得好，能教巫土司缚了石达开来献，否则也要教巫土司袖手不管。石达开只要一离开了巫土司，言语不通，道路不熟，军粮既缺，子弹又少，还不是一个瓮中之鳖、釜中之鱼么？

"当时骆制军听了周总兵的计策，便命藩司算出三万两银子，命人设法采办奇珍异宝，交与周总兵转交雷文案，去与巫土司接洽。不到两月，周总兵接到雷文案的密报，说是巫土司收到珍宝，已允缚了石达开来献。不过只能计取，不能力敌。因为石达开手下确有二三十万长毛，操之过切，反而误事等语。周总兵便去禀知骆制军。骆制军不动声色，暗派省军五万，分为二十路绕道川边，以防石达开蹿往他处。

"那时巫土司既与省中通了声气，正想设法下手的时候，石达开倒还不甚觉得怎样；那个四姑娘，确是有些机警，早已瞧出情形不对，立请石达开连夜离开巫土司的辖境。石达开还想一路地前去通知他的队伍。四姑娘泣告道：'爹爹，此时要保性命，不能再顾队伍。因为一被姓巫的知道我们识破其奸，他就准和省军里应外合地来向我们开战。我们现在所处的情形，真所谓内无粮草、外无救兵，再加之人地生疏，民心未得，万万没有胜算可操。'石达开听了四姑娘之言，方始醒悟，正拟率领他的坐营而走。四姑娘又慌忙止住道：'爹爹且慢，女儿还有另外办法。'四姑娘说完话，即把她的汉子马秉恩唤到石达开的跟前，要教石达开和马秉恩两个互换衣服，仿照陈平六出奇计的办法。石达开至此方知四姑娘真有见识，真有远虑，她的要嫁马秉恩，乃是先结以恩，继激以义，完全为的是石达开一人，并非为她自己。原来那个马秉恩的相貌，竟和石达开一模一样的。"

曾国藩一直听到此处，急接口道："这样说来，骆吁门果中那个四姑娘的移花接木之计了。"彭玉麟也插嘴道："骆吁门的镇定态度，或是故意装出来的。"欧阳柄钧道："以我之见，就算骆制军杀了一个假石达开，却和杀了真的一样。"

曾国藩问他此话怎么解法。欧阳柄钧道："大不了真的石达开去到峨嵋山上修行，难道单身一人，还会死灰复燃不成？在石达开个人说来，可以多活几年，可以保全首领而死，自然不无好处。在大清国说来，究有什么大关系呢？"

曾国藩点点头道："这话倒也别有见解。石达开果肯死心塌地地为僧以终，真与国家无关。"

彭玉麟便请欧阳柄钧接着说完。

欧阳柄钧道："当时石达开见他义女如此待他，不觉洒了几点伤心之泪，方和马秉恩互换衣服，连夜率了坐营，就向前奔。因为没有目的，一直到了一座名叫大堡埠的谷中方才扎营。算算地方，虽也离开巫土司所居之处有七八十里了，不过到了一座深山，非但无米可买、无菜可购，而且连水都没一点的。石达开到了那时，忽又对着四姑娘垂泪地说道：'为父不听钱军师相劝之言，负气至此，如今看来，悔无及矣。'

"四姑娘忙安慰石达开道：'爹爹不必伤感，且请保重身体要紧。不是做女儿的，直到此时还要埋怨爹爹。爹爹不听钱军师之劝，固是大大失着。就是不赞成女儿的阻止入川之计，未免太觉负气。现在事已至此，快请爹爹趁早单身走出，天下之大，何处不可存身？女儿还有一句最后的忠告：天国自从东北二王自相残杀以来，已现不祥之兆。钱军师的本领，真正地不下诸葛武侯。他的一走，天国无可救药，已可显见。'"

欧阳柄钧说到此处，忽朝曾国藩和彭玉麟二人一笑道："那个四姑娘，她还称赞姊丈、雪琴京卿和左季帅三个为清朝三杰呢。"

曾国藩连连摇头慨叹道："十室之邑，必有忠信；十步之内，必有芳草。古人之话，确非空论。就以这位四姑娘的才具见识而论，何常亚于我们须眉。倘若命她独当一面，古时候的那位梁夫人，未必专美于前呢？"

彭玉麟也皱眉地说道："四姑娘倒是我们的一位知己。话虽如此，我们自从军兴以来，转眼之间，已经整整十年了，大敌尚未平靖，朝中又在多事，不免为痴儿女子所笑矣。"

欧阳柄钧道："雪琴京卿和姊丈两位，我敢说一句，太平天国的四个大字，一定消灭在你们手里的。我这个议论，倒并不是拾那四姑娘的牙慧。现在姊丈、雪琴京卿和左季帅三个人的舆论很好，迟早之间，自能收拾这个残局。"

曾国藩不答这句，单问欧阳柄钧道："当时的石达开，究竟可肯出亡呢？"

欧阳柄钧摇头道："这倒不知，兄弟连那四姑娘的下落也探不出。方才所讲的事情，大半就是民间的谣言。官家自然不肯承认此事。"

彭玉麟道："照我的眼光看来，四姑娘既未捉到，石达开遁迹峨嵋的说话，或者非假。"

曾国藩听了，反而不敢即下断语。他们三个又谈了一会，也就各散。

第二天，欧阳柄钧怕误限期，便辞别了曾国藩，自往北京办理引见之事去了。曾国藩又和彭玉麟两个商议了一天的军事计划，方让彭玉麟回到湖口。

这年的十二月里，曾国藩连得各处捷报：第一是曾国荃进兵安徽庐江县，连克泥汉口、神塘河、东关等要隘。军威所至，势如破竹。并奉到大行皇帝颁赏遗念衣服一箱。第二是鲍超破贼于青阳地方。第三是杨载福、塔齐布、张玉良等，分别击平江西边境之贼。第四是左宗棠破贼于大铺岭。曾国藩自从带兵以来，只有这次最是高兴。度岁之后，二月中旬，又接到左宗棠于初九那天克复遂安县，说是可以从此打通运米往浙之路。没有几天，又接到曾国荃于二月十五那天，破贼于安徽的桐城闸。三月初上，又接到彭玉麟夺回小孤山①之信。

并附诗一首是：

> 红巾遍地受兵灾，青锁眉峰久不开；
> 十万军声齐奏凯，彭郎夺得小姑回。

四月初上，曾国藩又得各处的捷报：一是刘秉璋、徐春荣逐走河南的伪来

---

① 小孤山又名小姑山。

王陆顺德。二是左宗棠连获胜仗于江山、常山之间。三是曾国荃克复金柱关、东梁山、芜湖等县。四是李鸿章令刘铭传进兵于江苏南汇县的周浦镇。五是李鸿章的兄弟李鹤章率同洋兵向齐文、华尔等人，大败贼兵于上海徐家汇等处。斩首三千人。

不料十二月里，忽接曾贞干因伤殁于安庆军次的噩耗。曾国藩一得此信，竟把一年来的高兴之事统统付诸流水，赶忙漏夜赶到安庆，一见曾贞干的棺木，哭得直至晕去。幸亏郭嵩焘帮同救醒，即在军次开吊。不久奉上谕，说是曾贞干立功甚多，予谥靖毅，并准于本籍及死事地方建立专祠。曾国藩见了此旨，心里稍觉安慰一点，乃于同治二年正月二十八日，由安庆东下视师。

及至芜湖，忽闻天国丞相孝天义、朱衣点二人，各率大军五万，围攻常熟，异常危急。急忙咨李鸿章遣派大兵救援。三月底边，李鸿章始将孝天义、朱衣点二人擒获，就地正法。

又过几天，奉到曾国荃升署浙江巡抚、左宗棠升补闽浙总督的上谕。回到安庆，急替曾国荃草折奏辞。上谕不允所请。曾国藩不得已，只好函知曾国荃暂时受任，且俟大局平定再辞。曾国荃因见朝廷恩养有加，立志报国，乃率李臣典、萧孚泗、郭松林、郭嵩焘直攻金陵。那时欧阳柄钧业已奉旨发往江苏以道员候补，也在曾国荃的军中，充当粮台之职。

四月下旬，曾国荃连克南京的雨花台，以及聚宝门外的石垒九座。无奈太平天国的天皇因见金陵地方万分危急，飞檄忠王李秀成、侍王李世贤，各率大军二十万，有意往来于浙江、江苏之间，用那围魏救赵之计。这样一来，曾国荃却大大地受了一个打击，几乎将他的前功尽弃。后来多亏彭玉麟、左宗棠、李鸿章等人感激曾国藩的提拔，大家各将安徽、江西、浙江三省境内的大股敌军次第肃清，去了金陵的羽翼，曾国荃方始能够克竟全功。

不才做到此地，只好暂将曾国荃这边的军事停叙一下。先把左宗棠进兵浙江的事情，从头叙完，文势始能连贯。

原来左宗棠从前虽奉帮忙曾国藩大营军务之命，到底不是主体官儿。直到咸丰十一年十月，始以太常卿督办浙江军务，提镇以下统归节制，这样一来，便是钦差大臣了。同治元年二月，复拜浙江巡抚之命。不过那时的浙江省，浙西方面的嘉兴府，浙东方面的金华、严州、处州、宁波、绍兴、台州，各府县城先后都为太平天国方面所踞，仅仅乎徽州、温州二府，以及湖州一府，尚为清国所有。

那些地方，怎样失去的呢？因为咸丰乙卯十月，江苏、安徽两省的乡试是借浙江贡院举行的。两省赴试的秀才，以及姻娅仆从人等，都从皖南到浙，所有人数约莫计算，总在二万以上。所以浙江的关卡要隘，虽然挂着盘查奸宄的那块虎头牌子，可是对于奉旨乡试的考相公，怎好细细盘诘。因此之故，天皇便派几个伶俐将弁冒充赴考秀才，混入浙江，侦探报实。其时浙江巡抚罗遵殿莅任未久，正值宁防告警。石埭的天国军队蹿入粽子店、蓝田岭等处，副将石玉龙、游击申明照、守备郑国泰等人，统统阵亡。提督周天受复以黄池兵退，雪片般的公事向着罗巡抚请援。罗巡抚瞧出周天受不足御寇，又知郑士魁的一军驻扎高淳地方，飞奏朝廷，请与宁防军，用为掎角之势；复函商两江总督，请以徽防军兼总宁防。商议尚未就绪，可巧江南军攻克南京城外的九洑洲，天皇洪秀全异常害怕，急召忠王李秀成问计。

李秀成便同侍王李世贤，率领冯兆炳、巽廷彩、陈炳文、谭孝先、陈耶书、李尚扬等天将，暗由六合渡江，集中芜湖，谋攻浙江，以分江南军之力，便能解去金陵之围。于是趁着官兵各在过年的当口，即率大军，由南陵地方直趋浙境。浙江提督周天受据探报知，仅派两员守备各率官兵二千前往御敌。官兵一见敌人多他十倍，并未接战，早自溃散。李秀成的军队当然如入无人之境一般，连陷泾县、太平、旌德、宁国四县。周天受连连地遣兵调将，已经无救。到了二月初三那天，广德州又陷。这样一来，浙省的门户尽失。李秀成乘胜进兵，直趋东亭湖。初八黎明，又陷安吉。十三日又由泗安陷长兴。那时的浙江省城已经岌岌可危。还要老天真不做美，一连五天大雪，遍地河冻，水上可以行车。逃难的百姓都从城上出奔，因为杭州城垣已闭多日了。正是：

既愁白雪连天降，
复见红巾卷地来。

不知杭州究是何日失陷，且阅下文。

第三回

援安吉大败梅溪
弃杭州重奔宁国

　　长兴既陷，省垣自然岌岌可危。在那广德州未失之际，杭垣的绅矜就去献策于罗遵殿抚台道："广德州乃是浙江的紧要门户，现在既被贼军攻破，杭州便没什么保障。快请大公祖迅调劲旅，径出独松关，以便分扼泗安、东亭湖南两路；再能调出一军，前去屯于百丈关，更是固守边关的要着。"

　　罗抚台蹙额地答道："现在本城仅有李定太的一军，虽然号称十营，实在的人数只有二千。前几天曾上公事，说是拟离此他往，还是兄弟苦苦相留，方始未定，诸位教兄弟调出劲旅，请问哪儿去调呀。"

　　众绅矜听说，不觉一齐大惊失色地道："怎么，偌大的一座杭州城，又在军务时代，竟没兵士可调，已是奇事。李定太吃了国家的俸禄，见敌就想逃走，难道大公祖不好立请王命杀他的么，这更是奇之又奇的了。"

　　原来，前清的王命，只有总督巡抚有这东西，仿佛和明朝那柄可以先斩后奏的上方剑一样。不过明朝的上方剑，不是个个节度使，或是巡按使、观风使所能有的，非得皇帝指名钦赐不可；任满之日，且须缴还。清朝的王命，不是跟着个人走的，乃是跟着总督巡抚的缺分走的。只要一做到总督，或是巡抚，便有立请王命随意杀人的权力。照《大清会典》所载：这个王命，文官可以杀至藩台，武官可以杀至提台。所以清朝的总督和巡抚，威权是很大的。

后来清朝的皇帝，因见总督、巡抚的威权太盛，恐有尾不大掉之势，故又举出一个例子。藩臬两司，可以会同奏参督抚。这道奏本，却须督抚转奏；督抚心里不论如何不愿，此折不能不代奏的。这就是防范督抚滥用王命的补救。否则只要督抚一与藩台以下，或是提台以下的官员不合，大家岂不被他杀尽。后来虽可平反，滥杀的督抚可得死罪，但是那个冤枉被杀的人可是不能复生的。本书原有兼记清朝法典的宗旨，所以附记于此。

现在接说当时那位罗抚台听得那班绅衿的话，很觉有些颠顶，忙又细细地解释给大家去听道："诸位方才所说，却也有理。但是以局外人来论局中的事情，稍觉有点隔阂。殊不知本省的军队，早经派出外府防御，若要添募，非得请旨定夺。兄弟未曾请旨添募，一因初到贵省，赶办不及，一因既要募兵，须有现成嫡款。虽可仿照湘军、淮军，奏请各省协饷，可是这道本章奏上，照例是发交户、兵二部议复的。倘与户、兵二部的堂官，没甚私交，就是奏上十本百本也没效验。诸位都是本省巨绅，当然出过任的，也该知道部里的弊病。至于李定太的一军，他是客军，行动本可自主。若因此事就请王命，那也不成话。"

众绅衿听了罗抚台的说话，个个弄得哑口无言。

罗抚台忽见众绅衿没有说话，他又说道："诸位既是来此指教兄弟，兄弟很是感激。且俟兄弟将那李定太请来一商，只要他肯答应，兄弟一定立饬藩司替他筹措行军款项，请他径出独松关就是。"

众绅衿听说，只好又诚诚恳恳地叮嘱一番而退。

罗抚台一等众绅衿走后，立即命人拿了愚弟帖子，去请李定太到衙谈话。并且预先传谕文武巡捕，说是停刻李大人到来，须得升炮。

照前清的仪注，抚台是例兼着兵部侍郎衔的，总兵应该归他节制；既有上司下属之分，总兵便须落官厅，上官衔手本。抚台和他客气，进见以后，抚台方命请轿，开麒麟门，升炮送客，所以总兵去见抚台，谓之软进硬出。软进者，总兵的轿子停在上堂外面，先落官厅，后上手本，自居下属之礼。硬出者，抚台因他乃是二品大员，却用并行官阶之礼待之。那时的罗抚台竟以硬进硬出的仪注相待李定太起来，无非要他去挡前敌、保守杭州城地而已。

李定太一见罗抚台如此相待，心里早已透亮。及听罗抚台请他率兵径出独松关前去扼守泗安、东亭湖两路，于公于私万难推托，只好一口答应。

哪知藩司筹拨出发之费，耽搁了一天；李定太守候运兵船只，又耽搁了一天；到了湖州，又多住了一宵；尚未赶到泗安，已据探子报到，说是泗安、东亭湖两处相继失守。李定太闻报，只得改援安吉。及至赶到安吉，安吉又已失守。连连下令退却，已经不及，便在梅溪地方，算与李秀成的军队打了一仗。无如李定太的人数，仅止二千；李秀成的人数却在二十万以上。寡不敌众，当然吃上一个大大的败仗。急又下令退守湖州，刚刚扎好营盘，第二天的拂晓，李秀成的部将陈坤书、李尚扬已来进攻。第一个要隘的青铜桥，守兵只有三百人，不战而溃。

陈坤书、李尚扬跟踪进扑，势甚危迫。李定太忙与绅士赵景贤、湖州府知府瑞春、归安县知县廖宗元等人，一同登城守御。大家犹未议出办法，陡被敌军的一颗落地开花大炮，轰隆隆的一声，不偏不正地恰恰打在青铜门下，立时击毙官兵二百余人。

李定太首先吓得牙齿打战地向着众官说道："长毛的大炮厉害，我们血肉之躯，怎么可以抵挡。"李定太一边说着，一边就想避下城去的样儿。

赵景贤本在曾国藩军中干过大事的，只因受过李秀成的好处，曾经设过誓的，以后不与李秀成直接作战。曾国藩倒说他有义气、知信守，准许他不与李秀成直接作战。可是京中的一班多嘴御史不肯放他过门，狠狠参上一本，赵景贤便得军职永不叙用的处分。他就看破世情，飘然地回到湖州家乡，原想终老林泉的了，不防敌军又来攻打他的乡土，自然不能袖手旁观。当时一见李定太讲出这般话来，立把他的双目一突，红筋迸起地厉声说道："总戎一退，军心自必大乱，此城益发难保。日后果有什么疏虞，总戎须担责任。此间中丞，我虽不能直接讲话，曾涤帅倒还相信我的句把言语。"

李定太为人，本极刚愎，对于一个永不叙用的赵景贤，本来不在他的心上。起初瞧见赵景贤对他那种凶相，已经大为不然，再加怪他扰乱军心，正待发火的当口，又听到赵景贤说出曾国藩的字样，方始软了下来，赔着笑脸说道："赵大人不必发火，兄弟若不重视贵处，何必前来拼命保守。不过我们大家站在此地，若被大炮打着，倒犯不着。况且赵大人又是一位磐磐大才，将来必有大用，应该留着此身，以报国家。快快同了诸位，去到敝营，商量御贼之法才是。"

廖宗元也怕李、赵二人闹了意见，官绅不和，更加不妙，赶忙一手一个，拉着赵、李二人下城，一同走到李定太的营内。

大家正在打算赶紧招募乡勇守城的时候，忽据探子飞报前来，说是记名总兵曾秉忠曾大人，亲自率领长龙炮船六十艘已由吴口震泽衔尾鸣鼓而至，军容非常壮盛，一到青铜门外，便与长毛大打一仗，长毛不能支持，已沿太湖直趋夹浦去了。李定太听了，方在大喜。

廖宗元却跺足地说道："这样一来，省垣危矣。"李定太不以此话为然，正想有所辩论。

廖宗元道："李大人不必争辩，但愿省垣安稳，那才一天之喜，倘若被我料中，浙省人民便无噍类矣。"

湖州知府瑞春插嘴道："李大人要在此地保守城池，不能兼顾省垣，如何是好？"

赵景贤踌躇道："这倒是桩难事。"

那时李定太的私心，本也不想回省，索性向众位官绅讨好道："兄弟既受罗中丞的嘱托，来此御敌，自然只好专顾此地。"大家听了，也没别的办法。

谁知没有几天，即得省城失守的信息。

原来罗抚台自从打发李定太出省之后，满望李定太能将长毛击退。只要泗安、东亭湖两路未失，省垣还不碍事。不料李定太一出省垣，罗抚台即据四处探子分头去报，说是李定太尚未赶到独松关，泗安、东亭湖等处已经失守。长兴县是十三那天，被贼攻破。武康、良渚等处是十七那天被贼攻破。罗抚台一闻这等信息，只是急得跳脚，但是一无办法。

正拟飞檄苏皖赣几省乞援的当口，又据抚标中军罗丹忱面奉，说是今天黎明时候，武林门外忽有几十个本地土匪闯进城来，标下正待亲自前去捉拿，究又不知去向。罗抚台听说，皱皱眉头道："土匪虽没长毛厉害。你们职守所在，也应该仔细一点才好。"

罗丹忱尚未来得及答话，统带宝胜勇的候补道陈焕文不待传见，早已慌慌张张地走入，对着罗抚台上气不接下气地说道："回大帅的话，职道刚从武林门前经过，瞧见数十骑贼人很似长毛的样子，官兵都当他们是土匪。大帅快快下令关城为妙。"

罗抚台听了一吓道："这还了得。"说着，一面急拨一支大令交给罗丹忱，命他飞马前去知照四城城守，赶紧关城，一面又命陈炳元再去打听，即行来辕禀报。

当时陈炳元去了未久，又来禀说道："职道业已探得确信，贼人探得昨天是观音诞辰，本城城门照例通宵不闭，原打算就趁那时杀进城来，却未知道杭城规矩，游夜湖是在十八晚上的。幸亏贼人算错一天，错过机会。但是现在已将武林、钱塘、涌金、清波等门团团围住，杭垣仍旧可危。"

罗抚台不待陈炳元说完，急又摇头搓手地说道："罗中军所司何事，贼人业已围城，还来说是土匪。"

陈炳元接口道："大帅此时怪他，也已不及。现在只有赶紧调兵守城，方为正办。"

罗抚台听说，立传三司①一府两县，商议办法。等得众官到来，杭府何绍祺首先说道："卑府刚才据报，知道四面围城的贼人不下七八万人。我们城内得有抚标各营兵士二千，运司盐丁五百，协防局团勇三百，姚都司发科所带的福胜勇五百，臬司所部亲兵营四百，一共算来，不过几千，怎么能够守城？"

罗抚台忙问盐运缪梓杰道："兄弟曾留江南大营过境的兵士二千，扎在城外，不知可还能够调进城来么？"缪运司忙不迭地摇头道："八城已闭，如何能够调进城来？只要不被贼人击溃，就算幸事。"

臬司段光清接口问罗抚台道："司里知道大帅曾经奏调湖北道员萧翰庆，率领本部训字营援浙的么，怎么尚未到来？"

罗抚台一听此话，不禁气得紫涨了脸说道："张苗张钦差，真正不是东西。倒说一见萧道员率兵过境，硬叫留下，帮他防堵，置我们这里于不顾。"

藩司王友端道："大帅不必动气，现在气也无益，还是赶紧调兵守城要紧。至于城防经费，司里无论如何为难，三天之内，至少可以筹出三千。"

当时王藩司的一个"千"字刚刚离嘴，陡然听得坍天塌地，轰隆隆地几声炮响，夹着街上老百姓的一片哭声，使人闻之，心胆俱碎。

臬司段光清、运司缪梓杰、杭府何绍祺一齐说道："事已危急，司里卑府等就去各自调兵守城，应敌再说。"

罗抚台双手乱拱地答道："很好很好。今天的事情，只有仗诸位同寅费一费心了。诸位走后，兄弟就去和将军商量，请他统将旗兵调出。"

及至三司一府两县，以及都司姚发科等人统统上城之后，适有宁绍台道仲孙懋率领兴勇二百名，来省助防。因被天国军队围攻，幸由旗兵开城，方得进来。

这样的一连死守两天，曾国藩那边的援浙军张玉良率部五千，首先赶到。副将向奎率前锋兵士一千五百人，由平望取道海宁，业已到来。李定太因恐省

---

① 三司，即藩司、臬司、运司。

垣失守，究竟说不过去，又与赵景贤一同来援。三路人马一齐到达，扎在清波门外。敌军素惧张国梁的威名，一见张"字"旗号还当张国梁到了，于是稍退。

罗抚台忙又召集所属会议，臬司段光清主战，运司缪梓杰主守。正在议论纷纷、莫衷一是的时候，天国的军队已将清波门外的西竺庵掘通地道，拟用炸药炸毁杭城。丁忧绍兴府照磨陈奉彝，已闻其事，急去面禀缪运司，请开城内地道，以应敌人。缪运司大为赞赏，立拨经费三千，即命陈奉彝承办其事。无奈连天大雨，平地水浮二尺，不能动工。延至六月二十七的那天卯刻，西竺庵的地雷陡然炸发，清波城门立塌三丈有余，天国军队一拥而入。

那时缪运司正在城上防御，首被击毙，杭州城池，即于是日陷落。浙江巡抚罗遵殿、布政使王友端、杭嘉湖道叶堃、宁绍台道仲孙懋、新任杭府马昂宵、仁和县李福谦等人，于是一同遇害。臬司段光清、候补道陈炳元、抚标中军罗丹忱，巷战半日，方始殉难。当天晚上，天国将弁兵士还防城中有状，仍退城外住宿。

第二天即是二十八日，全部重又入城。将军瑞昌、副都统来存、佐领杰纯，竟率旗丁死守满营。所有满洲妇女，尽将旗袍厚底鞋子统统摔在路旁，各持长矛短剑，守城御敌，甚至火燃发髻，边拂边战，毫没惧色。天国兵将恨得咬牙切齿地叫骂道："老子们既得杭城，不见得让你们这班满贼再守旗营。"但是尽管叫骂，一时不能攻入。

张玉良乃于七月初二的拂晓，率兵士乘坐小船六百艘，直至艮山门外，又将战时云梯架在民房屋顶，攀登上城，张玉良立即手刃天国将弁一十八人。敌军陡见"张"字大旗，仍旧当是张国梁到了，无不大骇。便在抚台衙门，召集会议，以定去守。会议结果是，一因满城未下，二因业已饱掠，三因官兵大至，四因金陵空虚，即于初三大早弃城，出涌金、清波二门，向平窑、独松关、孝丰一带，窜回宁国府、广德州而去。

张玉良、李定太、赵景贤三人一面会同绅衿，资雇民夫，掩埋尸首。一面飞禀曾国藩那儿报捷。曾国藩奏知朝廷，朝廷便以苏州布政司王有龄补授浙江巡抚，并令将死难官绅将士，查明请恤。王有龄奉到上谕，直至次年的三月，方始到任。到任之日，查知绅士赵景贤很有大功，首先给予令箭一支，命他督守湖州。

其时适值江南大营溃散，副钦差张国梁战死丹阳，苏常既陷，浙中复震。张玉良那时已经驻军苏州，闻风自溃，单身乘坐脚划船，以十几个亲兵护卫，漏夜驶至杭州。手下将弁连同兵士，竟至溃散二万余人。浙西一带，扰乱得不成模样。赵景贤飞禀王抚台请示，王抚台急命旗牌官四人，各将大令一支，赶赴湖州，禁止溃兵，不准越过湖州，倘若违令，即以土匪办理。溃兵至此，纷纷窜入江西。直到四月初上，浙境始无溃兵踪迹。

岂知一波未平，一波又起。侍王李世贤又率大军十五六万，由金坛一带，进攻嘉兴。浙江提督江长贵未曾接战，溃于平望、震泽等处。李世贤跟踪追击，二十六的那天，嘉兴复又失守。府教授蔡兆辂、训导张园等同时殉难。浙抚王有龄闻报，只好复请张玉良招集流亡散卒，以便保守省垣。

那时张玉良正是进退维谷的当口，一请即出。没有多久，已经招得溃卒一万二千人，自愿担任克复嘉兴之责。只是兵燹之余，大宗军饷，无处可筹。王有龄有位姓高的幕友，首倡十倍绍捐之议。

怎么叫作十倍绍捐？原来浙江第一次被陷的时候，绍兴一带，幸未糜烂，所有军饷，都是取挹于宁绍的。十倍的一句说话，乃是比较平时的捐项增高十倍其数。

王有龄既没他法可筹军饷，只好不管民间疾苦，采取此议。姓高的幕友，且任筹捐局总办之职。张玉良既已有兵，又已有饷，于是军容复盛，所有经过之处，不免有所骚扰，百姓纷纷控于王有龄那里，王有龄如何敢去顾问。

只有湖州一带，因是赵景贤督守，城中又有团练五千多名，主强客弱，总算未被骚扰。赵景贤并与张玉良相约，张军如能克复嘉兴，他愿筹措犒赏费三万以赠。其时曾国藩限令张玉良克日克复嘉兴的公事，适值又到，张玉良无奈，只好率兵前进，及到嘉兴，即在三塔湾、白衣庵一带驻军。正是：

> 悍将骄兵无异贼，
> 忠臣义士可成神。

不知张玉良能否将那嘉兴克复，且阅下文。

张玉良既将大军驻扎在三塔湾、白衣庵等处，打听得踞守嘉兴的敌人，为听王陈炳文、荣王廖发受二人，便下令手下将弁，用土匪仗进攻。七月十七那一天的战争，最为厉害，以火炮轰毁南门垛口城四丈余，天国方面的兵士溃散三万有奇，将士也有带了妇女他窜的。后来因为被水阻隔，不能肉搏城下。

不料同月二十四日，张玉良手下，有一部分潮州兵士哗变，且与敌通。官军陡见变生肘下，一时心慌，不禁大乱。张玉良就亲自骑马四出弹压，也没效力，以致平时画舫绣幕、携眷舟居的营官帮带们，无不各自保护女眷，争相渡河。水师部分，也被牵动。溃兵散至石门，石门县官李宗谟，面请张玉良移驻石门，借资镇压。张玉良当面佯诺，说是一定移驻贵县，不料即在当天的半夜，私自回省。

石门本是小县，并无什么团丁护勇可以保护县衙。第二天大队的溃兵到来，李宗谟出衙劝谕，竟被乱刀砍毙。张玉良既已离开嘉兴，天国方面又到大队人马，于是石门县是十一那天失守的，嘉善县是十二那天失守的，平湖县是十五那天失守的，桐乡县是二十六那天失守的。那时各县的绅矜，因见官兵不足深恃，各自为谋，招募团勇，保护乡土。内中很有几县的团勇，为敌军畏惧的。

天国军队得石门后，掳掠一番，第二天即弃城而去。等得县中绅民回家，又来占据。且把四面城门统统毁平，改作炮垒。平湖旋为团丁克复，八月初五再被敌占。

第二年的三月初八那天，省中拨到的枪船，忽又通敌，领导敌军攻破海盐。初九复破乍浦，副都统锡龄阿当场阵亡。于是嘉兴府属，仅存澉浦一城的了。朝廷连接各地失陷的奏报，即任杭州将军瑞昌为总统江南诸军。瑞昌本拟亲率旗丁去攻嘉兴，嗣因不能骤离满城而止。

听王陈炳文、荣王廖发受即在嘉兴城中大建王府，拆祠庙梁栋以供材料，开嘉善干窑以供陶器，复攫苏州香山梓匠以供建造。竟仿金陵东南西北四王的土府造法，磐龙翔凤，重矩叠视。前后造至七重，什么宫垒，什么朝房，什么崇陛，什么禁城，统统应有尽有。所有修造王府的费用，限令七邑乡官募捐于民，各建一重。所以后来又被清国克复，工程仅及其半。当时陈炳文和廖发受二人，一入歌舞锦绣之乡、湖山清秀之地，大有乐不思蜀的态度，并未再作进攻之举，所以杭垣、湖州两处，还能保全。

当十年的秋天，徽州复陷。天国军队，即乘胜由淳安窜严州，清国守将副将封九贵尽难，九月初七，城为敌占。敌军既占严州，又分大股，进攻富阳，总兵刘季三、副将刘芳贵同时战死。二刘俱骁勇无伦，刘芳贵为宝庆人，尤觉骁健，惜乎当时的部兵仅有二百名，寡不敌众，以致阵亡。探子报到省垣，巡抚王有龄即为二刘设奠于仙林寺，哭得晕了过去，众官无不感而下泪。

王有龄回衙之后，忙将张玉良请至，请他率兵进击严州之敌，张玉良不能不应。等得到了严州，天国的军队，已由富阳、余杭两路分扑省垣去了，严州城内空虚，便被张玉良一鼓而下，立即专人到省报捷。那时杭城已经屡屡为敌围攻，势极危殆，仅仅乎尚未至失陷的地步而已。

那时左宗棠方以四品京堂，帮办两江军务，驻军江西的景德镇，大破天国军队于广饶之间，并将侍王李世贤逐走于乐平、婺源、清华街、柳家湾、横山等处。李世贤既为左宗棠所扼，乃由婺源窜广信玉山，三月十五攻陷常山。并纠天将范汝增、黄成忠、练坤三等人由湖口村绕攻处州，李世贤直率大军，拂衢州城而过，十七日由灵山扑陷龙游，县官龙森与城同亡，连接又陷汤溪以犯金华。

天国军队在江西境内，素来不踞城池，只是饱掠货物。当时有识之人，已知必有回窜浙省的意思；并有人倡议，省垣谷少人多，若被围困，必致绝粮，只有趁早聚米。有人又议在涌江门外夹筑土城，以便临江扼守，并获运输之道。谁知议论多而成功少，一样不办，敌又骤至。其时张玉良屯扎兰谷、金华等地，金华府知府王桐闻警，飞向张玉良处乞师。

十八日张玉良率亲兵百人，抵府城。团练局总办庞焕栋声称自能力守府城，不需官兵之力。王桐无法处置，乃陪同张玉良巡视全城，及到城西的通济桥上站定道："此桥横跨大河，陆路舍此，无由侵入。"张玉良称是而退。

十九日大早，敌方仅有六骑入城，城中千余团丁骤然溃散，自相践踏而死的，不知其数。李世贤在后方闻信，料知官兵胆怯，始率大军入城，金华乃陷。于是浙东一带大震。巡抚王有龄闻信，急设盛筵，召诸将入宴。酒过三巡，王有龄泣说道："大局危迫，谁能出御悍敌，若使不蹈前辙，必当奏知朝廷，越级超迁官职。"

诸将都慑李世贤的威名，人家面面斯睹，假装醉意，各无一言。座中只有代理处州镇总兵文瑞，起立厉声说道："职镇本是江西援浙的军队，承中丞知遇，即以处州镇相委。现在省中既是兵单饷少，职镇情愿出挡。至于胜败利钝，却不敢必。"王有龄听了大喜，亲自为之把盏，祷祝胜利。

五月初一，文瑞率本部三千人，迳往诸暨。原来那时的绍兴府城，已为来王陆顺德所踞，即将城中大路的药王庙改造来王殿，并掳子女玉帛，充实府中。绍兴所属八县，仅有诸暨的包村尚未降敌。

包村不过一个穷乡僻壤，何以能够死守多日。因为村中有位包立生，曾习奇门遁甲。他的亲女包三姑，人称包小姐的，更比乃父厉害。一闻来王占踞绍城，她们父女二人，便将全村的父老子弟统统召到，问大家道："诸位还是欢喜降贼，还是帮着我们死守待援。现在省城尚未失守，只要大军一到，来贼一定逃窜，若愿死守大约不出五十日，官军必到，全村可以转危为安。"

村人本是极信包氏父女的，一听此话，无不高声答应，说是情愿死守本村。

包小姐道："既是如此，就请诸位回家，听候我们父女安排便了。"

村人刚刚散出，包立生的一位姑表兄弟，名叫冯仰山的奉了杭州吴晓驷藩台的嘱托，潜到包村。告知包氏父女，述及吴方伯十分敬重，打算请他们父女二人到省，训练大军，以便出敌，不必守此孤村等语。

包立生听说，本想应诺，包小姐接口道："省中悍将骄兵甚多，兵权不一。我们父女二人，乃是白身，去到省垣，必为旁人藐视。姻长快请回省，须将吴方伯能够委办何事的信息打听明白，再来告知我们。"

冯仰山听说，认为有理，赶忙回省去了。哪知一到省中之后，四城已关，不能再出，因此耽搁下来。

　　包氏父女也不再等冯仰山的回音，即将全村人众统统召来，各赠一张朱砂所画的八卦符，分请人众，各塞发辫之中。又将人众导游全村，告知此地乃是生门，此地乃是死门，贼众进攻，只要将他们导入死门，便不能出，个个只好束手被缚。村中人众，听了无不大喜，都允遵照包氏父女的支配办事。包氏父女，既将全村的生死门划定，又教众人的枪法符咒，众人一学便会，人人欣欣然有喜色，以为一座包村，仿佛已有天罗地网一般，长毛来一个死一个，来两个死一双的了。

　　可巧诸暨的东乡又有莲花教发现，教首名叫何文庆，纠集党羽二千余人，既不投降天国，又不帮助清朝，倚恃邪术，大有谋为不轨、自立为王之意。知县许光瑶乃是一位好官，深知诸暨的民心，每欲捕捉何文庆到案严惩，苦于兵力未逮。一见省中派了文总兵到来，首将何文庆的种种劣迹禀知文瑞，请求立即拿办，以安地方。文瑞起初倒也答应，后来有人去替何文庆说项，说是何某以教保民，又有法术，足制贼人死命。

　　文瑞听说，即召何文庆进见。何文庆进见文瑞的时候，文瑞请他升坑。一等何文庆坐下，便将一杯热茶，递到他的手上。何文庆那时已知文瑞要想试验他的法术，立将那杯热茶接到手中，忽出文瑞的一个不意，把那茶杯，就对天井之外，向空一抛，那只茶杯顿时不知去向。文瑞当下大惊地问道："何道长此举为何？"

　　何文庆笑答道："军门的厨房失火，此杯乃去救火。"

　　文瑞不信，急命左右前去看来。左右去了未久，手拿一只茶杯回来，呈与文瑞过目道："回军门的话，我们厨房柴草之上，发了旱烟余火，正在燃烧。若非何道长的法术，此时已经肇祸。"

　　文瑞听说，又吃一愕，忙向何文庆拱拱手道："何道长真有法术。本镇打算给你五品功牌，蓝翎奖札一份，要你迅募团练五千名，由你统带，归我节制。至于枪械炮火、军装饷项，统统由我供给。此是为国杀贼，务请忽却。"

　　何文庆马上一口答应道："只要军门不弃，敢不为国效忠。"

　　文瑞大喜，因恐许光瑶再来多说，即下一个札子，委任许光瑶为何文庆的帮统。许光瑶无法，又因来王连日派了大军攻打包村，虽未立时攻破，似乎有些危险。只好暂时受委，且待乱平再说。

何文庆既任团练总办，更加耀武扬威起来，不但欺贫压富，睚眦之怨无一不报，甚至强抢妇女，为所欲为。后来许光瑶查得何文庆那天抛杯救火一事完全虚伪，乃是花了一千银子，预先串通文瑞的差官，厨房之火原无其事，及等文瑞命人去看，始去燃着柴火。至于抛杯一事，却有一点小小幻术，其实与包村的包氏父女，一邪一正，完全不同。

许光瑶既知何文庆的黑幕，有意不去禀知文瑞。适有金华在籍提督余万清因事到县，光瑶因与余万清有些戚谊，便去对着余万清说道："你是在籍大员，应该为国效力，自统团勇，以便帮同守城，或是击贼，我可助你军械款项。事成之后，须把何文庆的团练击散，以为交换条件。"

余万清因在江西军职回来，正想弄些事情干干，一闻许光瑶的说话，自然满口答应。没有多久，许光瑶果然助他业将团练办成。

一大何文庆单身出城会友，许光瑶即与余万清二人里应外合的，拟将何文庆先行拿下，再去解散他的团练。何文庆一个不防，一时手无寸铁，不能抵御。幸特他的一点邪术，只好单身出亡。他的团练，即由许光瑶和余万清二人，前去缴械遣散。等得办了，始去禀知文瑞。文瑞因见何文庆既然不能抗拒许、余二人，如何可以御敌，便也没甚说话。许光瑶却说道："军门初到此地，为其所蒙，何某乃是土匪行径，现已解散，真是国家人民之福。"文瑞随意敷衍几句，送走许光瑶了事。

许光瑶走后，文瑞忽见他的所部游击曾得贵进言道："听说金华的贼人，比较此地更多，标下来请大人的示，何妨率队进驻金华，以御大敌。"文瑞许可，即率所部离开诸暨，一脚到了金华，驻军方顺街。许光瑶送走文瑞，便请余万清率队出城驻扎，以作掎角之势。

连日接得探报，说是包村当得铁桶相似，贼人去攻包村的，无次不是大败。还有一班小长毛不知包村地方利害，常常地三五成群，想去弄点意外财项，不知去一个死一个，去两个死一双。民间已有一种歌谣，叫作"穿的绸，吃的油，送到包村去杀头"。许光瑶闻报，很是高兴。因恐包村少米，不能久持，乃开义仓之谷，命人送至包村接济。包氏父女收了米谷，写了谢帖回复县官。包村人众忽见县官送米前去，更是死心把守。

有一次，来王陆顺德一查人马，三个月之内，死在包村人数不下十万，不禁大怒起来，打算亲自率领大队，去与包氏父女一战。所有部将劝阻不住，只得大家随同出发。及到诸暨，距离包村还有二三十里，来王陆顺德心里也有一点惧惮，便命扎下。自己改扮一个游方郎中模样，只带一个心腹，去到包村侦探。走到包村之外，已经夕阳下山。陆顺德不敢贸然直入村中，远远瞧见有个牧童骑了一匹水牛，自在田间，吹着无腔短笛，脸上被那阳光返照，觉得红白分明，颇觉清秀。陆顺德一见这个牧童，不觉心里一荡，原来天国将弁起自两粤，有龙阳之好，这位来王陆顺德，尤其欢喜此道罢了。

当时心里一荡之后，便去笑嘻嘻地问那牧童道："你的家中还有何人？你肯跟我到绍兴城里去玩么？你若肯去，包你穿得好、吃得好，享福一世。"那个牧童听说，不答这话，单问陆顺德："绍兴城里，都是长毛。我先问你，你是长毛呢，还是真正的游方郎中呀？"

陆顺德因爱牧童清秀，非但并不动气，而且又笑嘻嘻地反问牧童道："我来问你，你是赞成长毛呢，还是反对长毛？"牧童忽把一双小眼睛一笑道："长毛都是无父无君的东西。我虽人小，可是极愿去杀长毛。"

陆顺德又笑着道："我非长毛，你只管骂。你们村中的包小姐，可欢喜和我们这些游方郎中谈谈的么？"

牧童听说，直把他的那个小脑袋摇得犹同拨浪鼓一般的答道："我们那位包小姐，上知天文，下识地理；九流三教之事，无一不能；过去未来之法，无一不晓。据她前天所说，三天之内，此地必有长毛前来探听虚实。照她本领，立即可以把他拿住。不过她一向只用堂堂之师、正正之旗，不忍杀那自来送死的东西。"牧童说到此地，忽把手上的一支竹笛向那牛屁股上打上一下，直向村中而去。及至离开陆顺德很远了，方才回头一笑道："你这游方郎中，可是和那来王同姓么？"

陆顺德一听此话，拔脚便逃，回到营寨，还在喘气地对着部将道："姓包的女子，果是十分厉害。本藩前去私访，居然被她瞧出真相。如此邪术，不可智取，只有力敌，还是一法。我们快快回城，飞报侍王爷那儿，讨他二三十万大军，合成本藩这里，大概有五六十万，一面前去包围，一面再觅一种可破邪法的东西。那时不怕一个小小包村，不被我们踏为平地。"诸将听说，当然附和几句。

陆顺德便向侍王李世贤那儿前去乞援。侍王李世贤那时已知包村厉害，正在生气。一见来王乞援的公事，立发大军三十五万，号称五十万，克日来到绍兴。来王陆顺德迎入几位首领，告知包村之事。

冯兆炳笑着道："王爷不必着慌，我们大军既到，就是一人一口涎吐，也把一座包村淹死。"冯兆炳说着，又将他身边的一位策士唤至，问他有无攻破包村之法。若能攻破包村，职封天官丞相，赏银五万。

哪知那个策士名叫项元直，正是诸暨人氏。因与包立生为争权之事，结下怨仇，特到天国投军，本想制那包氏父女的死命的。平时处心积虑地业已想出可破包村的法子，因为冯兆炳不是攻打绍兴的主军，只好不在其位不谋其政。

当时一见冯兆炳问及此事，连忙献策道："晚生本是诸暨人氏，包村地方也曾到过数次。包村的东边原只一条小河，自从包氏父女学习邪术之后，知道那条小河乃是龙脉。他们父女二人复又开上一道小河，名为双龙取水。包村的人丁，从此更加兴旺。包村人众所吃之水，都是仰给那两道小河的。那两道小河源流的起点，离开包村不过二十多里，只要去把那个来源塞死，风水既破，村中又断水道，不必三天，人心自乱。我们再以大军围攻，指日可破。"

冯兆炳和来王陆顺德一听此言，不觉大乐特乐。正是：

爬得高时跌得重，
欲求胜算必求才。

不知冯兆炳和来王陆顺德二人，可用项元直的那个断绝源流之计，且阅下文。

第五回

王履谦酿成巨祸
徐春晏误接奸朋

来王陆顺德和冯兆炳二人，一听项元直献出那个断绝包村水源之策，这一喜非同小可，当下陆顺德即拨一支令箭，付与项元直道："此事准定派你去办。若需调动队伍，可以此令行之。"

项元直接了令箭，正待退下，忽见旁边班中闪出一人，向他一拱手道："项先生且慢，兄弟尚有补助你的地方。"

项元直尚未来得及接腔，来王陆顺德已在问那人道："赛丞相有何高见？快请说出。"

原来那人，乃是随营参军秋官丞相名叫赛时迁的。年纪虽已六十多岁，尚能贴壁蛇行，悬檐蛛挂，纵上数丈高树之巅，摘取果子，犹同探囊取物，所以同营的老长毛，都称他为赛时迁。久而久之，他的真实姓名反而没人知道。他的身边，还有一只和人一样大小的老白猿，上高取物，比他还要敏捷。

只因上次攻打包村的时候，他于深夜携着白猿，潜入包小姐的房内，打算行刺。待他刚要动手之际，不防包小姐忽在床上陆地飞出一只裙里腿来，不偏不正，恰恰踢在他那兜心窝上。幸亏白猿背了就逃，方才保得性命。回城之后，恨得包氏父女刺骨，便在绍兴城内四处访寻本地奸细。后来被他访到一个名叫魏荣的歹人，他便给以银钱使用，待以上等客礼。魏荣知恩报恩，乃对他说道："小人曾有一位开蒙先生，名叫张恂，不但深通五行之术，而且熟悉绍兴地理。因为数年之前，曾经吃过一个嵊县旅绍秀才的大亏，每思投入官军，得能稍有权柄，便好报复宿仇。他在丞相未曾到绍之前，已去投效张玉良去了。现在只要丞相能够用他，小人可以亲去叫他回来。"

赛时迁听了大喜，立即赏给魏荣一百银子的盘缠，命他速去速回。

赛时迁自从打发魏荣去后，本拟且俟张恂到来，再请来王从优禄用；此时忽见项元直持了令箭去办断绝包村水源之事，生怕张恂迟到，被那项元直占了头功，因此出班拦阻。在他之意，要想项元直和他以及魏荣、张恂几个一同办理此事，及见来王问他，他就一情一节地老实说出。

来王陆顺德听毕，忙问项元直道："我们这位赛丞相的说话，你可听清没有？"项元直正恐此事责任太大，恐怕办理不善，就有大罪。此时一听有人助他，岂有不愿之理，当下一面即与赛时迁含笑招呼，一面答着来王陆顺德道："赛丞相能够同了张、魏两位，前去帮同办理，项某真正是二十四万分的欢迎。"

冯兆炳便接口对着项元直和赛时迁说道："事不宜迟，你们二位快快下去商酌办理就是。"

赛时迁听说，即将项元直邀到他的私寓，因为他的私寓就在洗马池头，距离来王殿不远。二人走到寓中，尚未坐定，恰巧那个魏荣已同他那开蒙先生张恂到来。赛时迁一见魏荣同着一个须发斑白的老人走入，料知此人必是那个张恂，便先冒叫一声道："张先生，你老人家真肯屈驾来此么？"

那个老人慌忙伏地叩首答道："老朽张恂，因闻小徒魏荣说是丞相能够礼贤下士，故来竭诚投效。"

赛时迁赶忙含笑将那张恂扶起，介绍见过项元直之后，方请大家坐下。项元直即把他那断绝包村水源之策，先行说给张恂听了，赛时迁急忙一面命那白猿端出四杯香茗，摆在各人面前，一面也将他的办法说了出来。

张恂听完，捻须笑道："老朽离开此地的当口，早已料到我们此地，官绅不和，兵团互忌，鹬蚌既是相持，渔翁必然得利。所以去投姓张的，还想率兵来此，拟与丞相等一战。不图小徒已受丞相如此优待，又以老朽尚有一得之愚，可供驱策，真是仁者之师。"张恂说到这里，又朝项元直一拱手道："再有这位元直先生在此领导老朽，尤其万幸。"

张恂说着，又问魏荣道："丞相们的天兵到此，你可是没有离开绍城一步的么?"魏荣恭恭敬敬地答道:"学生因见来王爷安民很早,因此未曾走开一步。"

项元直也接口问张恂道:"张老先生方才所说我们绍兴的官绅不和、兵团互忌,究为何故? 兄弟虽是此地人氏,因为出外数年,以致未曾知道家乡之事。"

张恂忙答道:"我们绍兴,本与杭州隔江相距,仅有百里而遥。北滨后海;西北当钱塘江;诸暨相溪之水,由西南出临浦鼎桥,回旋四绕;东面就是那道曹娥江了。独正南一线山脉,却与诸暨、嵊县本相联属。"张恂说到此地,骤然之间咳嗽起来,脸色不觉跟着红涨。

项元直此时因见张恂口若悬河,滔滔不绝,心里已经折服,便含笑地对着张恂说道:"老先生慢慢地讲,可要喝口热茶。"

魏荣不待项元直说完,正想前去端茶给他先生喝的当口,忽见那只白猿早又抢在他的先头,捧了一杯热茶,递给张恂手上,不过不会讲话罢了。

张恂喝了热茶,止住了咳,用手摸摸那只白猿的脑袋称赞它道:"你真聪明,难怪你们丞相一步不能离你。"那只白猿竟懂人语,把头乱摇,赛时迁接口道:"这次我到包村前去行刺,一条性命,便是我们阿三所救。"

那只白猿听了他们主人的话,陡现受宠若惊的样子,捧着茶碗高高兴兴地跳了进去,弄得满座人众无不失笑起来。

大家笑了一阵,还是张恂先行停住,复又接着对那项元直说道:"元直先生主张断绝包村的水源,真是很有深见,倘不如此,断难制住包氏父女。现在且听老朽把话讲完,我们再来斟酌办法。"

张恂说着,又望着赛时迁笑道:"此次丞相,同了来王爷得了我们绍兴,照老朽说来,可要略见我们这位王履谦都御史的情的。清朝皇帝因见嘉兴已为天国所占,恐怕我们这个绍兴再失,即命前任漕运总督、余姚的巨绅邵灿,以及我绍的巨绅、前任副都御史王履谦二人,担任团练大臣。原想以绅助官、以民助兵,仿照湖南那位曾国藩的办法。岂知我们绍兴人的心地最狭。那位邵灿知道事不可为,尚能当场谢绝。王履谦王副都御史呢,人既刚愎,耳朵又软。自任团练大臣之后,只知庞然自大,本城的一府两县,如何会在他的眼内。再加有个名叫王梅溪的劣幕,一向游幕江苏。抚台王有龄在苏州藩台的任上,曾发其奸,通檄所属,不许关聘。王梅溪无处嗷饭,只好回绍。他既恨得王抚台入骨,凡遇省中来到绍兴募捐的公文,他就死死活活地撺掇人民反对,以遂其私。偏偏这位王履谦都御史,虽然名为全省团练大臣,实止山阴、会稽、萧山三县的人民,还听他的几句说话。又因山、会两县比较萧山稍觉富裕,他就招集本城的游民溃卒四千余人，作为团丁，反欲借此专制浙东饷项，以张他的权力。

"当金华地方开初失陷的时候，王抚台因见归安县知县廖宗元力保湖州有功，很有将才，打算把他升署绍府，并调绍府许怀清署理杭府。那时许怀清正将王履谦的马屁拍上，不愿赴杭就任。王履谦既知其意，于是留下许怀清仍署绍府。这样一来，廖宗元便不能够到任。王抚台正拟命那廖宗元兵署宁绍台道，适值张景渠来绍守城，所率亲兵却是盐运使庄焕文拨给他的。到来未久，王履谦却又倡议说是兵能扰民，不如团练自卫得力，硬逼张景渠率兵回省，张景渠只好照办。及至浦江危急，王抚台仍命廖宗元来任绍府。

"廖宗元到任之后，首修东郭、西郭、五云、偏门等城门，并将附郭厝棺统统移去，复设栅栏扼阻大道，民间因此已经渐有烦言。我绍自从咸丰七年以来，改用洋钱，每圆七钱三分，值几一两。屡经丧乱，奸商益形垄断，于是对于所有洋钱，分出光板、烂板、轻板、绣板、大糙、小糙、净光种种名目，任意轩轾，价格悬殊，早夜之间，皆有涨落。廖宗元出示禁止，更加大拂商情。积此数端，绍人对于廖宗元这人业已大大不满，不过含怒未发而已。"

张恂说到这里，又望了赛时迁一眼，接着说道："及至九月二十六的那天，丞相同了来王爷的大军，已到钱清。绍兴炮船前往抗拒，只一接触，大败而回，退至昌安门外。炮兵因为摘食河中菱角，适为民团所见，当场责其骚扰。炮兵不肯下气，民团人多，即把炮兵毁伤数人。廖宗元出城弹压，因要炮兵替他打仗，自然不值民团所为。民团那时误听谣言，说是天国大军前由临浦镇入萧山的时候，炮兵似有供给天国炮弹情事。又闻钱清之败，营官炮兵都有投降天国的，便诬炮兵通敌，本府不应再帮通敌的炮兵。当时便有多数无赖，竟把廖宗元的大轿打毁。王履谦闻报出城，无赖又逼王履谦须将廖宗元军前正法。

"王履谦虽然没有答应无赖妄求，可是言语之间，不免侵及廖宗元。廖宗元避入城中，满城百姓一闻通敌字样，大家复又鼓噪起来，一唱百和。正在不可开交之际，忽来奸商王淮三其人，嗾使大众围殴廖宗元。廖宗元既被殴伤，由人扶入府衙，竟是昏晕不省人事。民团因见彼等势盛，又因一发不可收拾，即将廖宗元的亲兵以及未及逃散的炮兵擒获百数十人，就在轩亭口一齐斩杀。王履谦不能禁止，仅仅乎函知王抚台，说是不关他事。

"廖宗元在未曾闹事之前，主张请调楚军二千名入城，王履谦反对甚剧。廖宗元无法，正拟上省面禀王抚台去，便值民兵交哄事起。不防天国军队，就在二十九的那天，破城而入，全城民团首先溃散，王履谦单身出亡，廖宗元总算与城同亡。我们这座绍城，当时若没王履谦事事去掣廖宗元之肘，天国军队未必即占绍城。"

赛时迁一直听到此地，暗忖这个张恂对于绍兴过去之事，如此了然，倒也有些才能，当下忙不迭地笑着答道："这是天意。常言说得好，叫作天下者乃天下之天下，非一人之天下。又说有德者居之。"

赛时迁说到这里，又朝项元直道："元直先生，我们这位张先生本是你的同乡，你既能出这个断绝水源的主意，他又能够知道五行之术，大家快快商议起来，早将包村攻破一天，就好一天。"

项元直听说，连连称是道："晚生年轻，应遵张先生指教。"

张恂接口道："指教二字，如何敢当？大家斟酌，才是道理。老朽知道此地大善寺内，那座塔顶乃是缸沙做的，名叫风火筒，一可以避龙风，二即镇压绍兴风水。元直先生若要断绝包村的水源，似乎应该先将塔顶除去。"

赛时迁接嘴道："这还不难，我们阿三，便能上去取下。"

项元直和张恂、魏荣三个一齐大喜道："我等正愁没人上去，我们阿三既能去取，真正是天皇的洪福齐天了。"

赛时迁便把那只白猿带着，即同项、张、魏三人一脚步行来到大善寺内。那时大善寺内，所有和尚早被天国军队赶走，就是没有赶走，哪有胆子敢来阻止？当下即由赛时迁指着塔顶吩咐白猿道："阿三，你能爬了上去，把这塔顶取了下来么？"

那只白猿连连点头，似乎说是能够。赛时迁同了大家眼看那只白猿索落落地一脚爬到塔顶，正待去取的当口，陡见那只白猿的身子连晃几晃，跟着就听得砰咚的一声，可怜那只白猿早已跌至塔下，摔得全身血肉模糊，一魂往花果山中去了。赛时迁一见他的白猿死于非命，伤感间几乎晕了过去，大家只好围着相劝。

赛时迁定了一定神，陡把衣袖一勒，对着大家说道："阿三为国尽忠，只有我这老头子自己上去。"

张恂至此，似乎有些抱歉的样子，正待有话，赛时迁已知其意，连忙摇手道："张先生，不必多心，大家都是为好，谁能怨谁。"

赛时迁说完这句，早也和那白猿一般索落落地爬了上去。正待去取那个塔顶，陡觉眼前一个乌晕，身子也就晃了起来。幸亏还是一位老手，赶忙不敢去碰塔顶，仍旧爬了下来，告知大众。

张恂道:"这座塔顶本是宝贝,既然如此难取,只有暂行回去,再行商量。"

赛时迁即命左右,用了一具楠木棺材,厚殓白猿。并在大善寺内开吊,来王以下,无不亲去祭奠。后来天皇知道其事,封为猿王。死事地方,建立专祠,一生事迹,付交天国史馆立传。

当时赛时迁办毕白猿丧事,方同大家回到洗马池头私寓,商量数日,没有法子。

还是魏荣忽然想着一人,忙问张恂道:"先生,你老人家从前,不是曾经吃过一个嵊县秀才之亏的么?此人文有子建之才,武有孟贲之勇。只因奉了乃兄之命,侍母家居,不作仕进。可惜他是反对天国的。不然,只要前去问他,他是一个博学多才的人物,断无不知取下塔顶之事。"

张恂尚未答话,项元直忽然岔口道:"魏兄所说这位嵊县秀才,可是白岩村的那位徐春荣之弟,徐春晏其人么?若是此人,我曾和他做过几天同窗,他也并未知道我已投身天国,不妨让我去讨讨他的口气。"

项元直尚未说完,赛时迁不禁欢喜得跳了起来道:"既有此人,元直先生赶快劳驾一趟。"

项元直道:"此人不在绍兴,却在他那白岩村的原籍。"

赛时迁道:"我就拨一百名健士给你。大家都穿清朝服装,漏夜前去,若能好好地探出底细,那就不说。否则你们把他们的全家拿下,押解来此。若再秘而不宜,就点他们一家的天灯再说。"

项元直听说,即辞大众,真的改换衣服,带了一百名健士,一脚去到嵊县。走到白岩村的当口,先命一百名健士藏在一个山洞之中,候他信息,百名健士当然照办。

项元直对于徐春晏的家中,本是熟路,无须东访西问,及至走入村中,将近徐春晏的家里,抬头一望,只见那一副"乔木幽人三亩宅,野花啼鸟一般春"的集唐对联,仍在大门之上。赶忙前去敲门,谁知出来开门的人,正是那位徐春晏秀才。一见项元直这人,不觉失惊地说道:"咦?我不知听见哪位同窗说过,你不是业已投了长毛的么?"

项元直很镇定地答道:"你在见鬼不成。我是好好一个大清朝的百姓,为何去投长毛?"

徐春晏听说,方才笑了一笑道:"我听了谣言了,快请里面去坐。"

项元直到了里面,且不就坐,又恭恭敬敬地问道:"伯母世嫂身体一定康健，请你替我叱名请安吧。"

徐春晏连连赔笑道："叨庇平安，停刻我替你说一声就是。"

项元直听说，方始告坐。二人先道契阔，继道相思，最后说到各人的近况。不过徐春晏的句句是真，项元直言言是假。

等得晚饭之后，项元直又远远地兜了一个圈子，方才说到本题，忽然笑问道："你是一位博学多才的人物，艺林之中，谁不称赞你一声？今天左右没事，我倒要考你一考，你可知道绍兴的那个大善塔顶，怎么能够将他取下？"

徐春晏本是在家闭门事母，既不疑心项元直已投长毛，自然有问必答。当下便笑答道："怎么不知，大善塔顶，乃是缸沙做的风火筒，一可以避龙风，二可镇定风水，包村的两道龙派，正是仗它之光。只要把西郭门大路一带的河水先行车干，一上去即将塔顶拿下。"

项元直听说，仍旧不动神色地问道："这个古典，出在哪儿？"

徐春晏笑着道："这个不是古典，乃是一种学问。"

徐春晏刚刚说到此地，忽听全村的人众家家都拿着铜脚炉盖，当作锣敲，说是长毛来了，快快前去御敌。项元直一听此种声调，早已吓得心胆俱碎，正想拔脚逃走。陡又瞧见四面火起，跟着又见那一百名健士业已杀入村来。

这么无缘无故，怎么忽会闹出此事？原来白岩一村，原是聚族而居的人家，只要一个生人走入，大家便要查问。那时一个山洞之中，无端地躲上一百个生人，一班村人当然认出长毛出来。那一百名健士，一则要保自己性命，二则又怕项元直有失，因此一不做二不休，索性杀进村来。正是：

> 村舍无端遭浩劫，
> 祠堂不幸作刑庭。

不知徐春晏一家，能否单独免去灾祸，且阅下文。

项元直正想逃走的时候，忽见一百名健士业已杀进村来，胆子一壮，索性不走。哪知徐春晏并未知道其中曲折，一面通知老母、妻子快快躲避，一面对项元直说道："元直来得不好，此时长毛既来，你也只有跟着我们暂避一下为妙。"

项元直一声不响，徐春晏也不在意，正拟奔出去看究竟，复又听得村人已在和那长毛厮杀的声音，起初当口，似乎还是村人占些优胜，后来一阵大杀，村人之中的弹子已罄，便为长毛所乘。

就在那时，突然闯入二三十个长毛进来，一见项元直，便问可要将徐氏一门拿下。项元直未及答言，徐春晏至此，始知这班长毛乃是项元直带进来的，一时怒气填膺，不问皂白，即戟指着项元直之面，破口大骂道："你这贼人，为何带了长毛来害我们？"

那一百名健士忽见徐春晏已在向项元直大骂，当下分出几班，一班保护项元直的这人，一班已将徐春晏拿下，一班窜入楼上，先抢东西，继始寻人。

幸亏徐氏婆媳二人先已避到后山，未被寻着。项元直至此，忽然想到徐春晏的第六个嫂子李氏，素有美名，既然起了禽兽之心，马上对着保护他的那班健士说道："你们快快分些人去，把这村里徐春发夫妇二人拿下，我要带去见丞相的。”

那班健士一听项元直吩咐，自然鸡毛当令箭般的，果然分出几个去寻徐春发夫妇去了。

当时徐春晏这人已被几个健士拿下，正在心下好气，突闻项元直命人前去捉他六哥六嫂，更加大怒，不禁裂眦地骂道："咄，你真正不是人类。"

徐春晏尚未骂毕，又见灯笼火把地一齐拥入不少的长毛进来，对着项元直说道："我们已把村中人众统统拿下，绑在此地的那舍祠堂里头，快请项大人前去发落。"

项元直听了此话，觉得面上飞金，果然大摇大摆，由那一班健士簇拥着跟往徐氏宗祠而去。及到里面，瞧见大男小女地早已绑在那儿，便去挨一挨二，个个地亲自看去，一直看到数十个之后，方见徐春发的妻子李氏蓬头散发，血污满面地站在人众之中。项元直一见李氏，急把他的肩胛一耸，得意扬扬地笑问李氏道："徐家六嫂子，你还认识我这项元直么？"项元直嘴上说着，手上已在动手动脚。

李氏原是一位节烈之妇，一见项元直竟敢调戏，但因双手被绑，不能动弹，可是双脚未缚，她就出那项元直的一个不意，陡地死命一脚，照准项元直的小腹之下踢去。项元直那时原未防备，一被踢中小腹，顿时痛入肺腑，只好一面忙不迭地弯下腰去，双手捧着小腹，哼了几声，一面始大骂李氏道："你这淫妇，这般狠心，我可不叫你好死。"

那班健士一见李氏踢伤了项元直，立即不问青红皂白，一把将李氏拖到廊下，早把李氏洗剥干净，又把一柄亮晃晃的马刀，递给项元直的手中。

照项元直的初意，有污辱李氏之心，此时既被李氏踢得不能支持，又见两廊被绑的村人万目睽睽，朝他怒目而视，也会起了羞恶之心，即把那柄马刀捏得紧紧的，对着李氏的左肩狠命地一刀劈去。李氏本已不要命的，又因身无寸缕，怕有别样不好之事，只求速死而已。当时一见项元直用刀劈她，来得正好，不但不肯躲闪，反将身子向上用力一迎，当下即听得刺啦的一声巨响，可怜李氏一个娇弱身子，被劈得两爿，顿时死在地下。

项元直还待去砍徐春发的当口，不防徐春发陡地把他脑袋直向项元直的脸上拼命一撞，跟着缩了回去，又向柱上一撞，顿时脑浆迸出，也死于非命。那时项元直已被徐春发撞下两颗门牙，鲜血一直喷到胸前，满襟尽红。正待去砍徐春发的尸身，以出其气，陡又听得四面来了无数锣声，料知邻近村庄联合起来，定是来捉他们的。只好急与那百名健士一齐大喊一声，一窝蜂地拔脚就逃。各村人众确已聚集千余来捉长毛的，此时如何肯放，自然拼命就追。百名健士因奉赛丞相之命保护项元直来此的，怎么还敢怠慢，只好不顾生死地保着项元直这人，一齐直往前逃。

照那班健士的意思，还想奔入嵊县县城，请了大兵，再向白岩村去翻本。还是项元直因见去到县城，还有二三十里的途程，不如赶紧回到绍城再说，那班健士不好反对，方与项元直连逃带窜地直向蒿坝地方逃去。蒿坝乃是嵊县会交稽界的地方，来王一得绍城，本有重兵派在那里，白岩邻村人士也知此事，一见不能赶着项元直等人，只好退回。

现在不提白岩全村遭了浩劫，单讲项元直同了百名健士一脚逃回绍城，见着赛时迁，自出他的多少功劳，多少危险。赛时迁不及去答这些说话，单问对于大善塔顶之事，是否探出眉目。项元直告知徐春晏的说话，赛时迁听了大喜，即命项元直、张恂、魏荣三人，速去办理西郭门大路一带河水之事。无奈绍城之水，本是四通八达，放干河水，不是一朝一夕可以办成。

现在又将此事搁下，再叙包村那边，原来那位包三姑包小姐，自从那晚上踢走赛时迁之后，以为第二三天必有大兵去到，岂知一连候了几天，并无一点动静，一天正想去找她的老父商议军情。忽见她那老父的同学，一个姓梅的，名叫山州，一个姓蔺的，号叫瑞夫，单名一个麟字，各携家眷，匆匆而至，都去避难。包小姐慌忙迎入内室，始向他们说道："此地不是桃源，我们父女两个正想设法迁地为良，只为全村数万人众，要走同走，不忍弃了他们在此。"

梅山州一个人首先答道："孤村不能久守，本是一定之理。我们携眷而至，无非暂时驻足而已，本来须得另想别法。"

梅山州说到此地，包立生已经进来，一见梅、蔺两个，以及他们眷属，先命收拾房间，分配各人住下。然后问道："二位师弟，你们的本事，本在我们父女之上，你们二位的高见，还是再守此地，以待援兵为是呢，还是设法他去。"

梅山州摇头蹙额地答道："万万不宜再守，只有由海而遁，方是上策。"包立生道："数万人众，哪有许多船只？"梅山州毅然地说道："事已至此，只有不顾他们。"包小姐接口道："这是不可以的。人家都是投生而来，如何可以把他们置之死地。"

梅山州道："劫数所在，不能强勉。"梅山州说着，望了包氏父女一眼道："你们二位有何本领，敢去逆天行事。"

包小姐道："我们虽然不敢逆天行事，但是上天也有好生之心，侄女的愚见，决计要想保全人众。"

蔺瑞夫接口道："现在且莫争辩，大家从长计议。"

梅山州摇手道："不好不好，你们若是一定不听我言，我得携眷先走。"

包小姐竖起一双凤眉道："梅叔叔既是如此说法，我说来也多事。"

梅山州叹上一口气道："我的包小姐，我的此来，一半是来约你们父女两个同走的。真是一片诚心，你可不要误会。"

包立生插嘴道："此刻不必定要立时解决，且过三两天看了形势再讲。"

梅山州听说，方始无话。

蔺瑞夫道："以我所见，此地只管固守；最好命人去到省城，要求王巡抚派出大兵，直攻绍城。我们便好出其不意，教那来贼一个不及还手。"

包立生道："敝表弟冯仰山一去没有消息，大概省中也没什么大兵可派。不然，吴藩台决不能这般袖手旁观的。"

蔺瑞夫听说，还不死心，以为有了梅山州和他来此相助，必可久守。（略）

大家正在一时不能解决的当口，忽见冯仰山匆匆走入。包立生见了大喜道："你怎么一去不来，害得我们盼眼欲穿。现既来此，吴方伯那儿，到底怎样？"

冯仰山道："我自回省之后，吴方伯说是可委表兄总统省垣各军。我在第二天就不想来的。无奈省城时关时开；王抚台复又下令，不准官吏出城，恐怕扰乱军心，我便不好再走。现在省垣岌岌可危，王抚台不好再事禁人出入，我又赶来此地。最好是请表兄即在日内同我进省。"

包立生听说，便和他的女儿商量一会儿。包小姐即卜一卦，不禁大惊失色道："细察卦象，只有今天晚上可出。若交子正，必不能出。且有大祸。"

包立生听说，便去看了一看卦象，也在连说不妙。

包小姐又请梅山州、蔺瑞夫二人一同看过卦象，梅、蔺二人也在摇首道："水火既济，人物方安。此刻卦象缺水，难道城中贼人请了能人，已在断绝此地的水源不成？"

包小姐道："我们此地的守备，样样都好，只有侦探一项，付诸阙如。因为此村的四面都是贼兵，只要此村有人走出，不管是否侦探，都被贼人捕去，因此不敢再派侦探。侄女料定贼人，不知去取大善塔顶之法，故而不以派出侦探为意。"梅山州跺足道："侄女怎么如此自大。天下尽多能人，怎能防到？现在不必多说，赶紧弃了大众出发，还来得及。"

包小姐、包立生、蔺瑞夫等人也知事已危迫，不敢再主张携带大众。

当下包立生立即下令，把他村中的四千团勇分为五队，每队八百人数，选出头等勇敢的，入红旗队，作为前锋。第二等的，入白旗队，作为跟进队。其余的都入青黄两旗队中，保护数家女眷。再将平时略知法术的人众，入黑旗队，以作殿后。等得布置妥当，已经戌初时候。包立生、包三姑、梅山州、蔺瑞夫、冯仰山正在督着红旗队出发。

一时金鼓齐鸣，炮声不绝。哪知村中的男女一闻鼓声，知道包氏父女弃了大众而走。大家便不要命地一齐聚哭包氏的门前道："包君若走，我等跟着也死，不跟着也死。只有留下包君，或可苟延残喘。"大家边哭边说，所有流出的眼泪竟至成沟。现在包村面前的沟河，就是这个古迹。当时的包小姐，一闻大众如此凄惨的声音，急从前队赶了回来，慰藉人众。大众一见包小姐之面，仿佛婴孩见了乳媪一般，哪儿还肯放她走路。包小姐也觉不忍毅然舍弃大家。

正在进退维谷的当口，忽见梅山州气喘喘地也从前队赶来，一把拖着包小姐就走。不料包小姐的脚步尚未移动，陡闻一片极惨极惨的哭声，把天也要哭塌下来。包小姐眼见这等哭声，忽又将心一软，一面甩开梅山州的手，一面对着大众说道："你们放心，我不走了。"

梅山州怒目而视说道："侄女竟忍心叫你们的老父，同罹此祸不成？"

包小姐把她的一只三寸金莲，狠命地向地上一跺道："你们大家尽管出发，留我一个人在此就是。"包小姐说了这一句，忽又伤心起来。

梅山州还待再劝，突又听得一连轰隆隆的几声大炮，料知城中之贼得着他们此地出发之信，已来围村，急向包小姐大声地说道："侄女此刻不走，更待何时！"

包小姐气得大吼一声，不再答话，立即跳上一匹战马，头也不回地单身放了出去。梅山州如何放心得下，只好不再去顾前头的青黄两旗队了，一脚追了去，要去保护包小姐去。哪知等他赶到村外，一眼瞥见，敌军里面，一根竹竿上面，老高地挂起一个人头。赶忙抬头一看，直把这位梅山州吓得晕了过去。你道为何？原来正是包三姑包小姐的脑袋。正是：

> 竿上人头谁氏女，
> 心中热血独斯人。

不知梅山州是否苏醒转来，且阅下文。

第七回

孤村浩劫因二贼
省垣重失累三忠

梅山州一见他那世侄女包三姑的首级挂在敌阵中的竹竿之上，不禁吓得晕了过去。幸亏他的法术胜过蔺瑞夫、包立生两个多多，当下急忙将眼一盼，又见包三姑的首级挂在竿上，双目紧闭，两眉倒垂，脸上污血，还在直淌。心里又是一个酸楚，就将他的法术用出，打算制住敌人死命，以替包三姑报仇。谁知他的法术一齐用完，敌方毫无一点损失。梅山州至此，始知果是天意所在，劫数难逃，忙把身上的一只马表仔细一看，正是子正。复又大惊失色道："我若不走，还有命么？"他就单身遁去，从此不知所终。

原来来王陆顺德本已暗派不少的侦探守在包村的左右前后，包村之中的所有举动，并没有一件不据飞探报告的。来王陆顺德既据探子报告，说是包村之中复又到了几个能人，村中的五色旌旗已在移动，恐有冲出逃走之虞。那时赛时迁已经督率项元直、张恂、魏荣等人刚把大路水车干，大善塔顶早已取下。当下一听此报，即饬十员骁将，各率人马五万，直把包村四近围得水泄不通。

正拟攻入村中的当口，可巧正值包三姑一马冲出。大概也是包三姑的劫数已到，倒说等她一脚冲入敌人阵中，施展她的法术，所有法术竟会一件不灵。法术既是不灵，试问一位娇滴滴的女子，冲入千军万马之中，还会不伤性命的么！

包三姑既死非命，梅山州又已遁走，那时包村冲出的先锋红旗队不战自乱。白旗队赶忙继出，也是队伍错乱，众无斗志。青黄两旗的女眷队正待逃回村去，已是不及。还算那个殿后的黑旗队，有些法术知识，即与天国大军魔战一阵。黑旗队的结果，也是全军覆没。当时包立生和蔺瑞夫二人一见大事已去，赶忙各占一个袖卦。卦辞含混，不能解释。方欲乘隙逃遁，已被乱军所毙。天国大军，乘胜杀入，包村至此真是寸草不留，数万人众，同归于尽。

　　照这样说来，包村的失败仍是要怪项元直和张恂两个公报私仇的不好。不过他们两个，后来并未得着什么好处。杭州失守的当口，他们两个以及那个魏荣，还想功上加功，不知要想做到天国什么位置，方才甘休。不料老天有眼，一齐死在乱军之中。来王陆顺德、秋官丞相赛时迁二人，本是利用他们几个的。他们几个既是死于乱军，不过一道公文呈报了结。

　　现在单说那个王履谦，当时一见绍城业已失守，他就单身出亡，先到上虞。可怜席未暇暖，天国军队又已跟踪攻破上虞县城。知县胡尧戴殉难，全县死亡无算，仅有松下一镇未曾受着蹂躏。所以当时民间有种童谣，叫作"杀遍天下，失落松下"。其实也非失落，因为松下系一小镇。在松下人民看去，松下很是热闹。若到天国军队眼中，不算什么。

　　但是当时上虞的绅民都怨王履谦的脚气不好，说是他一走到，长毛随后就到，大有怪他引狼入室之意。王履谦既在上虞不便立足，幸亏脚上会得揩油，急坐海船，逃到福州。

　　那时的闽浙总督正是福州将军广岐兼代，因见曾国藩、彭玉麟、左宗棠等人很有一些治军之方，对于王履谦这人联带也就看重。一见他到，不管是否丧失土地的人物，一脚将他请到总督衙门，接风款待，极其周备。王履谦至是惊魂方定，一面饰词奏报，全部推在廖宗元身上，一面函知浙抚王有龄，隐约其辞，似有责他调度无方之处。

　　王有龄一见那信，直把他的几根胡子气得一齐翘了起来，马上亲自复上一函。王履谦接到一看，只见写着是：

　　　大示敬悉，承责调度无方，弟固不敢辞卸。唯当时弟因归安廖令宗元，守湖二载，保全土地，极有将才。调署绍府，原希其反危为安，以保越中八县。盖绍兴距省甚近，该地不失，省垣尚有屏蔽，此即调度中之一事也。拒知执事别有所属，重私轻公，种种设施，致其不能到任。迨至到任，复又嗾使贵团勇丁，与之为难。弟无论如何不敏，尚能预识廖守能为国家殉难；绍绅谢主事，尚能于城破之际，亲率黄头姚勇，与贼巷战于大善寺前。执事身任全省团练大臣，一闻警报，立即出去，不能与城偕亡，此对朝廷未免不忠也。执事与谢主事，先为一殿之臣，继为一乡之友，任其战死，单身出亡，此对朋辈未免不义也。及至上虞，为人不容，再遁闽省，未免无耻。来示卸责于弟，未免无信，弟已抱定与城偕亡之志，朝廷谴责固死，朝廷不谴责亦死。省垣不破，固为如天之福。省垣不保，弟当先往地下为执事驱狐狸也。专此奉复，临颖不胜悚惶之至。

王履谦边看边在出汗，及至看毕，脸上红得犹同猢狲屁股一般。正想将信撕碎，忽被一人陡地一把从他手上抢去大笑道："王中丞之笔，真尖刻也。"

王履谦赶忙抬头一看，却是那位广制军，只好也强颜笑答道："兄弟来闽之时，曾闻一位友人说过，王中丞得了疾症。兄弟当时不甚相信，今天看了此信，始知疾病倒是真的。"广制台当场随意敷衍几句，也就退去。

王履谦一等广制台出去，他又暗忖道：王有龄之信，虽有些强词夺理，闹着意气。但我不能保守绍地，总是真的。现在只有赶紧克复失地，才能说得嘴响。王履谦想罢主意，立即亲笔写了一封信，给那山阴峡山的何惟俊，打算聘为参议，帮他对付绍兴之事。

岂知那位何惟俊，曾任户部郎中，在朝时候很有直声。绍兴失守，已在怪着王履谦贻误戎机，殃及人民。一见王履谦前去函聘，马上悲悲切切地写了一信，送给来王，请他不可多杀百姓。发信之后，从容投缳而亡，并不答复王履谦一字。

不才做到此处，忽要加入几句闲言：以浙江形势而论，嘉湖宁绍犹树之根也，饷源所出者也。衢严犹树之节也，所以通江皖者也。温台处犹树之叶也，边圉之外障者也。换言之，金华乃浙东之心，而亦浙西所视为安危者也。绍兴一失，省垣乌能保乎！再说当时王有龄，自从发信与那王履谦之后，一看浙江全省：西面仅存困守的湖州一处，东面仅留一弹丸地的海宁州，真觉无节不断、无根不掘、无叶不剪的了。

王有龄正在忧心如焚的当口，忽据探子报称，说是出省诸将业已纷纷败回。王有龄一闻此信，愈加急得肝胆俱碎，再加闽省援浙军的那个饶廷选，因为不敢前去冲锋，只在省垣拱卫，还要天天催逼粮饷，省军林福祥本来还有一点威名，自从奉令出守望江门，一闻敌人到来之信，立即溃退回城。王有龄处此绝境，实在无法，竟至去向副将杨金榜下跪起来，求他拿出良心，设法保全省垣。杨金榜过意不去，始去扎营馒头山上。

十月初二那天，天国大军已从广春门绕至清泰门，杨金榜还是只肯出六成队，出击敌军，西湖一带的天国军队一见杨金榜出战应敌，知他后路空虚，即从净慈寺后面进兵，直扑杨金榜的坐营。杨金榜连连收队回救，业已不及。天国军队乘胜夹击杨金榜的溃军，杨金榜慌忙自刭，急切之间不能砍断喉骨，仍被敌人惨杀而毙。

那时天国方面最勇敢的队伍，要算扎在罗木营的那个听王陈炳文。他因嘉兴占据已久、万无一失的了，便又率领大军七万五千，在那罗木营站立五垒。灯火耀目，炮火连天，大有从前向荣、张国梁那座江南大营的气象。初五那天，张玉良至自富阳，文瑞、况文榜两军至自金华，却与听王陈炳文大战一场。听王陈炳文败退，五垒尽失。

张玉良、文瑞、况文榜的三路人马打得十分疲乏，要求饶廷选拨给军米，暂时充饥。饶廷选却冷笑道："我们自己的队伍已经饿了几天，你们真正不看风色。"张文况三路人马既无军米，只好暂退。

听王陈炳文一见张、文、况三路人马同时退去，连夜即将五垒筑成，复增三垒，且与天国的各路队伍，一同围攻十门。并于清波门外，以及凤凰山一带，夹木为城，筑上土穴，尽安大炮。首遭其冲的，便是张玉良的一军。十九那天的午后，张玉良刚巧送客出营，忽被一弹击落右胫，连夜送至闻家堰地方，第二天就伤重毙命。王有龄闻信，哭得晕了过去。

二十五日，闽军自请去攻罗木营，饶廷选再三阻挠。王巡风参将不听，单独率领八成队出击罗木营。饶廷选恐怕绅士说话，下令出三成队。兵士未至罗木营，仅放数排空枪而回。

这样一来，已是十一月初上，杭州城中，业已绝粮。一两银子买米半升，还须熟人方能办到。候补道员胡元博，倡议向民间捐款。城中人民十分踊跃，不到两天，集钱十五万余串，但是无米可买。兵勇沿家抢食充饥。王有龄亲自捧了王命弹压，毫没效力。于是浮萍蕉叶、草根树皮，以及破鼓钉靴、新旧皮箱，价格十分昂贵，无力购买，饥民饿卒，满路都是死尸。甚至后死的人们，割食先死的皮肉，以延残喘。当时有个民妇，携罐捃柴，即在路旁，刀割死孩之肉，想图一饱，及至细细一看，方知是她头一天饿死的孩子，顿时撞死路侧。

此妇之尸，不到半天，又为他人食尽。王有龄、吴晓飒两位至巡抚藩司，每日仅食药店中的熟地当饭。其他绅民，不必说了。当时杭州城内的知兵大员，只有将军瑞昌一个，但又饿得生病，不能调度军事。乍浦副都统杰纯，很想出战。杭州副都统关福，坚不发兵。

初九那天的黎明，忽有天国将弁名叫黎龙的，率众三四百人前来投诚。林福祥一点不疑，立给妇女金银首饰，合银千两，并军衣洋枪若干。黎龙当下收了东西，不禁大喜，指天为誓，说是可请官兵次日四鼓出队，他就烧毁海潮寺的贼营为应。林福祥答应照办。

不防第二天的四鼓，黎龙先发空枪，诱骗官军开城。等城一开，突然乘乱拥入，林福祥的兵士不能阻止，多有反去投降黎龙的。幸亏副将当得胜率队赶到，拼命厮杀，黎龙方始退去。就在那天为始，驻扎武林、清波、钱塘各门的官兵，无不私下投入敌军。

十五日那天，城中人民忽然得了一个喜信，知道有米了。原来杭州绅士胡光墉用白鳖壳船由宁波运白米二万石，从黄道关入江，拟泊三郎庙，运入城内。湖州绅士赵炳麟也由上海用小轮船装米一万八千石运杭。但是都被飓风所阻，不能到达。

其时天国方面，也已断了军米。李秀成可巧到来巡视，查知军中没米，主张率队回苏过年。听王陈炳文知道城中早已粮尽多时，若是率队回苏，前功必至尽弃，不觉拍桌大骂李秀成不知缓急，不忠天国。李秀成当场认了不是。陈炳文方始拍着胸脯，力任破城之责。

延至二十八日的巳刻，杭州各门果被天国军队分头攻入。巡抚王有龄，学政张锡庚，处州镇总兵文瑞，署布政使麟趾，按察使宁曾纶，粮道暹福，道员胡元博、彭斯举、朱琦，仁和县吴保丰，一齐尽难。杭州既已第二次失守，城中大小官员六百余人，无一得出。居民六十余万，先已一半饿死，一半被杀，一半逃出城外，依然冻死江头。

王有龄尽难的时候，先作绝命词数首，又缮一道遗折，命一心腹家人缒城而出，由海塘走黄道关，呈与胡光墉，转交驻扎上海的署理苏州巡抚薛焕，代为呈奏。折中大意，说是杭州不守，咎由绍绅团练大臣王履谦，臣死不能瞑目云云。朝廷接到王有龄的遗折，除厚恤外，并未降罪于王履谦，清廷的政令颠倒，实不可讳。

当时连那李秀成，也说王巡抚、张学政、文总兵三人很知忠义，令人可敬，乃用上等棺殓，亲笔题字，清朝忠臣某官某某之柩，并命林福祥同了署杭州巡道刘齐昂二人，护送棺木至沪。谁知沪地官绅，并未设祭。即将棺木启开一看，只见个个面貌如生，王有龄的项下，犹系白绸。大家至是，方始肃然起敬。上海县李敖正想禀知薛焕，拟替三忠设祭。忽见张学政的双目陡然睁了开来，同时血泪迸出眼眶。薛焕急祝告道："张寅兄，你也不必如此。兄弟一定替你逐走长毛报仇便了。"说也奇怪，当时薛焕的说话未完，张学政的双目忽又自闭。

照薛焕和李敖二人的意思，确想替三忠设法开吊。无奈又接杭州的警报，说是那座旗营，也于十二月初一那天陷落。将军瑞昌，纵火自焚而毙。副都统杰纯，力战阵亡。连那海宁州，也于初三那天失守。同时处州知府李希郊、台州知府龚振麟、协台奎成，先后殉难。薛焕要顾军事，虽然没有工夫再替三忠开吊，却也一面飞即报知两江总督曾国藩那儿，一面调军扼截松江，以防浙江敌人去攻上海。

那时李秀成坐镇杭州，捷报南京。公事刚刚发出，忽见来王陆顺德亲自晋省，说是自愿去攻湖州。李秀成嘉奖一番，命他仍守绍兴。湖州之事，另派大军进攻。来王陆顺德又上条陈，说是他在绍兴多时，访知嵊县巨绅徐春荣现充清朝淮军刘秉璋的营务处，能知过去未来之事，又说他的文王卦胜过文王多多，要求李秀成设法招致，以为天国得一人才。果能如愿，便与钱江回来一样。李秀成答应照办。来王陆顺德方始欢天喜地遁回绍兴。

无奈李秀成派往攻打湖州的队伍，无不失败而回。就是派往招致徐春荣的冯兆炳，也被刘秉璋当场正法。

直至同治元年五月初三那天，天国军队始将湖州攻陷，知府瑞春当场殉难。赵景贤这人深为天国将弁所恶，将他活擒到省，拥至李秀成面前。李秀成敬他为人，便拟释放。左右将弁一同鼓噪起来。赵景贤也在大骂，只求速死。诸将一拥而至，走到赵景贤的面前，正拟乱刀将赵景贤砍死。李秀成慌忙用他身体拦住，复又大声对着诸将说道："本藩留他有用，诸位不知我的用意，将来自会知道。"大家听见李秀成如此说法，方始无话。李秀成即将赵景贤密室优待，暗谕左右，防着赵景贤觅死。赵景贤绝食数次，竟不能死。直至次年三月二十八的那一天，李秀成率兵回苏，杭州城池交与谭绍洸的胞弟谭绍光镇守。谭绍光因事去见赵景贤，赵景贤一见面就骂，谭绍光乃用手枪将他击死。

赵景贤自从咸丰十年二月，奉令督守湖州，每用奇兵击退天国军队，并将平望、广德等处次第恢复。及至杭州再陷，湖州孤悬敌中，四围一千数百里，都是天国军队，尚无绝粮之虞。他的本领，可想而知。

朝廷知他确能大用，特授为福建粮道，命他迅速到任，明是保全他，留为大用。及闻久不到任，复又将下上谕，准他弃了湖州，不必坚守。当时赵景贤本可冲围而出，前往福州到任，只因不忍舍去湖城民众，以致被擒。

他在同治元年二月下旬，尚将天国的贼王袁夏雨一军，杀得大败于七里亭外。嗣为千总熊得胜开城降敌，急切之间，无法抵制。湖州人士，恨得熊得胜入骨，公禀新任巡抚左宗棠那里。

左宗棠接禀，深为惋惜，于是下令部下，能将熊得胜其人生擒到营，先赏现银三万两外，再保两个异常劳绩。后来那个熊得胜果被左宗棠的部将潘鼎新擒获，总算报了赵景贤之仇。

左宗棠又查得金华人，名叫周兆荣的，本是金钱会匪首。曾以妖术，在那咸丰八年时候扰乱温州一带，人民死伤无算，嗣因事败在逃，迄今未获。便又下令，有人拿获周兆荣的，也照拿获熊得胜的一样奖赏。

原来周兆荣这人，本非金华的土著，只因一向住在金华府城，即以金华人自称。他的金钱会规，首先请人吃菜，吃菜之后，诱人青田、永嘉两处交界的山中，教人用一文制钱，投入沸汤之中，能够浮而不沉，大家因此相信。不久即集教民一千余人，横行不法，四处肇事，良民渐渐怨恨。其时天国军队，正陷处州。民间生怕因此召入长毛，于是纠众多人，出其不意，将其山中巢穴焚毁。周兆荣辗转流至平阳钱仓镇上，改为单名一个荣字。首与埠头差役赵启相结纳。

赵启相本是无赖出身，因知周荣曾经干过金钱教的，他就忽然扬言，说是他于山中某处地方掘得金钱七枚，必当大贵。镇上居民，本无知识，大为信仰，赵启相因而竟得骤至首领地位。正是：

> 妖孽本来生乱世，
> 贤臣因得震威名。

不知赵启相既做首领，还有何事闹出。且阅下文。

第八回

众议将帅定军机
设谋弟兄挡大敌

赵启相能做首领，也是周荣替他鼓吹之力。没有几时，就有奸民朱秀三、谢公达、缪元、张元、孔广珍、刘汝凤等人，争做金钱会的分首领。各献银元三百五百的，换得赵启相的假金钱一枚，名曰金钱义记。红帖一分，内分八卦，乾字最大，挨次推了下去。又言暗受天国口号，凡入会者，保得太平。天国军队到来，只要出示金钱，便是一家。于是百姓受其愚的，竟达数千。

第二年，已经延及瑞安地方。生员藩英、林景润、郑日芳，奸民林孔标、黄福瑞、黄梅宇等人，非但自己入会，而且以势力胁迫愚民，供献会费。一时声势浩大，似有洪秀全在粤之势。平阳县翟维本召赵启相、周荣二人入署，谈至通宵，并为禀请层宪。议会为团练，发给枪械军装。赵、周二人竟敢逼官祭旗，声势愈张。

当时瑞安城中，原有孙积余的团练千五百人，不直赵、周所为，从此暗已结仇。赵、周二人乃以剿匪为言，六月间，首劫林洋焚烧陈氏、谢氏。七月又焚雷渎地方的温氏。孙积余实在看不下去，也不去禀知县里，即与雷渎的团首陈安润各募台船百艘，夹攻赵、周的团练。赵启相吓得便想自尽，周荣劝止始罢。及知孙积余、陈安润二人未去禀知县里，复又聚众反攻孙、陈二氏。并焚孙氏义安堡的房屋。

县官翟维本至是生怕上司见责，急发官兵会同孙、陈两团，夹攻赵、周。赵、周二人一见官兵去剿，索性一不做二不休起来，即与潘英、蔡华等人召集亡命二千余人，插竿起事。官兵不敌赵、周、潘、蔡四人，就将温州城池占领，自三角门起一直杀至西门。先犯试院，次杀捐输委员前丽水县典吏许象贤，并将道府县署的女眷统统杀毙。幸亏道府县等官先期因事出城，未遭其害。

温州镇总兵叶炳忠闻变，急偕前永嘉县知县高梁材，各率兵员三百飞奔入城，枪杀赵启相的干部数人，赵部首先惊溃。周荣便继赵启相为首领。叶炳忠、高梁材的兵勇，不能制止。幸亏李元度的大军赶到，周荣、潘英、蔡华三人方始易装逃遁。左宗棠既闻其事，所以下此严令。后来次第拿获，先后正法。

温州府城，自被赵启相、周荣、潘英、蔡华等人扰乱之后，元气大伤。所以天国军队一到，如入无人之境。那时左宗棠既辞浙抚之命，虽知衢州城池尚为天国所有，但因孤军深入，很是危险。他的奏折，上文已经叙过，读者诸君想还记得。

左宗棠既不主张先入衢州，他便传令各将，大家各抒所见，让他采择。当下就有他的总理营务处知府陈奉彝、安越军统领候补道李元度，合上一禀。说是衢州现有防兵，无须入城坐镇，方算把守。江西若不供给饷项，何必代守常山。闽省倒是衢防的饷源，江山却是通闽的咽喉；不如屯兵江山，兼顾饷道，且与衢城遥遥相应。贼人决计不敢略江山单攻衢州，也不敢略衢州单攻江山。即令常山不守，尚能不为贼人摇动根本大计。因而再事次第调集大军，相机进剿，似为上策等语。左宗棠据禀，即驻江山。

同治二年八月十六，朝廷将左宗棠升署闽浙总督，以曾国荃升署浙江巡抚，以刘典升署浙江按察使。左宗棠专折谢恩之后，即命福建按察使蒋益沣进攻杭州。蒋益沣本是中兴名将之一，奉到左宗棠的公事，便请调闻家堰、西兴等处的军队，渡江会攻。左宗棠当即批准。蒋益沣立同副将刘清亮、参将康国器、游击魏喻义、候补直隶州知州潘鼎新等，一面围攻杭州，一面分兵进取余杭。

天国方面的听王陈炳文、归王邓光明、天将江海洋等人，一见官军分道并进，急在杭州负郭一带的要隘重重添设炮垒，卡城外绕极坚固的木栅，并令踞守余杭的钦王谢天义拼力死守，以为掎角之势。又将仓前长桥、女儿桥、老人畈、东塘、西溪埠、观音桥、三墩等地方，直路至武林门外北新关，横路至古荡地方，连营四十余里，以拒官兵。

二十五日，将益沣据报，说是余杭的江海洋已向李世贤那里乞得老万营长毛三万五千余人，打算固守余杭。蒋益沣复又添派部将高连升，率兵六营，会同洋将德克碑率花绿队[1]，进攻十里长街。还怕兵力不敷，又命同知魏光邴率亲营四哨，跟踪而进，以作接应。并令王月亮率领本部人马，以及福建、湖北援浙各军，依山列队，以防清波门一带的敌人。当时杨政谟、刘连升、罗启勇等，各率炮船四五十艘不等，沿江而下，以作声援。

及至各路陆军进至濠边的当口，陆军争拔桩签，水师迭放排枪，以作掩护，敌军至是不能坚守，无不惊惶失措，不战自乱。官军乘势一拥而入，首先攻破街口大垒，当场杀毙敌人五六百人。后街敌人，凭借六七千人数，凭垒据守，只是大声发喊，不敢出战。官兵因见路狭难进，不便深入。

正在相持之际，陡然听得数声大炮声响，城内复又拥出悍卒二万多人，内中也有几个不知姓名的洋人，代为指挥。洋将德克碑一眼看见敌方的几个洋人，因要借此露脸，顿时喔唷喔唷地大喊几声，一脚纵至那几个洋人的跟前，举起一支手枪就放。当下只听得啪啪的两响，对面一个头大如斗、身高八尺、两腿极长的洋人，应声而倒。德克碑大笑几声，打着北京官话道："咱们手枪的准头，本是一个尖儿。"

谁知德克碑正在得意扬扬的当口，不提防对面阵中，陡地放出一支冷箭，对德克碑的咽喉射来。说时迟，那时快，德克碑嘴上的一声"不好"犹未喊出，早见他的背后，突然飞出一员大将，冲到阵前，扑地一把，已把那支冷箭接到手中，随手搭上弓弦，飞地射了出去，不偏不正，恰恰中在城上一个手执令旗的敌将咽喉之上，那员敌将，跟手一个倒栽葱地跌至城下。

德克碑连忙一看，接箭之人非别，正是清朝大将、现任福建按察使司按察使的蒋益沣。德克碑忙去一把捏着蒋益沣的手，大乐地道谢道："蒋大人，您的箭法，真正是第二个黄忠老将了。"蒋益沣不及答话，急又跟着一连地射出几箭。蒋益沣的箭法真好，倒说射出去的箭头，支支都中敌人的咽喉，而且中箭的敌人，个个都是敌方大将。

当下的敌军一见连伤几员大将，忙不迭地退入第二道卡城。哪知清国官兵很觉机警，早已发喊几声军威，已把第二道卡城抢先夺下。敌方无奈，只好一齐退入城中。蒋益沣即令高连升等，节节移营，进屯十里长街、六和塔、万松

---

① 花绿队：当时民间之俗称，因见队士各人头上裹有一块花绿巾。

岭等地方。蒋益沣、刘典、潘鼎新三人复在万松岭上，俯瞰城中虚实之后，蒋益沣又亲自率同徐文秀、徐春晏、徐春发，各带本部民兵出敌方的不意挥军疾进，一连复占三卡，毙敌无算。其余的敌兵因见官军锐气正盛，势不可当，纷纷凫水而遁。城中敌人，从此坚守不出。

九月初六的辰刻，城中敌军二万余人，由雷峰塔、馒头山、凤凰山、九曜山等处，分四路直扑官军的新垒。当时敌方的旗帜鲜明，队伍整齐，竟和平时大异。官军的水陆各军，高连升、王月亮、刘连升、杨政谟、罗启勇、徐文秀、徐春晏、徐春发等人，也分四路迎敌。蒋益沣、刘典、潘鼎新三人，亲自压阵。遥见忽有一股敌军从对面岭上，鸣鼓飐旆冲下，急令余朝贵、高有志由江边绕到敌方背后，以备前后夹攻；又令高连升横出山脚，魏光邴、刘清亮、实德棱各率所部，从小路杀出。

两军正在大战之际，陡遇一阵大雨，双方阵上的人马无不淋得犹同落汤鸡的一般。那时官兵方面，因为不及敌军会吃辛苦，稍稍有些退却。蒋益沣看得亲切，慌忙下令，说是退一步者斩。哪知军心一怯，便如潮水之势一般，无论如何严肃的军令，也难止住。蒋益沣一见情形如此，连声大喊"不好"。刘典、潘鼎新两个立即穿上草鞋，亲自冲到阵前，挡了一阵。

那时官兵方面，尚未度过危险之期。就在那时，突见两员猛将，各率赤脚民兵数百，犹同迅雷疾风般的冲到阵前，就向敌方那个主力军的地段直扑进去。敌方陡被这样一扑，阵脚便难支持。蒋益沣忙又亲自擂鼓助威，官兵复又乘势进展，洋枪土炮接连噼噼啪啪地乱放。起先两员猛将忽又从那敌阵之中杀出，各人手执一个血淋淋的脑袋，大声对着官兵喊道："弟兄们快看，我们两弟兄，已将伪归王邓光明，连同他那婆娘两个的首级取来了。"官兵一听此言，胆子一壮，气势复盛，顿时又同潮水般地涌了上去。敌军不能抵御，只得纷纷溃散，逃入城中去了。

蒋益沣直至此时，仔细一看，方知那两员猛将，正是徐春晏、徐春发兄弟两个，不禁大喜地高喊道："啸林、毓林，这场功劳不小。快快莫退，须将贼垒一齐攻破方好。"徐春晏、徐春发二人急把手上所提脑袋用力一抛，抛到蒋益沣的跟前之后。忙又返身杀去，官兵跟着涌进。那一天的战事，徐春晏、徐春发两个纵横荡决，在那敌阵之中杀进杀出，一连十余次之多。别人不说，单把那位洋将德克碑看得呆了起来。第二天又照样地打了一天，敌军的气势已退，人数也伤不少。

将益沣止在记那各人功劳簿的当口，徐春晏不过义质彬彬地请求毋庸禄功。徐春发却大声说道："我们杀贼，乃是为得报仇。若要功劳，真正拿了大红帖子去请我们，也请不到的。"徐春晏慌忙止住他的老兄道："不要功劳就是，长官面前，怎好这般不守规矩。"

徐春发听说，方才突出一双眼珠不响。众将见此形状，无不暗暗匿笑。

蒋益沣也对徐春发笑道："毓林这般神勇，我们此地也有一位鲍春霆鲍老虎了。"徐春发接口道："姓鲍的他是老虎，我是一只野牛。"

蒋益沣本有激将的手段，又朝徐春发笑上一笑道："牛是麒麟之种，本来很有力的。你敢担任去攻余杭么？"徐春发应声道："怎么不敢？不过打了胜仗，我不居功；打了败仗，我却不挨军棍。"

徐春晏又走一把将他这位老兄拖开道："不要空谈，我们只是奉了公事就走。"蒋益沣即把一支令箭，付与徐春发道："本司助你们二位贤昆仲三千官兵。仍请率了本部民兵，去打余杭的头阵。"

徐春发接了令箭一笑道："我总拼命去打，粮饷军械，大人须得发足。"

蒋益沣点头答道："毓林放心，这是支应处的责任，决计不会误事的。"

蒋益沣一等徐氏兄弟两个走后，便命康国器、魏喻义二人各率一千人马，前去接应二徐。

八月初九，刘荣合、罗大春、简桂林分三路进攻宝塔山，大胜而回。九月初十，左宗棠连据各处报捷，方始进驻衢城。那时龙游已克，因闻湖州的敌军，由武康去援杭州，飞檄蒋益沣，须得四路截住敌军。蒋益沣奉到公事，赶忙传令部下，分头出堵。十月中旬忽据探报，说是徐春发、徐春晏二人已将余杭攻克，敌军纷纷退蹿外县。

蒋益沣闻信大喜道："余杭既克，贼人失去联络了。"忙又一面向左宗棠那儿报捷，一面函知湖北徐春荣那里，大夸他的两位令弟之功。

徐春荣得信，修函道谢，并说自己已蒙皇上破格录用，受了道员之职。家有八旬老母，须得两弟回籍侍奉，万万不可再保官职等语。

蒋益沣接信，发给众将传观道："徐氏满门忠义，不亚两江的曾涤帅，本司受人以德，决计成全徐氏的孝心。"众将听说，无不钦服。

蒋益沣便将徐春晏、徐春发二人调回助攻省垣。左宗棠也命候补道杨昌睿到杭，调出刘典、潘鼎新二人，去攻外府州县。刘典、潘鼎新奉命离杭，杨昌睿便献计于蒋益沣道："余杭既克，省垣贼人尚众，依我之意，不妨先攻附郭各垒，以寒贼胆。"

蒋益沣赞成其议，十二月初一，即命提督高连升，副将黄少春，洋将德克碑，徐文秀、徐春晏、徐春发、赖锡光、刘璈、余佩玉、朱明亮、杨和贵、刘树元、曹魁甲、周廷瑞、王东林、邓受福等人，会同水师，进攻凤山门。亲自率队，排列钱塘门外郡亭山、栖霞岭一带，以防敌方的援兵。

敌方也出死队迎战，自辰至午，官兵连破九垒，一直追敌至城隍山脚。蒋益沣一见官兵得手，急命高连升分出所部，据守新得的五垒，洋将德克碑守二垒，徐春晏、徐春发各守一垒，只有古荡一垒，以及近城二垒，一时不能得手。乃命各营，分屯钱塘门、涌金门、凤山门、清波门、馒头山、雷峰塔、郡亭山等处，刻刻留心，不可有失。并请左宗棠授衢州镇总兵刘培元统辖钱塘江的水师，以一号令。

左宗棠许可，并令潘鼎新攻湖州，刘典攻嘉兴，刘典奉令即率本部，首攻南湖。

听王陈炳文素知刘典骁勇，一面拼命应战，一面又派胞兄陈大桂遄赴苏州，去向巡抚李鸿章乞降。李鸿章一口答应，即令同知薛时雨，伴送陈大桂来浙，以便与浙省当道接洽。

哪知陈炳文一等陈大桂赴苏，尚未得报，忽又潜身到杭，竟将杭州谋内应的诸人统统杀害。及至薛时雨同了陈大桂到浙，蒋益沣因见陈炳文杀害杭州谋内应的诸人，陈大桂虽未与谋，陈炳文本人没有信用，反复无常可知，不肯接洽。

薛时雨只好同了陈大桂去到衢州，面见左宗棠定夺。左宗棠一见陈大桂，并不思索，立即说道："此事不必空说，只要你们兄弟立刻献城，便有办法。"

陈大桂忙又回到杭州，一去多日，没有回报。

左宗棠密令蒋益沣，命他自顾自地尽管攻城。蒋益沣便令高连升亲率四营，直攻观音堂的敌垒，并命周清亮的五营，以及水师刘连升、唐学发、罗启勇分头接应，又命徐文秀率湘军六旗①，径攻古荡敌垒，楚军一营、闽军一营，为之接应。又命洋将德克碑迭发大炮攻凤山门，亲兵四哨，为之接应。陈炳文急率死党三万应战。

正在一场混战、胜败未分的时候，忽见德克碑的落地开花炮陡将城垣打毁

---

① 清朝军制，一营五百人，一旗二百五十人。

三丈，跟着又见头裹红巾的两员敌将，忽由城外率队即从打毁之处拼命冲入。敌军只知道是他们的败兵，非但并未阻拦，而且连连让道。谁知冲入二将，正是徐春晏、徐春发二人。

原来徐春晏因见连日攻城不下，兵士百姓死伤无算，便与徐春发私下商量道："我们大哥，口口声声命我等侍奉母亲。他已受了朝廷官职，只好尽忠，不能再事尽孝，这个自是正理没话说的。不过我们二人既已来此助战，今天的这场战事乃是清朝的生死关头，依我之见，我想我们二人一有机会，须得冲入城去，所谓不入虎穴，焉得虎子。"

徐春发不待徐春晏说完，忙接嘴道："这是叫作冲危险，万一冲不出危险，我们二人便没性命。"

徐春晏道："我正为此，不敢马上打定主意，便是为的大哥一言。"

徐春发道："我们从长计议就是。"

徐春晏忽被他的老兄说得好笑起来，道："救兵如救火，怎好从长计议？"

徐春发听说，忽然大喜地跳了起来道："七弟，我已想到一个好法子了。我们两个今天准定干他一下。倘若冲不出危险，我们两个尽管送死，便好调出大哥回去侍奉母亲。"

徐春晏听说，连连拍手赞成。马上便去乔装敌人，并将所部民兵也打扮得和长毛一样。刚刚安排妥当，可巧德克碑已将城垣轰毁三丈，他们兄弟二人百话不说，急率所部一脚冲进城去。敌方不知内幕，连连四散让道。

徐春晏、徐春发二人立即大喊一声道："顺我者生，逆我者死。"二人的死字，犹未离口，顿时逢人便杀，遇马便砍，大杀起来。敌人措手不及，无不边战边退。蒋益沣一见徐氏昆季已经拼命冲入，急令徐文秀、周廷瑞、贺国辉、王东林、刘清亮、李运荣、翁桂秋、李世祥、马云标、胡荣、李国栋、罗山纲、叶纪来等各率所部，迅速跟踪杀入。正是：

> 一人拼命原难挡，
> 四面重围也不支。

不知大队官兵杀入之后，究竟得手与否，且阅下文。

第九回

陈延寿负债洋商
洪秀全花下做鬼

　　徐春晏、徐春发二人既是乔装发军，从那轰塌城垣之处冒险冲入城去，城中敌人一个不防，大半惊溃，当下的官兵，即生擒敌人数千，救出难民无算，所获枪炮器械，尤其不可胜计。杭州省垣，便于二十四日卯刻克复。

　　蒋益沣一见由他手中克复城池，自然大喜之下，即令各军分屯各门，并命马队跟踪追进，沿途又毙敌人数千。蒋益沣一面遴选委员，整理衙署，赈济灾民，一面飞禀报捷。

　　次日大早，又据探子报称，说是杭州溃出之敌统统聚集瓶窑，添筑新垒，仍思抗拒官兵。那时左宗棠可巧到来，急命各军拼力追杀，自己也率大军继进。敌人因见左宗棠亲自前来，知不能抗，方始弃垒而走。左宗棠便将大营驻扎瓶窑，督促各军分头追赶。

　　各军疾驱一十八里，到了安溪关。只见群峰矗立，地势十分险峻，又有多数炮台，并障大石。原来天国军队守余杭的时候，以瓶窑可扼北路，用作犄角之势。及至杭州不守，大股队伍，统统退此，还拟死守。后见左宗棠的大军骤到，不敢死拒，急又潜伏四面深林，满拟等得官军攻垒的当口，他们便出官军的不意，从后抄袭，用那一网打尽之计。不料罗大春、刘荣合、杨和贵、朱明亮、张声恒等人早据探报，已知他们的底细，一面抢夺炮垒，一面四处搜杀伏兵。伏兵见计不售，只好分头四蹿。那天官兵方面，不但攻克关隘，且又获得大炮五十五尊，鸟枪一千余支，旗帜粮秣无算。

二十六的那天，张声恒、罗大春两支人马首先杀出安溪关，追剿敌人。不防忽然天降大雾，伸手不见五指，张声恒的五营走在最先，竟被敌方伏兵所陷，当场伤亡七百余人，幸亏朱明亮、杨和贵等军追到，拼力厮杀，始把张声恒援救出险。可是张声恒业已受了重伤，不能作战，由罗大春分兵护送回杭。左宗棠亲去看视，张声恒医治好久始愈。

左宗棠一面重赏各军，一面飞奏报捷。折中大意是：杭州为全浙根本，余杭又为杭州西北的屏蔽。贼首伪听王陈炳文负隅死守，力抗大军，数月以来，攻剿殆无虚日。今幸杭州余杭两城，均已克复。浙西大局，渐可次第肃清。皆仰赖皇上神威，文武诸臣同心协力，得以迅奏肤功。现据谍报，贼首黄文金、李世贤、李远继等，犹麇集湖州一带。湖州既为贼逋渊薮，臣自当殚竭心力，慎以图之等语。朝廷据奏，先将左宗棠赏穿黄马褂。所有文武将官，悉有升赏。

左宗棠又请徐春晏、徐春发二人到营，奖慰有加。徐春晏、徐春发便乘机面请回籍，去事老亲。

左宗棠听说蹙额道："二位功劳不小，应该候我奏保官职。"

徐春晏不候左宗棠说毕，急接口道："某等弟兄二人，乃奉家兄之命，来此襄助官军。现在已克省垣，其余外府州县，不难挨次肃清。某等急于回家，恐怕老母有倚闾之望。保举官职，委实不敢领受。"

左宗棠复又说道："二位之事，本部堂略知一二。令兄杏林观察，乃是当世奇才、刘仲良的得署藩司，自然是令兄一人之功。"左宗棠说出这句，忽又捻须微笑道："令兄为人，颇有曾涤帅之风，总是不教兄弟做官。其实朝廷的按功酬庸，你们二位不必固辞才好。"

徐春发也笑上一笑道："我们既要回籍，侍奉家母，要此官儿何用？大帅倘若一定要给我们，就请移奖家兄吧。"

当时左宗棠听到这句，不禁大笑起来道："令兄何必要此移奖。他若真要做官，此刻督抚的位置也早到手的了。"徐春晏插口道："大帅栽培，某等真的感激万分，不过君子成人之美，还是不必奏保。"

左宗棠一见实在说不进去，只好送出一千两的程仪。徐春晏、徐春发二人不便再事推却，各人收了百两，告辞而去。

左宗棠送走二徐，又将此次阵亡的副将扈照乾、余佩玉，参将邓福受、王洪熙、张明远、刘质彬、古捷芳，游击陈宗说、蔡盛恩、都司陶晋升、周富棠、唐得胜、李升德、陈吉进，守备邱得胜、吴葆光、陈宗懿，千总李祥林、梁贞祥、徐再发，把总尹其顺、黄连升等人，统统汇奏请恤。并请将余佩玉、张明远、刘质彬、李升德、陈宗懿、唐得胜六员，入祀湖南昭忠祠。又附奏称伪比王钱贵仁，前曾暗中遣人纳款献城，后因谋泄而止。及至我军攻克杭垣，钱贵仁复又率党千余，叩求免死。臣念钱贵仁虽因劫于凶威，未能立功赎罪，究属事前曾经通款，拟求皇上天恩贷其一死。朝廷揽奏许可，并再加恩赏给左宗棠太子少保衔。

又将浙江布政使蒋益沣、按察使刘典、提督高连升，并常穿黄马褂，并云骑尉世职。道员杨昌濬、康国器、朱明亮、潘鼎新，均加按察使衔。康国器复以福建道员遇缺简放。总兵王月亮以下，同知魏光邴以下，文武四十三人，均各赏戴花翎蓝翎。大家一见那道上谕，无不欢声雷动。

左宗棠复又一面布置省垣各署之事，一面遣兵调将，命人分头攻打外府州县。同治三年五月，刘典统属所部已将绍兴克复。

原来踞守绍兴的那个来王陆顺德，自从攻破包村之后，即将大善寺的塔顶派人送往南京，献与天皇。在他之意，以为必有重赏。哪知天皇正在有病，无暇顾此小事，只害得绍兴地方无端失去这塔顶，很与风水有关。有句俗话，叫作损人不利己，大概就是来王所干的这件事了。

来王当下白白高兴一番，还是小事，那时刘典率兵攻打绍城，声势颇壮，再加有个绍兴绅士、南榜第四名举人陈延寿，字眉卿的，方由陕西巨绅寿岳亭家中辞馆回绍。因见故乡，已被天国的来王陆顺德占据已久，又因曾中大清朝的举人，当然要帮清朝。而且来王在绍，未免有些小小骚扰。陈延寿便乔装小贩模样，由海道去到上海，拟向江苏巡抚李鸿章搬请援兵，去救绍兴。无知李鸿章正在自顾无暇之际，口头虽允，只是不发。陈延寿性急如火，不能久待，复又回到宁波。

有一天无意之中，忽然碰见一位旅甬洋商名叫掰克的。便问掰克道："杭州的德克碑，上海的白齐文、华尔等都是洋人，竟能率兵攻打天国军队，很有名望。你倘能够同我到绍，克复绍城，我能酬谢十万两银子。"

掰克听说，大喜道："只要你能负责，我一定可以替你克复绍城。不过你得和我立上一约。"

当时陈延寿急于克复绍城，便也不顾利害，即与掰克订约。约上说是只要掰克能将绍兴克复，他可代表绍人，酬谢十万两银子。

掰克又说道："现在宁绍台道张景渠，就在此地。你能请他也在约上签字，你的责任似乎可轻一点。"

陈延寿道："绍兴偌大一城，统属八县，况是一个素来协饷的地方。只要能将长毛打退，在我想来，不问此款出之于民，出之于官，岂有不愿之理。就是官民都不肯出，单是那个来王府中的金银宝贝，何止千千万万，提出一点，也就够了。"

掰克听说，便不再说，即在宁波招集流勇溃卒三千多人，买上千把支洋枪，就与陈延寿一脚来到绍兴。可巧来王陆顺德正被刘典手下将官杀得闭城不出。掰克便率三千兵士，由西郭门一带爬城攻入。他们一入城内，乡勇土匪乘机抢劫，来王府中之物早已一扫而光。当时虽有掰克和陈延寿二人率兵禁止，哪有一丝效验。这般一闹，非但绍兴官绅一无所得，且须另筹现款，犒赏各处军队。陈延寿当时自然倚恃他有大功，立即亲到杭州向左宗棠那儿报捷，并拟领下十万两银子，以便付与掰克。

哪知左宗棠第一样事情，不知陈延寿这路人马，究由何军所派。第二样事情，十万两银子，急切之间，也没地方可筹。第三样事情，似乎尚怪陈延寿擅与洋人订约，迹近招摇。但因陈延寿同了洋人掰克率兵到绍，首先攻入西郭门，众目所睹，多少总有一些功劳。当时就对陈延寿说："十万款子，须归奏案。莫说此刻省库如洗，没款可发。即使有款，也难照付。"

陈延行百话不说，口口声声只说他是为公，区区十万之数，克复一座府城，真算便宜。而且洋人乃是外人，并无应该要替中国攻打长毛的义务，万万不可失信。左宗棠便令两司核议。蒋益沣、刘典二人也说陈延寿虽是为公，但是十万之数，须归奏案报销。既无部文，如何可付。唯念陈延寿忠于乡土之事，不妨保他一个功名，以酬其劳。至于所订洋人之约，是他私人之事，由他自去料理。当时左宗棠便把陈延寿保上一个同知，就算了结。

岂知陈延寿一见浙江当道都是推出不问，只好回到绍兴，去与郡绅商量。岂知一班郡绅，一则个个胆小如鼷，不肯负责，二则确也无款可筹，三则还有人说陈延寿假公济私的。于是大家只好说声爱莫能助，也是推出不管。

那时掰克一见他的款项没有着落，便与陈延寿个人拼命。陈延寿被迫无法，仍又晋省，再见左宗棠，请求顾全外人信用，望他成全此事。可巧碰见左宗棠为人，平生最恶洋人，当下就驳斥陈延寿道："你失信用，与我何干？"

陈延寿听说，不禁跳了起来道："咦，绍兴地方，不是我姓陈的土地。大帅身居闽浙总督，眼见洋人替你攻克土地，就是为大帅的面子计，也该筹出这笔款项。"左宗棠听说，便冷笑了一声地骂道："放屁，姓陈的，可知国法么？"

陈延寿也厉声地答道："大帅不必骂人，这场官司，就是打到金鉴殿上，不能说我无理。大帅若不立即拨出款子，我就叫掰克自己来和大帅说话。"

左宗棠不待陈延寿说完，早已气得胡子根根翘了起来，当下也跳了起来道："反了反了。你竟敢倚恃洋人的势力，前来欺凌长官不成？"

陈延寿道："大帅代表闽浙地方，大帅便是洋人的债务人呀。"

左宗棠听了，便哼了一声，立将陈延寿发交钱塘县管押。没有几时，陈延寿即瘐毙狱中。掰克在闻得陈延寿已死，便向浙江当道交涉。蒋益沣因怕此事闹大，只好私下赔出一半了事。

后来会稽举人，名叫顾家相的，想替陈延寿伸冤，曾与两江督幕陆某讨论其事。该函曾载《因园函札》书上，兹录于下，以备读者诸君参考，不才不下评判。

弟前次发信后，旋即查检官书，嗣于左文襄奏疏，及本浙记略详加参考，始知克复宁绍，止有洋将，并非洋兵。

其洋将系外国领事，呈明总理衙门，权授中国武职，募勇代为训练，奉旨归督抚节制者。时左文襄远在上游，故由前任宁绍台道张公景渠就近调遣。张公前因宁波失陷，退守定海，奉旨追问查抄，其急于立功自赎，已可概见。宁波既复，以次及于绍兴，理势然也。洋将既已投效中国，受职练兵，所练系中国之人，食中国之饷，果能克复职地，朝廷自有懋赏，亦何得绅士私许酬劳。然则著之论者，竟谓洋兵由陈眉卿请来，视为申包胥秦庭之哭，误矣误矣。来示谓克复由道府主持，其十万之费，乃专为克城之日，禁勿掳掠，以为抵挡之品。洵为能得其实，盖弟昔年所闻，虽误传十万为酬之费，然款之所出，全希望于城中贼遗财物，则众口皆同。绍城素称繁庶，贼踞以后，又括取乡间金钱，旁观揣测，以为何止千万。而不知兵临城下，玉石俱焚，覆巢之下，安有完卵。陈氏以此取祸，诚为失算之甚者也。虽然，笑陈氏之迂愚则可，而竟以为图利则不可。天下原有假公济私之人，然亦必假公以为名。陈氏本系敦品之人，既倡议与洋人立约，使十万之款偿足洋人，此外尚有盈余，必以办地方善后为先，断不致公然入放己囊。无如书生不谙兵事，部下既无将卒。入城之日，安能保存遗物。则不达事势，不揣权力，陈氏诚有不能辞咎者。而以成败论人者，遂不复原其心迹，亦可悲已。示以陈氏立约，何以不令道府列名为疑，则弟可以意见解之。夫带兵之官，止能禁止掳掠，断不能纵容掳掠。咸丰军兴以后，鲍春霆一军，最称善战，而最无纪律。他军纪律较严，然克城之日，城中遗物，亦任听取携，盖非此不能得将士之死力也。

但此例虽成习惯，却不能形诸笔墨。若谓掳掠应行禁止，又何能再给以十万，此官话所说不出者。而况洋将既受中国之职，听道府之调遣，岂有长官与统将立约之理，此道府所以决不与闻也。洋人性直，初到中国，不识情形，贸然立约，两边皆属冒昧。道府未必不知，特不肯担任耳。据章秋泉云：眉卿先已保奖同知，令叔亦云复城之后，陈氏翎顶辉煌，扬扬自得。窃谓道府既欲规复绍兴，而适有绅士为之向导，自必欢迎。洋将之来，纵不能归功于陈氏，亦未始无赞成之人，以致使蒋果敏为之赔补。当时帑藏甚绌，左文襄之恨之也，亦宜。然竟致死非正命，则亦未免太过，要当原其心而哀其遇也。现闻陈伯棠尚有遗文刊入《大亭山房丛书》内。现正物色此书，不知其中有记及复城之事否？弟一面仍函询友人，如有知其事者，当兼听并观，以期折中至当。以便先抒所见，上质高明，再前询相笙世兄，谓陈眉卿系清水闸人，正与来示相符。弟查乙亥北榜同年陈冠生，后得癸未大魁者，亦清水闸人，顺以附陈。再《大亭山馆丛书》，现已借到。其书乃阳湖杨葆彝所刻，内伯棠剩稿三卷，杨君为作序云：余与伯棠订交在其罹祸之时，始末知之最审。沈子昌宇，汪子学瀚，皆为撰述其事，自足徵信。余不文无容多赘。惜杨君未将沈、汪二君所作附刊集内。然玩其口气，陈氏之受屈可知。今唯有访求沈君昌宇、汪君学瀚文集，当可得其详也。刻书人杨葆彝号佩瑗，未知与前署绍府之杨公叔怿是否族属也。尚祈指示为幸。

绍兴既克，没有多久，浙江全省即已肃清。

当时李秀成、李世贤、黄文金等之几个天国的要人，急又回蹿江苏。谁知忽得天皇洪秀全的噩耗，三人顿时大惊失色，黄文金忙问李秀成道："我们的天皇大哥既崩，官兵又是如此厉害，我们三人若不趁早想法，后顾茫茫，如何是了。"

李秀成便毅然决然答道:"二位快快不可如此存心。天皇大哥虽已驾崩,还有太子可以拥戴。此其一也。我们反抗清廷已经长久,清廷对于我们几个首领,岂有还不恨入骨髓之理? 若去投诚,万万不能办到。此其二也。即使清廷网开一面,准许我们投诚,他们的条件,我此刻可以预料:第一样必须我们献出太子,将功赎罪。第二样必定责成我们收拾残敌,莫说现在一盘散沙,我们的兵力也难对付一班老弟兄们。即使能够对付,试问于心安否? 此其三也。所以我的意见,只有仍保太子,拼命做去。诸葛武侯的那个'鞠躬尽瘁、死而后已'的两句,便是你我几个的归宿。"

黄文金先接口道:"既是如此,我们只有再干下的了。"李世贤也说道:"事既如此,让我再统大军,去援徽、宁,以便牵制攻打天京的官兵。"李秀成听了大喜道:"此计甚是,贤弟快快前去,我同黄大哥二人,且看事机行事。"

李世贤听说,即率大军十万,复到徽宁去了。李秀成一等李世贤走后,他的意思,便想再攻苏州。倘若苏州未得,南京总觉危险。

天皇洪秀全究是什么病症死的呢? 照不才所知,直可谓之贪色亡身。

原来洪秀全因见各省的将官常常去报坏信,眼睛前头又见那个曾国荃同了李臣典、萧孚泗两员大将统率三十多万官兵,竟把南京城池围得水泄不通,兼之南京城外各处的要隘已经失守不少。看看大势已去,自己的年纪又已一大把,他便索性以那醇酒妇人之策,打算做个风流之鬼,了此余生而已。洪秀全主意既定,从此和那徐后、陈小鹛、吉妃等裸逐宫中。哪知他的精力究竟不济,只好用些春药帮助身体。这样一来,人家所谓的双斧伐枯树,已是寻死政策。何况他是"十斧百斧",当然不能支持。

有一天,自知不起,便将徐后及一班心爱的妃子,叫到身边,说是要开一个无遮大会。那班后妃本已放浪惯的,自然一笑遵旨。不料这位洪秀全天皇,就在这个紧要关头瞑目归天去了。正是:

漫言真作风流鬼,
要有如斯旖旎文。

不知天皇洪秀全一死,这等后妃怎么办法。且阅下文。

第十回　立幼王以安民心　掘地道终取金陵

天皇洪秀全在那未死之前，忽觉满身的精力反而旺壮起来。大家正拟败阵而逃的当口，陡见天皇突然满头大汗，双颊忽尔红晕，徐后一见天皇这般神色，很高兴地笑问道："万岁今天怎么如此骁勇，妾等委实有些难以支持。"

天皇正待答话，不知怎么一来，喉管突起痰声，跟着双目一闭，扑腾一声，倒过地上去了。那时徐后等人还不知道天皇已经脱阳而死，只当偶尔失足，大家赶忙围了拢去一看，只见天皇的身子早已绷绷硬了。

大家至此，这一吓还当了得，顿时狂哭大叫，闹得不知可否。可巧忠王李秀成、英王陈玉成两个因为军情大事，要与天皇当面取决，好容易想了法子，方能越过曾国荃的大营，进了南京。所以一到宫中，哪里还等得及由人通报，及至走到内宫门口，忽又听得里面陡起一片哭声，李、陈二人此时还未知道天皇有了不幸，只当天皇又在处置那些不能遵奉谕旨的嫔妃，所以不待传报，二人就一脚奔了进去。

等得进去，一眼瞧见天皇直挺挺地躺在地上。后妃赤身露体，正想连连退出，就见徐后已在和他们两个哭着说道："忠王爷，英王爷，你们二位快看我们万岁，是否已经驾崩。"

李、陈二人一听此话，早已吓得心胆俱碎，浑身发抖，如飞地奔到天皇面前，仔细一看，更是连话也不及答复徐后，急急一同扑的一声，跪至地上，抱着天皇的龙体，放声大哭道："陛下，皇兄，你老人家怎么一句遗嘱都没有，就此丢下臣弟等地归天去了。"

李、陈二人一面哭着，一面忙又问徐后道："万岁如此形状，究是什么病症？"徐后见问，只好红了脸掩面答道："万岁吩咐要开无遮大会，我们怎敢不遵？谁知陡然气绝，连我等还当万岁没有驾崩呢。"

英王陈玉成的性子最躁，他就突出翻眼珠子，厉声地责问徐后，陈、吉二妃道："这样说来，万岁的驾崩，你们都有大罪。"陈玉成的"罪"字刚刚离嘴，忽向左右一望，复又大声地喝道："快把众人拿下。"

李秀成赶忙乱摇其手地阻止道："英王不可乱来，天皇既已驾崩，人死不能复生，办罪之事尚小，关于镇定全军的事情才大，现在只有急其所急，缓其所缓。"李秀成说到此地，便对徐后等人一齐说道："快快先把万岁的龙体遮住，你们大家也得赶紧穿上衣服，我要召集各位王爷进来，商量大事。"

徐后等人一听此话，连忙吩咐宫娥彩女拿了一幅绣着黄龙的被单，盖在洪秀全的身上，大家始去穿上凤袍。等得她们穿好出来，李秀成已将众位王爷召到。徐后抬头一看，只见到来的几位王爷是：洪仁发、洪仁达、赖汉英、罗大纲、秦日纲、陈开、赖文鸿、吴汝孝、古隆贤、陈仕章、吉安瑾几个。众位王爷正在抱着天皇尸首痛哭之际，忽见徐后到来，都忙照例行礼。

行礼之后，李秀成即紧皱双眉地问着大家道："天皇大哥既已晏驾，依我之意，只好暂时匿丧几天，等我布置好了，那时再行发表，并请幼主福瑱太子登位。否则军心一散，南京城内，难保没有官兵奸细，倘一闹出献城等之事出来，我们大家便没葬身之地了呢。"

大家听说，一齐忙不迭地答道："忠王言之有理，我们对于这件大事，急切之间却没主张，只有悉听忠王主持，以安邦家。"

李秀成听了，又问徐后等人道："后嫂以及各位皇妃的意思怎样？"

徐后道："我们都是女流，只听忠王办理。"

李秀成道："我们快快退出，就将此宫封锁起来。"

陈玉成忙摇手道："且慢，今天已是四月二十七了，天气炎热，恐怕天皇的龙体有变。"

李秀成便问徐后道："皇嫂，我知万岁有颗大珠，曾经得诸此间一位巨绅。

据说这颗珠子就是古时燕昭王的招凉珠，只要此珠放在万岁的身旁，即不碍事。"徐后听说，忙问吉妃道："这颗珠子，万岁不是赐了贵妃了么？"

吉妃点点头道："是的，让我就去取来。"等得取到，大家一见那颗珠子，约有胡桃大小，非但光莹夺目，真的寒气飕飕。李秀成接过珠子，放在天皇的侧边，便同大家一齐走出，封锁宫门。

徐后急暗暗地恳求李秀成道："忠王爷，方才英王怪着我们，本是正理。但是此等笑话闹了出去，似于万岁爷的盛德有累，可否求着忠王爷劝劝英王爷，不必追究此事。"李秀成点点道："此事万万不能闹将出去，皇嫂放心，不过幼主这人，现是国家根本，皇嫂和各位贵妃须得好好照应。"徐后连连答应。

李秀成即同大众出了皇宫，正拟自去布置军事，不防兜头遇见洪宣娇匆匆走来，一见大众，突然放声大哭地说道："天皇已经驾崩，你们为何瞒我？"李秀成急忙把洪宣娇拉到一边，悄悄地告知一切。洪宣娇虽然连连忍住哭声，岂知已被闲人听见了去。当下一传十，十传百地，不到半天，满城百姓无不知道。

那时李秀成已经回到他的府中，有人报知此事。李秀成急得跺着脚连连说道："宣娇误事，宣娇误事。"李秀成说了这句，急又奔进宫去，一面赶紧发表，一面就立幼主洪福瑱即位。幸亏李秀成这样一办，总算息了谣言。

洪秀全的死信，洪宣娇又未在场，在场之人已由李秀成吩咐严守秘密，当然没人宣布，怎么洪宣娇又会知道的呢？

原来洪宣娇自从纳了傅善祥上的条陈，立了童子军之后，倒也爽爽快快地乐了几年，后来忽又厌烦起来，便将那座童子军统统解散，又去和那天皇的一个娈童，名叫朱美颜的打得火热。朱美颜虽被洪宣娇看中，但是天皇那儿不能不去应卯，既在那儿应卯，天皇驾崩，他岂不知？他一知道，急去报告洪宣娇知道。至于后来李秀成主张匿丧不发的事情，他却没有听见。后来还算李秀成尚有急智，一见外边已经知道，所以马上急请幼主洪福瑱登位。

那时的洪福瑱仅止一十三岁，尚是一个孩子，晓得甚事，一切朝政都由李秀成一个人主持。哪知那个洪仁发本是一个草包，一见李秀成主持朝政，还要吃醋心重，只是去和李秀成捣玄，犹亏宫内有那徐后因感李秀成不究她们之事，处处左袒秀成。

宫外的那个英王陈玉成，也知李秀成是个擎天之柱，此时再不保全李秀成，一座天国不必官兵攻入，恐怕自己也会倒了，因此凡遇洪仁发在和李秀成为难的时候，他即挺身而出，指着洪仁发痛骂道："天国是姓洪的，不是姓李的，也不是我姓陈的。你再这样地瞎闹下去，天皇大哥真在阴间大哭呢！"

洪仁发的为人，真好说是天不怕地不怕的了，独独看见这只"四眼狗"，总算稍稍有些惧惮，当时见陈玉成如此说法，方才无言而退。

李秀成虽然不再被那洪仁发所窘，可是又被曾国荃所窘。原来曾国荃自拜浙江巡抚之后，因感朝廷破格录用之恩，凭他良心，真的只想立破南京，方始说得过去。因此，日日夜夜地同了李臣典、萧孚泗几个，决计用着挖掘地道的法子去破南京。

一天正在和李、萧两个商量军务的当口，忽见湖北送到一信，拿到手中一看，方知是刘秉璋写给他的，赶忙拆开，只见写着是：

沅帅勋鉴，昨与敝门人徐杏林深夜谈天，忽见窗外突然一亮，即偕杏林出视，始知天空一颗巨星，似甫爆碎。当时据杏林言，此星爆碎，必应现今一位大人物身上，弟即迫渠袖占一卦，据说此星，应在发逆洪秀全身上。杏林每占必有奇验，特此先函报知，即就近迅速查明，若果应卦，亦朝廷之洪福也。

弟偕杏林驻军鄂省，转瞬数年，官帅与润帅，极为相得。此间近岁以来，尚无大战，弟蒙天恩，简为江西布政司使，不胜惶恐之至。该缺现用沈葆桢廉访兼署，弟尚无意到任也。执事开府浙江，恐亦一时不去到任。金陵不破，弟与执事，犹不能安枕也。匆匆奉闻，祈不时赐教为幸。再者杏林之六弟七弟，一名春发字毓林，一名春晏字啸林，此次林州克复，彼贤昆季之功不少。杏林之意，拟令二弟在籍代渠定省之劳。而太夫人又为才德兼全之人，不忍因渠一己侍奉之私，埋没其贤郎之功名大事，辄劝其贤郎赴尊处投效。毓林、啸林二氏，本喜立功疆场，重以乃兄之嘱，不敢违命，既奉慈命，似在跃跃欲试，杏林左右为难，托弟转求执事，如彼二弟果来投效，务乞善言遣去，此为釜底抽薪之法。杏林甚至谓渠二弟，果欲立功于国，渠愿回籍事母。凡为人子者，似亦不能全体尽忠于国，而置慈亲于不顾也。杏林既发此论，渠乃能说能行之人。

杏林果回原籍，则弟直同无挽之在，不知所适矣。专此拜恳，顺颂升安。

曾国荃看完之后，即命密探潜入南京，打听消息，及接回报，果有其事，连忙回信去给刘秉璋。信中大意，约分三事：第一件是徐氏昆季如去投效，准定善言遣去。第二件是报知洪秀全果死，转达官、胡二帅，乘机扑灭其外省之羽翼。第三件是无论如何要借徐春荣一用，又说徐氏不允援助，只有奏调。

刘秉璋接到那信，只好力劝他的门生，不好再事推托。徐春荣之知曾国藩、曾贞干、曾国荃兄弟三人，早有借他一用之事，既为国事，不好不允，当下即别乃师，一脚来到曾国荃的大营。

曾国荃一见徐氏到来，真比他拜浙抚之命还要高兴万倍。当天就整整地谈上一天，又连着谈上一夜。后来曾国荃说到军务的时候，方始问道："现在洪逆已毙，其子福瑱复即伪位。百足之虫，死而不僵。杏翁之意，若要速破南京，究以何法为妙？"

徐春荣见问，不假思索，应声答道："只有掘通地道，较有把握。"

曾国荃喜得击掌说道："英雄之见相同，这句古话，一点不错。兄弟不瞒着杏翁说，此事已经办到九分九了。"

徐春荣微笑道："既已办了，那就更好。职道还有一个意见。"

曾国荃听说，赶忙把他的椅子挪近一步道："杏翁有何意见，快请发表。兄弟对于朝廷，既负此责，自然望这南京，早破一天好一天的。"

徐春荣道："敌方的军事，现由伪忠王李秀成主持。此人的军事学问并不亚于那个钱江。还有'四眼狗'、罗大纲、秦日纲、赖文鸿、赖汉英几个，都是从广西发难的人物，屡经大战，确是有些骁勇。'四眼狗'这人，只有大帅手下的那位李臣典总镇可以对付。"

徐春荣说到此处，忽将眼睛四面一望。曾国荃已知其意，忙接口道："杏翁有甚机密说话，只管请讲，此地没有什么外人。"

徐春荣听说，方才低声说道："职道知道李总镇手下有个参将，名叫苻良。他本是发军那边投降过来的，此人心术不良，请大帅迅速通知李总镇一声，切宜防备。"

曾国荃不待徐春荣说完，忽现一惊，忙又镇定下来，笑着问道："杏翁向在湖北，今天才到此地，何以知道李臣典手下有这个姓苻的人？又何以知道姓苻的对于李臣典有所不利？这真使我不懂。"

徐春荣笑上一笑道："职道稍知文王卦，每于无事之际，便将现在带大兵的人物，常常在占吉凶。至于姓苻的事情，也无非从卦辞上瞧出来的罢了。"

曾国荃听完，急将他的舌头一伸道："杏翁，你的文王卦真正可以吓死人也。那个姓苻的坏蛋果然要想谋害李臣典，昨天晚上，方被李臣典拿着把柄，奔来禀知兄弟，兄弟已经把他正法了。"

徐春荣笑道："这倒是职道报告迟了一天，早该在半途之中差人前来报告的。"

曾国荃听见徐春荣在说笑话，便也大笑道："杏翁，你的大才，涤生家兄、贞干先兄，以及少荃、春霆、雪琴，哪一个人不钦佩你得要死？当年的诸葛武侯，想也不过尔尔。"

徐春荣正待谦逊，忽见一个戈什哈报进来道："彭玉麟彭大人到了。"曾国荃听说大喜道："快请，快请。"

及至彭玉麟走入，曾国荃一把握着彭玉麟的双手，又用眼睛望了徐春荣一眼道："雪琴，你知道这位是谁？"彭玉麟摇摇头道："这位倒未见过。"

曾国荃一面放手，一面又大笑起来道："雪琴，这位便是善卜文王大卦，刘仲良当他是位神仙看待的徐杏林观察。"

彭玉麟不待曾国荃说完，忙去向着徐春荣一揖到地说道："徐杏翁，你真正把人想死也。"徐春荣忙不迭地还礼道："职道何人？竟蒙诸位大人如此青睐。"

曾国荃道："快快坐下，我们先谈正经。"等得各人坐下，曾国荃忙问彭玉麟道："雪琴远道来此，你可知道洪贼秀全，业已受了天诛了么？"

彭玉麟接口道："小侄是到此地，方才知道的。小侄此来，因有一条小计，要请老世叔采纳。"

曾国荃忙问什么妙计，彭玉麟道："从前伪忠王李秀成用了掘通地道之计，轰毁六合县城。小侄因思洪贼占踞金陵城池已有十二年之久，何不即以其人之道、还治其人之身的呢。"徐春荣笑着接口道："大人高见，竟与沅帅同心。"

彭玉麟不等徐春荣往下再说，急问曾国荃道："莫非老世叔已经办了不成？"

曾国荃点点头道："已经掘得差不多了。"

彭玉麟道："既然如此，小侄现已带了一千艘的炮船来此，打算交与老世叔，小侄明天就要回去。"

曾国荃听说，便跳了起来道："我正待专人前去请你来此帮忙。这场大战，全仗大家助我才好。"曾国荃说到此地，忽然气哄哄地说道："雪琴，你看少荃可恶不可恶，我已三次公事给他，他只推说自顾不遑，不能分兵来此。"

彭玉麟听说，微笑一笑，没有言语。曾国荃也不在意，又对徐春荣说道："兄弟要请杏翁担任帮办军务之职，明天马上奏派，杏翁不可推却。"

徐春荣慌忙站了起来辞谢道："职道不敢担任这个帮办军务的名义。职道不瞒大帅说，一经奏派，将来便得奏请销差，反而啰嗦。职道一俟大局稍靖，马上就要奉请终养的。"

彭玉麟接口道："杏翁不爱做官，倒与兄弟的脾气相同。无奈圣恩高厚，上次放了皖抚，兄弟再三托了我那老师奏请收回成命，谁知皇上又将兄弟放了长江提督，并准专折奏事。兄弟打算且等南京攻下，再行奏请开缺。"曾国荃因见到玉麟也在附和徐春荣，便不再说。

彭玉麟忽然想着一事，便对曾国荃笑着道："小侄素来虽然不喜做官，却是最恨贪官污吏。去年年底，忽有鄱阳县民妇陈氏去到小侄那里告状，说是她于某岁嫁与同县民人叶佐恩为妻，不久生下一子，取名福来，后来叶佐恩病殁，遗腹又生一子，取名福得。嗣因家贫不能守节，复赘同县民人严磨生为婿，同居五年，相安无事。嗣以叶佐恩的住宅，典期已满，该宅即为原主赎去。严磨生遂偕陈氏携二子，另觅住宅于东门湖上。严磨生仍种叶佐恩所遗之田二亩，以养一妻二子。其时福来业已九岁，乃由严磨生尚得陈氏同意，将福来送至坑下村徐茂拐子家里学习裁缝，每年有点心钱三千四百文给与福来。又过数年，严磨生又将福得送至坑下村刘光裕家中牧牛，坑下村距离严家所居的东门湖地方，约四十里。

"次年十二月二十五日，严磨生亲至坑下村接福来、福得二子回家度岁。二十六的大早，福来背着蓝布口袋一只，内盛洋钱一圆，制钱二千文；福得背着白布口袋一只，内盛白米一斗，行至墈上亭地方，忽然天下大雨，严磨生又发病疾，便至亭内稍憩。适遇雷细毛其人，担着两只箩担而至。雷细毛本是坑下村刘氏家中的仆人，那天也由刘氏家中回家，故此同路。严磨生因和雷细毛之家和他所居相近，乃对雷细毛说道："我发痰病，此刻不能走路，我想命二子同着老兄先走，我要在此多憩一憩，稍好一点，随后赶来。雷细毛自然满口应诺，严磨生即命二子将那蓝白两只布袋置诸雷细毛的箩担之内……"

彭玉麟刚刚说到此地，忽见天上，陡起一灯红光，不觉一吓。正是：

> 无端偶述呈中事，
> 有意须观卦上辞。

不知这片红光，究是何物，且阅下文。

第十一回

运筹帷幄侃乱局
枪击烟嘴遭调戏

彭玉麟正在谈那严磨生领他二子回家度岁的事情，陡见天上一片红光，不觉大吃一惊。徐春荣忙向天空一望，便对彭玉麟摇手道："彭大人不必惊慌，此是上天垂象，太平天国不久当灭。"

曾国荃听了大喜道："杏翁每言必验，如此说来，真正是朝廷的洪福了。"

徐春荣道："国运未终，必能转危为安；国运已终，便无法想。"

曾国荃、彭玉麟两个一齐接口问道："照杏翁的口气看来，清朝的气数，莫非也不长久了么？"

徐春荣道："《烧饼歌》上早已明言，将来自有分晓。"

曾国荃便对彭玉麟说道："以后之事，我们此刻哪能管得许多，还是你把你的话，快说下去吧。"

彭玉麟又接着说道："当时那个雷细毛便摧福来、福得二子同走，及至走到鸳鸯岭的地方，雷细毛即对二子说道：'我就在此地与你们两个分路，你们尽管大着胆子守在此地，等候你们老子便了。'雷细毛一边说，一边就把他那箩担里头的两个口袋，交与二子而去。

"谁知严磨生在那墈上亭坐了许久，觉得痰疾稍愈，即从小路径回他的家去。到家之后，问明陈氏，始知二子没有到家，陈氏听说大惊。严磨生道：'不必害怕，大概是雷细毛带了二子到他家中去了，等我明天一早去接。'陈氏当下也没说什么话。

"第二天一早，严磨生便到雷细毛那里问信。及知二子已在鸳鸯岭地方相失，不及埋怨雷细毛，立即奔至鸳鸯岭找寻，毫没消息。又因鸳鸯岭地方四面并没人家，严磨生坐等一会，正待奔回家去报知陈氏，陈氏已经追踪而至，不等严磨生开口，便问二子何在。严磨生蹙眉答道：'姓雷的真正不是人，人家托他的事情，怎好这般大意？'陈氏一听严磨生的口气，知道二子已经失散，当下便向严磨生哭骂道：'你难道是个死人不成？我也知道他们不是你亲生的。这件事情，不知你安着什么心眼儿，现在我不管，只问你要人便了。'严磨生被骂，也没什么好辩，只好同着陈氏四处地敲锣找寻。找上几天，一点没有信息。

"一天忽然碰见上湾林的那个欧阳六毛。据欧阳六毛说，二十七的那天，他在鸳鸯岭的左近曾经遇见两个孩子问路，他即指示二子的途径，后来便也不知二子所在。同时又有名叫汪同兴的，一向贩卖旧货为生，也说在二十七的那天，忽有二子在途啼哭，问知原因，说是腹中饥饿，他当时曾给二子各人半碗冷饭，后也不知二子何往。严磨生问他有人看见否。汪同兴说：'有个名叫欧阳发仂的看见的。'欧阳发仂也说：'二十八的那天，曾听人说，陈公坂地方似有两个孩尸，但不知道是谁？'

"严磨生、陈氏两个一闻此信，连忙边哭边奔地寻到陈公坂地方，果见二子一同死在那儿；福来的头上耳上，以及咽喉等处有伤，福得却伤在肾部，钱米两袋俱在，一样无失。陈公坂只离东门湖二里多路，二子不知究为何人所害。

"当时陈氏一见二子之尸，自然哭得死去活来，严磨生劝之不听。陈氏复又听了不负责任的言，也有人说是欧阳发仂害的，也有人说是欧阳六毛谋害的。严磨生便将欧阳发仂、欧阳六毛二人告到衙门。人证尚未传齐，同时叶佐恩的本家又说严磨生有心要想吞没二子的故父之田，因将二子害死，大家又把严磨生控之于官。此讼久久不决，本地人士且将此事编作山歌，沿街传唱。"

彭玉麟一口气说到此地，方才停下话头。曾国荃接口笑着道："去年年底，可巧我到饶州有事，该案中的各方家属因我常常能够平反冤狱，都到我的行辕伸诉，我便收下呈子，发交饶州府尽心审问，未据呈报。上个月我到南昌的时候，抚台以下都到滕王阁前去接我。严磨生之妻陈氏，又到我的那儿呼冤，却被我的戈什哈斥去。陈氏一见无处伸冤，便向江中投下，我急命人救起，将她诉状,交给沈中丞办理。谁知南昌的官场,个个对于此案都有成见,无不说是此案的主犯,只有严磨生这人可疑。因为二子年幼,必无仇杀之人,若说图财害命,钱米二物,怎能不被劫去?当时还亏沈中丞,因为该案乃是我亲自拜托他的,即将案中人犯提到省中,发交鄱阳县汪令讯断。汪令本有政声,下车之日,即在暗叹道:'地方出了这种案件,竟使各位大宪因此操心,我们做地方官的,很觉说不过去。'及至一连审了几堂,也是一无眉目。"

徐春荣听到这里,猝然地问彭玉麟道:"彭大人,你老人家的心目中,对于此案的主犯,究竟疑心哪个?"

彭玉麟摇着头道:"我未亲自提审,不敢妄拟,杏翁的见解,以为是谁?"

徐春荣道:"我说严磨生决非凶犯,他既娶了陈氏,叶佐恩之田久已归他在种的了,何必忽将二子害死,天下断无这般痴子。"

曾国荃接口道:"杏翁之论是也,我说这件案中的凶犯,必非案外之人。"

彭玉麟正拟答话,忽见曾国荃的部将李臣典、萧孚泗两个匆匆地走来对着曾国荃报告说:"刚才据报,鲍春霆亲率霆字营,攻克句容县城,生擒伪汉王项大英、伪列王方成宗等。李少荃中丞也率刘铭传、郭松林等军,大破三河口的贼垒。听说常州即日可下。"

曾国荃听说,不觉欢喜得跳了起来道:"这样说来,少荃一下常州之后,自然就来帮助我们攻打南京的了。"李臣典连着摇首道:"恐怕不然。"

曾国荃急问什么缘故,李臣典道:"我所得的信息,李中丞业已有令,所有准军只以攻克常州为止,不再进攻南京。"曾国荃大不以为然地说道:"少荃真的把江苏、江宁两省地方,分得这般清晰么?"

彭玉麟不等曾国荃说完,便站起告辞。曾国荃忙奔至彭玉麟的面前,伸手一拦道:"少荃已经不肯相助,雪琴怎么也要走呢?"

彭玉麟道:"我有要公去见老师,见过之后再来就是。"

曾国荃听说,方始送走彭玉麟。回了进来,立即吩咐李臣典、萧孚泗二人道:"我已传令新任水师统领郭嵩焘编修,克日攻下天保城。你们二位只从地道进攻,不必再管别处。"萧孚泗指着李臣典,笑上一笑道:"李总镇业已拼了命的,九帅不必叮嘱。地道之事,都在我们二人身上。"

徐春荣在旁瞧见李臣典的印堂有些发黑,急对李臣典说道:"李军门,你的勇敢善战,兄弟是久已钦佩的了。不过此次攻打南京,虽是最大的战事,以兄弟的愚昧之见看来,李军门只要发号施令,督饬所部进攻,已足奏功。若必亲自去和那些困兽犹斗的亡命死拼，很是犯不着的。"

原来李臣典也是曾国荃的同乡，现年二十四岁，屡有战功，已经保到记名总兵之职。他的天生骁勇，并不亚于鲍超。只因未曾独当一面，所有威名均为他的上司所掩。那时一听徐春荣在劝他不必亲临前敌，他就把他的袖子一勒、眼珠一空，对着徐春荣历声地说道："徐大人，你是文官，你的说话，我不怪你，不过此次攻打南京，真是收功的时候。我是一个将官，怎么可以不上头阵？"

曾国荃本来知道徐春荣这人，确有管辂预知先机的本领。徐春荣既在劝阻李臣典，自然不是空话。无奈曾国荃急于攻克南京，正在愁得李臣典不肯拼命，因此明明听见徐春荣的话，却也不在他的心上。当时又见李臣典如此说法，他就接口赞着李臣典道："养兵千日，用在一时，只要一克南京，大局即可平靖，这个时候，正是你们武官建功立业的机会。"

曾国荃说到这句，便把他的手向着李臣典、萧孚泗二人乱扬道："快去快去。我听你们二位的喜信就是。"李、萧二人，不待曾国荃说毕，即把各人的腰杆很直地一挺，跟手退了出去。

曾国荃等得李、萧二人走后，方始低声地问着徐春荣道："杏翁，你方才阻止李总镇，不必亲上头阵，有没有什么意思？"徐春荣却老实地答道："我见李总镇的印堂上面，似有一股滞气，劝他不上头阵，这也是谨慎一点的意思。"

曾国荃听说，也觉一愕道："可要紧呢？"徐春荣道："但愿李总镇托着国家的洪福便好。"

曾国荃还待再说，陡然听得几声巨响，俨同把天坍下来一半的样子。徐春荣先行奔出中军帐外，向那天空一望，忙又奔回帐中，告知曾国荃道："恭喜九帅，天保城必被我军得手了。"曾国荃惊喜道："真的么？此城一占，金陵城外，没有什么屏藩了。"

徐春荣点首道："我料三个月之内，一定可克南京。现在最要紧的计划，第一是那个洪福瑱，万万不能让他漏网。他的年纪虽小，洪军中的将士一定还要拥戴他的。九帅不妨预先遣派几支人马把守要道，免得此子逃亡。"

曾国荃连连点头道："不错不错。此着本是要紧。"

徐春荣又说道："第二是洪军久驻金陵，搜刮的财物一定不少。城破之日，要防匪类劫取伪天皇府中的东西。这些财物本是民脂民膏，九帅也得预为注意，最好是即将这些财物分作两股，一股犒赏有功的兵将，一般赈济受灾的人民。"

曾国荃又拍手大赞道："此着更是应该。"

徐春荣又说道："伪忠王李秀成本是天国之中的一个人才，将来不妨免他一死，责成他去收拾余孽，却也事半功倍。"曾国荃又点头微笑道："杏翁之论，句句合着兄弟的心理，一定照办，一定照办。"

徐春荣也笑道："只要如此一办，九帅静候朝廷的优奖好了。"

曾国荃乱摆其头道："兄弟哪敢再望优奖？只要大局一定，我就卸甲归田，做太平之民，于愿足矣。"

曾国荃的"矣"字尚未离嘴，已据探子报到，说是郭嵩焘率领水师，帮助陆师业将天保城攻破。曾国荃听说，目视徐春荣一笑道："杏翁，你真是一位运筹于帷幄之中、决胜于千里之外的军师了。"

徐春荣连连谦逊几句，即同曾国荃二人分头前去料理军务。

没有几时，那天正是同治三年四月初六，曾国荃又据飞马报到，说是李鸿章已于本日黎明克复常州。曾国荃闻报，急将徐春荣请至，告知这桩喜信。徐春荣含笑地答道："九师可记得常州是哪一天失守的？"曾国荃把头一侧，想上一想道："我只记得是咸丰十年四月里失守的，难道也是初六的日子不成？"

徐春荣点点头道："整整四年，月日不爽，岂非奇事。"

曾国荃听了，把他舌头一伸，面带惊讶之色，半天缩不进去。

徐春荣又说道，"常州之敌，乃是伪听王陈炳文为主力军。我料他们这路人马必向徽州蹿去。九帅赶紧飞饬鲍春霆军门的一军，就此跟踪追击，迟则徽州恐防不守。"

曾国荃道："此地正在吃紧的当口，春霆的一军，如何可以放他去干这个小事？"

徐春荣道："徽州也是金陵的门户，九师不可忽视。"

曾国荃微点其头道："且过几天再看。"

又过几天，已是五月初上，奉到上谕，严催李鸿章助攻金陵。李鸿章虽然奉到上谕，仍是迟迟不进。曾国荃赶忙函知曾国藩，告知李鸿章违旨之事。及接曾国藩的回信，开头说是徽州已被伪听王陈炳文所占，迅命鲍超漏夜赴援，并咨请李鸿章淮军填防。曾国荃看到这几句，不禁暗暗地吃惊道："徐杏林这人，真有先见之明，幸亏我已经将他调来，将来很是一个帮手。"

曾国荃的念头犹未转完，又见一个戈什哈呈上一封急信。曾国荃便把手上的那封信放下，先去拆开后来的那封急信一看，只见上面写着是：

九帅钧鉴，地道至早，下月十五左右，始能掘通。昨前两日，工资军米，一齐误限。该粮台官，所司何事，特此飞书禀知，伏乞迅治该粮台官应得之罪，以儆后来。臣典手禀。

曾国荃看完了信，便问戈什哈道："昨前两天，值自的粮台官是哪几个？"

戈什哈接口禀知道："前天是记名提督赵长庆值日，昨天是候补千总袁国忠值日。"

曾国荃听了大惊道："怎么，他们两个跟我多年，向来勤谨，怎样也会误事？"戈什哈不便接腔。曾国荃道："快去唤来，让我亲自问过。"

戈什哈忙将赵、袁二人唤至。

曾国荃首先冷笑了一声道："你们两个难道不知道我的军令么？怎会干出此事。"赵、袁二人慌忙一同跪下道："回九帅的话，沐恩等怎敢误差？只因地道之中异常黑暗，路狭人多，军米小车不能运进，到达时候仅误半个钟头，谁知李总镇负气不收，沐恩等只好退回。"

曾国荃听说，又哼了一声道："这事关系不小，我却不管，我只把你们两个送到李总镇那儿，由他前去惩治你们二人之罪。"

赵、袁二人还待再说，曾国荃已经命人将他们二人押了出帐。

二人哭丧脸地去后，曾国荃又把曾国藩给他的那封信重行再看。看到提到李鸿章的事情是：少荃此次迟迟不进，决非袖手旁观，内中极有深意，吾弟不可误会。兄已代为奏辩云：江苏抚臣李鸿章任事最勇，此次稍涉迟滞，绝无世俗避嫌之意，殆有让功之心，臣亦未便再三渎催矣。

曾国荃看到此地，陡然连打几个寒噤，忙把那信放下，命人即将徐春荣请至道："杏翁，兄弟此刻连打几个寒噤，委实不能再事支持，快请杏翁替我一诊。"及至徐春荣诊脉之后，开好药方，曾国荃瞧见脉案上面，有那"积劳致疾"四字，便问徐春荣道："我的毛病，能不能够支持到破城那天？"

徐春荣摇摇头道："恐怕不能。"

曾国荃蹙着双眉，跨踌了半响道："现在军务，正是紧要之际，我若奏请病假，似乎说不过去。倘若扶病办事，稍有疏失，其咎谁归？"

徐春荣道："依我之见，可由涤帅附片代奏，只言病状，不言请假。"

曾国荃不待徐春荣说完，忙把双手向他大腿上很重地一拍道："对对对，这个办法最好。"曾国荃说着，立即函知乃兄曾国藩，曾国藩自然照办，曾国荃便在军中养病。

现在且说李臣典那边。原来李臣典为人，骁勇固是十分，跋扈也是十分。自从奉命同着萧孚泗两个督饬兵士，掘通地道，他却一有闲空工夫，便率手下百名亲兵，总要前去扑城几次。天国方面的兵将一见了他的影子，无不头脑胀痛，但是奈他不何，只好凭险死守而已。

有一天的下午，李臣典忽在那个地道之中闷得不耐烦起来，他又带了百名亲兵想去扑城。及至走到仪凤门相近，抬头望了一望城上，只见守城的长毛个个瞄准了洋枪，站在城上，连眼睛也不敢眨一眨。这种形势，分明是防着李臣典前去扑城。李臣典一见这种样子，便打着他那湖南的土白，对着手下的亲兵道："妈的，他们想铳死老子，老子只有一条命，总不见得死第二回的。老了今天，倒要瞧瞧这班小子，怎样铳他老子。"

李臣典一个人说了一大串，他手下的亲兵不敢接一声腔。他见亲兵没有言语，就命一个亲兵把他的一张马踏椅摆在一株大树底下，他便一屁股坐在椅上，一面把他一双大腿，驾在二腿之上，连着摇摆不停，一面嘴上衔着一支八寸长，翡翠嘴，白铜头，上等象牙的旱烟筒，只在吸他的旱烟，拼着身做枪垛。

谁知那株大树距离仪凤门的城楼只有二三十丈远，城上的长毛一见李臣典坐在树下，消遥自在地吸旱烟，一想这个机会哪好失去，赶忙瞄准枪头，对着李臣典的那张尊嘴，拼命就是一枪。那时李臣典的眼睛，可巧正在看那旱烟筒头上冒起来的那道直烟，陡然耳朵之中，听得"啪"的一声，跟着又见他那翡翠咬嘴，忽被一颗子弹击得向后飞去，那支旱烟筒上，顿时仅剩一截光杆。若是换了别个，岂有还不拔脚逃命之理？岂料这位李臣典李总镇，他的胆子真正比赵子龙还大，倒说非但毫无一点惊慌之色，而且仍是镇镇定定、自自在在，衔着那支业已没有烟嘴的烟筒，吸得更加有味。李臣典这样一来，连那城上的一班长毛也会被他引得捧腹狂笑起来。正是：

> 烟嘴哪如人嘴稳，
> 枪声不及笑声高。

不知那班长毛，一笑之后，还有什么举动，且阅下文。

第十二回

轰金陵臣典惨死
收玉帛九帅发财

李臣典明知他的烟嘴已被敌人的枪弹击去，他却仍然自自在在，一边吸着烟，一边以他身子和那枪弹相拼。不料忽在这个时候，突然瞧见敌人都在城上捧腹大笑，他又大骂道："妈的，你们这班小子，竟敢来和老子开这玩笑，有胆量的，尽管来铳老子的脑壳，不必来铳老子的烟嘴，老子的脑壳是不值钱的，老子的翡翠烟嘴，却是花了二两银子买来的。"

谁知李臣典正在叽里咕噜地骂人的当口，接着又听得轰隆隆的一个大炮，向他所坐的地方打来。他急扑的一声站了起来，拿着一支八寸长的旱烟筒，向着一百名亲兵一划道："有胆的就跟老子扑城去。"

那班亲兵顿时一齐答应了一声"喳"，大家携着洋枪，俯着身子，便向前跑。李臣典大乐道："这才不错，算有胆子。"

李臣典的"子"字尚未说完，即在一名贴身亲兵的手上接过一支洋枪，顺手就向站在城上的一个黄巾长毛对胸一弹，他手下的一百名亲兵，也就跟着轰的一排枪。城上的那长毛虽然一齐伏了下去，可是那个黄巾长毛头子早已被李臣典的一枪，打得骨碌碌地滚下城去，一命呜呼了。

李臣典却也乖巧，一见他已占了便宜，将手一挥，率着百名亲兵回到地道。

尚未站定脚步，已见萧孚泗走来对他说道："你方才一出去，九帅已把误差的赵长庆、袁国忠两个押到此地，交给我们二人惩办。"

李臣典不待萧孚泗说完，忙问这两个误事的忘八羔子现在哪儿。

萧孚泗一面命人将赵、袁二人带到李臣典的面前，一面又低声地说了一句道："赵、袁二人，乃是九帅的老人，你得留手一些。"

李臣典听说，把头连点几点。

萧孚泗因见李臣典连连点头，以为一定赞成他的说话，便去督饬兵工去了。岂知不到三分钟的工夫，即据他的亲兵奔去报告，说是赵长庆赵军门、袁国忠袁总爷，已被李总镇亲手用刀砍了。

萧孚泗听了大惊道："真的么？"

他的亲兵道："怎么不真？李总镇还给赵、袁二人的家小每家两千两银子。说是他砍了二人，乃是公事，给银子养家活口，乃是私交呢。"

萧孚泗听说，只得暗暗命人报知曾国荃，说明赵袁二人之死与他无干。曾国荃得报，又赏给赵袁两家，每家三千银子。

及到六月十五日的那天，曾国荃的毛病更加厉害，正待委员代理他的职司，忽见李臣典绯红了一双眼珠，急急忙忙地奔来对他说道："地道业已掘通，今天晚上就得动手，九帅快快预备犒赏之费。"

曾国荃听了大喜道："如此说来，我只好再支撑几天了。你只前去办事，犒赏之费不必你来担心。"

李臣典听说，一连把头点了几点，一句没说，转身就走，走了几步，忽又回了转来，对着曾国荃很郑重地说道："九帅，今天晚上的一场战事，我和萧总镇两个当然要拼命的。我倘有个长短，我曾向鲍春霆那儿私下借过一万军饷，九帅须得替我拨还。"

曾国荃一听李臣典出言不吉，忙含笑地接口道："你的骁勇谁不惧惮？何必虑及后事，你只不过万事小心一点便了。"李臣典听说，狞笑一笑而退。

曾国荃一等李臣典走后，急将徐春荣请至，商议布置军事。徐春荣道："此时还只十二点钟，等到半夜，还有十二个时辰。九帅赶快吃我一表药，好好睡他一觉，让他出身大汗，到了晚上，或者能够前去督阵，也未可知。"

曾国荃点点头道："这样也好，现在且把各路的军队调好再讲。"

徐春荣道："现在我们大营所统辖的粮子，连水师在内有八十多营。九帅可以下令，一齐出八成队伍，须把南京这城统统围住，仅仅留出旱西门一门，好让敌人逃走。"

曾国荃听了一愣道："现在南京城里的长毛，还不算是瓮中之鳖吗？杏翁何以还要放他们一条生路呢？"

徐春荣微笑道："我们绍兴本有一句土话，叫作火筒里煨鳗——直死。这班长毛，倘若一见大家都要直死，自然要做困兽犹斗之举。这样一来，不但城里的老百姓多伤性命，就是我方的队伍也得有些损失。今天晚上的一场战，乃是注重城池，不在乎多杀人数。"

曾国荃连连称是道："杏翁一言，保全不少性命。"

曾国荃说着，立即下令，限定所有本部人马，以及援宁的客军，统统于本日午后十二时，须将南京各门包围，留出旱西门一门，且让长毛逃走。

徐春荣又说道："依我之见，还可以提早两小时。"曾国荃忙问什么意思。

徐春荣道："我们所掘的地道，在二十五里至三十里之间，地道愈长，空声愈响，我所防的是，不要在此紧要关头被敌方识破，那就不免费事。我们的队伍若早进攻，炮声可以掩住空声，那就稳当得多。"

曾国荃击节道："杏翁细心，胜我多多。"说着，便将十二时改为十时，发出军令之后，其余的公事交给徐春荣代办，他即依照徐春荣的叮嘱，自去安睡。不到九时，业已出了一身大汗，身子比较一爽。徐春荣便来约他前去督阵，曾国荃因知这晚上的战事是他数年来收功的时候，早把他那有病之身忘得干干净净。及至同着徐春荣，以及其余几位参赞刚刚到达阵地，已见各军队伍把那南京的各门真个围得水泄不通，双方炮火的厉害，也为向来所未有。除了隆隆的炮声、鬼哭神号的喊声之外，只有烟雾迷天、红光满地而已。

那时天国中的各位王爷，虽然未曾知道官兵方面已经掘通地道，单见四城被围，也知是场大战。大家督率本部人马拼命抵御，还怕官兵人多，洪军或致胆怯，于是又去逼迫百姓统统守战。

那时天国中的幼主洪福瑱年纪虽小，因见洪仁发、洪仁达、洪宣娇等人都在收拾他们的私财，也知大势已去，急将府中一部分的金银发交守城将士，以备犒赏之需。哪知发出未久，陡然听得鼓楼一带的地方一连轰隆隆的几声巨响，同时就见一班宫女个个犹同着了魔一般，嘴上大喊"官兵进城了"，手上拿着各人的私财，直向宫外乱蹿地奔去。

洪福瑱还想找他的姑姑洪宣娇保驾，早已不见影踪，忙将几个老年宫女、贴身卫士找至，抖凛凛地问着道："刚才几声巨响，究是什么东西？你们可知道我们这边，是打胜，还是打败？"

内中一个宫女也是抖凛凛地回答道："启奏万岁，奴婢方才听说，鼓楼前面已被官兵掘通地道，用了炸药，轰去十多丈地方。至于我们这边还是打胜打败，却不知道。"

洪福瑱听了更加大吓起来道："这还了得，一班王爷，为何不来保驾？"

洪福瑱的"驾"字刚刚出口，陡又听得一声巨响，同时就见殿上的尘灰簌簌地落将下来，窗上的玻璃辩铃铃地震了起来，生怕宫殿坍倒，只好不要命地拔脚就向殿外逃去。那班老年宫女、贴身卫士都在后面边喊边赶，一直赶到皇府的头门，方将洪福瑱这人赶着。

照大家的意思，还想请他们这位幼主回宫，倒是洪福瑱连连摇手道："朕若回宫，只有坐以待毙的了，倘能让朕逃出南京，才有性命。"此时这班宫女卫士哪里还有什么主见，一听洪福瑱如此说法，便随洪福瑱夹在乱军之中，一齐逃难。

他们一行人等逃未数步，忽见兜头冲来一匹快马，马上之人一见了洪福瑱，慌忙滚鞍下马，伏在地上，拉着洪福瑱的袍角道："微臣陈开，来迟了一步，害得皇上受惊了。"

洪福瑱一见陈开赶来救驾，心里略略一安，赶忙将陈开一把扶起道："皇叔，你得设法救朕，将来一定重报。"

陈开正待答话，忽见洪福瑱穿着黄缎袍，很觉独目，忙低声说道："此地不是说话之所，万岁快快随臣去到僻静之地，再行商量办法。"

陈开一见左右没人，忙请洪福瑱脱去龙袍，不料洪福瑱的衬衣仍是绣龙纱衫，一被月光照着，愈加鲜艳。陈开连说不好道："万岁且在此地站着候我，让我就去向逃难的百姓身上剥他一件破衣，来给万岁更换。"

洪福瑱忙不迭地挥手道："皇叔快去，朕在此地等候就是。"

陈开又轻轻地说道："万岁既要逃难，以后连这朕字，也得避去。"

洪福瑱点首依允，陈开方去随便找了一件破旧衣服，回到原处，又替洪福瑱更换之后，就想徒步地带同洪福瑱出城。洪福瑱却还细心，当下先问陈开，打算逃往何处。陈开想上一想道："英王陈玉成，现在驻兵婺源一带，还是先到那里较为稳当。"

陈开说了这句，还待再说，突见一队官兵远远奔过。于是不敢再事耽搁，一边自己脱去外服，一面扶着洪福瑱，仍旧在逃难的百姓之中往前奔去。奔了一程，一时无法出城，正在为难之际，忽见洪仁达的幼子洪福玦身背一个极大极大的包袱，一马奔至，一见他们二人，慌忙下马，拟请洪福瑛上马。陈开急急阻止道："不可不可。依我之意，连福瑛世子也不必骑马，还是扮着平民模样逃难为要。"

洪福瑛听说，便把那马放去，跟着二人前进。陈开一面走着一面问着洪福瑛道："世子是从哪儿来的，可知道忠王有否勤王之兵到来？"

洪福瑛轻轻地答道："没有没有。我听人说，似乎忠王已经投顺官兵了呢。"

陈开摇首道："这不见得吧。"

洪福瑛道："我也是听人说的。不过官兵方面，有个叫名李臣典的妖人，可是十分来得，方才我亲眼瞧见，一连被他手刃十多位王爷。"

洪福瑱听说，不禁吓得一个脚软，扑的一声跌得跪在地上，爬不起来。陈开便同洪福瑛两个，忙把洪福瑱扶了起来，赶忙往前再逃。

洪福瑛道："照我的主意，索性冒他一个险，能够逃出仪凤门最好。"

陈开摆手道："这是闯危险，恐怕不能吧。"

洪福瑱道："天皇在日，曾经对我说过，一个人有了急难时候，不闯危险，不能到达平安之境。我说我们姑且闯闯危险看，或者天皇和天父二位真有在天之灵，能够保佑我们，也说不定的。"

陈开听说，想上一想，觉得洪福瑱的说话并非无理，便答洪福瑱道："说走就走，不要一等天明，那就真正地无路可逃了。"陈开说着，即同洪福瑱、洪福瑛兄弟两个仍旧杂在乱军之中，向那仪凤门的一条小路奔去。

谁知刚刚走到离开鼓楼相近的地段，忽见一个精脊梁的少年清将红了一双眼珠，手提两把马刀，正和天国的兵将在那儿巷战。又见天国的兵将因为那个少年清将，来得十二万分骁勇、十二万分厉害，一连死在他手上的大将，已有四五十员之多，无不将他恨入骨，有意等他杀得近身的当口，出其不意，便把炸药、火药等东西直向那个少年清将的头上泼去。

可怜这个少年清将，他的皮肉又不是铁铸的，又不是铜打的，身上一经着火，痛得竟同鬼叫一般的大喊道："我姓李的为国亡身，本是情愿的。不过你们这班叛贼，竟用这些炸药火药前来泼我，不免残忍一点吧。"此人的一个"吧"字尚未出口，砰的一声，倒在地上，晕了过去。

天国的兵将，正待前去取他首级，当时突见又是一员猛将，一马捎至，奔到姓李的跟前，一面挡住天国的兵将，厉声喊道："敌人不得伤我好友的性命。"一面弯下身去，顺手把那姓李的身体提到马上，又向人丛之中杀去。

原来此人就是清朝记名总兵萧孚泗，那个姓李的，正是李臣典，他们两个因为已经掘通地道，便在鼓楼之下放出一筒炸药，炸开十多丈地段，跟着跳出地道，一面逢人便杀，遇马便砍，一面奔到城门脚下，一连杀死天国之中的四五十员大将，开了城门，放入官兵，复又反身巷战。起先洪福瑱听见几声巨响的时候，是李、萧二人在放炸药的时候，及至陈开、洪福瑱、洪福瑛等人瞧见李臣典被炸倒地，又被萧孚泗救去，可惜当时萧孚泗不认识洪福瑱，不然活捉这位天国幼主，真是不费吹灰之功。

此时陈开瞧见萧孚泗也有李臣典的一般骁勇，生怕伤着他的幼主，慌忙一手一个，拉着洪福瑱、洪福瑛二人又向前逃。谁知未逃数步，又被兜头杀来一支官兵，哄然一阵冲散。陈开一见他的幼主忽被官兵冲散，这一急还当了得，只好不向前奔，尽在乱军之中暗暗找寻。

可怜陈开一直找至天明，非但没有找到洪福瑱，连那个洪福瑛也没瞧见影子。又见天国的兵将死的死了，逃的逃了，南京城里已无一个天国的人物存留，他忙暗忖道：此时不走，再待何时？亏他还有一点机警，总算被他逃出城外。

至于陈开是否前去投奔那个"四眼狗"陈玉成，现在暂且按下。

先说那个萧孚泗，因为挟着李臣典的身体，不便再事恋战。一等天亮，急去找着他的队伍，先将李臣典这人交给一个部将，送回大营医治。正想一马奔到曾国荃那儿前去报捷，可巧遇见一个飞探正来找他。那个飞探一见他面，急忙拦着马头对他说道："萧大人，九帅同了徐参赞，以及大众人等，已经先到伪天皇府中，清查财物去了，命小的四处找寻萧大人，快请前去。"

萧孚泗不等飞探说完，回马就往天皇府里奔去。沿途遇见的官兵个个面有喜色，向他拱手称贺。萧孚泗不及叙话，一脚到了天皇府中，曾国荃的一班戈什哈一见萧孚泗去到，无不笑嘻嘻的，向他说道："九帅等久了，萧大人快请进去。"

萧孚泗含笑点首招呼之后，正待走入，曾国荃在里面已经得信，又命贴身的一个戈什哈出来相请。萧孚泗跟同那个戈什哈进去，只见那个戈什哈却把他带入花园。刚刚跨进园门，已见曾国荃同着徐春荣、郭嵩焘、孙衣言、王大经、谭碧理、厉宦官、欧阳兆熊、薛时雨、黄翼升、刘输清、欧阳柄钧、薛福成、江清骥、吴坤修、梅启照、应宝时、李泰源、刘锦堂、郭宝昌、周盛传、聂缉规、蒋春元、黄少春、何绍基、陈济清、潘鼎立、李兴锐一班谋士将官，正在那儿检验已故伪天皇洪秀全的尸首。地上跪着一个老年宫女，大概就是手葬洪秀全的那个黄瓦了。

曾国荃一见萧孚泗进去，急把手举得老高地一招道："老典受重伤，我已知道了。你且先来看看这个洪贼的尸首，大概不至于假的吧。"

萧孚泗听说，连忙紧走几步，到了洪秀全的尸身旁边站定，只见洪秀全须发半白，脸上皮肉尚未腐烂，身上是用黄色绣龙缎子包裹的，问那个老年宫女道："此贼到底是几时死的？"

那个老年宫女答话道："本年四月二十七的那天死的。"

萧孚泗又问道："你是手葬他的人么？此尸不会假么？"

老年宫女又答道："我未离开此宫，决不会假的。"萧孚泗听说，点点头，方去对曾国荃说道："城里城外的余孽可证，这件事情是很容易办的。现在最要紧的是，快请九帅清查伪府中的财物，以便犒赏兵士。"

曾国荃微蹙双眉地答道："我早已清查过了，倒说贵重珍宝一样不回，大概已被余孽卷走去了。"萧孚泗一愣道："一点没有留下不成？"

曾国荃点头答道："有是有一些，可不多了。我已命人清查，你去瞧瞧也好。"萧孚泗却朗声地答道："标下从来不问财政事情的。"

曾国荃听了萧孚泗的这句说话，陡然将脸一红，忽又镇定下来道："犒赏兵士的款子，我会设法。城里城外肃清余孽的事情，我就责成你去办理。"

萧孚泗听说，满口答应，又与大家敷衍几句，匆匆退去。

曾国荃一面将洪秀全戮尸示众，焚化肢体，一面驰驿奏报克复南京之事。

当天晚上，曾国荃即在天皇府中住宿，到了半夜，得着一个怪梦。正是：

干戈扰乱方清靖，
歌舞升平属老成。

不知曾国荃所得的究是什么怪梦，且阅下文。

第十三回

落敌手求生不能
坐花船繁荣市面

　　曾国荃这天拜折进京之后，因为行辕尚未设定，便在天皇府中安宿。到了半夜，忽得一个怪梦，梦见一位白发老人，引他重到花园之中，指指地下，向他说道："你白天所得的那些财物，不及这地下的东西远甚。"曾国荃当时不知是梦，正想问明原委，突见那个白发老人忽向地下一扑，顿时将他惊醒。

　　曾国荃暗忖道：此梦来得奇怪，这个老人，不知是神是妖。他既对我这样说法，或者没有什么坏意。至于我白天所得这座府中的那些财物，本是无账可查的东西。鲍春霆每破一城，准他手下兵士抢劫三天，朝廷不见得没有风闻的。朝廷对于老鲍都能如此宽大为怀，我既辛苦了几年，至今始将南京克复，公理私情，我得这一点点的东西，也不为过。且俟明天，让我命人在那老人所指的地方掘出一看再讲。曾国荃一个人忖上一会儿，方才沉沉睡去。

　　第二天一早，即带几个心腹戈什哈，去到花园，按照梦中老人所指之处，掘了下去，仍是太平天国的玉玺二方、金印二方。曾国荃不禁大喜道："金印倒还不甚希奇，这个玉玺确是天下闻名的奇物，让我贡献朝廷，便可掩过其余财物。"

　　曾国荃打定主意，忙将玉玺二方、金印二方复又专折送往北京。没有半月，即奉卜谕，优加褒奖。

上谕里的大意是：贼据金陵，已有十二年之久，一旦荡除，实由曾国藩调度有方、谋勇兼备所致。两江总督曾国藩，著赏加太子太保衔，赏戴双眼花翎，锡封一等侯爵。署浙江巡抚曾国荃，著赏太子少保衔，赏戴双眼花翎，锡封一等伯爵。其余有功人员，着曾国藩会同曾国荃查明奏报，分别优赏。曾国藩、曾国荃，并着迅速到任，办理善后事宜等语。

曾国荃既封伯爵，满城文武官员都来道喜。曾国荃一一慰劳之后，单问萧孚泗道："老李的毛病怎样了，此次攻克南京，你与他的功劳真是不小。"

萧孚泗见问，起初犹是含糊答应。及至曾国荃再三盘问，萧孚泗方才拭泪道："已经不幸了。"曾国荃大惊地问道："你在怎讲？"

萧孚泗道："昨天晚上，创处溃裂业已火毒攻心，竟于今晨二时去世了。"

曾国荃听说，目视徐春荣太息道："杏翁，果然被你言中了。"

徐春荣道："为国捐躯，李也不枉这一死了。九帅只要替他优请恤典，也是一样。"

曾国荃连连点头道："这个自然。可惜他没后人，不然至少可得一个男爵。"

萧孚泗接口道："老典虽没儿子，他的妻子尚在青年，标下打算接她到家，一起同居。"

萧孚泗尚未说完，满座人众无不称赞萧孚泗为人大有义气。

徐春荣等客一散，便向曾国荃告辞，要回刘秉璋那里。曾国荃忙阻止道："杏翁不能就走，一则此地善后诸事，家兄还要借重长才。二则仲良不久可得江西藩司之缺，何必多此往返。三则杏翁此次替我计划军事，很有大功，我当给你一个明保。"

徐春荣笑谢道："明保一层，万请不必。我因老母年高，即日便要呈请终养。仲良老师既有赣藩之信，我在此地候他就是。"

曾国荃因见徐春荣答应一时不走，立即办了一份公事，委他办理南京全省营务处之差。徐春荣再三推辞，不肯到差。曾国荃道："且等家兄来到再说。"

没有几天，曾国藩已由安庆来到南京，因见善后事大，一面拜折到任，一面问曾国荃病体怎样，可能支持去到浙江到任。

曾国荃道："浙江善后的事情，现由季高在办，兄弟实在不能支持，打算奏请给假回籍养病。"曾国藩点头道："这样也好，你既回去，可以将头一批的老湘军，带了回去遣散。"

曾国荃听说，自然照办，即日回湘而去。

曾国藩一等曾国荃走后，便催徐春荣快去到差，以便襄办善后诸事。徐春荣仍然不肯答应，说来说去，只等刘秉璋到来一见，就得回籍。曾国藩没法奈何，只好将那营务处的差使另行委人。那时两江总督衙门，即由天皇府改造，犒赏克复南京将士的款子，已由新任藩司发放。

这天曾国藩正在亲自批札公事，忽据一个戈什哈禀报，说是伪忠王李秀成已被苏抚李鸿章的部下生擒到来。

曾国藩听说，不觉以手加额道："此人擒到，大事方才算了。"

曾国藩说着，即命快把李秀成带上，由他亲自审问。等得李秀成带上，曾国藩见他神色虽然有些沮丧，一切举动尚觉镇定，便问李秀成道："你的罪案极大，既已拿到，有何说话。"

李秀成朗声答道："逆犯自知所犯，确属难赦。如果大帅能够网开一面，贷我一死，我当分别函知各处部将，不必再抗官兵。大帅这边，也好免得操心。"

曾国藩想了一想道："你且将供状写好，果有法子可想，本部堂就贷你一死，也非难事。"

李秀成听说，马上磕上一个头，提笔就写，一连写了三天，有四万多字。

第四天，李秀成正在写他供状的当日，忽见一个戈什哈进来报告曾国藩道："顷据密探来报，说是伪幼主洪福瑱已由他们的逆党拥护，蹿入江西广信境内去了。"那个戈什哈说完，又见曾国藩似乎在生气地说道："赣抚沈葆桢所司何事，这样大案，为何不来移知于我。我既做此两江总督，责任所在，不敢放弃。"

又见曾国藩说完这话，即命戈什哈呈上纸笔，立即在拟一个奏稿。

李秀成忽将写供的笔停了下来，向着曾国藩说道："大帅大可不必操心，洪福瑱既到江西，照我揣度，保护他的不是听王陈炳文，便是来王陆顺德。只要我一纸书去，定能教他们缚了洪福瑱来献。"

曾国藩不等李秀成说完，也把手上的笔放下，朝着李秀成微点其首地说道："你能办好此事，本部堂自然可以把你将功折罪。"

李秀成听了大喜，立刻写了两封信，一封给陈炳文，一封给陆顺德。

曾国藩亲自看过，发文营务处去办。便笑问李秀成道："你们的那个'四眼狗'陈玉成，此人十分来得，现在究在何处？"

李秀成忙答道："他在婺源，大帅如果要他，我也可以将他招至。"

曾国藩摇摇头道："此人杀人很多，不能赦他。"

曾国藩刚刚说到此地，忽见一个戈什哈送进一封公事，曾国藩接到手中，拆开一看，见是鲍超前来报捷的公事。内中说是七月初一，破贼于抚州许湾地方，斩首四万，同月初六，破贼于东乡、金谿两县，现将擒获的伪和王吴大鼻，押解来辕云云。

曾国藩看完公事，命将吴大鼻带上。戈什哈出去带人的当口，曾国藩趁空问李秀成道："这位吴大鼻，你可认识，他的手下，究带多少贼兵？"李秀成答道："吴大鼻是三等王位，他的手下约有十万人数，他在贼中，很有面子。"

曾国藩还待再问，只见戈什哈已将吴大鼻带上。谁知吴人鼻见了曾国藩倒还不甚害怕，一见李秀成早已远远地双膝跪下，称着李秀成道："王爷在此，吴某叩见。"

李秀成见了吴大鼻对他如此恭敬，生怕曾国藩见疑，误了他的性命，连连阻止吴大鼻道："我已被拿，现蒙曾大帅恩典，可以贷我一死。你快快叩见曾大帅，只要你供得好，或者也能保得性命，也未可知。"

吴大鼻听说，又朝李秀成恭恭敬敬地叩上一个头道："王爷吩咐，吴某怎敢不听，否则吴某必死，决不敢向清朝官府乞怜的。"

此时曾国藩见李秀成还有这般势力，便将要赦李秀成的心思淡了下去。当时便随便问了吴大鼻几句说话，吩咐绑出枭首示众，又将李秀成发交首府审问。

李秀成一见曾国藩将他发交首府，便知没有命了，当时即向曾国藩磕上几个头道："逆犯也知罪在不赦，起初还望大帅法外施仁，得保一命，现在是无望的了。"可怜李秀成的"了"字尚未出口，两只眼眶之中的泪珠早已簌簌地落了下来。

曾国藩也不答话，单将所拟的奏稿拿在手中，自顾自地踱进签押房里，命人将徐春荣请至，即把所拟奏稿，交给他看道："沈葆桢太瞧不起我，杏翁且看了此稿再说。"

徐春荣忙把奏稿接到手中一看，只见最主要的几句是：臣前因军务紧急，虽奉四省经略大臣之命不敢受，现因办理两江善后事宜，业已到任，对于敕书之语不敢辞。

原来清朝的总督和巡抚，虽然都是二品大员，对于本省的权力是同样的，可是皇帝给他们两个到任去的敕书，总督的权力却优于巡抚，总督敕书上的说话是：尔到任之后，可尽心督同巡抚办理本省之事，亦须和衷共济。巡抚敕书上的说话是：尔到任之后，凡事须秉承总督办理本省之事，毋得自专。这样一分，总督可以挟制巡抚，巡抚不能抗拒总督。清朝末叶的总督，对于巡抚总是客气，从无照敕书上所载，行过事的。

当时的曾国藩，他虽有好好先生、忠厚待人的名誉，但是他对于《大清会典》的例子，真是烂熟如泥。他因江西巡抚沈葆桢也是一位中兴功臣，且负知兵的好名声，深恐沈葆桢将来对于他的公事，不肯事事依从，因此在奏折上提到敕书之话，并非预为安个根子，犹之乎百姓对于官府存一个案的样子。谁知那位沈葆桢也是一个强项的人物，自知力有不逮，赶紧请开缺而去。

当时徐春荣看完奏稿，没甚说话。曾国藩方问道："我的主要句子，杏翁瞧见了没有？"徐春荣微笑道："大帅的意思，职道略略知道，不过我料沈中丞，一定不来违反大帅的。"

曾国藩听说，也微微地一笑道："只要如此，我自然与他和衷共济的。"

徐春荣也问道："大帅既将李秀成发交官府，可是不肯贷他一死么？"

曾国藩点点头，即将吴大鼻害怕李秀成的事情告知徐春荣听了。

徐春荣听完道："保留李秀成是个办法，杀了李秀成也是一个办法。"

曾国藩道："现在捻匪之势不小，倘将李秀成留下，从好的一方面看呢，让他前去收拾余烬，自然是事半功倍。倘从坏的一方面看呢，狼子野心，难免不去与捻匪会合，那就是养痈成患的政策了。"

徐春荣笑上一笑道："职道是百姓一方面的观念，大帅是朝廷一方面的观念，倘若易地而言，大帅或者赞成职道之话，也难说的。"

曾国藩听了大笑道："杏翁真直心人也，此言一点不错。"

徐春荣道："听说'四眼狗'现在婺源一带，犹在负隅。南京城内的人民遭此大劫，只要西风一起，即有号寒啼饥之叹。职道本是在等敝老师来此一见，就要走的。哪知敝老师迟迟吾行，不知何时才到。"徐春荣说到这句，不觉失笑起来道："职道因为那个'四眼狗'如此憝不畏法，日来似有抚髀之叹了呢。"

曾国藩听说扑的一声，忽将徐春荣的手紧紧捏住道："杏翁，你真肯再替我出一次马么？"

徐春荣又笑道："职道已在自告奋勇，怎么不去？"曾国藩听了，方才放手大笑道："杏翁，你此次奏凯回来，我一定封你为汉寿亭侯。"

徐春荣听了一愣，似乎不解此话之意。

曾国藩又大笑道："杏翁，你也是一位饱学之士，怎么连《三国演义》也没有看过不成么？"徐春荣听了，方才明白曾国藩这句说话的意思，乃是等他打胜回来，准他去见他那老师刘秉璋，当下也就笑着答应。

曾国藩便命徐春荣以两江营务处的名义，统领二十四营头前往婺源，打那陈玉成。徐春荣正待起身退出的时候，曾国藩忽向徐春荣咬上几句耳朵，徐春荣点头会意，各自一笑走散。作书的做到此地，却要卖个关子，暂且按下。

先叙那时南京的督粮道一缺，已由曾国藩到任那天，委了曾国荃的幕府，江苏补用道王大经署理。岂知这位王大经观察，还要比较曾国藩来得道学。

曾国藩原是因为王大经的道学，方才委他署理这个粮道，方能涓滴归公，于国于民，均有利益。却不防这位王大经对于督粮之事，虽然打得井井有条，事事能使曾国藩满意，可是他于职守之外，偏要前去干涉一府两县的事情。

他所干涉的究是什么事情呢？说起来倒是一件风流韵事，原来那时的南京，先被天国之中的人物十二年的一刮，莫说民间寸草无存，就是地皮底下的有些窖藏，也被那地大国的兵将掘个无遗。再加破城之日，不免玉石俱焚。虽经曾国藩谕知两司，以及一府两县，赶紧设法筹款、繁荣市面，无如当此兵燹之后，杯水车薪，无济于事。市面不好，百姓更不聊生，所以徐春荣已向曾国藩提过。曾国藩因为一时没有大宗款项可筹，只好严催藩司、运司、粮道、支应局、牙厘局、各司道赶快办理。

南京的钓鱼巷本是最负盛名的窑子，一班老鸨以及窑姐儿，从前因见天国的政令注重女权，所以不敢高张艳帜，作此神女生涯，及至克复南京，自然要借恢复承平之乐的题目，大家再整旗鼓，方有饭吃。

其时的江宁府，姓桂名中行，很有一些政治经验，他见钓鱼巷一带的妓院重兴，虽然没有大张晓谕地前去保护，可也决不去做那些打鸭惊鸳之事，甚至老鸨妓女和人打官司的时候，这位桂太尊还能稍给她们一点面子，这就是取那古时女闾三百、兴隆市面的意思。

独有那位王大经观察一经闻知其事，不禁气得北斗归南起来，立即传见一府两县，狠狠地申饬几句。当下一府两县等得王观察发过了火，方才一同说道，大人所谕的禁娼之话，卑府卑职等既已一行作吏，这点公事，似乎还不至于不知道的。不过现在市面如此萧条，若不稍宽一点禁令，这个市面恐怕更加不成样子了。王大经一见一府两县竟敢不奉上司命令和他抬杠，这一气可是更了不得了。他等府县走后，便叫粮差去抓。谁知老鸨本已各衙门打点好了的，粮差奉命出去一趟，连鬼也没有一个抓来。

王大经明知粮差受贿卖放，他便不动声色，亲自去抓。后来虽然被他抓到一两家，可是粮道没有班房，没有刑具，只好仍然发交府县。府县知他脾气，顾他面子，也就薄责了案。

王大经既得甜头，他就从此常常亲自出去抓人，府县看不下去，便去禀知曾国藩。曾国藩听了笑上一笑，等得王大经上院的当口，却也劝阻一番。恰巧这位王大经，以为禁娼决不错的，仍然瞒了制台常去抓人。

有一天的下午，王大经出去拜客，经过秦淮河下，忽然听得一片丝竹管弦之声，夹着几个妇女的笑语，他就大不为然起来。一个人坐在轿子之中，一边拍着扶手板，一边发话道："这还了得，哪个大胆的，青天白日竟敢画船箫鼓，在此河中饮酒狎妓，我不办他，誓不为人。"

王大经说完之后，立命住轿，亲自走到河边，抬头一望，正见一只头号画舫，里面坐着十多个穿红着绿、抹粉涂脂的妓女，一边唱着淫词艳曲，一边向着岸边摇来。

王大经此时早已气得人肚皮里装了狗矢，却也学了一个乖，恐怕发火太早，那船不肯拢岸，倒也没法办他。所以一声不响，一直等到船靠岸的当口，他就亲自奔上船去，哪有工夫再行细看，单向几个妓女大喝一声道："好大胆的贱人，你们今儿在伺候谁呀，连王法也不怕了么？"

内中一个很年轻的妓女听了他话，即不慌不忙地抬起一双玉臂，飞快地向着后舱帘内一指道："你这位大人，自己去瞧去。"

王大经至此，不禁也会一愕，忙暗忖道：这个淫娃，究仗谁的胆子。不料王大经的念头尚未转完，忽见后舱之中有个老者搴起帘子，拍手顿足地朝他大笑道："本部堂在替我们给营务处饯行，却是一桩私事，竟被老同寅前来捉破，真正有些惭愧呀惭愧。"正是：

> 做官只怕来头大，
> 发气还须带眼尖。

不知这位老者，究是哪个，且阅下文。

第十四回 仗剑登堂逐爱妾 携书入座念亡儿

王大经一上那只画舫，正在喝问一班妓女，当场就有一个年少美貌妓女向那后舱帘内一指，教他自己去看。王大经一边甚为诧异，一边即向帘内望去，忽见一位老者向他大笑着说了几句说话。你道那位老者是谁？却是中兴第一功臣、现任两江总督部堂、一等侯爵曾国藩。

王大经到了此时，不禁弄得手足无措，只好抢步上前，奔入后舱，对着曾国藩请上一个安儿道："职道不知大帅在此晏客，倒来惊驾，很是有罪。"

曾国藩指指一旁的徐营务处，接口说道："老同寅，我因方才多喝了几杯热酒，觉得有些不能支撑，故同我们这位杏翁进舱稍憩一会儿，现在老同寅既是来作不速之客，何妨也陪我们杏翁喝它几杯呢？"

王大经忙向徐春荣拱拱手道："杏翁不日出发，亲去剿办那个'四眼狗'，定是马到成功，兄弟此刻只好借花献佛，奉敬三杯，算替杏翁饯行。"

徐春荣连连还礼道："不敢不敢，老哥赏酒，兄弟敢不领受。"说着，即同曾国藩、王大经两个出舱入席，曾国藩仍坐主位。

各人轮流敬过徐春荣三杯之后，曾国藩又命起先和王大经讲话的那个少年妓女，也敬王大经三杯。那个少年妓女一听曾国藩如此吩咐，连忙含笑地一边向王大经筛酒，一边又轻启珠喉地说道："王大人，你老人家是难得来吃花酒的，今天在同制台大人和这位徐大人破了例儿，以后还要望你大人，传谕你们的那班粮差，随便看顾我们一点才好。"

王大经明知这个少年妓女仗着制台势力，有意讽刺，当场不便翻脸，只得假酒三分醉地不答这话，单问道："你叫什么名字，你长得真漂亮，会得伺候，不枉我们大帅和这位徐大人在此照顾你们一场，我明天也拟借你们的船上，替徐大人饯行呢。"

那个少年妓女，忽见这位王大经此时的话来得十分和气，竟与平日的凤厉样子完全判若两人，便也笑答道："我叫小鸭子，扬州虹桥人，王大人不嫌我们此地肮脏，我们一定好好伺候。"

徐春荣接口对着王大经说道："兄弟明儿一早就要出发，那个'四眼狗'能够早平一天，洪福瑱在广信的声势也好早小一天。老哥赏饭，实在只好心领。"

曾国藩也笑道："老同寅要替我们杏翁饯行，恐怕来不及了。要么在此预先定下一桌酒席，一俟杏翁奏凯回来，再在此地接风，也是一般。"

王大经听说，因为直接要拍曾国藩的马屁，间接要拍徐春荣的马屁，真的赶忙定下酒席。这天一席，他们一位总督、两位道台，倒也吃得十分尽情快乐。

曾国藩的此举，明是要繁荣市面起见，所以破个例子，亲坐花船一次。心愿一了，等到夕阳西下，便同徐、王二人打道回衙。南京城里的一班百姓一闻这桩新闻，无不感激这位曾制台，如此苦心孤诣，想出法子，繁荣市面，大家颂声载道。南京城里的一班官场一闻这件趣事，无不感激这位曾制台，如此大开方便之门，以后大家吃酒嫖妓，仿佛是奉了旨意一般，几乎高兴得想替曾国藩去立专祠。北京城里的一班御史以为曾国藩有了岔子，大家竟去参他，幸亏那时已是东西二后垂帘听政，恭亲王领袖军机，都知曾国藩是位道学先生，他去坐花船，完全注重市面，真有古大臣之风，反把御史申斥一顿了事。后来曾国藩知道此事，却也奏明原委，两宫自然嘉奖几句。

王大经一见两宫嘉奖曾国藩的谕旨，始知自己所见不实，太觉固执，忽一个人暗思忖道：曾大帅吃花酒，虽说是为南京的大局起见，我见他对于那个妓女小鸭子，似乎有些特别垂青之处，所以那个小鸭子胆敢对我那般狂妄大胆。况且老子说过，不见所欲，其心不乱。曾大帅到底不是孔子转世，岂有见色真不动情之理。我何不亲去问问小鸭子看，曾大帅果有爱她之意，我大可以把那小鸭子出价买下，献与曾大帅，以作房中伺候之人，这不是宝剑赠烈士的法子么？王大经想至此处，以为此计大妙，亏他福至心灵地想了出来，当下马上去到钓鱼巷里，直进小鸭子的窑子，告知来意。小鸭子本是一个年轻妓女，懂得什么大道，一听王大经要去抬举于她，那一高兴还当了得，当时略略吹牛，冒说曾制台确是有些爱她，不过当场未曾和她明言罢了。

王大经听了，急急以手乱指小鸭子的鼻子道："你这个人，真正是聪明一世、懵懂一时的了，他是现任两江总督，虽然家眷不在身边，有心爱你，但为礼制计，怎以可以和你明说。这些事情，全靠我们做下属的会得体贴宪意的了。"王大经说到这里，便问小鸭子可愿嫁曾制台。

小鸭子见问，欢喜得满面通红，连连表示情愿。

王大经便出了二千银子的身价，给与小鸭子的鸨母。鸨母也是喜出望外，连夜就替小鸭子赶办应用衣穿、什物等事。

第二天的晚上，王大经命他太太悄悄地陪同小鸭子去到制台衙门，献与曾国藩做妾。曾国藩起初一见王大经误会其意，不觉且骇且笑。后来禁不起那位王太太再三譬解，小鸭子万分羞愧，曾国藩想上一想，一则年纪已大，正办理善后事宜，很得花番精神，身边有个侍妾伺候，才觉便当；二则他的癣疮大发，浑身痒得难熬，替他洗涤等事断非戈什哈等人可以常久代劳；三则他那欧阳夫人不在身边，而且欧阳夫人十分贤淑，他在军营之中的时候早有信来，请他买个侍妾，以便服役。有此三样问题，也就一口答应。

不到两月，忽奉上谕，说是署浙江巡抚曾国荃回籍三月，谅来病已痊可，着曾国藩转知该抚速进京陛见、俾得驰赴新任等语。又因苏抚李鸿章前檄郭松林赴闽，随同闽浙总督左宗棠，肃清东山恒社仓等处的余孽，左宗棠复又攻克漳州府地方，福建全省敉平。中兴将帅，前已封爵的，此次再锡美名，曾国藩为毅勇侯，曾国荃为威毅伯，官文为果威伯，左宗棠为恪靖伯，李鸿章为肃毅伯；鲍超、彭玉麟、杨载福、刘铭传、刘秉璋等均赏男爵；塔齐布、萧孚泗均赏一等轻车都尉；刘秉璋补授江西布政使，护理江西巡抚；曾国藩著兼协办大学士之职；彭玉麟改以侍郎候补，派为巡阅长江大臣，沿江省份之提镇以下统归节制。曾国藩见了这道上谕，一面函知乃弟国荃，命他病体一愈，克日入京，一面力辞协办大学士之职。上谕不准，曾国藩只好遵旨谢恩受职。

曾国藩忙了几天，正想休息一下，忽见彭玉麟由江西到来，赶忙请见，向他道喜。彭玉麟忙逊谢道："老师不必急替门生道喜，门生这次来此，就是来请老师代我奏请收回成命的。"

曾国藩听了一愣道："你的封爵本是应该，你的改授侍郎、巡阅长江，也与你的性质相宜，何以要我奉辞？"

彭玉麟便又表示他不受赏、不做官的志向，还是曾国藩再三相劝，教他不必违旨辞谢，彭玉麟不好重违师命，方始承认巡阅长江大臣之职，男爵仍不肯受。曾国藩不便再劝，当即替他拜折代辞封爵。

曾国藩又问起天国伪幼主洪福瑱在广信之事，彭玉麟答称，门生本要禀告，门生的部将缪栻，会同九世叔的部将席宝田两支人马，奋力进攻广信，洪福瑱不能立足，率部蹿逃石城，即由缪、席二将追踪擒获，已经押解南昌。沈葆桢中丞因已奏请开缺在先，新任护抚刘仲良虽未到任，他却不肯负责办理此事，想来已有移文到老师这里来了。

曾国藩听完，连连摇头太息道："这真奇了，沈葆桢已经和我在斗气，从没公事来往；倒说连左季高也不知听了谁的谗言，现在背后对我大有烦言。"

彭玉麟很诧异地答道："沈葆桢中丞，他是因为老师曾有一奏，提及敕书之话，因此急急奏请开缺；既是奏请开缺人员，不肯再办公事，犹可说也。怎么左季高本是我们自己人，也会来闹意见？"曾国藩听说，忽又微微一笑道："季高大概只忌我一个人的功位在他之上，其实何必呢？"

彭玉麟道："那个洪福瑱，久押南昌，老不办他，恐怕不妥吧。"

曾国藩蹙额答道："仲良已经到此多日，他因他的门人徐春荣被我派往婺源去打那个'四眼狗'去了，他就不肯一个人先去到任。不然，洪福瑱的事情，自然交他去办。"彭玉麟笑上一笑道："徐杏林很能办事，固不必说。不过仲良这人，对于他的这位门生，仿佛像个奶妈一般起来，岂不好笑？"

彭玉麟说到这里，又问曾国藩道："徐杏林出发多久了？"曾国藩道："昨天已有飞报到来，说是'四眼狗'陈玉成业已被他生擒，我就马上派了此地候补知府李宝森，前去将陈贼押解进京，因为此贼的罪案真也太大了。"

彭玉麟道："这是要从河南走的伏线。"

曾国藩点点头，不答这话，单问："已将李秀成正法，办得可是？"彭玉麟道："办了也好，省得养痈成患。"

曾国藩很快乐地说道："我们师生两个的意见倒是相同，只有徐杏林不甚以杀李秀成为然。"彭玉麟道："他的眼光本远，大概恐怕多费军饷，多伤士卒，也有理的。"曾国藩道："等他回来，仲良就好前去到任。现在捻匪又在六安英山、太湖一带闹事，很麻烦呢。"

彭玉麟问道："老师为何不命塔齐布前去办理?"曾国藩听说,微微唶了一声道:"你还在记得他呢。可怜他是连封爵的上谕都没有福气看见,早已病死了。"彭玉麟听了,也为伤感不置。

曾国藩还待有话,忽见一个戈什哈走来对他轻轻地咬上一句耳朵道:"姨太太请大人进去洗澡。"曾国藩把头一点。彭玉麟忽见一个戈什哈在与曾国藩咬着耳朵讲话,谅有什么秘密要公,便即告辞而退。

曾国藩一等彭玉麟走后,一面慢慢地踱入上房,一面还在问那个戈什哈道:"彭大人是我的门生。姨太太请我洗澡,乃是为癣疥,又非瞒人之事,你这般地鬼头鬼脑,岂不要被彭大人怪我有事避他么?"

那个戈什哈碰了一个小小钉子,不敢辩白。其实这个戈什哈却有一点小聪明,很知彭玉麟的脾气,恐怕不利这位姨太太,故有此举。曾国藩反而怪他多事,这也是曾国藩毫没一点机心的好处。

第二天早上,曾国藩尚在上房吃早点心的当口,陡见一个戈什哈慌慌张张地奔入,禀知道:"回老帅的话,彭大人佩剑而入,声称要斩我们姨太太,还要查办王粮道呢。"

曾国藩听了大惊道:"你们快把姨太太暂且藏过一边,让我出去见他。"曾国藩说完这句,不及再待戈什哈答话,连忙拔上鞋子,匆匆而出。

原来曾国藩本有癣疥之疾,从前在军营中的当口,还能时发时愈,及至到了两江总督衙门,一天厉害一天,每天至少要洗澡十多次,方才过得,所以在吃早点心的时候,刚刚洗完了澡,连鞋子还未拔上,并非曾国藩也有扱鞋皮的坏相。等得曾国藩刚刚奔出花厅,彭玉麟已经仗剑走来,一见曾国藩之面,就愤然地大声说道:"老师何故纳妓作妾,不怕旁人学坏样么?"

曾国藩红了脸地不及答话,彭玉麟又盛气地说道:"妖妇躲在哪里,门生一定斩她。"彭玉麟的"她"字未完,真的要向上房奔走。

曾国藩忙把双臂一张,拦着彭玉麟道:"雪琴何必如此,我教她走就是了。"

彭玉麟听说,还不大愿意止步,幸亏徐春荣正来销差,一见彭玉麟手执一柄亮晃晃的宝剑,面有怒色,又见曾国藩一个人呆呆地站在当地,脸上又有愧容,料知小鸭子之事发作。生怕他们师生二人因此小事伤了多年的情谊,忙把彭玉麟一把拖到文案房内,夺去宝剑,让他坐定,方才问彭玉麟道:"彭大人究为何事,如此仗剑而入?"

彭玉麟喘上一阵,始将曾国藩纳妾之事告知徐春荣听了。

徐春荣听了笑道："老师春秋已高，又有癣疥，房中弄个妇人伺候，事极平常，彭大人何必这般生气？"

彭玉麟忽捏了徐春荣的手叹息道："徐杏翁，你怎么也说这些世俗之话？我们老师已有入圣庙的资格，兄弟此举并非唐突，不过要想成就他老人家入圣庙的资格而已。否则谢公乐游、文山声妓，我再不管。"

徐春荣听说，又问道："有无商量余地呢。"

彭玉麟毅然决然道："我头可断，此事断无别话。"

徐春荣听说，忙又去到花厅，只见曾国藩一见他去，急低声问道："雪琴还在外边么？"徐春荣点点头道："还在外面。"徐春荣答了这句，就将彭玉麟的说话，老老实实地告知曾国藩听了。

曾国藩微蹙双眉地答道："快给此妇三百银子，仍请王太太打发她去。"徐春荣命人照办。曾国藩忽又低声自语道："他从前也曾有过那个宓美人之事的。"

徐春荣不便解释此话，便将那个"四眼狗"陈玉成已交李宝森，由河南地方押解去京之事禀知曾国藩听了。曾国藩一见徐春荣谈到公事，慌忙慰劳道："杏翁又是一件大功。无奈你总不肯受保举，又怎么好法呢？"

徐春荣道："敝老师死死活活地要职道陪他去到任，职道推却不去，只好答应。"曾国藩连连点首道："这样最好。杏翁肯去，我对于江西一省之事，不必再管了。"

徐春荣道："职道去去就要走的，恐怕不能久留。停刻敝老师前来见过老帅之后，明天就得动身，职道不再禀辞了。"曾国藩道："洪福瑱现在押在南昌，你同仲良一到江西，赶紧把他办了就是。就由你们那边出奏，也是一样。"

徐春荣答应一声，正拟退出，曾国藩忙又走近徐春荣的身边，低声说道："今天我怕见雪琴之面，费杏翁的心，请你快快约他一同出去才好。"徐春荣点头应允而去。

第二天上早，曾国藩刚刚起身，彭玉麟已来负荆谢罪。曾国藩忙将彭玉麟请入签押房内，不待彭玉麟开口，他却先笑道："子见南子，子路勿悦。雪琴昨天之事，有益于我多多矣。"

彭玉麟急作半跪道："老师本是圣人，门生昨天之举，未免情而不情。从前门生斩了劣子，至今思之虽不懊悔，但也时时觉得有些凄楚。月前曾有一信致小孙，该稿犹存身边……"彭玉麟尚未说完，几乎落下泪来。

曾国藩忙与彭玉麟相对坐下，又问他取出信稿，接到手中一看，只见写着：

汝父以不羁之性，误军令而论斩。吾宗有后，血胤在尔。汝父少不学，督率过严，辄跅弛，余切诫之，以其凶终恐覆吾祚；今幸老朽可保首领，而令名未为渠伤，足可慰已。汝年虽稚，有跨灶之誉，接尔安禀，觉字体骨秀得之天，文法高迈疑素习。吾祖孙间，何不可曲致其情，乃类孔氏，道不垂伯鲤而及子思耶。今后但求汝不应科举，不习刀马，隐于穷荒，读破万卷书为通儒，于愿已奢。噫，缅怀杀戒，令吾悾忡。

曾国藩看完了这封信稿，正待有话，又见还有一封稿子，便再看去。只见是：

富不学奢而奢，贫不学俭而俭，习于常也。吾家素清贫，今虽致高爵，而余未能忘情敝袍，跨马巡行，芒鞋一双辄相随。每见世家子弟，骄奢淫逸，恨不一擒而置之法；乃读老子运岁云：富贵而骄，且遗其咎，则又付之浩叹而已。汝来书，不愿锦衣玉食，良足与语俭德，然颐指气使，饱食暖衣而无所事者，犹觉奢。小婢一人，用供躯使，老仆司门户，彼亦人子以贫而来依，不宜妄加呼叱，犯过温谕之，蒲鞭示责，仁者为之。能如是，彼未必不乐为之用。尔其慎守余言。

曾国藩看完此信，忽对彭玉麟笑道："子孙之事，本是假的，替他们作马牛，固是犯不着，责之太严，也伤天性。你有这位贤孙，胜我多了。"

彭玉麟一愕道："老师何出此言，我们几位世弟，我知道都是学贯中西的人才，岂是你那小门生可望项背。"曾国藩听说，把头连摇几摇，正是：

莫言师弟因鸾凤，
谈到儿孙作马牛。

不知曾国藩谈到他的儿子，为何摇头，且阅下文。

第十五回

张之万梦斩妖官
彭雪琴伪扮城隍

曾国藩一见彭玉麟问到他的子孙，便连连地摇着头答道："雪琴，你还不知道么？你那二世弟纪鸿，亡过已经几年了，虽然留下广铨、广钧、广镕三个子，年纪尽管很小，都还觉得聪明。"

彭玉麟岔口道："三位世侄，既极聪慧，还不是老师的福气么？"

曾国藩又摇首道："说到聪明，正要福气来销，我所虑的是，我的为人，一生本无他长，只有厚道二字，差堪自信。平时常接你们师母亲信，她虽未曾说，她几个孙子不好，我可已经瞧出大概，这班孩子，将来长成，才则有望，德防不足。再说到你那大世弟纪泽，我早已替他娶了刘氏媳妇，生有一子，取名广銮，此孙之德，将来或能稍胜三个兄弟，且不说他。独有纪泽，以为中国文学，我曾教他多年，似乎已至无可再学的地步了，他就前去学习西文。西文东西，到了现在时代，本来也还适用，不过若一谈到去与洋人交涉，那真难而又难。我正恐他仅仅乎学了一点皮毛，将来自以为是，不要误了国家大事，那时连我的一世清名，岂不为他所累。"

彭玉麟一直听到此地，方始噢了一声，笑着接口道："老师所愁，原来为此，快快不必多虑。我们劼刚世弟[1]，现在谁不钦佩他的西学？老师平心说说看，现在执政的人物，除了李少荃一人外，谁能去和洋人办理交涉？"曾国藩听说，忽然微改笑容，问着彭玉麟道："照雪琴说来，不是怪我杞人忧天了么？"

彭玉麟又笑着答道："这也是老师爱子情切之故，正合得上那句'爱之过深、望之过切'的古语了。从前胡文忠公将要下世的时候，有一天忽到汉口有事，偶然瞧见一只外轮经过，他就急得当场吐了几口鲜血，立刻晕了过去。等得左右慌忙将他救醒，他始对着几位幕僚太息说道：'在我看来，发逆之事，现在既有大军云集，不久必能剿灭，尚非国家心腹之患。将来使我们中国不能长治久安的，必是外人。'文忠说完这话，不久没于武昌抚署。"

曾国藩点头道："润芝此言，本有卓见，可惜他竟先我等而去世了。"曾国藩说到这句，不禁欷歔起来，叫着彭玉麟之字道，"雪琴，润芝本和我们同时出山的，他的坐镇湖北几年，很于我们的军事有益，他和文宗显皇帝先后而逝，时光过得真快，转瞬又是四年了呢。"

彭玉麟也太息道："文忠为人，本是一位品学兼优的名臣，怎么竟会没后……不知现在所继之子，到底怎样？"曾国藩道："他所过继的那个又勋嗣子，不是他的从弟棐翼之子么，听说不过尔尔。"曾国藩说着，即向书架上面郑重其事地抽出一本书籍，又在那书当中拿出一封信来，一面递与彭玉麟去看，一面又说道："此信就是润芝最后的一封家信，我是于无意之中得来作个亡友纪念的。"

彭玉麟不及答话，先看那信，只见确是胡林翼的亲笔。写着是：

保弟如面。君父之难，闻之愧愤。[2] 兄忝膺疆寄，自应北上入卫，此臣职之大义也。行吾心之所安，本不计及事之能济与否也。乃皇上眷念东吴，悟寐不释，九月二十日有旨止鲍春霆不必北行，吾辈得以专意江南，竭其棉力，此天心之仁也。唯是大营一失，江浙沦陷，而夷兵北侵，首都复危，瞻言大局，真有涕泗无从之概，奈何奈何。兄近异常烦躁，心胸间，似有痞块横阻，时亦咯血，舌色如墨，医治略愈，唯运兵筹饷，日不暇给，宾客书疏，手自批答，常至漏下四鼓，始能就寝，食少事繁，病又丛生，

---

[1] 曾纪泽字劼刚。

[2] 咸丰十年十月英法联军进攻北京。以上二语指火烧圆明园之事。

自揣精力，殆亦不能久居于人世矣。

兄林翼手泐　十月十四日灯下

彭玉麟看完，将信交与曾国藩道："文忠写这封信的时候，真也亏他心挂两头。"彭玉麟说到此地，望了曾国藩一眼道："门生那时，官卑职小，虽然没有奉到勤王的谕旨，不是曾经求着老师代奏，情愿北上入卫，老师说是不必，还是顾着水师为要、门生方始作罢的么？"

曾国藩点点头答道："那时我也担了天大的干系，力主重外轻内。后来的结果总算还好，也亏文宗显皇帝来得圣明，否则我虽不做罪臣，但是欺君之名，一定遗臭万年矣。"彭玉麟道："这也是老师有此学问，方才有些胆量。"

曾国藩听了摇手道："总而言之一句，走的险招，不可为训。"

彭玉麟又和曾国藩两个，谈了一阵收束水师事宜之事，方始告辞，自去巡阅长江一带去了。

曾国藩等得彭玉麟走后，忙将粮道王大经请至，好好安慰一番，说是不必怪着彭玉麟，又说彭玉麟逐妾之举，乃是专为保全他的名声，并非要与王大经作对。王大经听说道："只要彭大人不来参办职道，职道怎敢怪他？"

曾国藩点首道："此事不必再提，使人很为不乐，你还是好好办理粮运事宜。此间百姓，大劫之后，凋敝极了的呢。"

王大经连连是了几声，便即退出。曾国藩即将纳妾被逐之事，写出家信。

忽见一个戈什哈送进一封廷寄，拆开一看，见是命他移知河南巡抚张之万，迅速查明"四眼狗"陈玉成行至何处，将他就地正法，不必押解进京，免有逃失情事。曾国藩自然遵旨照办。

谁知那位张之万中丞，一接到曾国藩请他迅将"四眼狗"在他境内正法的移文，不禁连称奇怪起来。你道为何？

原来张之万字子青，直隶南皮人，后来曾任湖广总督的那个张之洞，就是他的本家兄弟。张之万在未曾点状元的时候，有一年同了家人正在守舍。照守舍二字解释，便是坐以待旦、守候新年之意。张之万却因每试不利，心怀抑郁，精神常常不振。

这天晚上，坐了一会儿，他就伏几而寐，梦见到了天宫，正在随处乱闯之际，忽见一个生着四只眼睛、十分凶恶的妖怪，向他拦住去路，似要和他为难的样子。同时又见来了一位金甲神人，向着那个四眼妖怪大声一喝道："你这孽畜，为何还不去世上投生，在此何为？"

那个四眼妖怪见了金甲神人，始有惧怕形状。那个金甲神人又指着张之万这人，对着四眼妖怪说道："你此次下凡，将来虽有一番杀戮之事，可要保全民命为重。你若杀戮过重，他是将来监斩你的人物。"

张之万听了金甲神人之言，不免很为奇怪，也就一惊而醒，睁眼一看，方知他已打了一个瞌睡，忙将梦中所见之事说给家人听了，大家都觉此梦希奇，将来或有兆验。张之万即于那年考中一个七品小京官，当时有位军机大臣和他有点世谊，便保了他充当一名章京差使。张之万因见已近中年，不想从正途发迹，只望就在军机处熬苦几年，也可放个府道出去。后来循资按格地做到河南巡抚。

那天接到曾国藩的移文，便将那个"四眼狗"即在禹城县地方正法，等得禹城县知县亲把"四眼狗"的首级送到省垣，张之万一见"四眼狗"的形状，正是他当年梦中所见的那个妖怪，自然大称奇事。

张之万也不瞒人，即将此事修函告知曾国藩知道。接到曾国藩复书，说是怪力乱神，圣人不谈。君之梦事虽真，世人总觉有些怪诞不经，这件事情，大似弟的满身癣疥，人家都在附会我是巨蟒投生之事一样。但是我等身为大臣之人，一举一动，都为人民观瞻所系，以后还宜少谈此事为宜。所以张之万在生之时从此不提此事，至于他后来行述上所叙，乃是他的子孙所为，与他不相干的。

曾国藩发过张之万的书信之后，跟着就接到江西刘秉璋中丞的私函，说是已将伪幼主洪福瑱验明正身，绑赴法场正法，但据敝门人徐春荣之意，此事应由尊处出发为妥。曾国藩也以为然，赶忙一面拜折奏知朝廷，一面又给徐春荣一信，劝他千万不可马上告请终养，至少帮到刘秉璋任满方能归隐。徐春荣接到曾国藩之信，送给刘秉璋看了，刘秉璋大喜道："杏林，这样说来，你可不能再走，我马上奏请，派你做此地的全省营务处。"

徐春荣不好再事推辞，只得写信禀知老母，后来接到老母回信，说是近来身体尚健，既是曾、刘二帅如此重视，尽忠和尽孝是一般的。徐春荣奉了老母之命，方始接受江西全省营务处之差。

有一天，正和刘秉璋两个经过滕王阁下，刘秉璋道："此刻左右没事，我和你两个上去玩他一玩。"徐春荣听说，便同刘秉璋上阁闲眺。他们师生二人正在赏风景的当口，忽见彭玉麟一个人青衣小帽地飘然而入。

刘秉璋慌忙迎入，含笑地问道："雪翁，你怎么一个人来此？大概又在私行察访一桩什么案子了。"彭玉麟连连点头，又笑上一笑道："恰恰被你猜中。"说着，又向徐春荣说道："我的来此，就是为的严磨生那桩案子。"

徐春荣听了，不觉失惊道："我真忙昏得太不成话了。这桩案子，我既同着敞老师服官此地，早该办理，以伸严姓之冤。实因此地兵燹之余，百务并举，真正地一时忙不过来。"

彭玉麟指指徐春荣和刘秉璋二人大笑道："你们师生两个，青天白日，不去办理公事，反在此阁眺望风景，我们杏翁还在说忙不过来呢。"

刘秉璋急得发誓地辩白道："我和杏林二人到此以后，真正忙得屁滚尿流，雪翁不信，可去查看我们所办的公事为证。"

彭玉麟一见刘秉璋忙不迭地向他辩白，始与刘、徐二人一同坐定道："仲良勿急，我是和你在说戏话。这件案子，我已经替你们办明白了。"

徐春荣听说，又大惊道："彭大人你真是一位包龙图转世了。你老人家是哪天到此，怎么我们一点都不知道？"

彭玉麟道："我来了也没几天。至于你们不知道我的行踪，这是我吩咐一府两县的。我守这秘密，并不是要瞒你们，实因要瞒案中要犯。"

刘秉璋岔口道："此案我也听人说过，本想亲自提审，不知怎么一来，就此耽搁下来。现在凶犯到底是谁？"彭玉麟道："你问凶犯呀，凶犯就是那个欧阳发仞。"徐春荣听了一喜道："这不是被我猜中了么？"彭玉麟点点头道："杏林可惜不做州县，不然倒是一位片言折狱的贤明官儿。"

刘秉璋不解此话，忙把眼睛望着彭、徐二人。彭玉麟便将他和曾国荃、徐春荣三个曾在江南大营之中提过此事，细细地告知刘秉璋听了。

刘秉璋听完，朝着徐春荣很满意地一笑道："杏林，我就委你再兼发审局的总办如何？"徐春荣未及答话，彭玉麟却笑着接口道："杏翁已当奏派差使，怎么好去干此府班事情，要么马上给他署理臬司。"徐春荣也笑着道："彭大人，你可不必再保举我了，我对于这个营务处的差使还忙不过来呢。还是请你快快宣布欧阳发仞的案子吧。"

彭玉麟听了，方始说道："我对于严磨生的案子，无日不在心上。现在既任巡阅之职，我就专来办理此案。我还是大前天秘密到此的，一府两县，也是我去传见他们的，我因此地官场，大家都在疑心严磨生是凶犯，不可不细心审问。我先在县衙门里审了一堂，各犯仍旧一无招认。我等退堂之后，忽然想出一个计策，暗命差役去到监里，各人互相谈说此案，有意要使各犯听见。"

刘秉璋忙问："究是哪些话？"

彭玉麟道："我命差役说，彭大人审问不出此案，心中十分焦急，拟在今天晚上，将案中人犯一齐押到城隍菩萨面前，让城隍老爷前去审问。

"哪知那个欧阳发礽不待听毕，便去插嘴对差役说道：'城隍菩萨，只能审鬼，怎会审人？这位彭大人，真正是想入非非了。'

"差役即答欧阳发礽道：'彭大人本有包龙图转世的声名，况且每次审理无头案件，没有一次不审明白的，阳间官府个个怕他，所以阴间官府也极敬他，只要彭大人用封牒文去给城隍菩萨，城隍菩萨一定能够照办。'别个人犯听了此话，并未怎样。只有欧阳发礽听了，顿形不安起来。我经差役告知于我，心里已经明白一半。"

彭玉麟说到这句，又望了徐春荣一眼道："还有杏翁从前的那句先人之言，更加有了把握。我就在那天晚上真的去城隍庙里，假扮城隍模样，那些判官鬼役，也是差役假扮。经我这位假城隍一审，不待动刑，欧阳发礽竟是一口承招。

"原来欧阳发礽自从眼见那个汪同兴给与福来、福得二子吃饭之后，二子走出，他即跟踪追上，骗二子道：'我与你们老子本是熟人，你们不必害怕。今天且随我，回家住一宵，明天一早，我送你们回去就是。'当时二子听说，自然喜出望外，便同欧阳发礽到家。欧阳发礽却不将二子领入内室，仅将二子匿于屋外草房，所以二子曾经到过欧阳发礽家中，连欧阳发礽的妻子都不知道。

"第二天已是二十八了，欧阳发礽即命二子随他走路，及至陈公坂地方，离开二子所住的东门湖已近，福来看出路径，知已离家不远，便上一座土山一望，东门湖村落即在眼前，赶忙下山，拟率福得自行回家；欧阳发礽如何肯放。福来到底大了几岁，便去质问欧阳发礽道：'欧阳伯伯，你不教我们回家，究欲教我们何往？'欧阳发礽嘴上不答，手上已去强拉福来，福来便骂欧阳发礽为'老猪狗'，欧阳发礽先向福来头上打了几下，次又用手叉福来喉管；初意不过威吓福来，尚无死他之心，不料福来竟被欧阳发礽一叉而死。福得在旁，哭着指指欧阳发礽道：'你叉死我哥哥，我认得你的。'欧阳发礽至此，只好一不做二不休起来，立即飞起一脚，又将福得踢破肾囊而死。欧阳发礽既已害死二子，有意不取钱米二袋，以免人的疑心。"

彭玉麟一直说到此地，忽向刘秉璋一笑道："我已将这案子审问明白，凶犯仍押监中，特此前来通知你们一声，你们师生如何谢我？"

刘秉璋慌忙向彭玉麟拱拱手，一面道谢，一面说着笑话道："雪翁，你真是一位包龙图转世。我就奏上一本，请你去做刑部大堂如何？"

彭玉麟正待答话，忽见臬司寻上阁来，见他在此，行礼之后，始禀知刘秉璋道："回大帅的话，司里已将沈可发拿到。"

刘秉璋听了一喜，忙对彭玉麟说道："此地浮梁地方，有个名叫沈可发的坏蛋，专事私刻关防，伪造功牌，冒称曾任曾侯爷大营总文案，被骗的赃款竟达二十余万，兄弟到任之后，告发他的人数多至三百余人。不知怎样一来，被他闻风逃走，现在既已拿获，请问雪翁怎样办理？"

彭玉麟道："应按军法办理，可先正法，再行移知大部。"刘秉璋即命徐春荣、臬司二人前去办理。彭玉麟也就别了刘秉璋，即日离开南昌。

徐春荣和臬司二人办了沈可发之事、徐春荣上院销差的时候，刘秉璋忙将一道上谕，交给徐春荣去看道："两宫已命左季高制军去办捻匪白彦虎、回逆白翟野主的事情了，有旨命各省督抚协助军饷，你瞧怎样办法？"徐春荣听说不禁一愕。正是：

名臣北奏言虽假，
大将西征事却真。

不知徐春荣所惊何事，且阅下文。

第十六回

沐皇恩详陈奏牍 谈战略尽在家书

　　刘秉璋瞧见徐春荣似有惊愕之色，急问道："杏林素能镇定，此刻何故这般样子。"徐春荣道："左季帅既然奉旨调督陕甘，去剿捻回等匪，如此大事何以没有去和曾涤帅商酌一下；至于各省协饷一事，倒还在次。"

　　刘秉璋不解道："左季帅荡平浙省，也是中兴名臣之一。杏林说他未曾去与曾涤帅商量一下，难道他的军事之学真的不如涤帅不成？"

　　徐春荣尚未答话，先把四面一望，见没什么外人，方始说道："季帅的军事之学，并不亚于涤帅。涤帅自从主持军事以来，抱定稳打稳战、步步脚踏实地行事，虽然稍嫌迁缓，收功较迟。现已平定大局。做总帅的不比别路将帅，中枢倘有挫折，关乎全局，门生佩服他的长处，正是老成持重，得以总揽全军。季帅的军事主见，注重急进，稍觉近于偏锋，胜则见功较速，负则或至一败涂地，不可收拾。现在甘肃一带的匪众也很猖獗，万里行军，从援不能骤至，正合得着涤帅的那个稳字，方能万无一失。门生是防季帅，倘若果有一点骄气，那就不妥。所以望他去和涤帅斟酌而行。"

　　刘秉璋听了方始失讶道："照杏林的议论，不是季帅此行有些危险了么？"

　　徐春荣微摇其头地答道："这倒不然。门生一则因未研究甘省之事，方才的说话，不过悬揣而已；二则季帅的胆子极壮，胆壮者气必盛。他倒挟其荡平浙省的余威，一到甘省，竟能立奏肤功，也未可知。"

刘秉璋听说，忽然想起一事，便对徐春荣笑着说道："杏林方才的说话，乃是据理而论，却未知道季帅现与涤帅很有意见，既有意见，怎么再肯去和涤帅商酌？"刘秉璋说着，把手向着桌上一指道："杏林快快替他卜上一卦，且看怎样。"

徐春荣真的去到桌上，先焚上一炷香，然后虔虔诚诚地卜上一卦，一看爻辞，不禁大喜地对着刘秉璋说道："季帅此行无碍矣。"

刘秉璋忙看爻辞，只见写着是，公则称心，私未如意，恶兽可除，乳羊堕泪。刘秉璋看完，急问徐春荣道："难道季帅自己竟有不幸不成？"徐春荣摇手道："既有乳羊字样，或者关于他的下代，也说不定。"

刘秉璋道："家事纵不如意，究比国事为轻。"

徐春荣也想起一件事情，把他双眉微蹙道："门生在江南大营里的当口，曾九帅因闻季帅总在前后议论涤帅，便对门生说：'季高从前曾被小人所诬，奉旨通缉归案交官文执办，后来多亏家兄和润芝等替他斡旋。那桩钦案，倘若不是家兄力托肃顺，季高怎有今日？他现在因为已与家兄的功位相埒，居然旁若无人起来。家兄为人素持犯而不较之旨，我却极不为然。'曾九帅当时即命门生也替季帅卜上一卦，门生卜的是季帅的家运。那个爻辞之上，说得非常明白，他说季帅性情有些刚愎。曾九帅反而笑了起来道：'季高的刚愎，连卦上都知道了，这倒有些好笑。'"

刘秉璋道："他的家运怎样？"徐春荣道："卦上说季帅有古稀以外的寿数，又说他的长子孝威，少年即有不幸，四子孝同，将来可以做到三品。"

徐春荣还待再说，忽见刘秉璋的部将钱玉兴、万应墀两个参将一齐进来，回禀公事。等得钱、万二人公事回毕，刘秉璋又和他们谈起左宗棠奉旨调督陕甘、徐春荣替他卜卦等事。钱玉兴虽是一位武将，却通文墨，平时在那战阵之上，常将所得诗句寄与徐春荣替他修改。此刻一见刘秉璋谈到卜卦之事，忙对徐春荣说道："标下对于卜卦的事情，近来方才有些相信，大人的这个文王课，恐怕中国没有第二个了。"

万应墀笑问钱玉兴："此话怎讲？"

钱玉兴道："我有一次，要向陈玉成那里前去劫营，曾请我们大人替我卜上一卦。卦上说，我去劫营虽能取胜，必要受伤。"钱玉兴说到这里，便把他的靴尖一翘道："现在我的右脚，带着一点小小残疾，这还不准极了么？"

刘秉璋、万应墀两个听说，都把各人的舌头伸得老长地道："这真准得怕人。"

钱玉兴忽问徐春荣可曾瞧见曾国荃克复金陵的时候，一天正是他的小生日，曾国藩曾题一诗，句子极其清雅。徐春荣摇头道："这倒没有瞧见。"

钱玉兴道："标下却还记得。"说着忙去泖了出来，刘、万、徐三个一同看是：

十载艰难下百城，漫天算斗正纵横；

今宵一盏黄花酒，如与阿连庆更生。

徐春荣便对刘秉璋低声说道："涤帅的才气已尽，怕他的寿数，不及左季帅呢。"刘秉璋忙问："大约还有几年？"

徐春荣掐指一算道："至多不过七年。"刘秉璋道："从前左季帅曾笑涤帅庸庸厚福，照这样说来，岂不是不能算为厚福了。"

徐春荣道："花甲之寿，也可以了。门生自知恐怕还不能到花甲呢。"

刘秉璋听说，自恃是徐春荣的老师，便倚老卖老地笑骂了一句道："狗屁，何至如此？"

刘秉璋这样一骂，钱、万、徐三个不觉都一齐笑了起来。后来还是徐春荣先停了笑声道："协饷之事，让门生就下去和藩司商量去。"

刘秉璋连连点头道："快去快去。这件事情，我就不管了。"

徐春荣和钱、万二人一同出了抚台衙门，钱、万二人各去办理各人之事。徐春荣却与藩台筹划妥当，再由刘秉璋移知左宗棠。

左宗棠在京接到公事，很高兴地对他长子孝威说道："刘仲良那里，既有徐杏林替他办事，他真厚福不少。"孝威公子笑答道："徐某人，不知和刘仲良是什么缘分，很有关云长对于刘玄德至死无他的义气。"

左宗棠也笑着点点头道："徐杏林自从由孙祝棠荐与刘仲良之后，后来成为师生，这是徐春荣抱着知己之感，连那涤生和沅甫两个要想奏调用他，他都不肯。沅甫且不说他，涤生本来自称道学，倒说一到两江任上，一位堂堂的制台，竟去坐花船、吃花酒，我却大不为然。"

孝威公子忙替曾国藩代辩道："父亲倒不必这样说法，他是为的要兴繁市面。"左宗棠摇着头，捻着须说道："要兴市面，一则不必制台自去操心，自然是地方官的责任。二则这种老气横秋的样子，为父真的瞧不下去。"

左宗棠说到这里，忽又问道："你才从家乡来京，我因连日召见，没有工夫问你家事，今天偷闲在此，你那母亲的毛病，莫非真的成为不治之症了么？为父有些不信。"

孝威公子见问，陡然掩面暗泣起来，不能答话。原来左宗棠自平浙江之乱，他那奏报军情的折子，比较别的督抚为多。因为他本是一位折奏耆老夫子出身，欢喜自己动笔，折子上的措辞，自然明白晓畅。而且对于甘肃的匪乱虽未明言，可是自告奋勇的态度业已流露于字里行间的了。两宫素知他的体魄，壮于曾、彭等人，便令他入京陛见，殷殷垂问甘肃的匪乱，他于奏对下来，即上一个折子是：

> 兵部尚书、忠勇巴图鲁，一等恪靖伯、闽浙督臣左宗棠跪奏：为预先设防，据要扼险，立营杜匪，伏乞两宫鉴核事。窃臣奉旨督办闽浙军务，业与各省抚臣暨部下将士，同心戮力，扫荡粤匪，浙江、河南、山西、安徽等省，现已一律肃清，其他各省之余孽，亦见次第敉平，海宇清平，中兴再庆，此乃我文宗显皇帝在天之灵，及两宫宵旰勤劳之所致也。唯大创之后，元气一时未能骤复，亟宜饬下各督抚臣注重民生之事。其次为各省余孽，不无溃蹿各处，联合回匪，尚图死灰复燃，偶不经意，则意外之变，祸可旋踵而至；如北疆山海关，邻于京畿，毋庸留心；南疆虎门、厦门，东疆淞江、海门等处，皆属海防吃紧之地，亦宜添兵设将，以防外人入犯；至于西北疆陕甘等处，捻匪混迹，回翟猖獗，尤为心腹大患。该处若平，太平之兆，永固金汤矣。受国恩深，既有所知，不敢缄默，特此渎奏，不胜悚惶之至。谨奏。

两宫见了此折，正合防边之意，次日即下上谕，将左宗棠调补陕甘总督，赏加太子太保衔，及紫禁城骑马，并令克日驰驿赴任；又知甘肃地瘠民贫，准其各省协饷。

左宗棠奉到上谕，正在檄调旧部、预备统率入甘的时候，忽见他的长公子左孝威，单身由籍进京，禀告母病。他知孝威为人，十分纯孝，一身业已弄得形销骨立，不成样儿，很觉不忍，一面命他爱子，且去休息几天，再说家事，一面又去办理陛辞之事，打算从速起程。

等得大致楚楚，方把孝威公子叫到跟前，问他母亲之病。当时那位孝威公子一见老父问到母亲的毛病，顿时掩面悲泣起来。左宗棠微微地喟了一声，又命孝威公子坐在他和身边，用手拉开孝威公子的袖子道："照你样子，你母之病，谅已入了膏肓，为父和你母亲，数十年的忧患夫妻，她既如此病重，为父岂有不愿奏请回籍看她一趟之理？无奈圣恩高厚，限期赴任，为父目下是只有顾着君臣之义，不能再管夫妇之情的了。"左宗棠的一个"了"字刚才出口，可怜他的莹莹老泪，会簌簌地流了下来。

孝威公子至此，哪里还能吞声暗泣，急忙扑的一声，跪到老父面前，两手紧抱老父的双膝，狂哭起来道："父亲，母亲倘能马上好好起来，儿子万事全休。若真有个长短，儿子不怕父亲见罪，一定只有殉我母亲的了。"

左宗棠听了，大惊失色地答道："我儿快快不可存这心思。父母本是并重的，我儿只知有母，不知有父，那不是平日枉读诗书了么？"

孝威公子此刻已经哭得昏了过去，神智已失。左宗棠赶忙亲自督饬家人，将他爱子扶到卧室，急去延医诊治。诊治之后灌下了药，孝威公子方始清醒转来。左宗棠又恳恳切切地劝了孝威公子一番，命他次日遄回原籍，不必再惜银钱："尽管多聘名医，去替你的母亲医治，否则你的母亲还不怎样，你这个痴孩子倒要不堪设想了。"

左宗棠说着，即将几封家书付与孝威公子；并命一个姓卜的幕僚携着三百两银子，伴送回籍。孝威公子同了姓卜的幕友漏夜赶回湖南湘阴，他的三个兄弟首先告知母病稍愈，始与卜姓幕僚略略寒暄，再问父亲在京之事。卜姓幕僚告知大概。

孝威公子一面把信交与三个兄弟，一面早已入内见他那位病母去了。

孝宽公子先将一封较厚的家信拆开一看，只见写着是：

捻氛平靖，又晋官衔，行次天津，遵旨入觐。复拜禁城骑马之宠，优待劳臣，可谓至矣。

唯以西事为急，垂问何时可定，当以进兵运饷之艰，非二三年所能藏事，乃谨对以五年为期，而慈圣犹讶其迟，世人又以为骄。天威咫尺，何敢面欺，揣时度势，应声而对，实自发于不觉，恐五年尚未必敢如愿耳。西事艰险，为古今棘手一端，吾以受恩深重，冒然任之，非敢如赵壮侯自诩，无逾老臣也。尔等可检赵充国传，仔细读之，便知西征之不易。

现又奏请刘寿卿率部从征。吾近来于涤公多所不满，独于赏拔寿卿一事，最徵卓识，可谓有知人之明、谋国之忠。昔寿卿由皖豫转战各省，涤公尝足其军食以待之，解饷至一百数十万之多，俾其一心办贼，不忧困乏，用能保奏救晋，捍卫京畿，以马当步为天下先，此次捻匪荡平，寿卿实为功首，则又不能不归功于涤公之能以人事君也。

私交虽有微嫌，于公谊实深敬服，故特奏请奖曾，以励疆吏。大丈夫光明磊落，春秋之义，笔则笔，削则削，乌能以私嫌而害公谊，一概抹煞，类于蔽贤妒能之鄙夫哉。人之以我与曾有龃龉者，观此，当知我之黑白分明，固非专闹意气者矣。

至陕甘饷事之难，所以异于各省者，地方荒瘠，物产无多，一也。舟楫不通，懋迁不便，二也。各省虽遭兵燹，然或不久即平；陕甘回汉杂处，互相仇杀，六七年来，日无宁事，新畴已废，旧藏旋空，搜掠既频，避徙无所，三也。变乱以来，汉回人民，死亡大半，牲畜鲜存；种艺既乏壮丁，耕垦并少牛马，生谷无资，利源遂塞，四也。各省兵勇饷数，虽多少不同，然粮价平减，购致非难；陕甘则食物翔贵，数倍他方，兵勇日啖细粮二斤，即需银一钱有奇，即按日给与实银，一饱之外，绝无存留，盐菜衣履，复将安出？五也。各省地丁钱粮外，均有牙厘杂税捐输，勉供挹注；陕厘尚可年得十万两，甘则并此无之，捐输则两省均难筹办，军兴既久，公私困穷，六也。各省转运，虽极烦重，然陆有车驮，水有舟楫，又有民夫，足供雇运；陕甘则山径荦确，沙碛荒凉，所恃以转馈者，惟驮与夫；驮则骡马难供，夫则雇觅不出。且粮糗麸料，事事艰难，劳费倍常，七也。

用兵之道，剿抚兼拖；抚之为难，尤苦于剿，剿者战胜之后，别无筹划，抚则受降之后，更费绸缪；各省受降，惟筹资遣散，令其各归原籍而已；陕甘则衅由内作，汉回皆是土著，散遣无归，非先筹安插之地，给以牲畜籽种不可，未安插之先，又非酌给口粮不可，用数浩繁，难以数计，八也。吾以此八难奏陈，实以陕甘事势，与各省情形迥别，非发匪、捻匪可比。果欲奠定西陲，决不能求旦夕之效，所以徐春荣曾上书于刘仲良，王子寿亦上书于吾，二人所陈，确有见也。

孝宽公子的学问本好，那年因见他的长兄孝威公子中了壬戌科的第三十二名举人，从此更加发愤用功，不久果然入了府库。

这天看完他的老父的家信，对于陕甘之事，说得通畅详明，如数家珍，不禁觉得万分津津有味，竟把远道回家的老兄，以及那位卜姓幕友，一时忘记得干干净净。再将其余之信一一拆了看毕，因见都是命他们几兄弟，赶紧延医医治母病，并好好地劝慰长兄，便将所有之信给与孝勋、孝同两个兄弟看过，遵照老父之命，分别办理。

卜姓幕友瞧见周夫人的毛病虽重，急切之间尚无大碍，住了几天，辞别孝威、孝宽、孝勋、孝同四位公子，料定左宗棠必已起程，沿途迎了上去。等得在山西境内追着左宗棠的队伍，禀明一切。左宗棠听得周夫人的毛病还不十分碍事，稍稍放心一点，当下慰劳了姓卜幕僚几句，即向陕西进发。

到了省城，巡抚以下，亲出迎接。左宗棠住入预备的行辕之后，细细问明近日匪众的军情。

陕西抚台道："现在陕甘一带的匪首，要算白彦虎、伪皇后白朱氏、伪公主珊凤、伪元帅熊飞鹏、女将翡仙、男将熊飞龙，以及另外一股匪头，名叫白翟野主的，都十分厉害，他们本是流寇性质，不主占领省垣。现闻爵帅率了大军到来，不知蹿往哪里去了。晚生已命探子四出侦探，尚未前来回报。"

左宗棠听说，捻须地答道："中丞只顾筹措协饷之事，剿匪的责任当然由兄弟担任。兄弟此次奉旨调补陕甘，打算到了兰州，布置妥当，再令部将出剿。"

陕西抚台，连连答应了几个"是"，方又问道："爵帅此次西来，不知带来多少军队，哪些将士？晚生想来平浙的那些大将，要在浙江办理善后，一定不能随节来此。"

左宗棠点首道："中丞料得极是，不过兄弟此番带来的一班将士，都是很好的角色。"正是：

> 作战当然重地理，
> 治军几次挽天心。

不知左宗棠所带的一班将士，究是何等人物，且阅下文。

左宗棠听见问他队伍的数目、将士的姓名，便很得意地朗声答道："兄弟此次奉旨西征，所带队伍虽仅两万，可是都是精壮的青年，没有一个老弱残兵；所携将士虽只数员，可是都是多年的心腹，没有一个暮气人物；像刘松山、曹克勋、苏元春、詹启伦、陈亮功、李训铭、李成柱、聂功廷、董福祥、高果臣、吴退庵、周受三等，中丞大概不至于不知道他们的吧。"

陕西抚台忙不迭地点首答道："知道知道。这班人物，多半是湘、准两军里头的宿将，内中尤以这位刘寿卿军门来得谋勇兼全。"

左宗棠呵呵大笑道："寿卿是还不高兴来的呢，因为兄弟再三约他，方才答应。不过他的年纪确也大了，如此远征，要他同来此地，兄弟真觉有些对他不起。"

陕西抚台也笑道："这是爵帅瞧得起他，否则爵帅手下，难道还少大将不成？"

左宗棠摸着胡子道："中丞说得一点不错，像那刘省三^①，他就不肯来。"

---

① 刘铭传，字省三。

陕西抚台又恭维了左宗棠好久，方才告辞而去。

左宗棠住了一宵，即于第二天直到兰州，将近省垣的时候，宁夏将军吉祥迎接到十里长亭。左宗棠因为吉祥是位宗室，圣眷既隆，人也谦和，很对他客气道："老哥何必如此客气，劳驾得极。"

吉祥照例先请两宫圣安，然后答左宗棠的话道："季翁奉旨来此，乃是来分兄弟的忧的，应该远接。"

左宗棠又客气几句，便同吉祥一齐入城，进了制台衙门，接印之后，藩司以次，次第禀见，左宗棠一个一个地问过兰州情形，吩咐众官好好办事。

等得众官退出，便先传见刘松山，刘松山入见，左宗棠先问道："寿卿，你打算怎样办法，有主意了么？"刘松山忙答道："回爵帅的话，标下打听得白彦虎，野心勃勃，竟想谋叛，现在胆敢白称皇帝，又封他的元配白朱氏为伪皇后，女儿珊凤为伪公主，这个妄人，不必说他，只是白朱氏母女两个很有一点妖术，就是伪元帅熊飞鹏、女将翡仙，也知妖术。"

左宗棠蹙眉道："可惜那位李金凤五姐已经不在了，不然，也好把她调来帮助我们。"刘松山摇首道："爵帅不必操心，标下已有办法。"说着，便与左宗棠咬了一阵耳朵。

左宗棠一边在听，一边连连点头道："你可小心，不要大意。好在我们的军粮，我们是自己带了来的。"刘松山接口道："标下一半就仗这个。"刘松山说到这句，又向左宗棠笑了一笑道："不是标下恭维爵帅，从古以来，哪有万里行军不向就地征粮，这般累累赘赘地自己带来，不亏爵帅，胸藏地理全书，怎么能够深知此地的情形。"

左宗棠也含笑地答道："寿卿，你是到了此地，就地征粮之难，亲自所睹，哪里晓得京中的一班大佬，还在那儿一点不知轻重，疯狗般的说我办事颠顸呢。"

刘松山还待再说，忽见詹启伦一脸含着怒色，匆匆地走了进来。刘松山先问道："詹大人，你在生谁的气呀。"

詹启伦一面从他怀内取出一封信来，递于左宗棠去看，一面方答刘松山的说话道："寿卿军门，你快看信，恐怕你也要气死。"

刘松山一听詹启伦这般说法，便站到左宗棠身边，同看那信。只见写着是：

> 爵帅钧座，谨禀者，沣蒙保奏署理浙抚，晋进升见，今晨叫起，太后首先问沣左某万里行军，怎样自携粮秣，阁臣很有说话。俺谁不听，可是

左某，也未免办得太糊涂了，你是他的旧部，应该知道等语。沣即奏对，太后圣明，不为阁臣谰言所动，此是邦家之福。督臣左某，首平闽浙，次复荡平山东、河南、安徽等省捻匪，成绩具在，早在太后洞鉴之中。伏查军务之事，至重要者，即为因地制宜。陕甘一带，转运困难，就地征米，愈较转运为难，左某若无深知灼见，何至冒昧若是。太后如信左某，此等军务之事，似宜任其行事，毋庸上烦圣虑。况且有功则赏，有罪则罚。臣追随左某多年，敢以身家性命，为左某担保。左某熟悉西北地理，胸有成竹，决不至于偾事等语。太后闻沣奏后，始微点首云：俺也知道左某不是荒唐人物，其中必有什么道理，尔既力为担保，俺也稍稍放心，尔下去，可以迅速函知左某，俺虽不信人言，他也须得对得起朝廷，否则一误大事，俺即治他之罪，已经迟了等语。沣又将浙中之事详细陈奏，蒙太后奖谕有加。沣复奏称，太后方才所奖，沣不敢受，浙中善后诸事，皆系左某指示，太后闻言微现喜容。沣退出，探知京中上自军机，下至御史，无一人以爵帅此行之措置为然者，沣深为爵帅危，特此专差飞禀，伏乞善以处之。沣不日陛辞回浙，若有所闻，定再飞报。匆匆上禀，恭叩钧安。

旧属蒋益沣叩

刘松山一直看完，也气得问左宗棠道："爵帅如此操心，还不为阁臣所谅，以后怎样办事？"

左宗棠先把手上之信，交给詹启伦道："你去复信，叫他莫吓，说我自有办法。只要先有一些成效，做给他们去看，这些谰言自会平静。"詹启伦听说，自去复信。

左宗堂始对刘松山说道："京里的事情，我会对付，你不必管，你只去办你的军务。"刘松山听说，又与左宗棠嘁嘁促促地低声商议一会，方才退去。

过了几时，左宗棠又接到各处的书信，都是报说和蒋益沣一样的言语，左宗棠一一回复之后，提笔又写了一封家信是：

威宽勋同四儿同阅，连日未得尔等安禀，不知尔母病体如何，深为惦记。近日饷馈日远，前敌诸将，既须转战，又须负粮，往往不能速赴戎机，致稽时日。而抱罕一种，于孩提时，即习为盗贼，长则结伴远游，名为经商，实则行劫。承平时燕豫齐响马，及近日马贼，皆此辈为之。最善伏路抄掉，故驮运粮料，非有队伍往来接护不可；兵多则转馈愈艰，兵少则抄掠愈甚。言者但知劳资万倍腹地，而于千里馈粮苦况，鲜能详之。宜首当时名将，均恐去之不速也。赵壮侯屯田三奏，于刍粟轻重，言之详尽，少时颇怪其侈陈琐屑，近历其地，乃信古人诚不我欺；亦见屯田之不可已也。日前陇闱告成，吾监临试事，题楹联云：共赏万余卷奇文，远撷紫芝，近搴朱草；重寻五十年旧事，一攀丹桂，三趁黄槐。而陕榜解元，籍商州山阳，正与紫芝合；陇榜又多知名之士，吾所决科前数卷，均占高魁。又雍凉朱草也；解元安维峻，文行均美。其先世贫苦嗜学，为乡里所重，意其报在此。吾于甄别书院，及月课录科，均拔置第一，意其不仅为科名中人。闱中秋宵，尝倚仗桥边，忽仰视而言：若此生得元，亦不负此举。不料监水官在后窃闻，后为庆伯廉访言之，初不当，至写榜日，两主司牛以闱墨见示，掀髯一笑，乃如四十年前获隽之乐，频日晏集，必叙此为佳话，觉度陇以来，无此兴致也。

原来左宗棠的文经武纬，除曾国藩外，当时很负时望，他的调补陕甘总督，虽然为的剿办回乱，可是那时陕甘两省，因为遍地都是土匪，一班官场对于文事便不怎么关心。左宗棠却是一个最喜欢做事的人物，又因为他自己一举之后，会试往往不利，后来虽然做到总督，常常恨他未曾点得翰林，所以对于考试的事情，他就格外注重，并不因有乱事，随便模糊。只看他的家书，得了几位有文名的门生，如此高兴可知。

当时左宗棠发了家信之后，连日都得捷报，他便一面手谕嘉奖刘松山一班将领，一面飞奏朝廷。慈禧太后接到左宗棠的奏报，召入军机大臣，面有喜色地说道："从前有人参奏左某，说他办理军务，万里携粮，很是颠顿，俺亏得自有主意。现在他在那边，文的武的，都能办得很好，你们又怎样说呢？"

一班军机大臣，只好免冠请罪道："这是老佛爷的知人之明，臣等委实没有老佛爷的天资，来得聪慧。"

慈禧太后笑上一笑道："不必说了，你们下去，拟道上谕，奖奖他吧。"

军机大臣磕头谢恩，退出之后，狠狠地给了左宗棠一顶高帽子戴戴。

左宗棠接到嘉奖上谕，大开筵宴，文自司道以上，武自提镇以上，统统请来吃酒。那天的席上，那位刘松山军门当然坐的首席。酒过三巡，左宗棠忽亲自去向刘松山斟上一杯酒，满面春风地说道："寿卿，你且喝下这杯，我还有话发表。"

刘松山连忙站了起来，接杯在手，一口喝干，又向左宗棠请上一个安道："标下一点没有什么功劳，何劳爵帅赏酒，真正是肝脑涂地，还不能够报答呢。"

左宗棠含笑地坐下，方对众官说道："从前我因军粮一事，几乎受着严谴，后来第一是，仰蒙两宫的圣明，不为那些谰言所动。第二是，亏得我那蒋抚台力保。第三是……"左宗棠说到此地，把他眼睛望着刘松山道："总算我们这位寿卿老军门，同了诸位将士，替我死命出力。现在虽然只打几个胜仗，女匪翡仙业已生擒过来，在我之意，还想将她押解进京，你们诸位文武同寅，各抒己见，以为怎样？"

左宗棠刚刚住话，臬台^①庆伯廉访第一个说道："司里以为不必，因为爵帅的声威，刘寿卿军门，以及诸位将领的本领，连那盘踞金陵一十三年的长毛都已荡平，何况此地这班跳梁的小丑。倘把这个女匪，郑重其事地押解进京，未免小题大做，沿途万一再被逃亡，尤其犯不着的。"

左宗棠听说，连连捻须点首道："庆伯廉访之论是也。"

左宗棠说着，又向刘松山说道："军事贵于秘密，本属老例。但是今天，文武同僚都在此地一堂聚首，你不妨将此次活擒这个女匪的经过，讲给大家听听。"藩台接口道："这个女匪翡仙很有妖法，寿卿军门，怎样能够把她擒来，我们真想听听。"

刘松山捻着他的长髯道："说起此事，兄弟是个武夫，不知什么教叫天方新教。兄弟因见此地百姓对于此教，竟至如醉如痴，至死不悟，岂不奇怪？"

左宗棠便向席上坐着的那位名叫贺瑞麟的名儒拱拱手道："回回教的出典，连我也不甚明白，这个天方新教，老先生定知根底，可否指教一二。"

原来这位贺瑞麟本是经学名儒，当时各省大吏无不闻名致聘，无奈大有伯夷叔齐之风，一闻致聘的消息，他就躲到深山大泽之中去了。前曾一度主讲兰州兰山书院，席不暇暖，忽又遁去。左宗棠一入秦中，即闻其名，命人礼聘，也难如愿。所以左宗棠致函曾国荃，有贺生瑞麟，陈义至高，固无以夺之，然咨访众论，亦有谓其矫激过甚者。丹初制军^②，曾延主讲席，坚辞不赴，且辞桑梓之难，避居运城腥膻之乡，不知其果何说也等语。后来左宗棠治甘之名大噪，

---

① 臬台主管刑名。
② 前陕甘总督。

那位贺瑞麟竟做不速之客，贸然莅止。左宗棠喜他有汉时商山四皓的高义，卑礼厚币，聘主书院，这天可巧在座。

他见刘松山和左宗棠问及天方新教之事，马上详详细细，引经据典地说道："回教叫作清真教，它的起源，约莫有二千年了……至于这个天方新教之名，乾隆四十六年，马明心苏四十三，忽由西域归来，诈称得着天方不传之秘，创立新教。其后，马逆煽惑下愚，谋为不轨，四十九年，复有名叫田五其人继之作乱，虽经大军先后擒斩，但其根株未能尽绝。嘉庆年间，又有穆阿浑其人，与现在的马化漋之父马二……"

大家都在听得津津有味，忽见刘松山陡把桌子拍得应天响，大惊失色地拦着贺瑞麟的话头问道："真有这个马化漋不成？"贺瑞麟未及答言，左宗棠忙问刘松山道："寿卿，你莫非晓得这个马化漋不成？"

刘松山瞪着双眼地答道："怎么不知？标下一到此地，就听得人说，马化漋住在金积堡地方，大有谋叛之志。标下连连四处打听，哪知此地的百姓当他天神看待，甚至不敢直呼其名。标下想要打听马化漋的坏处，竟没一人肯说；就是此地的文武官吏，也说马化漋只知传他天方新教，不预外务。标下又打听得白彦虎就是他的门徒，不过擒来的女匪翡仙，标下再三地严刑审问，也不承认。"

左宗棠便把双眉一竖地问着文武众官道："此事到底怎样？诸位同寅，吃了皇上俸禄，应该拿出良心说话！"

从官一齐答道："马化漋真是好人，爵帅只管访查。"

左宗棠听说，方才又对贺瑞麟说道："你且讲完再说。"

贺瑞麟虽是一位道学名儒，也怕得罪本省文武官员，忙接口道："马二固是不好，现已早经亡过；马化漋呢，或者守份一点，也未可知。"

刘松山也催贺瑞麟且说下去。

贺瑞麟始接说道："马二既受穆阿浑的蛊惑，即以新教传人，幸他死得还早。马化漋即继父志，到处行教，京师的齐化门、直隶的天津、黑龙江的宽城子、山西的包头镇、湖北汉口等处，均有他的教徒。其传教人的名称，叫作海里飞，就和内地的经师一般，又曰满拉，如内地的蒙师一般，品级皆在阿訇之次。马化漋自称总大阿訇，他的教规，大略和老教相同，所异的地方，老教诵经，必须合掌向上，新教两掌向上而不合拢，老教端坐诵经，新教伙诵唧嗯，头摇肩耸，老教送葬不脱鞋子，新教脱鞋赤脚送葬。"

贺瑞麟说到此地，便朝左宗棠单独说道："我说天方新教，只要也同老教不预外事，那就无碍。若是也与白莲教、清香教、无为教、圆寂教，要想借此扰乱，自然不好。"

　　左宗棠听说，心中已有主意，当下即对刘寿卿说道："此事姑且丢开，我有办法，你此刻快述你的战绩，好使大家听了，如读《汉书》下酒。"

　　刘松山略略谦虚一回，正待说他的战事，忽见周受三匆匆走入，对他说道："女匪翡仙在狱裸着全身，似已发疯。"

　　刘松山不觉大惊。正是：

欲述奇功未启齿，

偏闻怪事裸全身。

　　不知刘松山见了周受三到来，何以吃惊，且阅下文。

第十八回

甘陕女匪发狂痴
湘阴将军施绝技

　　周受三说妖妇翡仙裸了全身，在狱发狂，不但刘松山大吃一吓，连那左宗棠，以及席上众官，无不认为奇事。藩臬运三司因见周受三是左宗棠的得意门生，忙去敷衍他道："周太尊，快请入席再谈。"

　　刘松山等得周受三坐下喝了几杯之后，方才问道："太尊是从会宁来的么？"

　　周受三点头道："是的，我自军门进省，又提妖妇翡仙，屡次严刑审问，要她供出那个马化漋究竟好人歹人，那知那个妖妇矢口不移，说是绝不认识什么姓马的。等我将她收入监里，倒说一天晚上，忽据官媒禀报，说那妖妇陡将她的全身衣裤脱得干干净净……那时全监之中的犯妇，都因妖妇赤身裸体，说是污秽监神，于众不利，顿时鼓噪起来。我怕因此哄监，闹出大事，急以好言劝那妖妇，叫她穿上衣服，妖妇不肯应允，我命十多个官媒替她去穿，倒说那个妖妇只把双目一注官员脸上，众人都会满脸通红，大现淫态起来。"

　　周受三的一个"来"字尚未离口，席上众官，个个无不失笑。左宗棠听得勃然大怒道："何物妖妇，竟敢施妖法。"说着，即命戈什哈持了大令，去把妖妇翡仙，提来亲自审问。……

　　左宗棠又问着众官道："诸位同寅，你们老实说说看，我们这位刘军门，可是一个勇而无谋的人物么？"

臬台庆伯廉访首先答道："有此名将，真正是国家之福。"刘松山慌忙谦逊几句。

后军统领高果臣此时有了醉意，便向左宗棠说道："照标下说来，不怕刘军门生气，似乎也没有什么稀奇。"

聂功廷在旁听了不服，即驳高果臣道："高总镇，你可有刘军门那个百步穿杨的箭法呢？"

高果臣被驳，无言可答，偏偏强辩道："这是用洋枪打去，也一样的。"……

左宗棠因知高果臣的为人同那吴退庵都司一样，骁勇善战，确非他人可及；不过锋芒太露，恐非保泰持盈之器。平时屡以王壮武公勉人之语，做诚训高、吴二人，冀其有所戒惧，或不至半途蹉跌。因为王壮武每以钻锋以屡割而钝，源泉以屡汲而浑；治兵莫先于养气、养气在心存勿失等语劝人，当时平发匪、平捻匪的一班名将，无不敬服王壮武的。左宗棠除了刘松山之外，就爱高、吴两个，此时一见大家在驳高果臣，深怕闹了意见，彼此不睦，于他行军大大不利，赶忙用话混过。等得席散，使命刘松山、周受三等人仍回会宁而去，因为刘松山的大营驻在那儿。

大众谢席退出，没有几时，那个戈什哈已将妖妇翡仙提到，左宗棠正待亲自提审，戈什哈忙跪一足地禀明道："回老帅话，妖妇仍是裸体，没有办法使她穿衣。"

左宗棠听了大怒道："本部堂不比别人，曾涤师虽负道学之名，少年时候，还有春燕一联脍炙人口，到了晚年，又有彭雪琴佩剑逐妾的艳事。本部堂平生未曾二色，一股正气，莫非还怕这个妖妇迷惑不成。你快下去，传谕两司，速来会审。"

戈什哈刚要退出，左宗棠又喝住道："慢着！吩咐兵丁差役，大堂伺候。"

戈什哈奉命照办，等得两司都到大堂，兵丁差役执刀的执刀，执棍的执棍，两县也带刑具伺候。左宗棠坐出之后，两司照例庭参，两旁的兵丁差役一声堂威，戈什哈高唱一声起去，两司复又躬身一揖，退至两边预设的桌上坐下，两县站在一边，很有戏文上三堂会审的威风。

当时左宗棠又命大开辕门，一任百姓观看，兰州百姓何消说得，这天前来看左爵帅大审妖妇翡仙的民众，真是万人空巷，拥挤不堪。在那妖妇一经提上的时候，一班少年民众，陡见一个光身赤体、二十四万分美貌的翡仙，娇滴滴，软洋洋，跪在大堂之上，顿时情不自禁，哄然发喊一声，当下陡听得哗啦啦的一声巨响。说也好笑，那座极其坚固、画着一只要想吞日大贪①的照壁，早被民众挤倒下来。跟着又有三五万的民妇，各人手执捧香一支，如朝涌般的奔至大堂之前，人声嘈杂，万头攒劝，齐向左宗棠跪香，要求赦了翡仙。

左宗棠忙命两县好言劝散，方才喝问翡仙道："一个妇人，应以廉耻为重，你既懂得一点邪术，难道连父母的遗体都不知道爱惜的么？本部的今天亲自审问，正是你的便宜之处。你能老实供出马化瀤的为人，本部堂可以法外施仁，赦尔一命，也未可知。"左宗棠一边说着，一边把那惊堂一拍道："好好供来，否则大刑伺候。"

翡仙听说，便将她那一捏柳腰轻轻一扭，跑上半步，双眼望着左宗棠，以及满大堂的人众，很流利地一瞄；倒说满堂人众，上至两司，下至兵役，无不双眼紧闭，不敢正眼瞧她。左宗棠呢，却能镇定如恒，未为所劝，又喝声道："你这妖妇，快快不必再用这般妖术，本部堂闻你在那监中，只求速死，一个既求速死，试问还有什么顾忌，何必如此再帮姓马的呢？"

翡仙瞧见左宗棠不为妖术所迷，只好磕上一个头道："爵帅所说甚是。一个人已到求死，还有什么顾忌，不过犯妇确不认识姓马的，叫我供些什么？"

左宗棠摇摇头道："好个妖妇，真的矢口不移。"说着，即向左右喝声道："将她重责一百大杖再说。"

翡仙急将她的双手向左右执刑的一拦道："且慢！"又朝左宗棠拱手说道："大清律例，妇人若非犯奸罪，不得笞杖。"

左宗棠不待翡仙说完，忙喝问道："你懂律例，那就好讲了。本部堂问你，你可知道本朝定例，妇人得免笞杖，无非保其廉耻，你今裸体迷人，还有廉耻心不成？"

翡仙语塞，自己伏至阶下，预备受杖。

此时臬司已将双眼睁开，出位向左宗棠打上一躬道："妖妇既是不肯承认知道马化瀤，爵帅何必定要问她，况她本与马化瀤不是一案。这个朝廷的大堂，一个裸妇在此任人观看，殊失威严。"说到这句，暗比一个手势，似请左宗棠迅将翡仙问斩之意。

左宗棠连连点首，便命左右斩了此妖。

---

① 大贪：兽名。

那时的董福祥还是一个千总职位，忽然福至心灵起来，不待左右动手，他就很快拔出马刀，向那伏在地上的翡仙疙瘩一声，早将一个血淋淋的脑袋提到手中，献与左宗棠过目。

左宗棠大喜，正待夸奖董福祥的当口，谁知一班跪香的妇女忽又鼓噪起来，大有要抢翡仙脑袋的样子。董福祥急携翡仙之首奔出大堂，越过民众面前，到了旗杆底下，将身一纵，恍如猿猴一般，索索索地援木而上，顷刻已至杆顶，悬首杆上，又用一只手抓住旗杆，将身向外一扬，兀像一面旗子悬在那儿，复又找出手枪，向着民众大声喝道："你们不散，老子便打你们一个稀烂。"他的"烂"字未曾说完，如蚁般的民众顷刻间散得无影无踪。

等得董福祥溜下旗杆，回到大堂，左宗棠已经退堂入内，董福祥入内禀复，左宗棠连点其首道："好好，办得很妥。你且回到会宁，听候本部堂的升赏便了。"

董福祥谢了退出，连夜骑了快马，奔至会宁，等他赶到，老远地已经听得一片喊杀之声，料知刘松山又在和那白彦虎的部下开战，他又拔出手枪，大喝一声，杀入阵去，抬头一望，不禁把他这位杀人不眨眼的董福祥千总大老爷吓得连连称奇。你道为何？原来那个伪皇后白朱氏，伪公主白珊凤，也是光身赤体的，正与刘松山在那儿大战。

董福祥虽然口中称奇，但怕他们主将刘松山着了两个妖妇的妖术，忙不迭地把枪瞄准那个伪皇后白朱氏的咽喉，"啪"的一声放去。当时在董福祥的意思，自恃他的放枪功夫，也不弱于刘松山的箭法，以为一枪打去，一定要使白朱氏那个标致脑袋立与颈项脱离关系。岂知说也奇怪，只见那个白朱氏起先故作不知，直待子弹已经近身，方才用她手上的一把马刀，飞快向那子弹一挡，同时扑的一声，先将那个子弹挡了回来，虽然未把董福祥这人打死，也可危乎其危的了。

董福祥一见白朱氏有此绝技，倒也知难而退，正拟回马，忽又听得呼呼的一声飞箭之声，急忙定睛一看，那支飞箭早已不偏不倚地射中白朱氏的鸡头肉上，那个白朱氏的身子一经中箭，就在马上晃了几晃，扑的掉下马去。此时的董福祥在旁瞧得亲切，如何还肯放过，立即一马捎至白朱氏的跟前，手起一刀，砍下脑袋，取到手中，飞马去向刘松山那儿献功。

哪知董福祥尚未奔到刘松山那儿，那个伪公主白珊凤早又飞马追来，要想夺回她那母亲的首级。董福祥一听铃声将近，知道白珊凤妖术更加厉害，一时没有主张，不觉喊出一声"我命休矣"。董福祥正在一边大喊，一边持了首级，伏鞍而逃的当口，就在此时，又见他的主将刘松山向他大声高喊道："董千总不必害怕，本军门前来救你来也。"刘松山的"也"字刚刚出口，跟着又向白珊凤的右乳之上，扑的一箭，可怜这位白珊凤，母亲的首级没有抢到，自己又跌马下。

董福祥赶忙挂下身去，顺手一刀，又将白珊凤的首级砍落，取到手上，把那两个首级并到一起，朝着白军阵中一扬道："你们要命？快快投降！"那班回兵一见白后母女均死非命，只得一声发喊，溃散开去。

官军既是大获全胜，刘松山忙向董福祥夸奖道："今天董千总的功劳不小，快快回营记功。"

当下他们二人回到营中，有人接过白氏母女首级，刘松山大摆酒筵，请董福祥坐了首席，众将挨次坐下奉陪。

刘松山笑向大众说道："今天本军门有两桩可喜之事，诸位可曾知道？"

众将一齐答道："军门又得两个巨匪的首级，可是两桩喜事。"

刘松山摇头道："非也，一桩是杀了白匪母女，一桩是我们这位董千总，他本是回民，居然能够一点没有徇私，真正可喜。"

大众听了，无不称赞董福祥道："董总爷，你真是一位硬汉，也是邦家的福气。"

原来回教的义气最重，每有私下徇情之事，董福祥偏偏不然，正是异事。

当时董福祥忙答大众道："福祥虽是一个粗人，对于公、私二字，尚能分得明白。我若对于白氏母女，要留私情，那就也不手刃那个翡仙了。"

大众听了，一时不解，董福祥始将左宗棠亲坐大堂、审问翡仙，以及他趁翡仙伏地受杖之时，砍了翡仙之事，一情一节地述给大众听了。大众和刘松山听说，更加夸董福祥的武艺不俗。

及至席散，刘松山办了公事，专人把那白氏母女首级送到左宗棠那里请功。左宗棠看了公事，一面将那两个首级辕门号令，一面飞奏朝廷。

又过两月，因为长久未得到刘松山那边的军报，正在惦记之际，宁夏将军吉祥前来拜会，请见之后，吉祥面现惊惶之色地问道："季翁此地，这几天可得着刘军门的军报吗？"左宗棠摇头答道："没有没有，兄弟正在这里担心，老哥那边，可有什么确信？"

吉祥连连答道："敝处的协参领兀尔达刚从定西一带查案回来，据称那个巨匪白彦虎因见他的妻女将官一同被擒号令，已把平凉、静宁一带要隘统统占据，手下回兵约有十万，声称非将刘寿卿军门和董福祥、周受三等三人捉去报仇，誓不为人。"

左宗棠听了大惊道："平凉、静宁都是要隘，兄弟早已防到，日前业已檄调高果臣一军，从他清涧防地进驻静宁，以扼白匪，怎么好久未据详报，不知何故。"

左宗棠刚刚说到此地，只见一个戈什哈带进一个密探，左宗棠忙问："可有什么紧要军情报告？"

那个密探跪禀道："回爵帅的话，探子探得清涧地方的高军似有变叛情事，只因那儿步哨太多，不能进去打听。"左宗棠和吉祥两个一听密探之话，不觉一齐失惊道："这还了得。"

左宗棠又对吉祥紧蹙双眉地说道："高果臣的骁勇善战，是他长处；性情浮躁，是他短处。兄弟屡屡劝诫，不料竟有此变，现在不知究是怎么一回事情。"

吉祥听说，忽冒冒失失地问道："高果臣这人可靠么？不要受了匪众煽惑，他竟做起忘恩负义的事情起来。果然如此，省垣地方，颇觉可危。"

左宗棠大不为然地答道："老哥不要多疑，兄弟行军多年，别的长处虽然没有什么，自己将领何致叛我，我料高果臣必因意气用事，部下不服，为匪所乘，或者有之。"

吉祥连忙谢罪道："这是兄弟以小人之心，在度君子之腹了。"

左宗棠即命密探再去探听，又急问戈什哈道："陈亮功陈大人，昨天禀辞，不知走了没有，就是走了，谅还不远，快快派人前去追回。"

戈什哈奉命去后，吉祥也就告辞而去。

及到半夜，陈亮功已被追回，连夜进见，左宗棠急问道："平凉一带被匪占据，高果臣那儿又有兵变之事，你可晓得？现在怎么办法？"

陈亮功忙答道："标下刚据飞探禀知，平凉之事，我们寿卿军门似乎稍稍疏忽一些。"

左宗棠道："此刻不是说空话的时候，你快率领本部队伍，赶快去到清涧。"

只见陈亮功听说，一连答应了几个"是"字，赶忙退出，漏夜料理前往。哪知尚未赶到清涧地方，又得探子报称，说是清涧地方火光熊熊，似乎无路可以进兵。

陈亮功正拟问话，忽见李成柱单身地飞马而至。正是：

自古军情同一辙，
如今谋略异当时。

不知李成柱究由何处而来，可知清涧之事，且阅下文。

第十九回

将计就计杀果臣
以毒攻毒窘野主

陈亮功正在茫无头绪之际，忽见李成柱到来，不禁大喜，忙问道："你与果臣所扎的防地，还不甚远，可曾听得一些确信？"

李成柱见问，便带着悲音地答道："果臣已遭杀害，言之可痛。若非我到了此时，还在怪他，此次之变，果臣总有三分疏忽。"

陈亮功一听高果臣业已遇害，连连地跺足道："军事尚未得手，先丧我们一员大将，怎么好法？"李成柱忙劝住陈亮功道："你也不必徒自伤感，人死不能复生。且听我把此事的始末告诉你听了，我们再筹对付办法。"

陈亮功又"唉"了一声道："快说快说，我此刻大有兔死狐悲之感，我若不替我们果臣报仇雪恨，誓不姓陈！"

李成柱接口道："这个自然。果臣为人，虽然有些自负，确是一位名将，他此次的失着，真正叫作阴沟里翻船。果臣自从那天席上和人争论几句，回到清涧防地之后，就想独自做出一番惊天动地的事情，以塞众口。他见刘寿卿既是比他立功在先，便思即把那个马化瀣拿下，独占大功。无如太觉性急，没有防着人家。他只知他手下的那个丁兆熊营官是他一手提拔之人，决不至于对他生出异心，就在由省回防的当天晚上，把兆熊请到他的坐营，告知他道：'我现在且不管马化瀍究是好人、歹人，总想将他立刻拿到，献与爵帅，让爵帅自去审问，方始如我心愿。'兆熊起先还阻止他何必多事，说'只要将我们应做之事办妥，并不是无功可录的'。

"果臣听了大不为然，他就驳着兆熊道：'我们应做之事，我又不是一定全行放弃，倘能先将姓马的拿到，再办应做之事，岂非功上加功？'兆熊不好硬驳他的上司，只得答应去打眼线。

"当时果臣瞧见兆熊业已承认下来，自然十分高兴，马上交付兆熊五百银子，限他三天之内，非将眼线找到不可。兆熊却也诚心，不到两天，真的找到一个名叫丁干成的劣衿，又由丁干成约了一个名叫邬连生的同党朋友，一同去见果臣。丁、邬二人一见了果臣，说是那个马化瀍虽然行踪靡定，时而出门，时而在家，只要先去买通马化瀍的胞侄马八条，即有办法。果臣听得言之成理，当然极其赞成。当时也不查查丁、邬二人，到底是些什么东西。"

陈亮功听到这里，便插嘴道："丁兆熊本是果臣的心腹，他去找来的人，果臣自然放心。"

李成柱乱摇其头地答道："岂知偏偏误在兆熊手上。你要晓得一个人上了人家之当，害了他上司的性命，试问和那存心害他上司之命，有何分别？"

陈亮功又接口问道："难道果臣就死在丁、邬二人之手的么？"

李成柱点点头道："你不要打岔，听我说完再讲。"

陈亮功将手一扬道："你说你说。"

李成柱又接着说下去道："照丁、邬二人的初意，原也想去买通马八条，只要如心如意地能够拿到马化瀍，这场功劳却也不小，所以当初确是真心，并非假意。谁知那个马八条的手段，却高过了丁、邬二人万倍。一等丁、邬二人前去买通他的时候，他就第一句要求，他倘办到马化瀍，要弄一个男爵玩玩。丁、邬二人本是一双浑蛋，倒说头顶磨子不觉轻重的，居然一口就答应了马八条。其实那个马八条想的是，恐怕答应太快，反使丁、邬二人起疑，故意要求封爵，方近情理。岂知丁兆熊和丁、邬二人正在求功甚急之际，一见马八条似乎见利忘义，于是十分相信。马八条又因他的那位马化瀍胞叔住在金积堡地方，离开清涧很远，若将此事先去告知马化瀍知道，往来转辗的通信未免耽搁日子，所以决计由他一手包办，只要丁、邬二人不疑就好。丁、邬二人本已得了丁兆熊的五百银子，只望越快越好，事成之后还有大功，对于如此一个大大漏洞，倒说一点不问，单把马八条已经一口答应、单望封爵为酬之事，告知丁兆熊听了。

丁兆熊又隔一手，自然更无驳语，便将此事禀知果臣。果臣一见如此顺手，一面假意允许封爵，一面还委丁、邬二人充当高字军的巡查。丁、邬二人谢委之后，又将他们得了差使的喜信，前去报知马八条。

"那时的马八条虽然在想将计就计，做件大事，但是如何进行，一时还没主意；及知丁、邬二人已经做了高字军的巡查，忽然眉头一皱，计上心来，急对丁、邬二人说道：'恭喜恭喜，这件大事，今天方有把握。'丁、邬二人不懂此话，便说，一个小小巡查，也没什么关系，何喜之有？

"马八条却把他的双肩一耸道：'你们两个真是一对呆鸟。我们那位叔子，他是有法术的，你们总该知道。我们既要谋他，他手下至少须有几百个出力的人物；你们已得高字军的巡查，就好彰明较著地去招巡丁了。'马八条说到此地，又朝丁、邬二人郑重其事地说道：'你们二位快快听我调度，马上去见高统领，要求准许各招五百巡丁，以便办理这桩大事。倘若高统领要拨他的队伍，充当巡丁，你们万万不可答应。'丁、邬二人忙问道：'倘若高统领不准呢，或是准而不许我们自己去招呢？'马八条摇手道：'放心放心，一定答应，否则你们可以辞差要挟他的。'丁、邬二人听了大喜，果去照计行事，拜托了兆熊转求果臣。果臣起初还说，何必别行招人，现有队伍，岂非一样。丁兆熊忙替丁、邬二人代辩道：'他们既有计划，统领何必驳斥。'果臣听了兆熊之言，方始答应。马八条又将他的心腹回民，统统荐给丁、邬二人充了巡丁。

"马八条一见事已妥帖，一天晚上，特地办了一桌上等酒席，邀请丁、邬二人赴宴。及至酒过三巡，马八条忽然对着丁、邬二人狞笑一声道：'你们二位，今天脑袋犹在项上，再过几天便难说了。'丁、邬二人不待马八条说完，不觉大吓一跳道：'此是什么说话，你我既在干此大事，不久你是男爵，我们也好叨庇保个小官。'马八条忽又摇着头地低声说道：'这件事情，今天我老实和你们说了吧。我那叔子不但知道法术，而且能够未卜先知，我们三个如何可以谋他？幸亏此事，我未禀知于他，不然，你们二人以及高、丁两个早已化为灰烬的了，甚至连灰烬已被毒虫吃了。'丁、邬二人一见马八条忽然变卦，况且又在他的家里，逃都没有逃处，顿时一急之下，只好扑的一声，一同跪在马八条的面前，口称'饶命'。马八条一任丁、邬二人跪在地上，故意不答。

"丁、邬二人复又哀求道：'马爷爷难道一无法想的？'马八条至此，方才答话道：'依我则生，不依我则死，你们二人自己主张。'丁、邬二人急答道：'一定依你，一定依你，只求救命。'

"马八条一面叫二人起来，仍归原坐，一面说道：'我们叔子，此时不来惩治你们和我之罪，大概还是瞧我这个侄子面上，否则一个未卜先知的人，难道也和你们这一对呆鸟一样不成？我因一时糊涂，一心想做男爵，几乎被你们二人所累，不保性命，幸亏醒悟还早。我的主意，只要你们二人去把高果臣谋害，就在此地发难，我即前去禀知我们叔子，率了堡里的回兵，前去接应你们。'马八条说到这里，又与丁、邬二人咬着耳朵道：'白彦虎、白翟野主等人都是我们叔子的门徒，只要先除刘松山，次灭左宗棠，我们叔子做了皇帝，我是亲王，你们二人要得男爵，也不繁难。'

　　"丁、邬二人至此真的如梦方醒，忙指指马八条道：'马爷爷，你这个人的办事，真正可算得有手段的了。你老人家既然要干此事，老早和我们说通，我们二人只要有奶便是娘、有须便是爷，无有不遵命的。'马八条听说，笑上一笑道：'我防早和你们二人明说，万一不肯答应，岂不误事？'丁、邬二人也笑道：'马爷爷，你难道也会未卜先知不成，否则怎么知道姓高的要找姓丁的，姓丁的要找我们，我们要找你呢？'马八条很得意地答道：'我本是我们叔子派在此地的坐探，只要一有机会，无事不可便宜行事。不然我所荐给你们上千个的巡丁，也没这般快的呀。'

　　"丁、邬二人听说，自然恭维马八条几句，方又问计道：'马爷爷，我们二人此刻回去，怎样发难？你须指教一切。'马八条接口道：'你们二位回到巡查营内，推说我们叔子已经被我诱到，单请高果臣、丁兆熊两个，一同去到你们营内会审，他们二人包你喜极不察，深信不疑。等得他们一到，你们二人即将他们杀死。'马八条说着，又向丁、邬二人轻轻地说道：'高军兵士，早被我们的那些巡丁联络好了，只要有人发难，他们一定变叛。不过高营离开那个李营不远，你们须要好好防着，若能守定几天，我即飞调白翟野主前去援助你们。我现在暂且封你们二人做个副元帅之职，一俟我们叔子到后，再行升赏便了。'

　　"丁邬二人听到此地，真连他们两个的屁股也要笑了起来，马上奔回巡查营中，先传几个头目，告知马八条的主张。大众本是马八条的心腹，早已预备舒徐，只候丁、邬二人为首行事。

　　"丁、邬二人立即同见丁兆熊，再同丁兆熊去见高果臣，高果臣一听马化潍果真诱到，哪有工夫再查真伪？忙同丁兆熊，只带几个近身亲兵，跟着丁、邬二人高高兴兴来到巡查营内，尚未站定脚步。丁、邬二人顿时大喝一声，一刀一个，可怜高、丁两个早已一灵往封神台上去了。丁、邬二人一见事已得手，急率全营巡丁，一齐杀入高营。好在高营之中，大半已被这班巡丁早先煽惑好了，自然一齐变叛起来。纵有几个高、丁的亲信不肯附和，无非都做枉死之鬼。

"丁、邬二人既据高营，马上就了副元帅之职，一面逼迫附近的回民一同作乱，一面专候那个白翟野主到来，便好大举进攻省垣，再加当时甘省的回民，对于天方新教的几个主脑，早经敬服得如醉如痴的了，一见有人发难，谁不情愿加入？当时探子报说清涧地方业已起火，无路可通，正是那班回民焚杀，在那儿张威的时候。"

这位李成柱一直说到此地，方才喘了一口气，又对陈亮功说道："兄弟的坐营，虽然距离清涧不远，可是众寡悬殊，故此单身进省请兵，不图在此碰见了你。我先问你一声，你究竟带了多少人马来的？"

陈亮功一直听得李成柱说毕，又见问他人数，赶忙用他五只手指一比道："我只带了我的本部五营。照你所说，那里的人数很是不少，我也问你一声，究有多少确实数目？"李成柱也将双手向着陈亮功的脸上一扬道："至少十万。"

陈亮功听了一吓道："如此说来，我们两处的人数合在一起，还不及他们二十分之一，如何能够前去剿办？"李成柱又问道："省里还有多少军队？"

陈亮功摇着头道："不多不多，现在平凉、静宁一带都被匪人所占，会宁那儿，又没信息到省。依我之见，省垣既没什么大兵，我们两个就是去见爵帅，也是枉然。况且爵帅一向重视我们的，事已至此，只好你我二人负此责任的了。"李成柱想了一会道："你就同我回去，再由我命人飞报苏元春那里，请他率队来援。"陈亮功点点头道："只有这样。"

李成柱急办一封公事，飞报苏元春去后，即同陈亮功二人率了队伍，到他防次；路过清涧相近的地方，远远地望去，就见火光烛天，烟雾迷目，令人见着竟至气馁。

及至他们二人到了李成柱的防次，就有探子报上，说是高营全叛，丁、邬二匪做了主脑，听说那个白翟野主一到清涧，就要进攻省垣。李成柱听说，单命再探，正待去和陈亮功有话，只见陈亮功部下一个名叫雷振邦的营官忽来献策道："沐恩知道此地定西附近地方，有个名叫沙利奉的回教主脑，他是老回教，本在反对天方新教。只因他的势力不是白彦虎的对手，只好蛰居此地。听说他的手下也有回民数万，但是徒手居多，我想前去劝动他去。"

李成柱、陈亮功两个不等雷振邦说毕，连连称是道："此计不错，但怕那个姓沙的，不肯相信我们。"

雷振邦道："二位统领，且勿着慌，现在事已危急，沐恩情愿一走。"

陈亮功道："你肯亲去，自然再好没有，不过也得小心一点的呢。现在我们爵帅手下，只有我们这几个宝贝了呢。"

雷振邦刚刚才走，苏元春那边还未得着李成柱求援的公文，已经先派一个名叫徐梁生的统领带了五个粮子到来；李、陈二人对于徐梁生本是熟人，赶忙迎入营内，告知大概。徐梁生道："敝上司苏总镇，随后就到，但愿雷营官此去接洽妥当，那就不惧他们了。"

李成柱接口道："丁、邬二匪还不怎么可怕，只是那个白翟野主的妖法厉害，我们大家须得加倍小心。"徐梁生道："邪法最忌秽物，尤怕孕妇。"徐梁生说到此地，忽然把眉一蹙道："我是只好暂且对不起此地儿个孕妇的了。"陈亮功道："太觉残忍，那也不好。"

徐梁生摇手道："且等我们苏总镇到来，或是沙利奉那边，有了确信再说。"李陈听说，也以为是。

没有几天，苏元春已率大兵到来，李、陈二人大喜之下，忙将丁、邬二匪作乱始末告知苏元春听了。苏元春双眉一竖道："这点小匪，怕他怎么！"

徐梁生接口道："白翟野主的妖术，不可不防。"

苏元春方待答话，忽见陈亮功的那个雷营官面有喜色地匆匆走入道："沙利奉已被沐恩说动，只要我们这里接济饷械，他愿去打白翟野主的头阵。"

苏、李、陈三个听了大喜道："好好，快快派人送去。"

雷振邦道："沙利奉说，料白翟野主未必经来此地，必由小佛砰进窥省垣，他们先到小佛砰附近地方，前去拦拿。"

陈亮功道："这也料得不错，我们何不立即前去包围清涧呢？"

苏元春听说，即命徐梁生担任先锋，陈亮功的五营担任左翼，李成柱的五营担任右翼，定于本日酉刻出发。徐梁生的队伍开出未久，苏、陈、李的三军也就继之出发，及至大军将那清涧地方包围的时候，白翟野主已有信息通知丁、邬二人，即率大队去至小佛砰会齐。

丁、邬二人尚未出发，已被苏、陈、李的三路人马包围起来，丁、邬二人既无军事之学，又少作战经验，一见大军包围，先已着慌，两个副元帅没有调度，除了两营巡丁，以及高果臣原有的队伍总算可以一战之外，至于那些回民，人数号称十万，真是一班乌合之众，如何禁得起苏、陈、李的大军一击，再加李成柱和陈亮功二人，起先所惧的无非是怕白翟野主的邪术，此刻既已知道决不来到清涧，胆子自然越大起来。这晚上的一场厮杀，丁、邬那边自然大吃败仗。

雷振邦一见业已得手，又传令谕知原有的高军队伍，准其反正归降。高军队伍本被煽惑而叛的，对于官军原无什么戴天之仇，一闻招降之信，顿时一声发喊，马上仍变官兵，仅剩一千巡丁，还有什么能力？只有立时溃散。丁、邬二人于是不费吹灰之力，已被徐梁生、雷振邦这边俘虏过来。苏元春瞧见已没事情，便在清涧驻扎。

第二天的黎明，又得快马飞报，说是那个沙利奉得到官兵的饷械，已在小佛砰附近的那座卧虎岗上，正与白翟野主的队伍开战。沙利奉的回民虽没什么邪术，可是恨极天方新教，盖了他们面子，因此人人拼命，个个忘身，居然以一当百，白翟野主不觉大受其窘。

苏元春听说，即命徐梁生率队前往卧虎岗助战。正是：

> 害人害己毫无用，
> 诉愤诉冤大有灵。

不知苏元春打发徐梁生走后，对于丁邬二人，怎样处置，且阅下文。

第二十回

春荣为爵帅献策
亮功替果臣报仇

苏元春既命徐梁生率队往助沙利奉之后，便问陈亮功、李成柱二人道："二位统领，哪一位押解丁、邬二匪晋省？"

李成柱先答道："陈统领奉命来此，自然是请陈统领晋省。"

陈亮功忙接口道："押解丁、邬二匪晋省之事小，前去围剿白匪之事大。依我愚见，只要派他一哨队伍，押晋省去便得。"

苏元春连连摇手道："不可不可。丁、邬二匪戕官作乱，乃是两个要犯。我们爵帅一定在那儿盼望手刃二匪，好替高统领雪恨。况且此去，必须经过好几处的险要，万一白翟野主各处已有布置，自然当心一些为妙。愚见准请陈统领亲率本部，押着二匪晋省；我和李统领两个绕攻小佛砰的后面，给他一个不防，如何？"

陈亮功听说，只好答应。

现在先叙陈亮功押着丁、邬二人晋省之事，且把苏、李绕攻白翟野主的事情，容后接上。

原来左宗棠这人，对于他的部将，真的比子侄还要重视，只要一听伤了他的大将，恨不得亲临前敌，方始称心。无奈他是主帅，非在省垣居中调度不可。那天打发陈亮功去后，迭据探报声称，丁、邬二匪人数不少，正恐陈亮功前往，寡不敌众，深以为忧；嗣闻丁、邬二匪又有白翟野主加入，陈军不知法术，岂不危险？方拟檄调刘松山去剿清涧。忽见那个贺瑞麟指名有事陈说，赶忙请入。

贺瑞麟拱手说道："我闻爵帅拟调刘寿卿军门，前往清涧剿匪，不知可有此议。"左宗棠点头道："确有此议。"

贺瑞麟连摆其头道："如此，兰州危矣。"左宗棠失惊道："怎么？"

贺瑞麟不答这话，却在怀内摸出一封信来，一面递到左宗棠手中，一面说道："此是敝友徐杏林方伯给我之信，爵帅看完再谈。"

左宗棠忙去展开一看，只见写着是：

闻公已应左爵帅聘，主讲兰州书院，忻极慰极。爵帅既受督师秦陇之命，雍凉号称山河百二，为国家西陲屏藩，顾祸同卧，乱离痍兵。自非出群才略，如寇子翼冯公孙之俦，无能摧陷廓清者。某曾少游秦陇，略习其山川风气，回民强犷，柔良者事畜牧，凶剽者则带刀行劫，营中将士，十九皆回。汉民极孱懦，无复秦时锐士、汉氏良家六郡武力矣。平时衅隙已深，因料三秦有事，必花门首祸，欲著徙戎之论，乃不旋踵而祸作矣。蔓延至今，兵力益不可用，财赋殚竭，四方皆不能挹注，师行往往数月无居人，农业尽废，粮食告罄，既无转谷他省之理，又山谷纠错，水泉乏绝，即能裹粮峙糇，穷追深讨，彼则逃匿荒寨，遁出关外，俟我深入，乃潜断粮路与汲道，我军未有不愤者也。窃以为秦事不独在猛战，而在方略处置，为远大之谋。且今秦事尤极糜烂，各营兵士，精锐消沮，远方召募之士，闻风已不乐往，即往亦不能战；米麦全不可得，当此而欲卷甲直趋，虽贲育之勇，韩白之谋，亦困于石，据于蒺藜耳。为左公计，急宜奏请屯田，必二三年，乃见成效；米谷既足，练军亦就，然后引兵下陇，战胜攻取，可运诸掌。左公如以为是，上奏时须与朝廷约，勿求近效，匆遽促战；必食足兵精，始可进讨，请以三年为度。昔王翦、赵充国辈，皆定规模，坚方初议，与君相固者，卒以成功。乞公为左公陈之，仿此意行之，如得枣祇任峻辈，专务垦辟，力行功课。军食既足，士饱马腾，其与转饷他省，功相万也。他日进兵，视尤骁黠者诛翦之；余既不能尽诛，俟其畏服请抚。因兵力移而分置之西宁阶岷，或延榆边外，听立四村，勿与汉民杂处，杜塞蹊隧，择随立戍，布以威信，又简彼良善者，使自相什伍，加之约束，无复阑出滋扰，如此，可保百年无事。今左公至于进兵，则威信未树，纵能克制于一时，未必久安于日后。武侯之处孟获，固深知此中之层次也。某近来多病，仲帅又不放归，奈何奈何。

左宗棠看毕此信，交还贺瑞麟后，始极郑重地说道："徐某之论，极与吾友王柏心相同，从前曾经闻之。他既远道贡我智囊之宝，自当一一照办；但是近来清涧之变，患在眉睫，恐怕不及等得我的布置，怎样好法？"

贺瑞麟藏好了信，竭诚答道："可以取那双管齐下之法，一面尽管用兵，一面尽管屯田。至于清涧之变，乃是高统领浮躁自召。天下岂有自己久用之兵，为日无多，竟被他人煽惑叛变的么？如此说来，高统领平日之治军，也可以想见的了。爵帅既令陈亮功统领出战，那里又有李成柱的根子扎在就近，对此乌合之众，一定能够立即荡平，即不立即荡平，其害尚少。若撤会宁之兵，要路空虚，倘若平凉、静宁之匪跟踪而进，省垣不克守矣。"

左宗棠连连拱手称是道："君言开我茅塞，佩服佩服。"

贺瑞麟又与左宗棠谈了一阵吏治之事，方才告退。

第二天，左宗堂已得刘松山的飞报，说是白彦虎因闻其妻、其女儿、其将，都被官兵拿获正法，一痛之下，急率顷堡之兵，合平凉、静宁一带地方素与汉军积不相能的回民，占了城池，还拟进攻省垣。现由标下急图规复，连战皆捷，不久或能奏功。连日不通军报，因为道途被匪截断之故等语，左宗棠得了此信，心中稍稍安适一点。

正拟派人往探陈亮功的行止，却见一个戈什哈报入道："恭喜爵帅，陈统领亲将丁干成、邬连生二匪押解来省，现在外边候见。"

左宗棠听了，惊喜得跳了起来道："快请快请，亮功真不辱命。"

等得陈亮功走入，左宗棠先慰劳道："你竟能够替我果臣报仇，岂止本部堂一人高兴而已。"

陈亮功听说，便从半路遇见李成柱起，一直讲至苏元春到来，各军会同扑灭清涧之乱，以及押解丁、邬二匪晋省为止。左宗棠听毕道："苏、李二人本能办事，现在快将丁、邬二匪带上，本部堂倒要瞧瞧这两个究是什么东西，胆敢伤我大将。"

陈亮功亲出带上，喝令跪在左宗棠的面前，左宗棠望了丁、邬二匪一眼，跟着又冷笑一声道："本部堂还当你们这两个东西定是三头六臂，谁知也和常人一般。我们的高统领、丁营官，究和你们有甚仇怨？胆敢杀害他们。"

丁、邬二人只好叩头如捣蒜的死命求饶，左宗棠恨得自己拿着马鞭子，结结实实地抽了丁、邬二人一顿，方命押下。又和陈亮功商议，要将丁、邬二人活祭高果臣之灵。

陈亮功道："标下拿住丁、邬二匪的当口，除将高、丁二人之尸觅得，已经严刑讯审，问他们将高、丁二人的脑袋藏于何处。谁知这两个东西真也很辣，倒说竟把高、丁二人的脑袋用火烧了。"左宗棠唷了一口气道："大将丧其元，叫本部堂怎么对得起我们果臣呢？"陈亮功道："这也没法，现在赶快命人设起灵来，就将二匪活祭，好使果臣早些瞑目。"

左宗棠慌忙命人在那大堂之上，正中设了高果臣的灵位，丁兆熊的灵位附在左边，等得设好，左宗棠挥笔而就，亲自作了一篇祭文。刚刚做好，忽见一只异乎寻常的麻雀飞到他的面前，叽喳叽喳的，向他边跳边叫。左宗棠命人捉住送出，仍又飞入，而且衔住左宗棠之手，牢牢不放。左宗棠至此，方始疑心高果臣的忠魂化雀归来，却与丁令威化鹤的情事一般，便向麻雀说道："你真是果臣之魂所化，快快飞到他的灵位上去。"左宗棠的话犹未完，说也奇怪，那只小小麻雀仿佛真有知识，扑的一声，早已飞到高果臣的灵位之上，站着不走，且将双眼盯着丁、邬二人不放。

左宗棠和陈亮功等人无不骇异起来，即命剥去丁、邬二人的衣服，破出心肝，祭过之后，那只麻雀便又飞到左宗棠的肩头，站着叽叽喳喳地叫了几声，方向天空飞去。左宗棠眼看麻雀飞去，连连地自点其头，口中喃喃自语，不知祝赞了几句什么。

陈亮功瞧见左宗棠如醉如痴，忙安慰道："爵帅如此一办，也可以安慰果臣在天之灵的了，他既化雀归来，当然十分感激爵帅的了。"

左宗堂摇头道："纵然杀了千万的犬鼠，哪能偿我果臣之命。"

左宗棠刚刚说完，忽见吴退庵急急忙忙地奔入，伏在地上就哭。左宗棠便将吴退庵扶起，又把高果臣化雀前来受祭之事细细地告知吴退庵听了，吴退庵方始止哭道："可惜标下来迟一步，未曾瞧见我们果臣的忠魂。"

陈亮功又去问吴退庵道："吴统领几时再回定西那边的防地。"吴退庵道："明天就走。"陈亮功又对左宗棠说道："标下打算连夜赶到小佛砑去，也好代代他们。"左宗棠点头道："快去快去，可是省城之中却没什么队伍可调的了。"

不知后事如何，且阅下文。

第二十一回

左帅忧屯田之事
贺生献茶荒之策

白翟野主本来没甚武艺，平时全仗他的妖法，他的法术一旦不灵，便没一点能耐。左是陈亮功杀至，右是李成柱杀至，前是徐梁生当头杀至，后是雷振邦绕道杀至，前后左右既被官军围住，白翟野主知道无路可逃，生怕被官兵擒去，死得必惨，不如自刎而死，倒也干净，因此不再思索，立即用他手上之刀仅向咽喉一抹，早已一命归阴去了。

当时白翟野主虽然未被官军生擒，他的尸首却被徐梁生所获，徐梁生顺手砍下白翟野主的脑袋，复又转身，对着那些回兵，逢人便杀。那个沙利奉要求他道："徐统领，主犯已死，这等都是被胁的愚民，还是准我招抚他们，以存上天好生之心吧。"此时苏元春也已下令，投降沙利奉的准其免死。

左宗棠便令陈亮功驻防清涧，李成柱仍扎原防。公事发出未久，又接刘松山的禀帖，说是白彦虎因闻白翟野主失利，业已连夜遁去。标下本来打算跟踪追剿，一则所有兵士已经连战数月，疲惫万分，亟宜休养，不可太伤元气；二则白彦虎、熊飞鹏、熊飞龙，以及逃走的马八条等等，甚至逃出关去 ① 也难说

---

① 关外即是新疆。

的；万里行军，粮秣为难，似宜速办屯田，方能大举进剿等语。

左宗棠忙与贺瑞麟、苏元春几个商酌，大家都以刘松山的主见为然。

左宗棠一面批准刘松山之示，一面写信家中，问那周夫人的病状，并给王子曾一信是：

> 自古用兵塞上，屯田以裕军储，车营以遏突骑，方略取胜，剿抚兼施，一定之理。壮侯初不见信于汉，韩范终不见用于宋，是以千数百年富强之区，化为榛莽。兹承凋敝既尽之后，慨然思所以挽之，非倚任之专，积渐之久，何以致此。五十有六之年，去日已多；朝廷所以用之者，不过责一时之效已耳。以不可多得之岁月，而求难以骤致之事功，其有济乎！唯日孜孜，以启其绪，博求俊杰，以要其成，则区区之忱，不敢自靳者耳。从前执事筹边之论，善而犹未尽信，抵此间，始服有见而言。徐公杏林，曾有书致贺瑞麟，所言与君相同，英雄之见，百不差也。

左宗棠发出此信，忽接孝威、孝宽、孝勋、孝同四子的家报，赶紧拆开一看，方知周夫人虽仍呻吟床褥，一时尚觉无碍，略略宽心一点。及见函尾述及郭嵩焘卧病京都、不甚得意之语，便自语道："平心而论，筠仙的战功也不算少，朝廷怎样把他忘记？我又不好保荐，迹于党私。"左宗棠想到此地，便到箱子里去检出从前郭嵩焘给他的那封信，从头至尾地再看一遍，提起笔来，复信给与威、宽、勋、同四子道：

> 吾前在湘幕，久专军事，为当道所忌，官相遂因樊燮事，欲行构陷之计，其时诸公无敢一言诵其冤者，吴县潘公祖荫，直以官文有意吹求之意入告，蒙谕垂询，诸公乃敢言左某可用矣。潘盖得闻之郭筠仙也，筠仙与我交稍深，其与潘公所合，我亦不知作何语，却从不于我处道及只字，亦知吾不以私情感之，此谊岂近人所有哉。唯戊午之岁，曾以召对这语示我。顷于箧中检得，记其大概以示汝曹。俾知文宗皇帝之求贤如渴，圣德度越古今，而汝父之感激驰驱，不容已也。

附筠仙书：

初三日召见养心殿西暖阁，温谕移时间曰："汝可识左宗棠？"曰："自小相识。"上曰:"自然有书信来往。"曰:"有信来往。"曰:"汝寄左宗棠信,可以吾意谕知,当出为我办事,左宗棠所以不肯出,系何原故,想系功名心淡。"曰:"左宗棠亦自度赋性刚直,不能与世相合。在湖南办事,与抚臣骆秉章性情契合,彼此亦不肯相离。"上曰:"左宗棠才干是怎样?"曰:"左宗棠才极大,料事明白,无不了之事,人品尤极端正。"曰:"左宗棠多少岁?"曰:"四十七岁。"上曰:"再过两年五十岁,精力衰矣。趁此年力尚强可以一出任事也。莫自己糟蹋,须得一劝劝他。"曰:"臣也曾劝过他,只因性刚不能随同,故不敢出。数年来,却日日在省办事。现在湖南四路征剿,贵州广西,筹兵筹饷,多系左宗棠之力。"上曰:"闻他意思,想会试?"曰:"有此语。"上曰:"左宗棠何必以进士为荣?文章报国,与建功立业,所得孰多?他有如许才,也须一出办事方好。"曰:"左宗棠为人是豪杰,每言及天下事,感激奋发。皇上天恩,如能用他,他亦万无不出之理。"上及他事,右记大概如此,未敢稍附会一语也。

左宗棠写完家信,即檄调刘松山进省,和他商酌道:"现在既在专办屯田之事,一时反无事情可干。马化漋的劣迹,又未查到;即出示准许人民控告,可是此地的回民断断不肯告他,汉人呢,怕他报复,也未必肯来控告。此刻贸然前去攻打金积堡,尤非时局所许,新近所放的陕抚汴生中丞,又不以我的措置为然,你倒替我筹划筹划看呢。"

刘松山接口道:"屯田之事的紧要,更比剿匪的事情为重,何以故呢?行军倘若无粮,乃是必败之道。标下愚见,只要屯田有了成效,标下虽死,也要替爵帅去打的。"

左宗棠陡听刘松山说出一个"死"字,不禁暗暗地打上一个寒噤,忙又自忖道:他的年纪虽大,很像汉朝时代的那个马伏波将军。近来的一切战事,他的功劳居多,他既赞成屯田之事,金积堡只好暂时缓一缓了。左宗棠想到此处,接口答道:"你的说话极是。我们此刻,自然先办屯田之事,不过这几天,我又听得陕、甘两地在闹茶荒,这也是桩紧要的事情。"

刘松山道:"标下也听得这件事情,爵帅何不就把贺山长请来问问他呢?标下知道他的学问,也不亚于王柏心、徐春荣二人。"

左宗棠连连点首道:"对的对的,此事只有请教这位古董先生。"说着,即命戈什哈持片,分头去请贺瑞麟和苏元春两个。

一时贺、苏先后到来，大家略略寒暄一阵。左宗棠先问贺瑞麟道："现在此间在闹茶荒，老先生的意见，究是怎样？"

贺瑞麟道："两湖茶叶，销售回番蒙古，大概元朝以前，就是如此。明朝起初，踵而行之。以茶易马的事情，因为番马难致的原故。我朝始用北马，得察哈尔地为牧场，马大蕃盛。北马极其矫健，易于调驯，虽然形状毛片，不如西产的伟大；但是战阵可恃，能够转旋于路径曲折之处，它的筋骨的确健于西马。朝廷因见西马的状儿好看，宜于进御立仗，所以才有选充天厩之例。至于战阵所用，自以北口所产为宜。西马既不见重于世，从前以茶易马之制于是废弃。此地总督，虽仍衔兼管理茶马事务，按其实际，仅专意榷茶，以佐军储之急而已。其实茶务一事，久已乎没有解人的了。"贺瑞麟说到此地，因见时已傍晚，忽向左宗棠微笑道："若讲茶务的根柢，今天一晚也难讲完。我拟回去，仔仔细细上个说帖，呈与爵帅便了。"

左宗棠将手向空一拦道："老先生不必回去再做说帖，今天就在此地，谈它一宵如何？"贺瑞麟又笑笑道："须得打发一个人去，通知敝院，让诸生回家，因为他们都在书院里等我去讲夜课呢。"

左宗棠听说，一面派人前去通知，一面开出晚餐，就与贺、苏、刘三人一同吃过，邀入内签押房中，泡了好茶，重行细谈。刘松山、苏元春二人因见茶叶清香，颇觉适口，笑问左宗棠道："爵帅，此茶哪儿来的？此地没有这样好东西呀。"左宗棠听说，顿时面有起色地捻须答道："这是大小儿的一点孝心，亏他把我们舍间自制茶叶远道寄来的。"

贺瑞麟也接口笑着道："我正奇怪，此地是有了钱，也买不出好茶的。"贺瑞麟说了这句，又朝左宗棠笑上一笑道："前闻爵帅，道光甲辰那年，移居柳家冲地方之后，曾署其门曰柳庄，每从安化陶文毅公的馆中回府，自己督工耕作，讲求农务，自号湘上农人，颇思著述农务书籍，不知成了几种？"

左宗棠微微地失惊道："老先生连兄弟的此等琐事，都能知道如此之详，真正使人可佩。说到兄弟的著述，实在有些惭愧；兄弟原意，本恶近人著书，唯择易就而名美者为之，绝无实学，可饷后人；不料甫经著笔，军务即兴，当时缓急相衡，又去研究军事之学去了。"左宗棠说到此地，不觉掀髯大笑起来道："兄弟来此谬膺军政，还是那时读了几本古书，世人竟至谬采虚声，称我知兵，其实也无非仅有一知半解罢了。"

贺瑞麟忙接口道："爵帅何必自谦？爵帅治浙治闽，兼平豫济皖数省的捻匪，德在民间，功在廊庙，哪个不知？就是这个茶务，爵帅岂有不知之理？今天问及老朽，无非取我野人献芹之意吧。"

左宗棠摇手道："兄弟虽知一二，哪有老先生的博学。兄弟在三十年前，就馆于小淹陶文毅里居的当口，那里就是山陕茶商聚积之所，当时虽曾留心考察，但知安化凤称产茶，而山淹前后百余里，所产尤佳。茶商挟资到彼采办者，似以包计；到底此地完厘，还是以包计算，还是以引计算，不甚详知。"

刘松山岔口道："标下也知道似乎以包计算的。"

贺瑞麟道："此地包计引计，须看茶质如何。茶商最重砖茶，砖茶只有上品中品，没有下品。下品的就是卷包售卖，价目最贱的，不及砖茶十分之一。老朽又知安化的后乡，无不打草充茶，踩成上篓，售于茶商，其中杂真茶，不过十之二三而已。"

苏元春插嘴道："草与茶叶，岂有不能分辨之理，这倒奇怪。"

左宗棠点头道："苏总镇，你不知道，茶叶一经做过，确难分辨。"

贺瑞麟笑着道："爵帅本是内行，老朽怎敢在此班门弄斧，其实所谓草者，并非真的草类，大概是柳叶茅栗之属，或者稍以凡草搀入。《安化县志》里头，本有'稍采安化草，不买新化好'的俗谚，足见新化的好茶，还不如安化的草来得易售。"

贺瑞麟尚未说完，苏元春等露不信之色。贺瑞麟便把话头停下，对着左宗棠说道："此地库中，本有陈茶样品存着，爵帅何不命人即去取来一验。"左宗棠真的命人取至，仔细一看，果有草属搀在内。

苏元春大笑道："贺老先生，你可以加着茶经博士的头衔了。"

贺瑞麟笑答道："这个头衔，须让山陕茶贩加着，方才不受安化乡人所给。不然，连我老朽，也只好跟着吃草的了。"

左宗棠、刘松山及苏元春三个听了，一齐大笑起来。

贺瑞麟却自顾自地说下去道："原来山陕茶贩，往往不能辨别真茶，虽出高价，也是买的粗叶，也是买的搀有草属，偶得真茶七八分，便称上上品了。至于新芽初出，如在谷雨前所摘的，即在小淹本地，也难多求，每斤黑茶，至贱也非二三百文莫办。现在海上畅销红茶，红茶虽然不能搀草，又必须新出嫩芽，始能踩成条索，可是其价也比行销此地之茶可贵数倍。此地不出善价，只有三茶以及剪园茶，做成黑茶，销于此地。不过此地的销数，每年倒也可观，由陕境销至甘境，由甘境而又出口，国家所收的厘税全赖这个。此地最通销的，不过香片、珠兰等等名色，没有做成封的，便是私茶，其价每斤至贵数钱，分上中下三等完厘，因为他们的成本，比较包茶砖茶为轻，完厘也就轻了。若已成茶之封，无所分别，只能按引抽厘，照正杂课计算，每引已暗加数钱了。茶贩因为抽厘之事，与其成本攸关，故以私茶贩此，包茶砖茶，因此绝迹。市上焉得不闹茶荒的呢？爵帅欲救茶荒，只有奏请减去湘南湘北厘金之半，商贩有利可获，自然结队而来。国家厘金收入，名虽减半，只要多中取利，通盘一算，也不吃亏。此乃老朽鄙见所及，似有一得之愚，爵帅舍此，即与茶贩商酌，也踏与虎谋皮之嫌，难得其中底里呢。"

左宗棠一直听毕，忽把双手向他的大腿上连连大拍道："作吏须用读书人，此言信不诬也。兄弟一定立即出奏，倘若大部不允，兄弟当以去就争之。"

贺瑞麟道："陕抚汴生中丞到任不久，未知此中情形，爵帅也得与之往来函商才好。"

左宗棠复又点首称是，等得送走贺、刘、苏三人，天已东方调白了。正是：

好官才识求长治，
大将方知重久安。

不知左宗棠出奏之后，朝廷准许与否，且阅下文。

　　左宗棠纳了贺瑞麟的条陈，奏请减厘以兴陕甘一带的茶务，没有多久，奉旨照准，即饬两省藩司照办。刘松山因见在省无甚事情，便返原防。时光易过，又是年余。

　　有一天，左宗棠接到李鸿章的书信，说是荐个人来投效。左宗棠即回书道：

　　手示拜悉：推荐人才，本属正理。唯在乎人之才不才为定：其人若才，弟已早知其名，或奏调，或咨取，犹惧不遑，奚用荐为。其人才，尊处不愿位置尸位之人，弟处虽正用人之际，其如莫能用何，务祈止之，勿劳跋涉。此间回多于汉，非熟悉回中情形者，无能为也。回之错处中土，自古而然，徒戒尚难，何况议剿？欲此花门种类而尽之，无论势有不能，亦理有不可。入关之始，即奏分别剿抚，盖不得已也。竭诚力行，已逾三载，至今岁春夏，乃见微效；安插平凉者，尚只数千。唯获讯金积狄河等处之回匪，亦知平凉安抚之局，实出至诚，陕西各回酋，始无词胁迫诸回；马化漋亦不能挟陕回以为重。然如马化漋父子，则实无抚理，而又不可深闭固拒，以绝甘回求抚之心，此诚难而又难者也。沙利奉其人，颇思主掌此间老回教，而其人亦不为回民所深信，弟亦不敢一时许其所请。公抚内地，三吴风气柔和，人民知礼，较之此间之剽悍成性，无理可喻，诚有霄壤之别矣。老怀愁闷，匆是手复。

左宗棠复信之后，忽见一个戈什哈匆匆地含笑而入，垂手禀知道："三少爷、四少爷到了。"

左宗棠一惊道："怎么他们两个都来不成？"

戈什哈又回道："听说三四两位少奶奶也同来的，还在城外打尖。"

左宗棠道："赶快命他们进来。"

戈什哈退出未久，左宗棠已见他的三子孝勋、四子孝同一齐趋入，口称爹爹，向他磕头，左宗棠将手微拦道："且起来，你们母亲的毛病怎样？此次何以未曾予先禀明为父，贸然率眷来此。"

孝勋、孝同拜完起立，方始肃然答话道："母亲毛病，大有转机。"

左宗棠不待二子说完，一听周夫人已有转机，心里一个高兴，便吩咐二子道："你们姑且坐下再讲。"左宗棠说了这句，又望了二子一眼道："听说你们二人，都带家眷来的么？"

孝勋、孝同二人一齐答道："母亲吩咐，说爹爹年纪已大，又有腹泻之症，远在边陲，没人服伺，故命儿子等不必禀知爹爹，就率两个媳妇来此。"

左宗棠微笑了一笑道："这就是你们母亲贤淑之处，她倒未顾自己有病，单是惦记老朽在此塞上，其实又何必呢。"

孝勋又答道："儿子不知道这衙门里能不能够住家眷，不敢一直带了媳妇进来。现在请示爹爹，好让他们来此叩见爹爹。"

左宗棠很快地答道："衙门不比军营，照例可住家眷。你们二人，快去同了她们妯娌两个，就进衙门来吧。"

孝勋听说，便对孝同说道："四弟，我们就去同了她们进来。"

孝同忽然嗫嗫嚅嚅地对着左宗棠说道："四媳已有身孕，算起日子应该落在下月，不知怎么一来，昨天今天两天肚子很觉疼痛，大约闪了胎气。"

左宗棠听说，连跺其脚，叹着气道："唉唉！四少奶奶既有身孕，怎好经此长途跋涉。你们母亲偏只顾我，不顾媳妇，太没成墨了呢。"

左宗棠一边说着，一边提高喉咙，叫了一声"来呀"！左宗棠的"呀"字未了，跟着呀字声中，一连串地奔入三五个戈什哈进来。左宗棠吩咐他们道："你们快去预备轿子，随着两个少爷去接少奶奶。再命人去找个接生婆，就来伺候，不可误事。"几个戈什哈答应了一声"喳"，即同孝勋、孝同二人出衙而去。

原来孝勋的妻子姓刘，就是刘松山远族刘纯客之女，小字绣云，人极贤慧。孝同的妻子，就是"红羊"时代名将、赐谥壮武王公之女，小字淑花，非止十分贤慧，而且能诗善画，颇有不栉进士之目。此次她们妯娌二人奉了周夫人之命，随夫到甘，以便定省公公。淑花在途闪动胎气，势将分娩，正愁旅店生产、颇觉不便的时候，忽见她的丈夫同了三伯，带了几个戈什哈去接她们进衙，当下略略收拾一下，便坐轿子进城。

绣云在上轿子的当口，带眼看见似有一个彪形大汉，盯着在看她们妯娌两个，本拟告知她的丈夫，因在匆促之间，她还未曾开口，轿子已经抬了起来。她又暗忖，一个百姓随便偷看妇女也是常事，只要进了制台衙门，也就由他去了。

及至衙内，她们二人拜见公公之后，左宗棠那时已将二子的住房收拾出来，见着两个媳妇，略问几句家务，即命子媳一同进房休息。孝勋的房间在孝同的对面，中间仅隔一座堂屋，离开左宗棠的卧室，也是隔了一个院子。左宗棠如此布置，原备二子二媳住得就近，可以常常承欢膝下之意。

绣云到她自己房内，方将旅店门口那个大汉偷看她们之事告知丈夫。

孝勋听说，笑着答道："此间风气闭塞，陡见制台的少奶奶远道来此，争瞧热闹，也是有的。你怎么这般注意此事？"绣云也微笑地答道："此人一脸横肉，为妻见了害怕。"孝勋又笑道："你已到了此地，还怕谁呀！"

绣云不好再说，便到对房前去照料她的婶子。淑花对她道："三伯母，我此刻一阵阵地腹痛，恐怕就要临褥。方才你们四叔来说，公公已经预备接生婆了，怎么还未见进来？"

绣云正待答话，忽见孝同已同一个老年的接生婆走入，绣云便命接生婆前去摸摸淑花的肚子，当晚可曾发动。接生婆摸了一摸道："四少奶奶，今天晚上或者未必，但是也在这两天了。"绣云便命接生婆去到下房伺候。

等得吃过晚饭，左宗棠命人来唤二子问话。二子到了左宗棠的卧室，左宗棠又仔细地问过周夫人的病情，以及孝威的近状。二子答过一切，又接说道："大哥也没什么一定的毛病，只是精神颓唐，眠食无味；医生说他恐得损症。儿子等再三劝解，大哥口口声声总说，母亲一有长短，他即殉孝。"

左宗棠听说，大为着急地说道："你们大哥天性素厚，但望不致闹出这个乱子才好，这也关乎吾家气运，只望祖宗默佑你们母亲之病，那才好呢。"

孝勋道："母亲也常常地劝着大哥，又命大嫂防着大哥。"孝同也接口道："大哥听得爹爹此地军事顺手，他的意思还想一等母亲稍稍健旺一点，奉了母亲，全家来此呢。"

左宗棠不觉笑了起来道："痴儿之孝，虽则可嘉，但是其愚不可及也。天下岂有一位久病之人，能够再行万里之路的呢？说起此间军事，也还可说顺手；不过积重难返，不是三五年可能蒇事。我从前奏对太后，说是期以五年，谁知转眼三四年来，成绩极少。"左宗棠说到此地，忙又大摆其头地自语道："为父当时言过其实，未免有欺君之罪矣。"

孝同道："听说毅斋已到此地，不知住在何处，儿子急欲一见。"

左宗棠听说，便对孝同的脸上认认真真地望了一眼，方才太息道："你们几兄弟，总算命好，投胎我家。自从出世以来，只要上心念书，就算你们的责任已尽，何尝眼见冲锋打仗之事。毅斋是因他的叔子久战边陲，愿以身特来投效，我已派他自统几个粮子，去到省外剿匪去了。此刻远在千里之外，你到哪儿去见？"

孝同刚想答话，陡闻他的妻子房内，霎时之间人声嘈嗷，脚步杂沓，忙对左宗棠说道："大概媳妇要生产了，儿子前去看来。"

左宗棠将手一扬道："快去快去，凡事小心。"

孝同去后，孝勋因是一位大伯子，自然不好同了孝同前去，便在此地仍陪老父谈天。过了一会，孝同又来报告，说是媳妇肚子虽痛，恐怕时候还早。左宗棠又挥手道："你去陪你妻子，不必在此。"孝同便又退出。

左宗棠复与孝勋谈上半天，听得孝同房里没甚声响，静了下来，方对孝勋说道："你也回房睡去，为父近来一到十二点钟，就要上床，倘迟一刻，即不能够睡熟。"

孝勋亲自服侍老父上床，方始回房安睡。左宗棠睡到床上，心中默想家事一会，后又侧耳听听他那四媳房中，不闻什么响动，稍觉放心，不多时候，便也沉沉睡去。

那时甘省地方，正在大旱，三月未雨。左宗棠既是大员，岂不关心，此时上床，忽于睡梦之中，陡闻一声霹雳，跟着又见雷电绕身，同时大雨如注，平地水深数尺，一喜而醒。却见窗子外边一派红光，以为定是火起，赶忙翻身下床，走到窗前一望，看见那道红光是从他那第四个媳妇房中发出来的。正待去喊孝同，问个明白，突又听得呱呱堕地之声，知道他的四媳已经产下，又知新生小孩似乎有些来历，始有这道红光。

左宗棠想到此地，赶忙出房，尚未走到孝同所住的房外，只见外面一同奔进十多个戈什哈进来，似有什么急事一般。

左宗棠急问有什么事情。那班戈什哈一齐回道："沐恩等等睡在床上，忽见上房走水，赶来救火。"左宗棠微笑道："我起初也当是起火，后来方知道这道红光是从四少奶奶房里出来的，而且小孩也落地了。"

戈什哈不等左宗棠说完，一齐连向左宗棠道喜。

内中有个戈什哈眼睛最尖，陡见四少奶奶所住的屋面似有一条黑影，他就连话也不及再说，只把靠近他的一个戈什哈一拉道："那边屋上，有了强盗，快去捉去。"大家忙向那边屋上一望，果见有条影子，正在那儿闪动，似有要想逃走之意，不禁骇声道："真的有了歹人，这个歹人真个大胆。"大家一边说着，一边早已拥到那边院子。

好在这班戈什哈虽没那些捉鬼拿妖之技，却也稍有飞檐走壁之能，当时一个个扑地扑地纵上屋去；第一个上去的那个戈什哈，不知怎样一来，已被那条黑影打倒，连连大喊"救命"。大家一齐奔了过去，几个救人，几个捉贼；几个去打一个，那个歹人双拳难敌四手，自然即被捉住。大家将他细细一瞧，并不认识。

那时左宗棠、左孝勋、左孝同父子三个一见屋上有贼，都到院子之中，仰头观看。及见那个贼人已经拿住，左宗棠即命快快带下，由他亲自审问。起先被那贼人打倒的那个戈什哈，更加恨那贼人，急把贼人的辫子抓到手中，拖到屋檐，飞起一腿，那个贼人早已扑通一声掉在地上。大家跟手跳下，抓住贼人，请示左宗棠何处审问。

左宗棠便到产妇房外的那间堂屋之中一坐，吩咐带上贼人，戈什哈便把贼人拖至左宗棠面前跪定。左宗棠先向贼人的脸上望了一望，方始喝声道："你这鼠子，究竟是贼是盗？一个人胆敢来到总督衙门的上房，真正可谓胆大包天了，快快从实供来，还可贷尔一命。"

那个贼人连连地磕头道："大人开开天恩，小的名叫王六，实因母老妻病，来此行窃，叫作无法。"

左宗棠这人平生最敬孝子，一听王六所供，不觉捻须太息道："就是母老妻病，无钱过活，这也只有行乞不能行窃的呀。"

左宗棠还待再说，忽见孝勋走到他的身边，对他忿然说道："此贼所供，全是假的。今天白天，你老人家两个媳妇刚要上轿的时候，此贼胆敢盯着她们妯娌二人在看，三媳亲眼所见。爹爹好好审问，内中必有重大情节，也未可知。"

左宗棠听了大怒，立即喝问王六："少爷方才所说，不是冤枉你的吧？你倒竟敢用这母老妻病四字前来骗人，本部堂几乎上了你的当了。"左宗棠说着，又向左右一望道："快取大刑伺候。"

那班戈什哈一面去取大刑，一面吼了一声"堂威"，对着王六喝道："快快老实供上，免得皮肉受苦。"

王六一见事已至此，料定没有生理，却把他的心肝一横，反向左宗棠冷笑一声道："老左，你也不必拿那大刑吓俺，俺若怕死，也不敢前来行刺的了。"

左右的戈什哈一听，王六说出"行刺"二字，一齐忙向左宗棠打上一个千，各自认罪道："沐恩等保护大人不周，致有刺客来到上房，只求大人重办。"

左宗棠将手一扬道："不干你们之事，你们替我搜检此贼身上再说。"

那班戈什哈忙又极重地答应了一声"喳"，就向王六身畔一搜，果然搜出一柄利刀，一道伪谕。左宗棠把那道伪谕打开一看，只见上面写着是：天方新教第一教主、总大阿訇、灭清自在大皇帝白为谕饬事：顷据某某奏称，左妖宗棠，刘妖松山，亟亟办理屯田之事，分明欲与朕为难，朕由平凉一带出关，非惧左刘二妖也，因念连月大旱，米粮昂贵，人有饥色，路有饿莩，长此战争，殃及池鱼，实非上天好生之德；今闻左刘二妖，办理屯田之事，必思与朕久战，朕为援救数千百万回民计，封尔黄白信为征左大将军，去到兰州，迅将左刘二妖分别刺死，既免战事一兴，人民有流离之苦，粮秣有不继之虞，舍重取轻，尔其知之。若能不辱君命，侯封之奖，决不靳也。钦此。

左宗棠一边在看，一边已在大叫"气死我也"，及至看完，先将伪谕交与一个戈什哈拿去存卷，然后突出眼珠喝问王六道："黄自信！尔来行刺，既已被拿，本该万死。尔若将白逆彦虎的细情好好供出，本部堂仍可赦尔一死。"

黄自信听得尚有生望，忽又朝着左宗棠磕上几个响头道："爵帅真能饶赦小的一死，小的便将白总大阿訇的秘密供出。"左宗棠点点头道："尔快供来，不必多说闲话。"

黄自信又拜了几拜，方才朗声供出道："白总大阿訇，本在马化漋马总大阿訇部下，后因他的妻子、女儿都有了法术，他才决心想做皇帝，离开马总大阿訇部下，自立为皇。不料此地的刘松山刘军门，连将他的皇后、公主，连同那个翡仙女将生擒正法。白总大阿訇见已失了锐气，且怕官兵合围，因此自弃平凉、静宁一带之地，率队出了嘉峪关，打算先去占据伊犁，得有基础，再行大举进关。"

左宗棠一听见白彦虎要占伊犁之话，不禁急出一身冷汗。你道为何？原来那时候尚无新疆的省名，伊犁还是一府，孤悬关外，接近俄疆，虽为大清朝的土地，却没省分辖管。俄国瞧见清朝对于伊犁鞭长莫及，不甚注重，便有并吞之心。此等事情清朝皇帝也有所闻，有时问问军机大臣，那些军机大臣都是庞然自大惯的，奏对的说话，无非都说天朝土地，外夷怎敢觊觎。果有此事，只要一旅之师，还怕外夷不来双手送还不成？清朝皇帝也是自大惯的，一听此言也就丢开。独有左宗棠既任陕甘总督，当然较为关心；况且伊犁的毗连之处，就是乌鲁木齐，乌鲁木齐即迪化州，属于甘肃所辖；与迪化州毗连的地方，就是凉州、肃州。若是白彦虎一占伊犁，乌鲁木齐乃为必争之地，势必不保，凉州、肃州也就危险。那时清朝的睡狮，尚未被人戳破，对于臣下失地的处分又极严厉。江督何桂清的正法，浙抚王有龄的自缢，都为失守城池之事。左宗棠既为清臣，听了黄自信之供，焉得不惊？

当下左宗棠暗惊一会，忙把面色放得异常和悦，怡然地问着黄自信道："白彦虎既思去占伊犁，他手下究竟还有多少兵将呢？"

黄自信又供称道："大王郝廷龙、二大王施鹰扬、元帅熊飞鹏、前锋熊飞龙、军师安必烈等等都有万夫不当之勇，其余还有大将百员，回兵十万。"

左宗棠又问道："白彦虎手下的回兵，究竟哪些教名的居多呢？"

黄自信道："天方新教、老清真教、花门教的都有，还有哥老会在内。"

那时孝勋还在旁边站着，便插嘴问道："爹爹，哥老会，四川谓之公口，怎么竟会蔓延至此？"

左宗棠见问，正待答话，陡见孝同从那产母房中奔出，一脸惊惶之色，令人见了也要害怕。正是：

> 设教从来多误国，
> 行军端的在奇才。

不知孝同究为何事，如此惊惶，且阅下文。

第二十三回

医产妇妙手成春　攻回部出言不吉

　　左宗棠正想答孝勋的说话，忽见孝同一脸惊惶之色，从那产妇房内奔了出来，赶忙问着孝同："何事惊慌?"孝同抖凛凛地答道："媳妇生下一孩，起初倒还平安，此刻忽又晕去，连那接生婆也着忙了。"

　　左宗棠听了一吓道："这还了得。"一面急命戈什哈飞奔去请贺瑞麟，请来医治他的媳妇，一面吩咐左右暂将黄自信带下，停刻再审。

　　孝同又说道："可惜媳妇睡在血房，不然就请爹爹进去瞧瞧。"

　　左宗棠听说，忙站了起来，一边同着孝勋、孝同一齐走入产妇房门，一边嘴上说道："为父久处营盘，哪里能忌这些。"左宗棠说着，跨进房内，便向床上一望，只见接生婆正在抓那产妇的人中。

　　在他将进房内的时候，他的三媳绣云、一班仆妇和那接生婆几个正在围着产妇，抓人中的抓人中，拍背心的拍背心，大家忙得手忙脚乱，产妇一丝没有声响，及至他去望着产妇的当口，大概他是天上放下来的杀星，眼睛里头定有神光，倒说产妇被他盯着一望，顿时喔唷的一声，喊了出来，同时嘴上有血冒出。

　　孝同一见他的妻子嘴上冒血，更加急得跳足。幸亏那个贺瑞麟急急忙忙地走入，一见产妇这般样儿，急在怀中摸出一包药粉，递到孝同手上，教他冲了开水，先向产妇灌下；刚刚灌下，产妇口中的血水即已止住，人也清爽不少。

左宗棠大喜地对着贺瑞麟说道："老先生真有起死回生的医道，此刻产妇可还碍事么？"贺瑞麟一面上去诊脉，一面答称道："这是污血攻心，还不要紧，且俟老朽开好方子，服下药去再讲。"

左宗棠不敢多问，怕分贺瑞麟之心，眼看开过方子，命人速去抓药，方又说道："老先生，兄弟要你在此多坐一刻，须待产妇服药之后，天亮再去。"

贺瑞麟连连答道："爵帅放心，老朽一准等得四少奶奶安全之后再走。"

左宗棠不待再说，又见产妇已在和孝同讲话，说是心里闷得发慌。贺瑞麟接口对着孝同说道："四公子，嫂大人的身体虚弱，以致气血一时不能调和，只要服下药去，疏通之后，便能安全。"产妇听见贺瑞麟如此说法，心里一安，似乎气就平了不少。

孝同又问贺瑞麟道："产妇既是虚弱，可要先吃一些参汤。"

贺瑞麟摇手道："不必不必，虚不受补，还是吃老朽的药相宜些。"

孝勋因瞧见产妇已无十分大碍，便插嘴对着左宗棠说道："爹爹，四妹刚才生产之际，室中忽发红光，大家都疑火起，此孩或非等闲。"

左宗棠便命孝同自去服侍产妇服药，他却坐到贺瑞麟对面，细细地把那一晚上之事讲给贺瑞麟听了。贺瑞麟听了一愕道："新产文孙，既有这般异兆，将来一定大贵，可喜可贺。只有那个白彦虎，倘若真去扰乱伊犁，这倒不好。因为伊犁地近俄边，俄人久蓄并吞之志，爵帅倒要注意一点。"

左宗棠称是道："此事乃是兄弟的责任，当然不敢疏忽，不过伊犁不归甘省管辖，须得请旨定夺。"贺瑞麟道："依我之见，一面尽管请旨定夺，一面不妨先行饬知伊犁府道守，以及迪化州钱牧，小心防范为妙。"

左宗棠又点点头道："老先生指教甚是，白彦虎既是想占伊犁，必与金积堡的那个马化漋父子有关，须得先将这个内援除去方好。"

贺瑞麟因见房内并没外人，忙对左宗棠说道："老朽曾经说过，马化漋父子二人以教为名，阴有不轨情事。岂知此间的官吏人民无不受着马氏父子之毒，全说他们都是好人，仿佛一经剿办，甘省便有大祸立至一般，此乃迷信神权之故。爵帅身受朝廷重任，这件事情只有爵帅当机立断，甘省方没大患。"

此时孝同已将那药命他妻子服下，觉得大有效验，便来插嘴对着左宗棠说道："寿卿叔侄两个，确属当今名将，只要他们两个能够出力，儿子说，一定可以制住马逆父子而有余的。"

贺瑞麟先接口道："四公子之言不错。现在此事不愁没人去办；所愁的是，此间官民，都是极端不主张去攻金积堡的。办得好呢，不过尔尔；倘若办得不好，舆论一坏，朝廷一定不谅。"

左宗棠太息道："此事真的关系太钜，等我且与寿卿商量之后，始能行事……"左宗棠尚未说完，床上的那位王淑花四少奶奶因见药有奇效，身体已觉安适，便向她的公公说道："媳妇服药之后，业已不要紧了。公公和大家在此血房，媳妇心里很觉不安，公公还是请夫审问刺客，尤关紧要。"

左宗棠听说，即向贺瑞麟拱手称谢道："小媳既承老先生妙手回春，我们全家感激，容后再谢。此刻天已将亮，兄弟不留老先生了。"贺瑞麟客气几句，又对孝同说道："此药可服两剂，老朽明天……"贺瑞麟说到这里，忽又笑着改口道："此刻天将亮，要说今天了，今天晚上，老朽再来换方。"

孝同慌忙谢过贺瑞麟，即送大家出房，左宗棠还要亲送贺瑞麟出去，贺瑞麟连连拦住自去。

左宗棠便将那个黄自信带上再审，黄自信又供称道："小的情愿投效爵帅，却出真诚。爵帅倘若相信小的，小子马上回到伊犁，探出白彦虎的军事行动，即来禀报。"

左宗棠踌躇道："本部堂赦尔一命，并非什么大事，只怕纵虎归山，又是你的世界了。"黄自信慌忙磕上几个头道："爵帅不必疑心，小的跟随那个白彦虎，无非要想巴望一个出身。小的若替爵帅去探秘密，爵帅也可录用小的，小的何必一定要去帮着白彦虎呢？"

左宗棠听到此话，微微地点首道："这话尚近情理。"孝勋在旁插嘴道："此人脑后见腮，恐怕口不应心。昨天白天，他在大庭广众之间胆敢偷看妇女，必非好人。"

左宗棠还未答话，黄自信即接口道："少爷不必记着昨天之事，小的昨天在那城外因闻人家在说，左制台的两位少奶奶到了。小的前去看看热闹，那是有的；少爷恐怕小的有甚歹意，这是冤枉小的了。"

孝勋含怒地驳斥黄自信道："你连行刺的事情都敢来做，还有什么歹意不歹意呀。"

左宗棠道："勋儿不必和他争论，为父准定放他回去，他若有意弃邪归正，自能上报朝廷；否则二次将他拿到，国法俱在，还怕他有两个脑袋不成？从前诸葛武侯七次放回孟获，我又何必这般量狭？"

孝勋不好再说。黄自信又磕头道："爵帅如此法外施仁，小的也有天良的。"

左宗棠又问道："本部堂放你回去，你难道不怕白彦虎疑心你的么？他一疑你，你便不能再去探他。"黄自信道："小的此去，自有法子使他相信，但是爵帅这里也得替我守秘。小的以后暂不亲自来此，随时自有禀报。"

左宗棠点点头，即命左右带领黄自信出去，并赏百两银子以做盘缠，黄自信叩谢自去。

左宗棠又把孝同唤出，问明之后，知道产妇确已平安，方始对着孝勋说道："昨天晚上，你说那个哥老会的话，且听为父说给你听：哥老会匪，本是四川啯噜二字的变称，始以结拜，为同心杀贼、患难相顾之据；继之以结党抗官，闹饷梗令，又继之以恐吓取财，迫胁异己，分遣党羽，潜居水陆要隘。若遇同会之人，私自验票放行，否则劫杀不免，其实不过敛钱肥己，因以为利。非若那些真正的邪教会，党坚交秘，阴谋不轨，为害尤大。他们入会之徒，也不像逆党甘心作贼，另有深谋。但是势之既成，终至积重难返，黠桀的倡之于前，愚懦的附之于后，始成尾不大掉之势。其党各处都有。"左宗棠说到此地，又向孝勋微蹙其额地说道："痴儿以为哥老会只在四川，不至蔓延远地，真乃井蛙之见矣。"

孝勋听了老父之言，方始明白此事，即向老父说道："爹爹忙了一夜，请去安睡一下。产妇房里，儿子同了媳妇自会照料。"

孝勋应了一声，伴送老父回他那边院子，服侍上床，方才回转自己那边。

这天左宗棠一直睡到午后，方始起身，当下就见孝勋、孝同二子一同来请早安，左宗棠问过产妇之事，便命退出。

二人退出，又有戈什哈进来回话，说是全省文武官员因为昨天晚上闹了刺客，都来自请疏虞之罪，又知产下一位孙少爷，都又忙着道喜，沐恩分别道乏挡驾，众官方始散去。

左宗棠点头道："一个小贼，怎好算到刺客。至于生个孙少爷，尤其不能惊动他们。"说着，又吩咐戈什哈，命人速请刘寿卿军门到省有事。

戈什哈退出，左宗棠提起笔来，写信给与周夫人道：三四两儿各带妻子来甘，现已平安抵此。夫人不令我知，分遣儿媳前来视我，情固可感，事则可惧。盖万里长征，道途不靖，已费周折，而四媳复有身孕，舟车劳顿，果有颠动胎气情事，到署即产一孩；时我业已上榻，忽梦雷电绕身，大雨如注，惊极而悟。

适此间苦旱已久，以为或系心中望雨所致，嗣见窗外红光，阖署均疑失火，此梦竟与三十年前夫人产霖生时同一境界，可惊复可喜也。夫人得此第五之孙，数年老病，必能借此冲破矣。产妇初则稍有血晕等事，今已无碍，特此飞告。并请转谕威宽二儿为嘱。

左宗棠发信之后，贺瑞麟不到上火，果已自来。左宗棠命人引去诊过产妇，贺瑞麟又由着孝勋陪同来见左宗棠道："恭喜爵帅，四少奶奶，老朽可保无虞的了。"左宗棠含笑道谢，贺瑞麟略谈一会，告辞而去。

过了几天，刘松山已由防次到来，一见左宗棠，道过添丁之喜，复又请上一个安道："舍侄锦棠，年纪还轻，爵帅既保他官，又委他差，标下怕他干不下来，反而负了爵帅的栽培。"左宗棠听了大笑道："寿卿，怎么和我闹起世故来了呢？毅斋令侄久在我行，我们老辈之中，谁不称为当世名将？寿卿说到此话，岂不是做叔子的，反而不知侄子的为人了。"

刘松山又客气道："舍侄虽然曾经打过几次胜仗，也是他侥幸，怎么当得起名将二字？不是标下在爵帅面前说句狂话，现在时代，名将很少，就是鲍春霆、刘省三也只好算为骁将，一个名字，岂是容易的。"

左宗棠微摇其头道："寿卿不必在此和我辩别字眼，我找你进省，很有大事商量呢。"刘松山忙问什么事情。左宗棠又把黄自信所供之话，以及贺瑞麟撺掇即攻金积堡的意思，告知刘松山听了。

刘松山一直听完，方才答话道："标下自被白彦虎逃走之后，至今耿耿于心。此贼十分剽悍，又有几个部将助他，不比白翟野主那般容易剿灭。只因军食之事尚未筹划尽善，复又不知白逆匿迹何处。现在爵帅和贺老先生都既主张即攻金积堡，标下愿负此责，万死不辞。"

左宗棠此时虽见刘松山又说一个死字，想起上回之战，刘松山也说一个死字，且将白彦虎逐走，毫没一点不祥之事，便也不再注意，当下便将他那大拇指头向着刘松山一竖道："这件大事，自然只有你去。不过此地的官民二界都不以攻金积堡为然，我们倘不顺手，那就没有脸儿去对他们了呢。"刘松山拍胸道："爵帅放心，马氏父子，本非易办之事，但是标下受国恩深，又蒙爵帅指名调到此地，这件事情，倘若不替爵帅分忧，还成话么？"

左宗棠道："话虽如此，我们也得斟酌一下，你要哪些将官，我都给你带去。"刘松山道："曹克勋曹统领、李训铭李统领，他们二位须是讨去帮忙。"

左宗棠连连点首道："可以可以，还有没有呢？"刘松山道："爵帅这边，也在用人之际，怎么能够统统让我调去？”

左宗棠道：“其余之人，尚可商量；只有你们毅斋令侄，他却正在陕边得手，万万不能给你。”刘松山因见左宗棠这般相信他的侄子，自然十分高兴地答道：“他在那边既还得手，标下本不主张要他同去。”

左宗棠道：“军饷之事，我就派周受三办理，谅来不致误事。军米呢？”刘松山笑上一笑道：“今年屯田很好，标下自会打算，只要爵帅不限我的日子，标下们也没有什么要求了。”

左宗棠又想上一会方说道：“沙利奉这人，对于金积堡地方极熟，可以带他去作向导。”刘松山点头道：“标下自去请他，爵帅一用公事，他就觉得没有面子，反而不好。”

左宗棠还待答话，忽见一个戈什哈送上一件报捷公事，一见就是刘锦棠的，便朝刘松山笑着道：“毅斋出兵以来，大小也有几十战了，从没失利一次，真正使人佩服。”

刘松山因见左宗棠并不等他答复，已在拆公事，他也不再答话，等得左宗棠看完之后，始问道：“何处又打一个胜仗？”

左宗棠道：“甘陕交界之处，有座北岭，那里的祸首伍勒岏倚仗回教之势，欺凌汉民之久。府县禀请剿办，我却命毅斋剿抚兼施，毅斋起初也主收抚，无奈这班惯匪骄悍异常，又恃地理熟悉，愍不惧法。毅斋只好改变主意，一律剿办，苦战半月，始将伍勒岏的部下杀溃，现又获着伍匪之子，就地正法，特来报捷。”

刘松山很感激地答道：“锦棠与我本属老湘军出身，一班弟兄更能替他尽力，真是他的便宜。”

左宗棠吩咐文案上批奖刘锦棠的公事去后，又与刘松山斟酌妥善之后，刘松山很得意似的出省而去。左宗棠本信刘松山的，对于一切军情并不遥制。没有几时，已是同治十一年的二月下浣了。

一天左宗棠忽得官报，才知曾国藩已在本月初四那天，薨于两江督署之内，不禁狂哭起来。孝勋、孝同两个不知何事，连忙奔到老父跟前。左宗棠一见二子到来，方始拭泪说道：“曾侯已死，老成凋谢，国家又失一栋梁矣。”

孝勋、孝同也一惊道：“涤生伯父，不闻有病，怎么竟至逝世？”

左宗棠连摇其头，并无言语，父子三人默然一阵，左宗棠始命孝同写了唁信，自作挽联一副，附赙敬四百两，去到南京，又命孝勋执笔代书家信道：

威儿入目：曾侯之丧吾其悲之。不但时局可虑，且交游情谊，亦难恝然也。已致赙四百金，并挽之云：谋国之忠，知人之明，自愧不如元辅；同心若金，攻错若石，相期无负平生。盖纪实也。见何小宋疏，于侯心事，颇道得着。君臣朋友之间，居心宜直，用情宜厚；从前彼此争论，每拜疏后，即录稿咨送，可谓钼去陵谷，绝无城府。至兹感伤不暇，乃负气耶。谋国之忠两语，久见报章，非始毁今誉。儿当知吾心也。丧过湘干，尔宜赴吊，以敬父执；更能作诔辞哀之，申吾不尽之言，尤见道理。吾与侯所争者国事兵略，非争权兢势比。同时纤儒、妄生揣拟之词，何值一哂。

左宗棠发出两信，又命孝同录稿寄给刘松山去看。刘松山那时正在围攻金积堡，忽得左宗棠之信，方知曾国藩已死，也是掩面大哭。因他本是一个小卒，投入湘乡团练里头，嗣由曾国藩一手提拔起来，转战江、浙、皖、川数省，因功保至记名提督，方由左宗棠奏调至此，一时感激私恩，故有这个悲伤。

那时李训铭、曹克勋两军已早赶到，李、曹二人瞧见刘松山哭至噎得拍胸跺足，一齐忙相劝道：“军门感激侯相，正是大丈夫的行径，但是现在大攻马贼之时，自宜节哀治事。若能立即荡平此贼，侯相就在九泉，也高兴的。”

刘松山听说道：“一个人一生做事，能遇几个知己上司？二位说得也是。我姓刘的，若不为国效忠，如何对得起我的这位恩上司？”李训铭道：“现在我军合围已久，这个老贼负隅死抗，长此迁延下去，怎样好法？”

刘松山蹙额道：“明天让我且去亲看阵势，相机进攻便了。”

曹克勋正待有话，忽见军粮官匆匆走入。正是：

> 数载屯田原有见，
> 一生作战不尤人。

不知这个军粮官走入，有何报告，且阅下文。

第二十四回

劣绅通敌制三军
大将瞒粮蒙二贼

刘松山瞧见这个军粮官走入，便问有何军情报告。军粮官答称道："军中粮秣仅有三天可用了，特地前来请示。"

刘松山听了一愣道："周受三竟至误事不成？"

曹克勋发急地说道："军中粮秣不比寻常，倘一误事，那还了得。"

刘松山道："周受三从未误事过的，况且他此次只管军饷；这次的军粮乃是我拜托他代办的，并非他的责任，就是误事，也难怪人。"

李训铭道："怪人事小，误事事大。倘若真个误事，如何救济？我们须得预先筹划妥当。"

刘松山道："周受三素来谨慎，这次稍误几天日子，内中必有什么道理。他都误事，我们自去办理，未必不误事吧。但是话虽如此，我们现在救济之法，我也想过，只有前去劫粮；前去劫粮，很是有些危险，马化漋那个老贼，事事办得缜密，他的粮所岂有不防人去抢劫之理？但愿周受三那边日内能够到来，那就好了。"

军粮官报告之后，也就退出。

刘松山便和李训铭、曹克勋二人密商道："军粮官既来报告，你们瞧他那一种万分惶惧的样子，全军兵士恐怕早已知道底蕴的了。此时还没有鼓噪起来，乃是我的营规所致，我们这个老湘军，所有名誉也亏这个营规保住。"

李训铭道："敝军还有十多天的粮秣，可以分它一半过来。"

刘松山摇手道："不必不必。我这里有二万多人；你那里可供五营人马，十多天的粮秣统统拿到我们这里，也不过三两天就完，也没什么大的好处。此刻就请李统领去到我们的粮秣所，对那军粮官说：'只说方才他一走后，我们这里已接周受三的通知，三天之内军粮一定可到。'先将这位军粮官稳住。他若不甚张皇，军心自然固定。"

曹克勋接口道："李统领就请劳驾一趟，再来此地商议就是。"

李训铭听说，真个站起就走，不多时候，满脸笑容地回了进来，朝着刘松山、曹克勋二人说道："军门这个急智，真正有效。我方才一到粮秣所，就见所门之前似有三五成队的兵士，果在那里探听军粮的事情。及至我与那个军粮官一说，军粮官固已当场欢天喜地起来，那些门外探听军粮的兵士也就放心而去……"

曹克勋不待李训铭说完，便接嘴对着刘松山说道："这个法子虽然是好，只能瞒过一时，三天之后，又怎么办法呢？"刘松山很快答道："我是要等第三天的晚上，军秣所中真正一粒米也没有了，方命兵士自去看过。那时他们自然吓得要死，我就在那个时候亲自率了他们前去劫粮。"

曹克勋拦着刘松山的话头道："不用说了，这是抄那破釜沉舟的老文章。"

刘松山摸摸他那唇髯，微微地一笑道："不是如此，他们怎肯拼命？"

李训铭接口道："军门倒不要这样说，军门所统的粮子倒是个个能够拼命的，所以无攻不克、无战不利。现在这个老湘军的名誉，才为人们钦敬。"

刘松山将头一撇道："李统领只说了半句，尚不完全。"李训铭一愣道："什么？"刘松山笑着道："李统领将才说我的兵士个个能够拼命，若说个个拼命，那就不必我用这个激将法子了，因为说了能够二字。既说能够，可见并不是次次肯拼命的，不过能够拼命罢了，我的这个激将法子，正是激出他们的'能够'来呢。"曹克勋在旁叹息道："刘军门如此用心，应有大将之誉。"说着，又朝李训铭说道："李统领，我们两个以后也得学之才好呢。"

李训铭听了，自然十二万分地佩服。刘松山当场客气几句，又和曹、李二人商量一会军情，方才各散。

第二天的午后，刘松山正在调度军情时候，又见那个军粮官欣然而入，对他报告道："回军门的话，周受三所办的粮秣已经全到。"

刘松山大喜道："我说他不会误事，现在果然到了。"

军粮官退出，刘松山立即传齐全部将领，谕知大家道："依我之意，本拟长围下去，那个姓马的老贼，看他能守几时。现在的军粮既是如此为难，以后难免没有断绝之虞，只有拼力进攻的了。现在我就限你们三天，这三天之内，若不把金积堡攻破，我只有撤退军队，自向爵帅那边领罪去了。"

大家一见刘松山不责将士，只责自己，顿时各现愧色地说道："我等此次未将金积堡立时攻破，内中却有几层说理：第一是军门未曾下令限着日子。第二是老贼的妖法厉害，枪炮竟失一半效力。第三是老贼的阵地坚固，我们是行军，他是以逸代劳。第四是各地的回民，无不暗中设法私助老贼，致使我们人受打击。"刘松山听完，将手向着众将一拱道："这几个难题，兄弟岂有不知之理。现在我已下令，你们只有不顾一切。"

内中一个名叫倪德标的营官说道："我们既是拼力猛攻，对于一班暗助敌人的回民可否一律剿办，否则碍手碍脚，万难奏功。"

刘松山听到这里，不觉又踌躇起来道："这是，这是……"刘松山连说几个"这是"，大概一时也想不出什么两全之策，因为未曾彰明较着与那官兵对敌的回民，似乎确也不能就去剿办他们。

刘松山正在疑惑不决之际，忽然听得营门外面陡然哄起一片喊声，正待命人出视，已见值日官报入道："此地一带绅衿，联合此地的耆老百姓约有一百人，说有军情大事，要见军门。"

刘松山又问道："营门外面，究是谁在闹事？"值日官答称道："就是这一百多个绅衿，带了来的普通百姓。"

刘松山又问多少人数。值日官道："至少也有三两万人。"

刘松山道："你就一面去请绅士进见，一面飞报各军营，须防这班百姓内中夹有老贼的队伍。"

值日官出去照办，没有多时，那班绅衿已经进来，为首的一个名叫方壶，曾任道光朝的监察御史，先向刘松山打上一拱道："寿卿军门，兄弟同了众位耆绅来此，要求军门停止进攻之令。"

刘松山慌忙回礼道："老先生吩咐，松山敢不遵命。不过松山率兵到此业已半年，倘若爵帅见罪下来，怎样办法？"方壶听了，又拱拱手道："这着棋子，兄弟们也已防到，只要军门暂时停止进攻，兄弟即日进省，去和爵帅面商，倘若爵帅不允我等之请，那时再由军门攻打便了。"

刘松山道："松山不敢不遵老先生之命。不过姓马的那边，也得老先生等之担保，不来暗中劫我。"方壶忙答道："兄弟可以具结。"

刘松山即将监军官请至，当场即请方壶具结，等得方壶具结退出，营门外面的数万百姓业已同散。刘松山见没事情，又将退在一边的众将请至道："方御史既要进省，我们只好暂时答应。"内中又有一位姓缪的分统道："将在外，君命有所不受，何况几个绅士。"

刘松山摇首道："这是从前的古话，大清朝却行不通，这是一层道理。还有我们的那位爵帅，虽然命我来此剿办马贼，他也在怕舆论。好在这个老贼虽凶，将来总是瓮中之鳖，也不怕他。"众将听说，只得各散。

不到半月，刘松山果然奉到左宗棠的公事，命他议剿为抚，不必得罪就地绅士。同日又接到驻省坐探的禀报：说是左宗棠已受严旨申斥，怪他激变回民，穆春严钦差也不以左宗棠剿办马化漋为然等语。刘松山气得只是叹气地自言自语道："天下竟有如此不明白的朝廷，又有这般不懂事的钦差，爵帅如此被人掣肘，真也难以办事。"

刘松山自说自话一会，忙将李训铭、曹克勋二位统领请至，先将左宗棠的公事，以及坐省探报的禀帖都给二人看过，方才太息道："从前那位岳武穆，他在诛仙镇上连败金人数次；金人买通秦桧，竟用十二道金牌前去召他进京，后来尽忠风波亭上。今天的事情，比较岳武穆的事情，还算好得多呢。"

曹克勋答道："我们费尽九牛二虎之力，老贼方才有些胆怯，激变二字从何说起？"刘松山道："爵帅已在为难，曹统领只有耐烦一些的了。我的意思，拟请你们二位，去与绅士接洽招抚之事。"李训铭道："我们去只管去，若那个老贼稍有一点不服我们的命令，我们仍要与他拼命。"

刘松山尚未答话，忽见聂功廷入见道："标下探得马化漋仍与陕回通气。标下暗令一个哨官，去到要隘截拦军火，果然获到洋枪五百支，业已解到大营。马化漋既想招抚，怎么还在运械添兵呢？"

刘松山安慰聂功廷道："你能如此细心，办了此事，自然可佩；不过马化漋的洋枪，或者还在未说招抚之前办的，也未可知。请你回营，仍旧好好训练兵士；我们这里，倘若招抚不妥，还得打仗。"聂功廷听说，微吁其气而退。

刘松山等得聂功廷走后，向着门外一指道："此人和董福祥两个都是好将。你们二位只要瞧着他的一腔忠义之气，便知此人可用。"

曹克勋道："我和李统领马上就去找那绅士，且看怎样，再来回禀军门。"

刘松山先站起来，一边送走曹、李二人，一边又叮嘱二人，不可胸有成见，负气行事。曹、李二人告辞去后，刘松山又接到刘锦棠由陕边发来的捷报，拆开一看，大意报告陕边回乱已平，祸首业已正法，又说听得爵帅已允绅士之请，对于马化漋改剿为抚，此贼十分刁悍，纵使能够就抚，得能安静一时，也难永久不变，与其如此，何不早早进攻，只要擒到马贼，舆论也会变样的云云。刘松山看完，复了一封长函。

又过几时，绅士对于马化漋就抚的条件，甚至替他要求保官。曹、李二人自然不肯答应，往来驳诘，便觉迁延日子。

有一天，刘松山的军中又到缺粮时候，方在为难之际，忽见军粮官走入报告道："马化漋那边派了两个头目，押着一万担白米来营，说是报效军门的，如何办法，特来请示。"刘松山听说，即与军粮官咬了一阵耳朵，军粮官会意而去。又过一会，刘松山方始盛其军容，出见马化漋派来的两个头目。

两个头目赶忙小心翼翼地朝着刘松山磕头道："马教主特派我们二人，献上一万担白米。"

刘松山吩咐二人起来道："你们起来，我有话说。"两个头目起来，垂手侍立。刘松山又微笑说道："你们首领一等受抚之后，我们就是自己人了，他的东西就是我的东西。不过我们此地的军粮，确是办得充足。"刘松山说着，将手向两个头目一招道："你们二位，且随本军门前去看了再说。"

两个头目虽然不敢不去，可是他们的脸上，早已不言而喻地现出惊骇之色。刘松山不管他们，只是朝那粮秣所的地方一直走去；等得走到，笑指米仓对着两个头目说道："你们二位请看，不是本军门欺骗你们的吧。"

两个头目一见刘松山的军粮果然不少，不觉老实说出道："小人等动身的当口，我们马首领的的确确对着我们说过，官兵之中粮秣已罄，目下四处采办为难，你们将这一万担白米，好好押去献与刘军门。"两个头目说到这里，又望了一望米仓道："谁知老军门此地的军米真个可称山积，这样来来，我们马教主必被探子所误了。"

刘松山听了，极高兴地答道："军米关系全军的命脉，哪里可以让它缺乏。现在因是自己人了，所以肯给你们看看，否则军事秘密，怎样可以泄漏外人？"两个头目不禁心悦诚服地答道："军门真是天人，幸亏我们教主已在办理受抚之事，否则怎样能够抵敌天兵？"

刘松山不答这句，单对两个头目说道："劳你们二位，上复你们教主，替我好好道谢，心领其情罢了。"两个头目失惊道："我们首领吩咐，一定要请老军门收下的。军门倘若收下，小人等回去也有面子。"

刘松山忙自己收篷道："军粮本也越多越好。你们二位既是如此说法，本军门只好收下；不过还有一层，你们二位须将米款带去，不然我一定不收。"

两个头目只是再三再四地不肯答应。刘松山却又再五再六地要他们答应。二人弄得没法，只好领了款项而去。其实刘松山用的是空城计，无非骗两个呆鸟罢了。

刘松山一等两个头目走后，便命军粮官将米收进米仓。满营兵士个个雀跃。

又过几时，曹克勋来见刘松山道："马化漋这个老贼，真正十二万分的刁钻，起初难得就范，我和李统领二人软硬都用，甚至哄吓诈骗无不用到，他却只像一条死蛇一动不动。我们二人实在没有法子，要决裂了。倒说那个老贼，方始有些软了下来。"

刘松山听了微笑道："我老实和你说了吧，不是我在背后用了一计，那个老贼未必肯软下。"刘松山说了这句，始将空仓上面稍稍盖些米粮，诱骗两个头目之事细细地告知曹克勋听了。曹克勋听毕，方始恍然。

刘松山又说道："此事我不做主，你们二位去到省城，可与爵帅斟酌；单是替我写个信与爵帅，就是收抚了马化漋之后，我要一年以后撤兵。"

曹克勋听说，便与李训铭二人一同进省，后来招抚马化漋之后，各军都已回省，刘松山果不撤兵。

马化漋瞧见刘松山不肯撤兵，心里异常疑惧，便与他的侄子马八条商议道："刘松山这个老贼，他不肯撤兵，自然不信我们。我们的受抚本是缓兵之计，只因大兵云集，一时无法对付，方才走此一条路的。老实说，不见得就要到手的一个皇帝不做，真的去做降卒不成。你的计策本多，你快替我想想，我做皇帝，你就是世子了呢。"

马八条听说，只把他的眉头一皱，早已计上心来，便与马化漋如此如此、这般这般，说了一阵。马化漋听完大喜道："准照此计行事，你快和你兄弟办理。"

原来马化漋之子，名叫小漋，也是一个愍不畏法的东西，因为马化漋已有年纪，一切军情大事都是马小漋做主。马小漋一见马八条前去和他商议，对于刘松山有所不利，自然大喜。他们两堂兄弟又鬼鬼祟祟地斟酌一阵，预先暗嘱金积堡四面的回民，凡是官兵可以行马之处，统统种上蒺藜。蒺藜这样东西满身是刺，马一踏着，势必狂跳起来，马上之人任你什么本领，一定栽下，那里四面的回民，不论是否是马化漋父子叔侄的心腹，都被天方新教四字所迷，只要马氏的命令传出，真比皇帝的上谕还要验，不然马化漋倒没想做皇帝的心思了。

马小漋这个遍种蒺藜的计策行出之后，又命他的部下的回匪，凡遇有水的地方，统统放下毒物。这个毒物又是什么东西，都是马化漋用了邪术制就的毒汁，一到水中，汉人吃了便要生病，因为这个毒汁之中有与猪肉相克的东西在内，回民不吃猪肉，当然无碍。

马小漋、马八条二人行过此计之后，不到两个月，官兵之中无不害病起来。刘松山虽是一位名将，到底不是神仙，瞧见他的兵士突然害病，还当水土不服的原故，又见马氏父子一混数月，也还对他恭顺，他的命令没有一桩不是立即照办，于是便动回省之念，部下兵士自然十分赞成。

谁知马化漋一听刘松山似有撤兵的意思，慌忙亲自来到刘松山的营内，要求万万不可撤兵。他说他虽十分诚恳地受抚，刘军门同在一起，自然不疑。倘一撤兵进省，省中大吏难免没有和他不睦的，万一听了什么谣言，必有对他种种不利的事情发生，刘军门留在此地，于他大有好处。

刘松山听了这些君子可欺其方之语，更加相信马化漋不会变叛的了，既是不会变叛，自是回省休息为宜。

马化漋见留不住刘松山，方去大排筵席，要替刘松山的兵士饯行。

正是：

> 甜言蜜语明中见，
> 毒计邪行暗底藏。

不知饯行之时，又有什么文章出来，且阅下文。

第二十五回 刘松山识破敌计 马小滩逞凶丧命

　　刘松山瞧见马化漋要替他的全军兵士饯行，既未怀疑，便也答应，马化漋便约定三日之后而去。马化漋走后，刘松山正在部署行装，忽见聂功廷、董福祥两个营官一同走入，面带惊惶之色地说道："听说陕西回众首领白禹崔纠党二万多人，业已占据大小南川作乱，势甚猖獗，军门这里得到什么警报没有？"

　　刘松山大惊道："此匪虽然有叛意，我还当他不敢遽发。你们这个信息，究从那儿得来？"聂功廷道："外边百姓纷纷传说，标下怕是谣言，特地差人函询马化漋父子，马氏父子答复并无其事。但是今天的风声更大，标下故同董营官前来问问军门。"

　　刘松山听说，更加着慌起来道："马化漋本与这个白匪通声气的，他们父子必有信息，为何复绝得这般决断，我倒反而疑心起来了呢。"

　　董福祥道："标下虽是回人，因为久离乡土，回中故旧又因标下不与他们接近，以致一点声息不通，白禹崔的历史，标下竟不知道。"

　　刘松山便问聂功廷道："你可知道么？"

　　聂功廷道："标下曾听军门说过，大概知道一些。"

　　刘松山指指董福祥道："他既没有知道，你且讲给他听。"聂功廷笑着问董福祥道："你真的一点不知道不成？"董福祥点头道："确不知道。"

聂功廷听了，方才细细地讲给董福祥去听道："西宁古鄯善地。大峡小峡，群山对峙，蜿蜒八十余里，湟水就出其中，《汉书》上面称为湟中，即是指此。正北有座威远堡，汉番杂处，便是晚唐所称的沙陀。西南通巴燕戎格、循化、撒拉回番，以达河州，通西藏，西通青海等处；地险民悍，由来已久。明以前因为鞭长莫及，都取羁系政策。我朝入关之后，始设青海办事大臣，控制回番蒙古，各处倒也相安无事。直至嘉道年间，回番渐渐地跋扈起来，朝廷乃派林文忠、琦静庵、沈朗亭诸公，先后出督此间，于是时有用兵之事。同治初年，陕回之祸更大，各处蜂起响应。前西宁办事大臣玉通，调度无方，失却控制能力，反而为回所制，只好以循化地方的回绅马桂源署理西宁知府。等得玉通一死，豫师嗣事后，这个白禹崔的声势更大。"

聂功廷一口气讲至此地，董福祥忽现藐视白禹崔的神情出来道："这是回汉不睦而起。我看这个白匪，未必有甚本领。"

刘松山接口道："现在既已兴兵作乱，恐非皮毛之患。"

聂功廷道："我们从速撤兵回省，好听爵帅调遣。"

刘松山蹙眉地说道："此地马化漋父子一向平安下来，我本不甚疑心他们的了，此刻一听……"

刘松山说到这句，目视聂功廷道："你说马化漋父子回绝得这样快法，我倒有些疑心，不要马化漋已与白匪联合，对于我们有所不利呢。"

聂功廷、董福祥两个听说，不觉一同失惊道："军门防得不错，现在我们的兵士十有九病，倘若真的有起事来，很是不好。"

刘松山侧头一想道："我此时越想越怕，连这个钱行的事情，我也担起心来了呢。"董福祥道："依标下愚见，我们不妨假以剿匪为名，连夜开拔，离开此地怎样？"

刘松山正待答话，忽见一个探子慌慌张张地奔至，上气不接下气地报告道："马化漋部下的那个香娃娃队伍，一向扎离金积堡很远的，现在突向该堡移动，据称马化漋克扣他们饷项，他要兵谏。马化漋已派他的儿子率兵一万出堡迎敌，又说一俟后天来替我们钱行之后，便要围剿那个香娃娃。"

董福祥不待探子说毕，忙不迭接口对着刘松山说道："他们那边既在自相并吞，我们更好趁此开拔。"聂功廷听说，连连摇手道："他们自相残杀，若是真的，董营官此计本好。我恐此事就是对于我们发生的，那就不能再走。"

刘松山一面吩咐探子再探，一面急对聂功廷道："我倒赞成董营官之计，准定漏夜开拔，好给他们一个措手不及。"聂功廷听了，不便违令，只好同了董福祥两个各自回营，前去料理开拔之事。

刘松山便也立即下令各队，准于当晚亥刻拔营。哪知刘松山这边开拔未久，又据探子报到，说是马化潍父子各率回兵一万五千，已与那个香娃娃合在一起，连夜追来。

刘松山听了连说："不好，不好，马贼果真变了。"刘松山正待去唤聂、董二人前来商量。聂、董二人已经由头站赶回转来，一见刘松山之面，一同气喘喘地说道："马贼已变，我们的队伍大半有病，不能御敌，怎样办法？"

董福祥又单独献计道："事已危迫，军门可率轻骑赶紧先走。只要军门一个人脱了险地，标下愿与马贼在此拼死。"

刘松山不等董福祥说毕，一把执着董福祥的手，突出双眼珠子，厉声说道："董福祥，你虽好心，难道姓刘的如此贪生怕死不成？况且我已这般年纪，就是死于马贼之手，也是我姓刘的对得起我们爵帅。不然，他老人家为什么不调别军，单单调我随他来此呢。"

聂功廷接口道："军门乃是国家栋梁，怎好去和马贼拼命。"聂功廷边说，边把他的手向着刘松山乱挥道："军门快快走吧，再迟一刻，那就不能走了呢。"

刘松山气得乱顿其脚，大怒道："这是什么说话，姓刘的从来不干这种丢人之事！"刘松山的"事"字未完，立即一面回马，一面指挥他的一部分亲信队伍道："此地不甚险要，你们快快埋伏此地，若见马贼追来，你们出而腰击，马贼必定以为埋伏已过，他必放胆再向前追，本军门另有办法。"

刘松山吩咐之后，即与聂功廷、董福祥二人说道："此去二十里有座小山，名叫峒峡，地势很险，你们二位埋伏那里，一等马贼本人走过，你们赶快率兵追杀，那时我在前面一定回兵和他大战。这样的前后夹攻，我们的病兵便可以一当百了。"聂、董二人奉令自去。

刘松山又把其余的四个统领、十多个营官，一齐叫到跟前很郑重地说道："诸位统领营官，今晚上的这场厮杀，只要大家拼命，马化潍父子二贼便有九成死法。"大家听说，无不忿忿地答道："军门放心，常言说得好，养兵千日、用在一时，我们大家只要不怕死，那个马贼不怕他怎么厉害。"

刘松山连称好好道："我们快快前进。"

刘松山说着，立即加上一鞭，首先向前飞马奔去。大家各率队伍，也向前进。

直等东方调白，方才看见后面尘头大起。刘松山料定马化漋父子已经追至，连忙摆开阵势，立马而待。

不到片刻，果见马小漋率了大队赶来，远远地瞧见刘松山等在那儿，他就飞马上前，高声对着刘松山说道："寿卿军门，何故以小人之心度君子之腹起来。我们父子并无歹意，寿卿军门究为何事，不别而行。家父已在后面等候，特命小漋追上前来，务请寿卿军门快快回转，稍领家父饯别之情。"

刘松山瞧见马小漋不提他那亲信队伍埋伏之事，越加知道小漋这人十分险诈，顿时冷笑一声道："哼哼，马小漋，你们父子二贼的诡计早被本军门识破。本军门就算小人，你们就算君子，不过本军门并不欢喜饮你们的饯行酒，却欢喜饮你们二人的血。"

马小漋一见骗不了刘松山，当下变脸大骂道："姓刘的老贼，你既不受抬举，且看还是你这老贼饮我们父子的血，还是我们父子饮你的血。"

马小漋尚未骂完，刘松山气得大吼一声，立即挥动人马，直扑马军。马小漋的战术本也不弱，不过他的邪术不及乃父罢了。此时一见刘松山大有和他拼命之意，忙用他的洋枪，啪的啪的，对准刘松山这人打来。刘松山虽然年老，他的本领却比马小漋高过十倍，又知马小漋曾得邪术，忙不迭用他手上的两柄马刀交换着一柄护住他的咽喉和前胸，一柄只去当当当地拨落近身子弹。他一边拨落子弹，一边一马冲至马小漋的阵前，放出他那两目的神光，盯住马小漋这人不放，使他一时不及去施邪术。

哪知刘松山正拟弯转手去，向他背上抽那神箭、要想射死马小漋的当口，说时迟，那时快，他的部下四位统领一见他们上司奔到马军阵前，生怕中了马小漋的妖法，立即一同手挽雕弓，扑地扑地对准马小漋的要害射去。可巧内中一箭，不偏不倚地射中了马小漋鼻梁，马小漋痛得丢了手上的那支洋枪，顿时把缰一紧，回马伏鞍而逃。刘松山正在拼命之际，如何肯将马小漋放松一步，立即也把他那坐马加上几鞭，箭似的追了上去。

马小漋的那个心腹大将香娃娃那时正在押阵，一见马小漋受了重伤，败下阵去，赶忙一马挡住刘松山的去路，马上厮杀起来。刘松山依然把他的性命置诸度外，看见那个香娃娃前去和他厮杀，当下又大叹一声道："来得正好！""好"字方才出口，二人已经杀得难解难分。

刘松山手下的四位统领和十多位营官，大家正在恨此次祸事都由香娃娃一人而起，谁也不肯懈怠一点，同时一哄而上，便将香娃娃围在核心，你也朝他一枪，我也向他一刀，恨不得立刻就把香娃娃这人砍为肉饼，方出大家之气。香娃娃虽然来得十分骁勇，无如双拳难敌四手，不到半个时辰，稍一失手，被刘松山觑空扑进，一刀砍落马下。

香娃娃的回兵一见主将阵亡，已觉蛇无头儿不行，哪里还禁得起官兵之中的一二十员大将，一齐挥兵厮杀，只好轰然地发喊一声，如潮般的溃散开去。刘松山急又将手一挥，命他兵士追赶上去。起初边追边杀，无非还是那班回兵遭殃；后来一追两追的，刚刚追到远远地望见那个马小滩的影子了。

就在那时，陡然听得埋伏在那峒峡地方的两支官军，不约而同地大家一声信炮，左有聂功廷杀出，右有董福祥杀出，刘松山复由中路杀上，大家狠狠地把那马小滩前后左右来攻了一阵，那个马小滩哪有还兵之力，仅乎只有招架之功而已。

马小滩一见刘松山又在此处设了第二道的伏兵，心里也觉又气又怕，方待设法施展他那妖法的当口，聂功廷距离马小滩较近，随手向马小滩那匹坐马的眼睛上对准放上一枪。那马既中子弹，痛得狂叫一声，立即把马前蹄向空竖立起来，同时骑在马背上的马小滩早被掀至马屁股上去，身子挂下马背。

马小滩恐怕一经落马，被人追至，便没性命。他急将脚用劲钩住马踏镫上，要想拗了起来，重复骑上马去。不防那马前蹄竖立起来的当口，又被董福祥在它腹上射了一箭，那马更加只知自己疼痛，何尝晓得它的主人还想拗了上去。它又怒吼一声，急急放下前蹄，突向斜刺里直冲奔去。这样一来，试问马小滩纵有本事，如何还能拗上马背？只好一任那马将他身体在那地上，拖着乱跑。

刘松山瞧见马小滩那般形景，谅他不能再施妖法，他就放胆一马追了上去，刚近马小滩的身子，立即伏下身去举起马刀，就是一刀，可怜马小滩一个满身有那妖法的悍贼，到了此地，也只好乖乖地一命呜呼、身首异处的了。

聂功廷看得清切，忙也一边赶上，一边对着刘松山说道："军门，我们既已连伤马、香两贼，何不赶快杀了回去？去擒那个老贼。"

刘松山连连点首道："这又何消说得，不见得还留老贼一命的呀。"

刘松山一面说着，一面又喘着气地说道："我此刻可是十分乏力，且待董营官到来再说。"

聂功廷正待答话，已见董福祥飞马到来，一见他在和刘松山讲话，急忙把马勒住，一边也在拭他额上之汗，一边始向刘、聂二人气喘喘地直声喊了一声

"好杀呀，老子也被杀累了。"董福祥因为杀得浑身是汗，一见刘、聂二人，一时话不留口，不觉也喊出老子二字，及至话已出口，方才觉得上司面前，如何可以这般放肆，但又缩不回去，于是更加急出一头臭汗。

聂功廷看得好笑起来，道："董营官，我们军门正在等你商量大事呢。"董福祥听说，方去问着刘松山道："军门有何吩咐？"口上说着，手上还在拭汗。

刘松山见问，忙去慰劳董福祥道："老董，二贼既死，我们怎样？"

董福祥便直截痛快地答道："杀杀杀！没有第二句话。不过标下杀得乏力，尚是小事，肚子却有些饿不起了。"原来董福祥本有日食一牛的声名，此时日已过午，又已杀半天，他的肚子在打饥荒，也是情理。

当下刘松山和聂功廷二人一同答道："我们何尝不饿，只因此地四面是山，没有人家，只有再上前去再讲。"聂功廷又单独说道："我们三个，至少须得留下一人在此守候后面的队伍；不然，他们未奉前进的命令，恐怕进退无据。"董福祥笑了起来道："后头四位统领，十多位营官，他们是和队伍在一起的，队伍里头自然带有干粮，他们饿了，有得吃的，我说等他们屁事。"

刘松山正待说话，忽闻马铃之声自远而近，忙摇手道："且看来的是谁。"

话犹未了，只见王、顾两位统领一同赶至，瞧见刘、聂、董三个都在一起，已是一喜；同时又见那个马小滩的尸身，直挺挺地死在地上，不觉高兴得指着马小滩的尸身骂着道："你这逆贼，也有今天。"

刘松山接口道："我决计率着全军杀了回去，但不知道后面的大队何时可到。"王、顾二人一齐答道："军门和聂、董二位本有天生神勇之号，所骑之马，又是著名的北马。我们二人此刻能够赶到此地，还是不顾性命地杀来的；其余人众至少还在五里以外；至于那些队伍，都是光脚板走着，恐怕更加远了。"

董福祥一听王、顾二人如此说法，料定后面队伍不是顷刻可到，忙问王、顾二人道："两位统领，身上可有干粮么？"

王、顾二人连连摇头道："哪里来的干粮，我们离开队伍也远，我们也饿极了，可是没法。"董福祥又恨恨地说道："我此刻不但是饿，而且还渴得厉害。这个峒峡地方原是著名的不毛之地，水也没有一点的。"……

刘松山一面割下马小滩的首级，挂在腰间，一面吩咐王、顾二位统领守在此间，等得后面大队到齐，传知他们立即向前进发，再待后令。王、顾二位统领当然照办。

刘松山便和聂、董二人又向前进。那时马小滩、香娃娃的两支回兵早已溃得没影没踪，刘、聂、董三个真个如入无人之境一般，及到从前驻军之处相近的所在，一边找些饮食，一边守候后边大队。

在那大队未到之先，忽见几个探马沿途迎了上来，一见他们在此，急忙禀报道："小的等方才探得，马化漋那个老贼一闻马香两贼阵亡的消息，已经退回金积堡中去了，除离堡外一百里地，那个妈妈庙地方留有少数回兵外，余外并没一兵一卒把守。"

刘松山听了发恨地说道："老贼既是这般没有信义，本军门不该相信他如此深法。"聂功廷接嘴道："老贼虽已退去，指日就有大战。照标下之意，我们一边暂时自固阵地，一边还得飞禀爵帅那儿，最好是就调毅斋侄少爷来作援兵。"

刘松山先命几个探子速去加意四处的飞探，随时禀报，方始将头向着聂功廷连摇几摇，正是：

岂第救兵如救火，
须知宜勇更宜谋。

不知刘松山连摇其头，要与聂功廷所说何话，且阅下文。

第二十六回

金积堡马贼下套
仆石岩刘公殉难

刘松山因见聂功廷要他去调他的侄子来作援兵，顿时蹙紧他的五官答道："远水难救近火，怎么来得及呀！"聂功廷接口道："怎么来不及呀！马化漋这个老贼本来有些诡计多端，军门只要看他一闻前方吃了个败仗，他就竟肯不战而退，这正是他能够不负气的长处。"

聂功廷的一个"处"字还没出口，董福祥在旁听得早已熬不住起来，忙去拦着聂功廷的话头，露出大不为然的脸色驳诘他道："老贼连连退去，正是他的胆怯之处，聂大哥偏要夸他此事，我却不甚佩服。"

刘松山也接口道："董营官这句说话，很是不错，我也说老贼有些胆怯。"

聂功廷便又申述他的意思道："军门和董大哥两位且勿驳我，听我把我的意思说完了再说。起初我赞成军门乘胜一直杀到此地，还当这个老贼尚未退去。一则趁我们连伤他们两个大将的锐气，本可与之一战。二则老贼还是追赶我们的形势，一定没甚稳固的阵脚，又可与之一战。我就仗我们有这两个优点，所以赞成军门的主张。此刻这个老贼，既已退到他的巢穴里去了，我们若是贸然进攻，对于以上两个优点，已经失了效力，此其一。老贼退到他的巢穴，一定必有什么深谋在内；我们用了病兵，前去攻他以逸代劳的队伍，并没什么把握，此其二。方才探子报称，说是妈妈庙那儿，虽只留着少数队伍，我正疑心这个少数队伍内中必有什么蹊跷。否则为什么原故，不留大兵驻扎，仅留少数队伍的呢，此其三。有此三桩道理，我就不主张立即进攻，既不立即进攻，我们一面坚守阵地，一面前去请援，有何不及？"

聂功廷说到此地，不禁现出一脸的忠勇之色，又接着说道："我蒙军门调到此间，真正恨不得手刃老贼，既替朝廷立功，又报军门的知遇之恩，难道还会怕死不成！"

刘松山一直听到这里，便把聂功廷的一只手紧紧握住道："你的说话，都有道理，我在平日一定赞成。今儿呢，连我自己也不知道究是什么意思，我的心里，只想去和老贼决一雌雄。至于胜负二字，还在其次。"

董福祥又插口道："军门这个勇气，我极佩服，我也赞成乘胜前去进攻，若照聂大哥方才此其此其的那些迂腐腾腾的道理，岂不失去了我们的锐气，长了他人的威风了么？"

聂功廷对于刘松山，因有上司下属之分，所以只好说出种种理由，以阻他的立即进攻之意，对于董福祥同是一个营官，他就不肯再事相让。当下便接董福祥的口道："什么叫作失却锐气，什么叫作长了威风？一个人既来打仗，自然要打万稳万当的胜仗，若以一时的负气为荣，我也不甚为然。"

聂功廷的这个"然"字，有意说得极响，且把眼睛望着董福祥的脸上。董福祥原是一勇之夫，平时打仗，无非倚恃他那"不怕死"三个字而已。倘若遇着蛮打蛮战，敌方也会被他打败，倘若遇着能用智谋的敌军，他就可以一败涂地。所以后来他在庚子那年，对于北京的那班拳匪便弄得手忙脚乱起来；不比这个聂功廷，真有独当一面之才。

那时的董福祥却也并不知道聂功廷这人谋略胜他万倍，便又盯还聂功廷一眼，气哄哄地答道："你所说的什么负气不负气，我都不管。我此刻也不再来和你斗口，我只等着我的本部人马一到，立即单独杀进金积堡去，那时倘若擒住老贼，你又怎样说法？"

聂功廷正待狠狠地再驳董福祥一番，尚未开口的时候，刘松山因见聂、董二人都已动了真气，只好先向聂功廷摇着手道："聂营官，此刻不必空争好不好，且等大家到齐，取决一个众议，怎样？"聂功廷微微地点首道："标下本是为好，并非要和我们董大哥空争，军门既说取决众议，标下怎敢再事反对？"

刘松山听得聂功廷说完，一面也连点其首，口称好好，一面放开聂功廷之手，又朝董福祥笑上一笑道："老董，你瞧你此刻弄得面红筋胀，仿佛要与聂营官打架一般，人家称你为猛张飞，我到今天才信。"

董福祥至此，方才皱眉一笑道："标下的要去进攻金积堡，也不过是为好，方才聂大哥死命地驳我，我就急了。"聂功廷听得董福祥老实说出自己毛病，忙也转口道："董大哥知道发急，难道不知道人家也要发急的不成？"

刘松山又将双手向着聂、董二人一摇道："好了好了，你们二位不必再讲了。"刘松山说到这里，又见探子来报，说是后面大军，即时可到；顾统领专人前来请示，停刻大家一到，是否仍回原防。刘松山道："队伍可回原防，所有将领统统都来此地，有话商酌。"

探子奉命去后，没有半刻，四位统领和十几位营官统统到来，刘松山忙问大众，各人的队伍是否已回原防。大众答称，因据探子传命，已将队伍先回原防，大家特来听令。

刘松山即指指聂功廷对着大众说道："他在反对本军门立即进攻金积堡的政策，你们诸位之意，究竟怎样？"大众一齐答称道："我等识见，本来不及军门，况且军人以服从命令为天职，军门怎样发令，我等怎样去办就是。"

刘松山皱了一皱眉头道："这是本军门在和你们诸位商量，大家不妨各抒己见。"大家便恭维刘松山道："军门既是主张立即进攻金积堡去，我等也以军门之意为然。"

刘松山一见众谋佥同，于是即刻吩咐大众回营候令。自己也回坐营，正在发令之际，聂功廷忽又单独进见道："军门既是一定要攻金积堡，务请先去禀知爵帅，赶派援兵为要。"

刘松山听了，很觉诧异道："聂营官素来胆壮，何故此次尚未出兵，只在顾虑一切。"聂功廷道："金积堡的地方，老贼久有布置，军门自然知道；我们的队伍又是害病的居多，军门更是知道。所以要请军门预备援兵，以固后路。"

刘松山不便再驳，只得飞禀左宗棠那里，但是没有指名哪支队伍。聂功廷见了，方去预备队伍。

第二天的黎明，刘松山发令，各营尽出七成队伍，统统随他出发，并令董福祥为前部先锋，聂功廷为左翼，王占魁统领为右翼，其余队伍悉作中军，由他自己指挥，发令之后，即时浩浩荡荡地杀奔金积堡而来。

哪知董福祥甫抵那个妈妈庙附近，忽据探子来报，说是驻扎妈妈庙的回兵一闻我们大军到来，已向左右名叫仆石岩的地方退去，特来报知先锋大人。

董福祥忙问道："我知道我们去到金积堡，只有向妈妈庙那路最近，不过是条小路，你们既做探子，难道真的探不出第二条路来的么？"那个探子答称道："此地到金积堡，只有两条道路可走：一条是大路，一条就是妈妈庙。先锋大人若是打听出来，还有第三条路可走，小的愿受军法。"

董福祥听说，挥手命退，仍率他的人马直向妈妈庙进发，及到妈妈庙地方，天已傍晚，便暗思道：此次我与老聂仿佛有些赌气，他既口口声声在说这个老贼本来老谋深算，忽然不战自退，内中必有蹊跷。我虽凭我一身本领，向不惧人，今天可得仔细一点。

董福祥想到此处，又将几个向导唤至问道："仆石岩离开此地，究有若干路程？"内中一个七十多岁的向导，首先禀答道："四十五里。"

董福祥又问道："此地本有敌兵驻扎，何故忽向仆石岩退去，你们可知究是什么主意？"老年向导又接口说道："马化漋这人，对于此地的地理，闭了眼睛也会画出，内中定有道理，怕是诱敌的一方面居多。"

董福祥乱摆其头地说道："我偏不去追他，瞧他怎样诱法。"

又有一个向导接口禀道："依小人之见，今天晚上，还是驻扎此地为妥。"

董福祥道："什么原故？"

这个向导又说道："再往前进，路途更狭，万一有事，我们的后队不能骤至。"

董福祥听说，很快地答道："我却偏要前进。我既做了先锋，对敌作战本是我的责任。若仗后援，我也不做这个先锋了。你们退去，我有主意。"

向导退出，董福祥即令漏夜前进，他的队伍怎敢不遵，等得走上一程，时已三鼓，军中执事官忽向董福祥禀说道："此刻时已不早，请示大人，究到何处安歇。因为我们队伍还有一半病兵。"董福祥厉声答道："出来打仗，走他一夜，本是常事，我要走到天明，无论哪儿都可扎营。"

执事官听说，觉得深夜进兵有些冒险，不肯就退。董福祥便狠狠地盯了执事官一眼道："你怎么不走？"执事官道："沐恩相随大人多年，大人有了面子，就是沐恩有了面子。聂大人既已有话在先，我们似乎不好深夜进兵。"

董福祥听了这个执事之言，突然大笑起来道："深夜进兵，总比扎营时候睡熟少些危险。我的队伍，倘若没病，我自然早命他们扎营睡觉的了，你快下去传知他们，只管前进。"执事官退下，忙去告知兵士，兵士听了，倒也没甚说话，仍旧往前进发。

一直到了天亮，离开妈妈庙已经有五十多里的了。董福祥一见天已大亮，方始传令下营。下营之后，执事官又来请示道："此刻我们队伍已在烧饭，饭后要睡。请问大人，停刻何时拔营，好去预备。"董福祥道："此地再往前进四五十里，便是金积堡了。今夜三更时分拔营，明天大早，就好进攻。"

执事官退下，又去告知兵士。这天晚上，上自官长，下至兵士，除了董福祥一个人没有睡觉外，其余无不全入睡乡。岂知忽在二更时分，大家方在好睡之际，突闻轰隆隆一个信炮之声，顿时四面都有回兵杀至。

董福祥骤遇变故，并不十分惊慌，单只大骂了一声道："这班回兵，只管来用埋伏，我姓董的却不惧怕。"

董福祥一边骂着，一边传令出敌。忙又一个人飞身上马，执了两柄马刀，首先冲出营去。那时四面的回兵，简直像个蚂蚁搬家一般，一时不能确知人数，一见官兵营内飞奔地杀出一个天神出来，料定就是董福祥了，又是一声发喊，围住董福祥便战。董福祥毫无惧色，接着厮杀，那时他那一班哨官也已率队出应。说也奇怪，倒说上万的回兵，竟会没法奈何董福祥一个人，以及几百兵士。

原来马化漋父子两个自从纳了马八条之计，各处遍布蒺藜，即替刘松山前去钱行。刘松山初未疑心，后被聂功廷提醒，方始疑心起来，于是连夜拔营，香娃娃和马小漋连夜追赶，都被刘松山打败，一同丧命。

马化漋得此警报，一面马上退回金积堡中，一面用了诱敌之计，要将刘松山等引入布有蒺藜之处，命他马蹄受伤，不能作战，那时便好一一就擒。所以驻扎妈妈庙的回兵一闻董福祥杀至，即遵原有之计，连连退入仆石岩去，表面上装出胆怯之状，退避一边，其实就是要引董福祥追赶。不料董福祥忽然小心起来，并不追赶，这是马化漋防不到的。

及至董福祥越过妈妈庙的时候，马化漋又用第二条计，一面以大队回兵，围住董福祥厮杀，一面沿途都有大队回兵，出截刘松山的全部，所以董福祥被围的时候，正是刘松山在那仆石岩阵亡的时候。

刘松山怎么竟至阵亡的呢？让我细细叙来。

刘松山的年纪，本已七十开外，平时作战，确未因为年老，稍有疏忽，只要瞧他对付马化漋献粮的那种手段，就晓得他很细心。岂知此次之事，竟会负气起来，非但不听聂功廷的谏劝，还要自己出战。他单命董福祥去做先锋，聂功廷反做左翼，这个计策就错。及至一到妈妈庙地方，先锋既往前去，左右两翼又不在他身边，一见那个驻扎妈妈庙的回将又从仆石岩那边回来引他深入，他就不假思索，跟踪追去。不防仆石岩那儿，本有很多很多的蒺藜布满遍地，刘松山的那匹坐马，首先前蹄受伤。马一受伤，刘松山一个筋斗，早已倒栽葱地撞落马下，兵士不及抢救。可怜如此一位名将，略一不防，竟至为国捐躯、阵亡毕命的了。

当时回将正想去取刘松山的首级，幸被刘松山的那个负纛兵弁，拼了命地抢尸在手，逃回后方。那时王、顾两位统领刚刚杀到，一见他们主将已经阵亡，一阵悲痛，只好保护着刘松山的尸身，赶紧退回，后面的队伍自然中止前进。还怕董福祥业已孤军深入，不知后面消息，忙又一面派了飞探前去通知，一面报知左翼聂功廷那里，请他飞速进援董福祥，以便保护着一同退兵。

那时聂功廷的队伍虽是担任左翼，可是聂功廷的心里认为，前去进攻金积堡的事小，接应董福祥个人的事情更小，只有保护刘松山主将的事情为大，并且料刘松山身经百战，必不至于单身去追仆石岩的那些回将，所以只把左翼队伍一迳掩护中军，直向妈妈庙小路前进。谁知刘松山偏偏改了平日的稳当行径，竟向仆石岩地方追去，及至聂功廷得到刘松山阵亡的噩耗，方才拼了命地率队前去接应董福祥的队伍。顾统领这边所派的飞探尚未报到，聂功廷已将董福祥的队伍安安全全地救了回来。

聂、董二人入营之后，瞧见刘松山的棺木停在那儿，一恸之下，竟至半个时辰不曾苏醒，后来好容易救醒转来。董福祥百话不说，噗的一声跪到聂功廷的面前，一面伸直脖子，一面痛哭流涕地说道："聂大哥，我求你快快地一刀把我砍了脑袋，以正我怂恿我们主将立即进攻金积堡之罪。"

聂功廷不待董福祥说完，赶忙一把将他拖了起来，满面垂泪地说道："你的主张，立即进攻那个老贼，也是一片好心，我从前谏阻你们，这是各人的计划不同。此刻主将既已不幸阵亡，我等就是全力御敌，犹怕寡不敌众，你……你，你，怎么还要说出这种伤心话来呢？"

董福祥本在过意不去，故有此言，此时一听聂功廷反无一句责他冒险之语，不禁更像老牛叹气般地狂号起来，于是大家劝慰的劝慰，譬解的譬解，闹了半天之久，方始大家议出几桩事来：第一件是，速将刘松山阵亡之事，飞报左宗棠那儿；并且指名迅派刘锦棠前来接统湘军，以继刘松山未竟之志。第二件是，推举王占魁统领暂时代理刘松山的遗职，以维军心。第三件是，刘锦棠未到之先，传令各军紧守营门，不可出战。董福祥到了此时，却也不敢自作主张，急于报仇再行出战了。这样一来，此地既没什么事情可记，姑且将它搁下，再来接说左宗棠那边。

左宗棠自派刘松山进攻金积堡去后，朝野已有不满之议，哪知那个陕西回酋白禹崔率党万余，又将大小南川一带占据。署理西宁知府马桂源上了请逐陕回的公事，左宗棠却知马桂源也非好人，于是更加心里不乐。正在对于白禹崔剿抚未定之际，苏元春忽来献策道："现在好久不得寿卿的信息，不知那边究竟得手与否。这个白禹崔的回酋，虽然占了大小南川，势甚猖獗，其实比较那个马化漋，还是小巫见了大巫。依标下所见，对于白禹崔本人用剿，所有的其余回众一概用抚。至于那个马守桂源，久蓄异谋，爵帅须得好好防他。"

左宗棠一直让苏元春讲毕，方才连点其首地答道："尊见与我同心，准照这样办法。"左宗棠说着，忽又踌躇起来道："这么究竟派谁去呢？"苏元春接口道："标下保举一人，可当此任。"

左宗棠忙问是谁。苏元春道："何提督继善，胆大心细，定不误事。"左宗棠听说，连称"是是"，立即下了一个公事给何继善，命他率兵进驻碾伯地方。对于白禹崔，准定剿抚兼施；对于马桂源暗中察看有无叛迹，也准何继善便宜行事。何继善奉令出发。

苏元春又去问左宗棠道："爵帅从前曾和标下说过，不是命那个刺客黄自信前去探听白彦虎的秘密么，这几天可得什么禀报？"

左宗棠道："这个黄自信，不久还有禀帖到来，说是白逆怕惧俄国干涉，决计罢了占据伊犁的念头。"苏元春不甚相信道："恐怕此信不确吧。"

左宗棠道："此信为何不确？"苏元春正待答话，忽见一个戈什哈匆匆地奔入，似有紧要公事禀告。正是：

> 进关将士原无数，
> 克敌人才却不多。

不知那个戈什哈禀告何事，且阅下文。

第二十七回 少将军血战西宁 老统领魂归北塞

　　苏元春正待答话，忽见一个戈什哈进去禀告左宗棠道："刘锦棠刘统领已在外边，说有要公禀见。"苏元春大喜地接嘴①道："毅斋进省来了么。快快请入，我们正有事情和他商量。"左宗棠也对那个戈什哈说道："我正要找他，快请快请。"

　　左宗棠一边说着，一边迎到门口，等得戈什哈导入刘锦棠，左宗棠很高兴地唤着刘锦棠的名字道："毅斋，你是今天到的么？此次真辛苦了。"

　　刘锦棠慌忙先向左宗棠行礼之后，又与苏元春招呼一下，方始含笑地答着左宗棠道："这算什么，爵帅怎么竟和锦棠客套起来？"左宗棠听说，将手忙向刘锦棠一扬道："你的剿匪手段真好，并非我在和你客套，快快坐下再谈。"

　　刘锦棠对于苏元春本是后辈，便在下面坐下；左、苏二人也同坐下。刘锦棠先将剿平花门祸首之事详述一遍之后，方问左、苏二人道："爵帅和苏老伯这边，这几天接到家叔的信息没有？"

　　左宗棠先答道："我们正为久不接着你们令叔之信，很在此地惦记。"

---

　　① 清廷规定：制台面前照例不容属员插嘴，苏元春对于左宗棠却是例外。

苏元春也接口道："刘统领，你们令叔本是一位才兼文武的人物，这回久没信来，或是道途梗塞的原故，我们不过记挂他，这还罢了。只是这几天外边很有谣言，说是乌鲁木齐那里似有乱事。"

刘锦荣将眉一蹙道："小侄怎么没有听见？"

左宗棠道："此地谣言本多，我说事有缓急，白禹崔已把大小南川占据，我虽派了何继善去，其实还不放心。"左宗棠说到此地，又朝刘锦棠笑上一笑道："我的意思，还想请你再走一趟。"

刘锦荣忙答道："爵帅只要相信锦棠，不致偾事，锦棠敢不奉令。"苏元春在旁插嘴道："刘统领肯去，还有何说？我的鄙见是，最好等得平了白匪之后，刘统领还得去到金积堡一趟呢。"

刘锦棠连连点头道："老伯的说话不错，小侄本也不放心家叔那儿。"

左宗棠听了大喜道："我就叫人去办公事。"刘锦棠道："锦棠的队伍本来扎在域外，只要爵帅的公事一下，锦棠马上动身。"

左宗棠一面便命文案上去办委札，一面又将他想剿抚兼施的主意告知刘锦棠听了。刘锦棠刚刚听完，札子已经办到，当下就向左宗棠谢了委，又向苏元春请教一些军情，立即告辞而退。左宗棠同了苏元春送走刘锦棠后，又和苏元春闲谈一会，方命苏元春退去。

没有几天，有天晚上，左宗棠睡得好好的，突然哭醒转来。孝勋、孝同所见声气，赶忙一同奔至，问道："爹爹怎么？"

左宗棠瞧见二子到来，便坐起来紧皱双眉地答道："为父梦见寿卿浴血而至，似要和我讲话的样子，我已一惊而醒。"左宗棠说着，忽把双眼向那房内四处一望，似现害怕之色地接着说道："此梦奇突，寿卿恐怕不祥吧。"

孝勋、孝同二人一齐答道："这是爹爹日有所思，夜有所梦。寿卿军门这人，很有马伏波之风，况且又有聂功廷、董福祥两个在他那儿，决不至于有甚变故。"左宗棠摇着头道："为父本也这般想法，但是此梦十分不好。"

谁知左宗棠的一个"好"字尚未出口，忽见一个办理机密公文的文案手上拿了一件公文，慌慌张张地走入道："回爵帅的话，寿卿军门，业已阵亡。这件公事，就是那边专人送到的。"

左宗棠忙问："你在怎说？"

那个文案又重了一句道："寿卿军门，已经阵亡。"

左宗棠双手把他大腿一拍，同时发出悲音，对着二子说道："寿卿真有灵呀。"左宗棠一面说着，一面连忙下床，展开公事一看，看未数行，眼泪已是簌簌落落地流下。孝勋、孝同两个只好劝慰道："爹爹且莫伤感，现在只有连发大兵，去替寿卿军门报仇。"

左宗棠先把公事交还那个文案，命他退出，然后又拭着泪地对他二子说道："寿卿此次出征，忽又说出一个'死'字，为父从前因见他去剿办那个白彦虎的时候，也曾说过一个'死'字，并没什么坏处，所以也就大意一点。此次又令他去出征，不料竟出这个乱子，这真是为父对他不起的了。"

孝勋、孝同两个先将老父服侍上床，方始又劝着道："寿卿军门遭此不幸，爹爹自然有些悲伤。若说对不起，这也未免太过。因为常言说得好，将军难免阵上亡，此是一定之理。爹爹倘因寿卿军门之事，万一急出什么病来，那更不妥。"左宗棠微微地把头点了几点道："你们所陈，却也有理，此刻且去睡觉，明天再讲。"二子退出，左宗棠这一晚上何曾合眼。

第二天大早，刚刚起身，又见那长子孝威专人报到，说是周夫人因病去世了。左宗棠一听此信，连连顿脚，泪如雨下。

孝勋夫妇、孝同夫妇也已得信，一同抢天呼地地奔到左宗棠身边，围着说道："母亲、婆婆出此大事，儿子、媳妇等人只有立即奔丧回家。"左宗棠仍是掩面痛哭了一会，方始乱扬其手地说道："快快收拾行李，马上动身。现在不必多带盘缠，我叫沿途局所按程付给你们。"

大家听说，草草收拾一下，叩别起程，左宗棠一等儿、媳走后，赶忙亲笔函致沿途局所，从简地按程发给路费。跟手又写家信，谕知孝威办理丧事等等的礼节。

甘省同寅得信较早，都赴督辕慰唁，左宗棠只好设灵开吊，忙了几时。

一天忽接刘锦棠的捷报，说是他到碾伯地方之后，何继善军门已与白禹崔开过几仗。只因白部的回兵太多，沿途回民更有暗中帮助情事，幸他设了一个诱敌之计，方将白部手下的一个大将擒住，白逆既失臂膀，以后方始连战皆捷。又说西宁知府马桂源因见左宗棠不纳他那逐去陕回之策，索性暗中联合陕回一同抗拒官兵。他已派了亲信将领去到西宁，拟缴马桂源之械，马桂源的叛迹既彰，虽是亲自出战，不敌而退。预料两处战事，一月之内可以得手云云。

左宗棠得此捷报，稍觉放心一点。

又过两月，始见刘锦棠平乱回省，接见之下，正拟详询经过事实，忽见刘锦棠满身素服地哭拜于地，一口气地对他说道："锦棠一得先叔阵亡之信，几至晕绝过去。那时白禹崔正率大队拼命来攻官兵。锦棠一想，此逆若不马上剿平，必至酿成他去与那马化漋联络一气，那更不了。锦棠只有暂时丢开奔丧的念头，自从八月起，直至十月止，六十多天之内血战了五十余次，仰仗爵帅虎威，首将白禹崔击毙，然后同了何军门直薄西宁城下，马桂源自知无力再抗，服毒而殁。西宁一带的难民数十万，方才重见天日。"

左宗棠起先一面拉起刘锦棠，令他坐定，一面让他一直说毕，方去执着刘锦棠的双手慰藉道："毅斋，此次之事，你能移孝作忠，所以我们寿卿的那个英魂，能够助你歼平巨酋。现在我就一边奏保你的这次大功，并请朝廷派你接统老湘军，好去替你令叔报仇，一边饬知那里四个统领，统统归你节制，你看怎样？"

刘锦棠仍旧垂泪地答道："爵帅不用保我这次劳绩，只要能够让我前去接统先叔的队伍，去和那个老贼一拼，我已感激不尽的了。"

刘锦棠尚未说完，苏元春、曹克勋、陈亮功、李训铭、李成柱等人都已闻信赶至，大家向着刘锦棠贺功的贺功，慰唁的慰唁，众口嘈杂，竟使刘锦棠没有工夫答话。闹了好久，左宗棠才将方才那个主意告明大众，大众自然一力赞成。

左宗棠即命左右就在大堂之上，设了刘松山的灵位，以便回省的队伍都来吊奠。当下前来吊奠的人物，除了兰州就近几个文武官员之外，其余都是刘松山的旧部，吊奠时候，十分哀悲，左宗棠瞧见刘松山如此深得军心，自然愈加感叹。刘锦棠也因那些兵士遥跪拜奠，都极诚挚，更觉伤心起来……

忽见批折到来，左宗棠忙去取出一看，只见两宫嘉奖刘松山殉国之忠，赐谥忠壮，不等看毕，交与左右，又对刘锦棠称贺道："令叔得此谥法，可以瞑目的了。"刘锦棠谢过左宗棠以及大家，决计次日一早，祭旗起身。

第二天，左宗棠率领文武亲自送出城外，方才回衙。没有数日，接到孝威禀帖，知道孝勋、孝同夫妇业已安抵家中，周夫人的丧事也已办得楚楚。左宗棠对于这些事情，还不在他心上，日日夜夜所最注重的事情，就望刘锦棠马到成功，荡平巨寇，既可报他老友殉国之仇，又可抒那两宫西顾之虑。

谁知有志者事竟成，不到两个月已接刘锦棠的飞马报到，果然克复大仇，已把马化漋生擒过来不算外，还把金积堡中马化漋的亲戚二百余人，连同那个谋害刘松山的马八条一齐拿下，一个未曾逃生，并派聂功廷亲自押解进省。

左宗棠这一欢喜，还当了得，一等聂功廷到省，左宗棠问过仔细情形，聂功廷又将刘松山种种显圣之事告知左宗棠听了。左宗棠忙又再设刘松山的灵位，将那马化漋、马八条二人祭过灵位，处以极刑，其余二百多人统统分别正法。

左宗棠正在万分高兴之际，可巧接到他那仲兄左景乔来信，问那金积堡之事，马上立复回信道：

> 金积堡攻破之后，毅斋搜得当时谋害寿卿之逆贼马八条，极刑处死，沥血以祭寿卿之灵，三军为之涕泣。弟询回众，均称刘帅亡后，堡中夜静，时闻戈甲之声，如怒潮涌至，贼中每疑官兵夜来袭城，不敢解衣就枕。本月十六夜，平凉城外忽闻大声呜呜，山鸣谷应，守城将士疑为狼噪，比缒城出视，了无所见。弟在敝署，时亦徘徊帐中，觉其有异，然未疑及寿卿之灵，后得聂营官功廷面禀，是夜马化漋果就擒矣。乃知前史所载，忠魂毅魄，灵爽昭彰，实不得谓为虚诬伪托也。

左宗棠发信之后，始将马化漋一案出奏，不久奉到批折，刘锦棠升赏四品卿衔，其余将领也是升赏有差。

左宗棠函知刘锦棠时候，命他兼统周受三、雷振邦二军暂驻宁夏、固原、绥德一带，以待后令；不料又接陕抚公事，说是陕回白禹崔的羽党复在陕边起事，指名速派刘锦棠、苏元春二军会剿。

左宗棠正待传令苏元春前往；同时又据肃州知州袁昭飞禀，说是白彦虎已占伊犁、乌鲁木齐一带，肃州危在旦夕云云。

左宗棠不待看毕，不禁吓得把那禀帖落在地上，好久好久方始定神自语道：我也算得一个老于行军了，怎么竟会上那黄自信小贼之当？左宗棠想到此地，急传苏元春进见，先将袁昭禀帖交他看过。

苏元春一边在看，一边也变色道："这件事情，标下确也疏忽，因为上两个月民间确有一些谣言，一则不久即息，二则标下只在注意马化漋之事，竟至忘了此事，三则那个黄……"苏元春说到黄字，恐怕一说出黄自信出来，左宗棠便有失察之嫌，于是不再往下说，单把禀帖放在一边，忙问左宗棠道："标下还听得，白禹崔等贼的羽党又在陕边作乱。"

左宗棠摇手道："此是小事，停刻办个移文，就请陕抚自去办理。现在我们第一要紧的大事，须救肃州。肃州保住，我们准定出关。不过去攻伊犁，先须克复乌鲁木齐。"

苏元春接口称是道："爵帅说得很是，标下此刻下去，先派几营人马，漏夜去保肃州，然后再与爵帅商酌出关之事。"左宗棠连连点首道："就去就来。"

岂知苏元春还未回到营盘，已得肃州失守之信，只好不再调兵，急又回到左宗棠那儿。左宗棠一见苏元春马上回转，便先问道："肃州之事，你已得信了么？"苏元春一边点头，一边答道："已经得信，现在只有请爵帅迅速发令，此次大举出关，自然以刘毅斋京卿为正，标下愿听他的驱策。"

左宗棠不待苏元春说毕，忙摇手道："你须留在省城，我准率同毅斋出关。"

苏元春听说一愣道："爵帅真的亲自劳驾不成？"

左宗棠连连点首，似乎还有要紧之话要讲。正是：

边陲多故原堪恨，
异域乘机更可危。

不知左宗棠要讲何话，且阅下文。

第二十八回 忆诔辞子述荣哀 谈挽联父惊忏语

　　左宗棠决计将苏元春留在省垣坐镇，以及筹划接济粮饷之事，当下便极郑重其事地说道："现在伊犁、乌鲁木齐、肃州等处既失，我确有些处分，这还是说的公话；若说私话，我对于深信那个黄自信的小贼，以至未能先事预防，出了乱子，我的良心上更加讲不过去，我的决计亲自出关，便是为此。你可代我坐镇此地，军粮军饷，你须负责替我办理。"

　　苏元春也极诚恳地答道："爵帅吩咐，标下不敢不遵办。"

　　苏元春说了这句，还待再说，忽见戈什哈自作主张地导入一个武弁，对着左宗棠说道："此人是刘锦棠刘总统那儿派来的，说有万分紧急公事面禀，沐恩故此将他导入。"左宗棠忙问那个武弁，有何紧急公事。

　　那个武弁屈着一膝禀明道："回爵帅的话，沐恩奉敝上刘总统的面谕，命沐恩漏夜赶来禀知爵帅。敝上说：白逆彦虎，胆敢占据伊犁和乌鲁木齐，必致引起俄国并吞之心，已经万劫莫赦，又敢进占我们肃州，害得爵帅和敝上都有处分。敝上业已预备舒徐，只候爵帅公事，他愿先克肃州，然后大举出关，再行收复其余失地。"

　　左宗棠听完，一面连连点头，一面很高兴地答道："你们贵上，真是本部堂的股肱，本部堂还没前去通知他，他已派你来此，你就出去候着，带了照会回去。你再通知你们贵上一声，本部堂还得亲征白逆呢。"

那个武弁"是"了一声，又请了一个安，方才退出。左宗棠立命办了照会，交与那个武弁带走，又切切实实地吩咐了苏元春一番，择日祭旗，预备前往会同刘锦棠之后，再向肃州进攻。

刚要动身之际，不料他的长子孝威忽由家乡到来，一见了他，伤心得不能讲话。左宗棠的父子天性本厚，此时瞧见孝威哭得已成泪人，更加想老妻过世，不能见着一面，也就老泪涔涔的，一边叹声叹气，一边前去握着孝威的左臂，想要说话。哪知孝威一被左宗棠捏着他那左臂，痛得忙不迭地缩了开去。左宗棠见了，不禁很诧异地问道："我儿臂上怎么？"孝威只是摇头不答。

左宗棠爱子心切，急去勒起孝威的左袖一看，更觉大骇道："我儿曾经割过股的不成？"左宗棠说了这句，又连连跺足道："唉唉唉，这是愚孝。我儿曾读诗书，为何做出此事？"

孝威至此，不便再瞒，只好老实认账道："儿子明知这是愚孝，甚非读书人应为的。但是当时儿子因见母亲没有药医，只好冒冒失失地这样一办。"

左宗棠听说，又去轻轻地抚着孝威的伤处道："赶快医治，赶快医治。这个伤处直到现在尚未收口，还得了么！"

孝威不答这话，只把周夫人害病之事，以及临殁之言，统统禀明老父。左宗棠不忍再听，忙不迭乱摇其手地说道："我儿此刻莫谈此事，为父听得心里已如刀割的了。现在又要出发，我儿还是同到前方去呢，还是就在省垣等我。"孝威忙问："此去，何时可回？"

左宗棠皱眉地答道："为父此去，委实不能预定日子，我儿还是同到前方去吧。"孝威听说道："儿子送到肃州，打算回去。"

左宗棠想上一会道："这样也好。"说着因为军事紧急，不能久留，即带孝威同走。

及至会见刘锦棠的时候，左宗棠先命孝威见过刘锦棠，然后问明一切，刘锦棠急答左宗棠的说话道："敝总统之意，打算立即进攻肃州。威哥身体单薄，不能同往，还是回省为妥。"孝威接口道："毅哥，兄弟本与家父约定，送到此地，即行回湘。"

刘锦棠听说，很诧异地望了孝威一眼道："这是什么道理？威哥既是远道来此，如何可以马上回去。"

左宗棠因见孝威，每日只是咳嗽，似乎得了弱症，又因曾接孝宽来禀，提过孝威大有殉母之志，想起两桩事来，也以刘锦棠的主张为然，当时就接了刘锦棠的话头，对着孝威说道："你们毅斋世兄的说话不错，我儿还是回省候着为父回去。"

孝威骤然垂泪地答道："儿子既是暂时不能在此定省，还是回去为是。因为母亲的葬事虽有三个兄弟料理，儿子总觉眼见好些。"孝威说到这里，忽又想起一事，忙对左宗棠说道："爹爹，涤生伯父灵柩回湘的时候，儿子曾去吊奠，并遵爹爹训谕，做了诔词一篇，此稿还在身边。"说着，一边摸出稿子呈与老父过目。

左宗棠虽然接到手中在看，本已没有心思，还要想到孝威和他一路同走多日，竟会将这稿子之事一点记不起来，直到此时方才想着，这种心神恍惚的现象更加证明，病入膏肓，岂不可怕。左宗棠想到此事，竟会手拿稿子一字不能入目，当下出神一下，勉强看毕，可怜还去竭力奖夸孝威文字做得很好，以慰这位病子之心。

孝威此时真被他的老父料到，对于人生一切之事，除去一位老父、一位亡母之外，万事真的有些恍恍惚惚，当时瞧见老父夸他文字，方始偶尔鼓起稍许兴致，一边接回稿子，一边忽问他的老父道："爹爹此刻和毅哥有无紧要公事商量，儿子想将涤生伯父将要过世几年的事情禀知爹爹。"

刘锦棠不等左宗棠答话，忙不迭地接口道："没有什么公事，没有什么公事。这个军情非得到了肃州相近，方能见机行事呢。"

左宗棠因为曾国藩数年所做之事虽有官报可凭、私人函件可查，但是均不十分详尽，听见他的爱子要把这位亡友之事说给他听，不觉很高兴地对着孝威说道："你讲，你讲，为父本要听听这些事情。"

孝威听见他的老父如此说话，心下一乐，便详详细细地禀知道："涤生伯父的大学士，还是同治四年补授的。那年十月里，涤生伯父因为积劳成疾，奏请开去协办大学士及两江总督之缺，并请别简钦差大臣接办军务等情，旋蒙温谕慰留，赏假一月。十一月里，又有上谕，命少荃伯父接办钦差大臣事务，仍命涤生伯父速到两江之任。"

孝威说到这里，已经微微地气喘起来。左宗棠见了，忙说道："我儿倘怕吃力，慢慢再谈，为父此地还有一两天耽搁。"孝威又咳上几声道："儿子只要一说话，就要气喘。这个毛病已经长久的了，没甚碍事，爹爹放心请听。"

左宗棠听说，即把他那五官蹙在一起，又摇头，怪着他那次子孝宽道："这就是宽儿的不是了。这个毛病也是大事，家信之中，何故不来禀明为父？"

孝威接口道："这件事情不能怪二弟的，起先是母亲的主意，后来是儿子的主意。"孝威生怕他的老父还要怪他二弟，急又接着说下去道："涤生伯父既到两江之任，他老人家所办的军务，爹爹大概已经知道，儿子就不再说了。只有曾娶一位如君，却被雪琴伯父逐走的。"

左宗棠微微点首道："此事为父似乎听人说过，这些小事，不必提它。"

孝威又说道："涤生伯父是同治七年的秋天调补直督的；两江之缺，放了马新贻接任。涤生伯父到京之日，已是年底，第二年元旦那天，以及十六十七几天，都蒙两宫先后召见，垂询军务很详，二十那天，他就出都，行抵保定，接篆任事。九年三月，涤生伯父的左目忽然失明。四月间，天津民教相讧。"

左宗棠听到此地，不禁连连地点首道："这件事情，你们涤生伯父办理也还不错，不知怎么一来，很受民间的闲话。"孝威接说道："这件事情，因有几个教民很觉跋扈，民间又有洋人挖取小儿心肝制药之谣，好事的人们便将教堂烧毁，于是酿成国际交涉。那时京中已设总理衙门，派了恭王总理其事，恭王倒命涤生伯父持平办理。涤生伯父查明之后，确是错在百姓，始将天津府县革职充发极边赎罪，又办几个肇事的百姓。"

左宗棠正待说话，刘锦棠忽插嘴道："这就是中国太觉自大的坏处，从前海禁未开，我国闭关自守，什么天朝呀，什么夷狄呀，闹得很被文明国家诽笑。"刘锦棠说到此地，又单朝左宗棠说道："文正一到两江之任，首先就派刑部主事陈兰彬、江苏同知容闳，伴送聪颖子弟出洋留学，这正是他的眼光远大之处。单看这桩事情，文正办理交涉的手段，我说只有爵帅和李少帅能够及他。"

左宗棠陡然掩耳道："毅斋不必当面在此地恭维我，我是最倔强，最恶洋人的，还有什么外交手段可言？"孝威不顾这些说话，仍旧接着说道："那时江督马制军突被张汶祥所刺，两宫便命少荃伯父升补直督，涤生伯父仍回两江。那年十月十一那天，正是涤生伯父六十岁的整生，皇太后还赐亲笔寿字，十二月初上出京，二十那天到的金陵。"

刘锦棠忽然对着孝威笑上一笑道："威哥记得真是详细。"孝威只报以一笑，又接说道："涤生伯父既回江督之任，首先便办马故督的案子，其时皇太后因见张汶祥胆敢行刺现任总督，太没法纪，特派郑敦为钦差大臣，专办马案。嗣见张汶祥确替义兄报仇，并无主使之人，仅将张汶祥凌迟处死，不曾累及旁人。

次年十月，涤生伯父出省巡阅，亲至吴淞口，观看试演恬音、威靖、操江、测海四只兵轮，是月十五回宁。第二年的正月，涤生伯父忽患肝气，右足麻木；疼势虽剧，二十六的那天，因为前任河督苏廷魁行过金陵，他还出城迎接。二月初二那天，涤生伯父在阅公事，双手大颤起来，要想说话，口噤不能出声，当日又愈。那个时候，劼刚世兄本来随侍左右，涤生伯父自知不起，遗嘱丧事宜尊大礼，不用僧道。初四那天的午刻，犹同劼刚世兄周历督署①花园。傍晚回至内室，到了戌刻，端坐而薨。全城百姓无不惊传火起，又见大星坠地。"

孝威一直说至此处，忽问他的老父道："爹爹，你老人家说说看，涤生伯父的古文倒底可成名家。儿子一生为人，只有他的笔墨非常钦佩。"

左宗棠不答这话，却是笑着去对刘锦棠说道："你这孝威世弟，自从中举之后，独于古文用功。"刘锦棠也含笑地接口道："我们威哥本是家学渊源，自然是好的。"左宗棠含笑着微微摇首道："我这痴儿，他是连他老子的文学都不佩服。一生一世，只是钦佩他那涤生伯父。"

孝威见他老父笑着在说，尚无怪他的意思，便朝刘锦棠笑上一笑道："兄弟的笔路，不过稍与涤生伯父相近，便会不期而然地学他笔墨。"孝威说到这里，又笑问刘锦棠道："毅哥，曾国华世叔那年战死三河的时候，各处所送的挽联不下三百副之多。涤生伯父说，内中要算唐鹤九的那副最佳。毅哥可还记得么？"

刘锦棠笑答道："怎么不记得？"

左宗棠忽然自顾自地先念了出来道："秀才肩半壁东南，方期一战成功，挽回劫运；当世号满门忠义，岂料三河洒泪，又殒台星。"

孝威一面笑着点头说道："爹爹记性真好。"一面又去对刘锦棠说道："涤生伯父当时还把'成功'二字，改为'功成'；'洒泪'二字，改为'痛定'。"

左宗棠因见他这爱子一经谈到文学，便觉精神抖擞起来，也去助他的兴致道："难道为父那个'知人之明谋国之忠'的一联，还不切贴不成？"孝威和刘锦棠两个一同接口道："这副自然出色，真与唐鹤九那副挽联一般悲壮。"

左宗棠听了呵呵大笑道："不知挽文正的，除我之外，谁的好些？"

孝威抢说道："当时挽联，虽有一百二十七副之多，儿子却爱国璜世叔那副。因为以弟挽兄，说得十分沉痛。"刘锦棠忙问："怎样做的？"

孝威便朗声背诵道："无忝所生，病如考，殁如妣，厥德有常，更如王父，

---

① 督署即为天皇府改建。

孝友式家庭，千里奔临空自泣；以古为鉴，文似欧，诗似杜，鞠躬尽瘁，殆似武乡，功名在天壤，九原可作耐人思。"

左宗棠捻须点首道："此联很有手足之情，文亦古雅，还有其余的呢？"

孝威想上一想，又念上一副道："承国家二百年孝养，翊赞中兴，济艰难，资倚畀，搀枪迅扫，瀛海胥恬，伟绩炳千秋，锡爵尤宜降帝眷；救东南亿万姓疮痍，维持元气，崇节让，酿休知，卿月重来，大星忽殒，群生同一哭，感恩况是受公知。"孝威念毕道："这是曾任此地巩秦阶道台，那位金国琛金观察送的。"

刘锦棠道："这副很好，也和彭雪琴侍郎那副——为国家整顿乾坤，耗完心血，只手挽狂澜，经师人师，我待希文卅载；痛郯城暌违函丈，永诀颜温，鞠躬真尽瘁，将业相业，公是武乡一流——不相上下。"

孝威忽向刘锦棠一指，又笑着说道："毅哥，你那副——五百年名世挺生，立德立功立言，钟成旂常铭不朽；数十载阃门衔戴，教忠教义教战，江淮河汉溪同深——还不切贴不成？"

刘锦棠连连谦逊道："我的辞藻不好，完全是个武人口吻，哪里及得上何绍基那副——武乡澹定，汾阳朴忠，洎于公元辅，奇勋旂常特炳二千载；班马史裁，苏黄诗事，怆忆我词垣，凯谊风雨深设四十年——的好呢？"

孝威笑着道："这副固是不错，毅哥的也不让他。还有涤生伯父的令坦聂仲芳观察，他的长联是，出师律以定中原，想百战芒销，金瓯再巩，九重枚卜，锡爵增荣，卅年来纬武经文，总归夕惕维寅，吐握公诚如一日；登泰山而小天下，念衡湘地接，忝荫桑扮，襄鄂门高，谬施萝茑，五岭外御轮亲迎，岂意早违半子，音容仿佛邈千秋。"

左宗棠插嘴道："这些虽好，未免总有些阿谀之词。我平生最爱涤生在日，他那年挽贺映南的夫人一联，以及挽那胡信贤的太夫人一联，都能文情并胜。"

孝威忙问道："爹爹，儿子怎么没有知道呢？"左宗棠笑着道："你那时正在用你的举业功夫，或者未曾留心。"刘锦棠道："爵帅还记得么？"

左宗棠点点头道："记得，挽贺夫人的上联是，柳絮因风，阃内先芬堪继武。因贺夫人姓谢，下联是，麻衣如雪，阶前后嗣总能文。以武对文，还不工整典雅不成？挽胡太夫人是，元女太姬，祖德溯二千余载；周姜京室，帝梦同九十三龄。因为胡太夫人殁时，已经九十三岁了。"

孝威忽然听得胡太夫人寿至九十三岁，仍旧难免一死，为人在世，有何趣味，于是将他那个殉母之念复又浓厚起来，当下突对左宗棠说道："儿子倘若不幸，只要也有许多挽联，那就瞑目的了。"

左宗棠听了，不觉大吃一惊道："痴儿这是什么说话？你的老父，这般年纪，还不预备死呢。"孝威极自然地答道："只是白头人送黑头人的很多呢。"

左宗棠一听他这爱子越讲越现不祥之兆，不要弄得真成忏语，急把说话拉开，去对刘锦棠说道："你们威弟媳妇很觉贤慧，舍下一切的家务都是她经理，我那亡荆未曾下世之光，也亏她能带着三个小婶服伺婆婆。现在你们威弟身子既不好，我说让他回去，有人服伺也好。"

刘锦棠听得左宗棠如此说，照所谓知子莫若父的老话讲来，自然不便反对，当下一连应了几个"是"后，又与孝威谈上一阵文学之事。后来也见孝威说不到几句说话，总要讲出一个"死"字，听了使人很觉汗毛凛凛，只好借着去和左宗棠尚量军事，打断他与孝威的话头。

左宗棠也知刘锦棠之意，真的又和刘锦棠计划了一会进攻肃州之策，方去叮嘱孝威一番家事。

第二天大早，他们父子两个便实行了"君往潇湘我往秦"之句起来。

现在不讲左孝威一个人遄回湖南，单讲左宗棠同着刘锦棠二人统率大队人马，浩浩荡荡地直向肃州进发。

一天到了肃州附近那个名叫得胜集的地方扎下行营，本地耆绅都来犒赏军士的牛酒。左宗棠忽问那班耆绅道："此地得胜集的名字，还是新的旧的？"原来那时常有官兵和土匪打仗之事。会巴结官府的绅衿往往更换地名，以便好得将帅的欢心，左宗棠到甘已经多年，深知此弊，因此一见就问这句话。当时那班耆绅一齐答道："这个地名，还是前朝时候相传下来，爵帅今天驻节于此。"

真等得送走那班耆绅之后，可巧探子来报，说是占据肃州城池的匪类就是白彦虎手下的元帅熊飞鹏，副元帅正是那个黄自信。左宗棠不待探子言毕，早把他的胡子气得翘了起来。正是：

> 遣归爱子心方定，
> 闻得仇人眼更红。

不知左宗棠一气之下，对于肃州地方，究用何法进攻，且阅下文。

第二十九回

酬殊勋举人拜相
报噩耗爱了遄归

　　左宗棠一听占据肃州的逆贼，就是熊飞鹏和那个黄自信，而且黄自信还做了副元帅，这一气还当了得，当下立命那个探子退去，忙问刘锦棠道："毅斋，那个黄逆真正戏弄老夫不小，现在我们究竟怎样打算？"

　　刘锦棠并不踌躇地答话道："敝统领 [①] 已据沿途探报，逆贼的内容大概已经知道。"刘棠说了这句，便与左宗棠咬上几句耳朵，左宗棠一边在听，一边已经点首称是，及至听毕，相与一笑而散。

　　第二天的大早，左宗棠忽然想起一件事情，要与刘锦棠前去商量，他便一个人踱到刘锦棠的中军帐中。左右卫士瞧见左宗棠去到，正待进帐禀知他们总统，左宗棠忙摇手阻止道："本部堂自会进去，尔等不必通报。"

　　左宗棠说着，顺脚跨进里面，只见刘锦棠似在看件公事。因为刘锦棠面朝里面，背脊朝外，没有见他进去，他就蹑手蹑足，轻轻地走至刘锦棠的背后，要想偷眼一看，究在看些什么紧要公事。及见刘锦棠所看的不是公事，乃是刘

----

　　① 刘锦棠已是四品卿衔，以致左宗棠不能再下委扎乃用照会，照会是并行官体裁，刘氏故称敝统领。

锦棠上年攻那金积堡的时候，偶因地理关系一时不能得手，左宗棠就详详细细地写了一封信给他，指示一番地理，后来刘锦棠果照信办理，一战成功的。

可是那封信对于肃州却没什么关系，不知刘锦棠何故重复在看。左宗棠的心里虽在这样想法，但把那封笔走龙蛇的字句，已经很快地映入他的眼帘；又因那封信的成绩昭然，心下不免有些高兴，便也带眼看了下去，只见上面写着是：

前接雷周禀十五日之事，当即飞函奉致，并具牍行知老湘全军，以定军心。援贼纷至，周张引退，雷又被围，局势极坏。尊处未赴峡口之援，自是向东南打贼，能将吴忠堡一带已抚未叛者安抚、已抚仍叛通贼者剿之，亦是一策。春冰将泮，转瞬桃汛，下桥永宁洞，是否准备，至为悬系。愚见前敌各党，渐渐收回吴忠堡，而严扼下桥永宁洞，扎黄河边，以通运道。贼既巢坚粮足，难以遽火，则遽扎亦属无益，不如先图自固为是。择吴忠堡地势高处扎营，严扼永宁洞，司其渲泻，则我能制贼，贼不能困我，又可借通宁夏粮道，似于局势为宜。如实不能支，不能不作退军之计，则须通盘筹划，分先后，分去留，不可一并行动。灵州既克，不可抛弃。永宁洞是下游津要，必宜扼扎；宁夏为重镇，又官军粮道所经，必须力顾；此数处均应留兵。愚意全军宜过河以助金张，就宁夏平罗之粮，而通灵州下桥运道，灵州宜派马步七八营，下桥宜派拨一二营。其主退者，宜先审各路有粮地方，以为趋向，绥德镇、靖瓦窑一带，相去数千百里，途无可用之粮，恐难必达。查由灵州至环县，由环县抵庆阳一路，由金积堡打汉伯堡，出惠安堡、韦州、下马关，而至预望城，其二百六十里，由预望城西北，去半角城百三十里，去王家团庄一百里，皆有官兵驻扎，一径可通平凉府；或从预望城南下二百余里，亦可由瓦亭抵平凉，此亦一路。庆阳、平凉，皆有粮食可取，唯须裹半月之粮，可期必达。此为退军出险之策，两者请与杰轩兄分任之，一去一留，于局势方稳。总要将军中公私所存粮食，通筹合计，以定主见，免致临时周章。寿公忠椂仍暂停灵州为妥。

左宗棠刚刚瞧毕，就见刘锦棠忽然拍着桌子，一个人大赞那信道："左帅对于此间地理如此熟悉，真不愧为人家称他新亮也。"

左宗棠笑着拍了一拍刘锦棠的肩脚道："承蒙谬赞，我却愧不敢当。"

刘锦棠听了不觉一愕，慌忙回头一望，见是左宗棠，方才笑说道："爵帅何时来此，我怎么一点没闻声响呢？"

左宗棠便在桌子旁头坐下，也笑着答刘锦棠的话道："我进来时候，你正凝神壹志地观看此信。但不知你看此信，究为何事？"

刘锦棠又笑答道："肃州一克，我们即须出嘉峪关去，我知爵帅对于关外的地理也很熟悉，所以拿出此信再看一看，不知可有什么老文章可抄。"左宗棠复又呵呵大笑道："毅斋真个细心，其实何必如此，尽管老实问我这个古董就是。"

刘锦棠即把那信收去道："我的意思，行军之时，地理固属要紧，伊犁既与俄边接壤，必须先以防俄为上。"左宗棠不待刘锦棠说完，连连击掌地称赞道："着，着，着，毅斋确有见地，真正是我帮手。"

左宗棠说了这句，一面捻着他那胡须，一面很得意地朗声说道："我们此次准备大举出关，以致群情疑骇。他们所举的理由，必定说是新疆恢复非易，不如屯兵要隘，分置头目，以示羁系，何必竭东南钜饷，悬军深入。却不知道乌鲁木齐未复之先，并无要隘可扼，而且玉门关外，岂能以玉斧断之。即是乌鲁木齐、玛纳斯得克、伊犁在我掌中，回部全复，我们分置回目，捐新疆全境与之，也须度各回势能否自存，长为不侵不叛之臣，捍我西圉才是。否则回势分力弱，必仍折入俄边。如此一来，岂非我们断送腴疆，自守瘠土，久戍防秋，岁无宁日；挽输络绎，劳费无所终极，不必二三年，形见势绌，西北之患更亟，得与不得相等。科布多、乌里苏雅台、库伦、张家口等地方，何能安枕？然则撤西防以裕东饷，不能实无底之囊，且先坏我万里长城，真正不划算了。"

刘锦棠一直听到此地，接口说道："爵帅料得极对，自然趁此关陇既平、兵威正盛之际，大举出关，办它一个一劳永逸，岂不甚好。"

左宗棠点点头道："我们两个，意见既同，放手做去，一定不致劳而无功。不过你的计策，怎么还不见效？"

刘锦棠很镇定地说道："爵帅不必性急，三天之内，一定可见颜色。"

左宗棠正待答言，忽见刘锦棠的一个文案匆匆报入道："恭喜爵帅和总统二位，刚据探子来报，那个白彦虎因闻我们这边制造出的谣言，说是黄自信已经暗中投顺我们，不久即有倒戈之举，信以为真，立即派了一个名叫庞拉多的亲信将官，率领一支人马来到肃州，假以犒军为名，即将伪副元帅黄自信拿下，就在军前正法。那个伪元帅熊飞鹏生怕白彦虎见疑，于他不利，此刻已与那个庞拉多正在自相火拼。我们的先锋张朗斋业已杀入肃州城中去了。"

左、刘二人一闻这个喜信，高兴得心花怒放。

刘锦棠也向左宗棠道："恭喜爵帅，那个白逆果然中计，我方才还说不必二日，哪知此刻即有喜信。他们既在火拼，张朗斋杀入城中，一定得手，爵帅快快回营传令，我们一同杀入肃州要紧。"

左宗棠听说，连话也不及回答，马上回营传令，大军即向肃州进发。还未走到半路之上，又据飞探报知，说是张朗斋已将肃州克复，那个伪元帅熊飞鹏以及伪将庞拉多统统生擒过来等语。

左、刘二人得报，自然更加大喜，一面重赏探子，一面直进肃州。及至城下，张朗斋早已亲自出迎，相见之下，略略一叙战事经过，一同联辔入城。

左宗棠对于黄自信那人，本在大恨特恨，当下把他凌迟，熊飞鹏斩首号令。犒赏兵士之后，即用六百里的牌单，飞奏进京。

那时慈禧太后正在忧得西北军事，不能如意，日夜不能安枕，恭王再三劝慰，不能解去一点忧心，及见左宗棠克复肃州的奏折，方始额手相庆，急将恭王和一班军机大臣召入商量道："左宗棠倒底是个老手。汉人之中，确是一位忠于君上的臣子。此次既有如此大功，怎么优奖优奖他呢。"

当时恭王首先奏答道："左某已锡伯爵，要未晋锡侯爵。"

慈禧太后摇头道："这个不好。俺晓得他从前不肯做官，无非想中进士，想中进士，无非想望拜相；本朝会典，虽然载有不是进士出身，不能拜相。俺想破个例子，授他一个东阁大学士，你们以为怎样？"恭王和一班军机大臣一齐奏对道："这是老佛爷的天恩。若以乙科拜相，重视勋臣，也是本朝的佳话。"

慈禧太后听说，又很高兴地说道："汉朝时候，把那三十六位功臣，图容麟阁，原是创举，也非老例。现在俺的用个举人拜相，也好使那汉人知道，俺们为人，只重功勋，并不薄待汉人。"

恭王又奏答道："天恩如此高厚，左某一定感激。现在伊犁地方虽为白逆彦虎占据，俄人正在觊觎。奴才说，那个地方若被俄人所得，各国恐要效尤，自然趁早收复为是。这个责任，不能不责成左某；老佛爷既是这般相待，左爷一定拼命的，也要报答朝廷的了。"

慈禧太后听说，连连点首，即命恭王下去照办，并令左宗棠兼着新疆军务督办。

左宗棠接到两道上谕，起先不免一惊，过了一会，方始召集幕友大笑道："上谕命我入拜，乃是本朝二百余年所仅见的主恩。不过老夫得此奇遇，不免有些愧惭吧。"

众幕友先向左宗棠道喜之后，方才一齐答道："爵相有此旷世之功，始能有此旷世之典。我们说来，这个主恩，更比那个麟阁图容，还要隆重几分呢。"

左宗棠听得大众如此说法，只是捻须大笑。这天大家快乐了一天。

第三天，左宗棠又接到刘锦棠升了三品卿衔的喜信，当下也去与刘锦棠道喜，刘锦棠也谢了左宗棠的保奏之功。

当天晚上，左宗棠又接到曾国荃向他贺喜之信，拆开一看，见是照例称着晚生，且有昭代伟人的颂语。原来大清仪注，凡是尚书督抚，对于大学士应称晚生的。当时左宗棠一见曾国荃和他闹这仪注，忽然想起那时正有一个俄人住在他的军中，生怕京中的一班多嘴御史又要乱说闲话，赶忙亲笔复函道：

> 徂西以来，所处殆非人境，相知者每忧其不逮，而幸灾者颇不免伺揣之词，内交既寡同心，疆圻共存意见，不肖以病躯苦力，撑撑其间，尚有今日，已为意外之幸。朝命又以督办新疆军务责之，自维受恩忝窃至此，即亦不敢规避。秋九应舆疾西征，不容稍缓，命不犹人，例遭磨折，兄其谓我何也。昭代伟人，如何敢当，请即移赠我兄，可乎。顷有俄人游历至此，论者颇谓意在觇国，属张吾军示之。弟意陇祸十余年，无可掩覆，老丑装作少艾，徒取姗笑，不可示瑕，亦难见好，遂召居行署，坦怀示之。欲绘地形，则令人作向导，欲观军容，则令人布拙式，欲谈制作，则令人局审视，而请益焉。暇则与之畅谈时势，彼人似尚为然，或不致被其识破耳。来示循例称晚，正有故事可援，文正得协揆时，弟与书言，依例应晚，唯念我生只后公一年，似未为晚，请仍从弟呼为是。文正复函云：曾记有戏文一出，怒汝无罪。兄亦循例，盖亦循此乎。一笑。

左宗棠发信之后，又将刘锦棠和一班幕僚请至，掀髯大笑一阵，始将曾国荃之信交给大众看过道："我对文正不肯称晚，如何可让沅浦向我称晚。我当时确在恨我不是进士出身，不能入阁，即便做到尚书，也得常常向人称着晚生。不防朝廷对我竟赏特恩，使我对于沅浦之称不好直受。谁谓冥冥之中，没有循环之理的呢！"

刘锦棠笑答道："爵相的这个特恩，真是旷古所有。那时文正既恕爵相无罪，今天爵相也恕曾九帅无罪，又是大拜中的一段佳话了。不过锦棠虽升三品卿衔，对于爵相的一品中堂，应有两个晚生要称。"[1]

左宗棠忽又不答这句，忽然咬牙切齿起来地说道："那个姓官的媪相[2]，他从前在湖广总督任上，竟去听了那些莫须有之言，和我作对，现在我也居然入阁，不知他将来见面时候，倒底拿哪一种面貌见我？"众幕僚附和道："官中堂当时大概误听谗言，将来爵相回京时候，他一定要与爵相赔罪的。"

左宗棠摇头道："我不稀罕他来赔罪。"左宗棠说到此地，忙又问着一个能懂俄语的文案道："这个俄人，说是昨天走的，究竟走了没有？"那个文案急答道："已经走了。本要禀知爵相。"

左宗棠又对大众说道："我已将他到此之事告知沅浦去了，也好让沅浦替我传扬传扬。不然是那个姓官的媪相，又要在太后面上说我私通俄人了。"

大众听说，自然又是敷衍一会。

刘锦棠忽问左宗棠道："爵相打算哪天出关？"左宗棠道："只要粮食一齐，不论哪天出关。"

刘锦棠道："今年各处屯田的年成都好，各县解来的粮秣已到十成之九。照我愚见，最好马上出关，倘若那个白逆一有准备，反费周折。"左宗棠连连点头道："明天就走。"

刘锦棠忙站起来答道："我就下去预备。"左宗棠便向刘锦棠拱拱手地笑道："此次出关，完全要仗你的大力呢。"

刘锦棠吓得连连回礼道："爵相何出此言。凡是部下，谁不恭听爵相的调遣！"左宗棠听了笑上一笑，又与大众略谈一阵，方才各散。

谁知左宗棠的大军刚刚走到酒泉地方，忽见他那次子孝宽踉跄奔入，向他报着凶信道："爹爹听了儿子的说话，千万勿吓，大哥已经去世了。"

左宗棠不等听毕，陡觉两耳嗡的一声，眼前一个乌晕，立刻昏了过去。幸亏孝宽已在刻刻留心，急与左右抢上一步，一把将左宗棠的身子扶定，大家拼命地把左宗棠叫醒转来。

左宗棠睁眼望了一望孝宽，方始自摇其头地说道："为父早已防到你们大哥必有此着，后来见他尚听为父所劝，不敢再去殉母的了，所以准他回家。哪知他竟如此忍心，丢下我这白头老父，前去寻他母亲去了。"

---

① 刘锦棠本是左宗棠的晚辈，故有此戏言。

② 此时官文也已大拜。

孝宽忙又劝慰老父道："爹爹不必太事伤感，身子也得保重。况且太后有此特恩，举人拜相的，历朝也少，儿子还没有替爹爹道喜呢。"

左宗棠又叹上一口气道："贺者在门，吊者在室，还有什么喜可道？你快把你大哥的病情讲给为父知道，你大哥临终的时候，有没有什么说话留下？"

孝宽接口道："大哥是弱症，医生早就说过。儿子同了两个兄弟，只有劝大哥多吃补食；大嫂甚至每晚上仅睡一两个时辰，小心服伺，无奈病已入了膏肓，终于无救。大哥临殁的当口，大家都在他的面前，他只说了他不能再见爹爹的一句，其余也没什么遗言。"

左宗棠忽又掩面痛哭一阵，孝宽劝止不住。刘锦棠得信也来相劝，起初也难劝住，后来说到受国恩重，只有暂时强忍一下，不要急坏身子，不能办事，也是不妙的。那些说话，总算才把左宗棠的悲伤止住。

照左宗棠的意思，还想把孝宽留在军中，一俟收复伊犁，马上奏请开缺，回去亲葬亡子。又是刘锦棠一力主张，孝宽赶紧回家，葬事固可等候将来再办，那位孝威夫人不要痛夫情切，再去闹出事来。孝宽奉命回家，孝威夫人听了公公吩咐，或者好些。

左宗棠本不是分不出轻重的人物，自然赞成此言，急命孝宽持了他亲笔致他冢媳的信，漏夜赶回家去。当时孝宽虽有依依不舍的情状，但因国事为重，只好硬了心肠，叩别老父，立即上路。

左宗棠眼看孝宽走后，只得同了刘锦棠，率了大军，出了嘉峪关，先攻哈密地方。又把先锋张朗斋叫到面前，指示军略道："哈密既苦兵差，又被贼扰，驻军其间，自非力行屯田不可。然非足下深明治体，断难办理妥善。从前诸军，何尝不说屯田，其实又何尝得到屯田之利，又何尝知道屯田办法。只知一意筹办军粮，不知兼顾百姓；殊不知要筹军粮，必须先筹民食；民食筹妥，方是不竭之源。否则兵想屯田，民已他徙，单靠兵力屯田，如何得济。"

左宗棠刚刚说到这里，忽见刘锦棠匆匆走入。正是：

疆场决胜原非易，
帷幄运筹更是难。

不知刘锦棠走来何事，且阅下文。

第三十回
攻哈密知将领心
侵伊犁获渔翁利

左宗棠一见刘锦棠匆遽走入，急问道："毅斋来此何事，可有什么紧急军事么？"刘锦堂摇手道："此间军事，我敢负责，若无万不得已的大事出来，不敢再要爵相烦心。我因听得爵相和我们张总镇在谈屯田的事情，特地奔来听听，也好长些见识。"

张朗斋先接口答着刘锦棠道："爵相胸罗星斗，所论极得要旨。"

左宗棠不待张朗斋说完，便老气横秋地笑着插嘴道："毅斋，你快坐下，我本要去请你来商量这件事情。"刘锦棠一边坐下，一边也含笑答道："爵相对于这个屯田的政策，关内已经久著成效，此间若能次第仿行，真是全军的命脉。"

左宗棠点头道："这是老夫独到之见，旁人尚在反对呢。"张朗斋催着左宗棠说下去道："爵相请说吧，标下好去遵办。"

左宗棠笑上一笑，很得意地说道："屯田之事，最重要的是，须要地土适宜，否则有我这政策也不能够实行，徒托空谈，于事无补。幸而这个哈密地方，地土异常沃衍，非但五谷毕宜，而且晴雨有节，气候既与内地相同，自应赶紧办理为是。不过此地的缠头①，已被白逆裹去很多，有了地土，没有耕种。现在先要从速查明，此地尚存缠头若干，方能支配耕种之地。没有籽种和牛力的人，酌给他们能力所及之地，分别发给，使其安心耕获，待其收有余粮，官中依照时价收买，以充军食。还有必须发给赈粮的，也得按户发给粗粮，俾免饥饿。能够耕种的壮丁，每人每天给食粮一斤，老的弱的每人每天也得给五两，好令他们度命。至于给发籽种，也须临时发给，倘早发给，就要防他们当作赈粮吃了，必至临时无种可下。"

左宗棠说到这里，略略喘了一口气，又接说道："我方才所说此地的缠头，必被白逆裹去的居多，但是也有不愿去的，以及未曾裹去的，还有被裹去而逃回来的，约而计之，其数未必很少；倘若民屯办理得法，垦地势必较多，每年所收之粮，除留籽种及食用之外，余粮可给价收买，如此一来，何愁军食无出？官军既可就近采办，便省转运之费不少。此时由官发给赈粮、籽种、牛力，秋后照价买粮，在缠头一方，既可苟延残喘，或且有利可图，何愁不办！所要紧的，只在任用廉干耐劳之官，分地督察，勿令兵勇前去扰累，勿令银粮出纳。稍有沾染，各处闻风而至者，势必日增，这就是我急急要办民屯的意思。至于营勇自办屯田，须得有好营官、好哨官，随时随处，多方激励劝督，始可图功。每天出队耕垦，须插旗帜，分别勤惰。每哨可雇本地人民一二人，以作夫子，给以夫价，以便询访土宜物性。籽种固须就近采买，或用粮斛换易，牛力倘若不能多得，骡驴也可替用，骡驴再不可得，即以人力代之也可。三人共耕一犁，每犁日可数亩。最要是照粮给价，令勇丁匀分，使勇丁有利可图，自必尽力耕种。营官哨官出力的，存记功次优奖，否则记过。这个办法，又是教各营勇丁，吃着官粮，做他私粮，于正粮外，又得粮价，其利一也。官省转运之费，其利二也。将来百姓归业，可免开荒之劳，其利三也。军人习惯劳苦，打起仗来，可加力量，且免久闲，致生事端，其利四也。"左宗棠详详尽尽地讲到此地，始望着张朗斋说道："你去照办，包你有利无弊。"

张朗斋一直听毕，很高兴地答道："爵相讲得这般详细，真是胸有成竹。就是一个傻子听了，也得明白。标下在关内的时候，本有所闻，此时再蒙爵帅细细指示，更加了然。"张朗斋说着，又望着刘锦棠说道："标下下去，一面即去照办，一面还得进攻，因为我们军中的粮食，还可支持半年三月呢。"

---

① 回民之土称。

刘锦棠微摇其头地答道："此地的贼将，就是那个熊飞龙，本领也很来得，一听我军出关，业已飞请援兵。我的迟迟进攻的意思，要想等得他们的援兵到时，一齐聚而歼之。"

左宗棠忽向刘锦棠张目一笑道："我也料定你行这着棋子，故此不来催你。"刘锦棠听说，也报还一笑，便同张朗斋退出。

直过一个多月，左宗棠方据密探报到，说是白逆彦虎已派回兵一万八千来援哈密。左宗棠忙令探子再去详细侦探，随时禀报。探子去后，刘锦棠也来禀知。左宗棠道："我已知道，你快去督率张先锋小心进击，这是我们出关以来的第一仗，万万不可失利。"刘锦棠道："我已布置妥贴，爵相放心。"

刘锦棠说完这话，正想退去，左宗棠却止住道："你的战略，我还有什么不放心？但是能够预先告知我一声，我更安心。"

刘锦棠嘴上不答话，只用手向空中划一个"人"字，又在人字的左右各点一点。左宗棠知道刘锦棠想用火攻，急把他的脑袋乱点道："这班逆回，不是此计，不能聚而歼之。"刘锦棠笑上一笑道："爵相静候捷音就是。"

左宗棠送走刘锦棠之后，即将各位文案师爷统统请至。大家坐定，左宗棠捻着胡须地问道："打仗时候，最要紧的东西，自然就是粮饷两项。军粮一层，现在我已办了屯田，似乎可以不愁。只有军饷一层，仅靠这点协饷，万万不够，筹款之法，诸君可有什么良策否？"大家一齐答道："我等哪及爵相，只有爵相说出题目，我等研究研究，还可来得。"

左宗棠道："各国向例，每逢国内有了战争，必借外债。我想曾劼刚现为英法德意四国的出使大臣，这四国之中，英国最算有钱，我想去向英国借笔款子，不知我们的总理衙门会驳否？"

内中一个姓王的文案本来深通俄语，当下先答话道："照委员的愚见，恐怕英国不肯借吧。倘若肯借，总理衙门的那位恭王爷，未必会驳。"

左宗棠听了，把头一侧，望着王文案道："你怎么会防到英国不肯借的呢？"

王文案道："英国虽然在和我国通商，但对俄国的邦交也睦。伊犁接近俄壤，借了款子恐怕得罪俄国。"

左宗棠不候王文案说完，连摇其手地说道："不对不对，伊犁乃是大清国的土地，又与俄国何干？照你说来，难道俄国真有觊觎我们伊犁之心不成？"

王文案稍稍提高喉咙答道："俄人恐有此意，总之外国人帮外国人的。"

左宗棠方始有些为然地说道："果然如此，那就难了。"又问别个文案道：

"倘若不借外债，你们可有什么办法？"

大家一齐答道："陕甘向来地瘠民贫，人所共知，本地万无法想。我等之意除了奏知朝上，请上下谕，严将各省协饷不力等官，迅降处分，别无办法。"

左宗棠听了，即命大家公议一本奏稿，看过之后，略加斟酌，发了出去，没有几时，即奉上谕，大意是除已严催各省督抚，将协饷迅速解甘，如能于协饷之外，再能接济军饷者，从优奖叙，陕甘二省如有可筹之款，准其便宜行事等语。

左宗棠见了这道上谕，虽然感激天恩，体贴下情，但觉空言无补，正在左右为难之际，忽据探子报知，说是刘总统亲自督率张先锋官进攻哈密贼人，只用了一个火攻之计，竟将那个熊飞龙的队伍，连同伊犁派来的一万八千援兵，统统付给一炬。贼军完全扑灭，哈密全境收复。刘总统、张先锋业已乘胜进攻乌鲁木齐去了。

左宗棠听毕，自然十分大喜，重赏探子去后，急用公事，传令嘉奖刘、张二人。

原来那个熊飞龙，虽然有些本领，自从探出左宗棠用计害了黄自信等人之后，早已吓得心惊胆战，只当左宗棠、刘锦棠、张朗斋等乃是天神下降，不是人力可拒，除了飞请白彦虎大发援兵外，真个一筹莫展。

谁知白彦虎那里正在大出乱子，自顾已属无暇，何能再管哈密地方。

白彦虎究竟出的什么乱子呢？因为伊犁地方确是靠近俄边，俄国因见中国朝廷对于伊犁地方鞭长莫及，早有觊觎的念头。及见白彦虎忽然占据伊犁，俄国皇帝立即命了一位大将，统率十万大兵，决计逐走白彦虎，要想坐收渔人之利。白彦虎虽有一些小小邪术，倒也禁不住外国的炮火；白彦虎既要设法抵敌俄将，他还能够腾出一万八千的回兵去救哈密，还算有点战略的呢。

无奈那个熊飞龙太没胆量，一见一万八千的援兵去到，便将对敌的责任要想他们完全承挡；这个援军的主将呢，又是一个不肯喧宾夺主的人物，他们两方正在雍容揖让的当口，不防刘锦棠确有一点大将的本事，走去一把火，早将熊飞龙连同援兵主将的所有队伍烧得焦头烂额，各自纷纷逃生，不及溃散的兵将，统被火神菩萨收去。刘锦棠既克哈密，自然乘胜进攻乌鲁木齐去了。

左宗棠这边既得这个信息，军食方面虽不必忧，军饷方面当然更加要紧。因为打仗的老例，凡得一城一地，本可就地筹饷，无如哈密地方虽得，若要筹措军饷，更比甘省为难。那里虽非不毛之地，可是本同化外，不然左宗棠也不必亟亟然办理屯田之事，以及议借洋款的了。

左宗棠到了此时，只好函知北京的总理衙门，老老实实说出要向英国借款，以作军饷，否则功亏一篑，此责谁来担负。

总理衙门的那位恭王接到此信，不敢怠慢，便与英使威妥玛谈。那时威妥玛已知俄国在和白彦虎开战，照着国际公法的例子，只好中立，不能借款，当下绝口阻止英商借款中国。恭王没有办法，只得老实告知左宗棠知道。

左宗棠见了那信，便对一班文案说道："我自奉了那道恩谕之后，心里本在打算缓借洋款，但是前方连获胜利，各省的协饷却又缓不济急，所以只好违心办事，议及洋款。现在威妥玛既是阻止他们本国出借款子，本在我的意料之中。"左宗棠说到此地，又把他的眼睛四面一望，似乎在找从前说过英国不肯借款的那位文案，可巧那个文案出差去了，不在营中。左宗棠找了半天方才想起，便又接着说道："我们用兵而至借饷，借饷而议及洋款，此等仰人鼻息、无聊的举动，原属可耻之事。但是各省的协饷又靠不住。巧妇本是难为无米之炊，我姓左的难道真有点金之术不成！"

左宗棠说着，似乎已动真火，复又厉声地对着一班文案说道："你们赶快替我拟本奏稿，老实问两宫一声，各省的协饷，只要能够解到八成以上，我就可以不借洋款，否则只有商借洋款。但是决计不向英国去借就是。"

一班文案，当场拟定奏稿，左宗棠看过发出。

只隔半月，上谕尚未复到，又接刘锦棠的两份公事，一份是又将乌鲁木齐、玛纳斯一齐克复，前来报捷请饷；一份是报知俄人已把白彦虎逐走，占了伊犁。

左宗棠看完两份公事，不觉一喜一忧，喜的是刘锦棠果是将材，连战皆捷，收回失地；忧的是俄人占了伊犁，若与俄人打仗，恐怕朝廷不肯答应。

左宗棠一个人筹划半天，忽又想到一事，亲自提笔写了一封信给刘锦棠去。信中大意，说是安集延本敖罕所属，其国都号塔什干。俄人前此因其国内讧，遂入据之，降其三部。上年腊月，敖罕之旧王子，以其余众复取塔什干，悉杀俄军之留守者，俄人发兵复围之，破其城，擒其王子，以此不与帕夏通。帕夏能战，相貌甚伟，自同治四年窃踞喀什噶尔以来，颇有别开局面之意，其子亦傲狠凶悍，因土耳其结交英吉利，多办枪炮洋炮，虽俄人亦言其难制。此次我兵进攻伊犁而英吉利不借洋款，意或在此。但得如天之福，能因其前来助逆，一痛创之，后来诸凡交涉，便易着手的那些说话。

左宗棠发了此信，忙又飞向朝廷报捷，并奏请对于俄占伊犁、如何办理之旨。不久奉到上谕，说是俄人不讲邦交，竟占我国国土，业经明降上谕，着景星以都护衔率兵收复伊犁，着左宗棠督率所部保守已克玛纳斯、乌鲁木齐等处，紧防回人复叛，而免景都护有后顾之忧等语。

同月又奉到上谕，左宗棠克复失地有功，晋锡侯爵。左宗棠奉到此谕，非但再三奏辞，而且深以景都护似非俄敌为虑。

又过几时，刘锦棠派了一个名叫缪甸丞的委员，亲从玛纳斯行营来见左宗棠，面禀经过军情。左宗棠正因所得军报不甚详细，即令缪甸丞进见，并命坐下，问着缪甸丞道："刘总统和张先锋克复玛纳斯、乌鲁木齐等处之事，是你亲见的么？"缪甸丞答应了一声"是"，方才细细地禀说道："委员到此，方始听说爵相已有指示刘总统的信札发去，委员动身的时候，刘总统尚未接到爵相的那封信札。不过刘总统久隶爵相帡幪，稍学爵相的一点韬略，所办之事，很与爵相指示之事相合。"

左宗棠听说，先一喜道："毅斋本能办事，凡有所为，确能先获我心，你快择要讲来。"缪甸丞道："刘总统此次乘胜进攻，先规北路，首复乌鲁木齐，旋克玛纳斯，数道并进，又规复吐鲁番，力争南路要隘，鼓行而西，势如破竹，南路八城，一律收复。第一是仰仗爵相的声威。第二是白逆彦虎因被俄人逐走，各地叛民遂致蛇无头而不行，所以有此胜利。哪知俄人竟敢乘人之危，逐走白逆彦虎，占了伊犁，坐收渔翁之利。刘总统虽将那个帕夏连同其子，及其逆党金印相、余小虎等等，全行诛戮，可是白逆彦虎单身逃往俄边，尚未就擒。照刘总统之意，原想立即进攻伊犁，与俄开战，因未奉着爵相军令，不敢造次。"

左宗棠一直听到此处，方始接口答道："毅斋此次之功，真非平常。他在拼命打仗，老夫倒得侯封，很是讲不过去。好在朝廷已令景都护率兵规复伊犁，只命我等紧守克复诸地。这种国际战争，莫说毅斋不敢自己做主，就是老夫，身膺督帅之责，也须请旨办理。"左宗棠说着，又自摇其头地接说道："老夫还怕景都护的兵力单薄，似非俄人之敌，因为缺额既多，粮饷两乏，恐怕没什么把握吧。"

缪甸丞道："这是朝廷体恤将士，业已久战沙场，换个主帅，以均劳逸的至意。"

左宗棠道："照老夫退一步的主张，我们现在只须安抚回部，办理屯政，以为持久之谋，然后再与俄人开战，明示伊犁乃我疆土，不能尺寸让人。否则遣使致奉国书，与其国王明定要约，酬资犒赏，令彼有词可转。彼如知难而退，我们何又多动干戈，就是他们奸谋不戢，先肇兵端，主客劳逸之势既分，我国立于不败之地，他虽国大兵强，未必不为公理所屈。"

缪甸丞连声称是道："爵相此论，真是攻守兼备之策，何不速即请旨定夺呢？"

左宗棠道："老夫本在统筹全局，且俟伊犁规复，一定改为行省，设道置县，以作一劳永逸之计。因为设省之后，本省物力，足了本省饷需。古人所云，人存政举，人亡政息，此言并非欺我。"

缪甸丞听完，又和左宗棠谈上一阵，方始辞出。

不到两月，俄人倒不怕那个景都护的队伍，独惧左宗棠和刘锦棠、张朗斋等等，似有软化之意。左宗棠一得此信，立即奏请朝廷迅派英法德意出使大臣曾劼刚，与俄交涉，奉旨允准。

左宗棠又函知总理衙门道：

　　俄人现称代为收复伊犁，一时似难遽起衅端。荣侯①此去，彼自将以索兵费为要挟之计，如所欲无多，彼此明定地界，永不相犯，自可权宜允许，俾其无所借口。若志在久踞，多索兵费，故意与我为难，此时曲意允许，后难践诺，彼反有所借口以启兵端。纵此时收复伊犁，仍虑非复我有也。俄最称强大，其国境东西广于中国，南北较中国稍短，又偏于北方，寒凝之气多，和煦之气少，其生齿蕃滋，不如中国，人文亦逊焉；其战阵与泰西各国相同，火器亦复相似。苟非衅端，自彼先开，亦未可横挑肇衅。盖彼己之势均，而我国家当多难之余，如大病乍苏，不禁客感也。古云：圣人将动，必有愚色，图自强者，必不轻试其锋，不其然乎。

正是：

　　　　　　老谋深算书中语，
　　　　　　灭越沼吴纸上兵。

不知总理衙门接到此信，如何办法，且阅下文。

---

① 即曾劼刚。

第三十一回

俄人交涉起风云
翰林结印引争议

北京总理衙门的那个恭亲王正在因为俄事没有办法，受着慈禧太后的责备，一接左宗棠之信，第二天辰正太后叫起的当口，便把左宗棠那信呈给御览。

太后瞧毕，微点其头地说道："左某这个主意，不为无见。快教曾纪泽前去，就照这个主意办理。"恭王奏答道："曾使臣远在伦敦，两三个月之内恐怕不能到达伊犁。"

太后踌躇道："咱们听得景星的队伍，若要真正打仗，恐防不济，这又怎样好法呢？"恭王又奏答道："奴才还想先派三口①通商大臣崇厚，去与俄人交涉。此地去到那边，似乎可以早些日子。"太后想上一想道："他有这个能耐吗？"恭王道："崇厚久办通商事宜，对于一切洋务，总算有些经验。"

太后听了就点点首道："只要他能够干得了，就命他做全权大臣，也好早些了结这件麻烦事情。"

恭王奉谕，退了下去，立即函知崇厚进京，等得崇厚一到，召见几次，即以全权大臣的名义遣往伊犁，与俄交涉。

---

① 三口，即上海、汉口、天津。

哪知俄人要求的条件十分厉害，崇厚有些干不下来。那时左宗棠因见朝上办事，太觉颟顸，不懂交涉步骤，既已任命曾纪泽在前，如何可以无端地中途易人。而且又知崇厚这人，虽然办了这几年的通商事宜，按其实际，毫无成绩可言，马上很厉害地奏参一本，说是崇厚办理交涉，有辱国体，只有迅催曾纪泽前往，方有办法。

朝中的一班满汉御史，也是纷纷指摘崇厚。

恭王恐蹈保奏不实的处分，急又面请太后撤回崇厚，治以交涉无功之罪。可巧崇厚又不识趣，还来请示，说是强俄无可理谕，只有认吃小亏了事，否则尚有不堪设想的难处在后头。太后接到崇厚的奏章，勃然大怒，立将崇厚撤回不算外，还责他误国有罪，把他下在刑部监中。

俄人一得此信，很不为然。所据的理由是：崇厚乃是中国特派的全权大臣，完全代表中国说话，即使中国政府怪他办理不善，也只有责成他重行磋商条件，断无将一个皇皇然的全权大臣下狱之理。这样一办，中国政府的措置失宜，姑不具论，俄国一面，岂不难堪。俄国既据这个理论，于是坚决表示，不与中国交涉。恭王没有法子，只得放出崇厚，略平俄国之气。

后来还亏曾纪泽到了那边，费了几许经营，总算收回权利不少，左宗棠也还满意，交涉方始了结。曾纪泽一生的事业，也就以此为最。

伊犁既还中国，白彦虎生死存亡不知下落，不必管他。左宗棠乘机奏请改设行省，太后自然允许。

那时已是光绪七年的春天，慈禧太后因见左宗棠保举曾纪泽有功，她在垂帘听政，能够开边拓土，自然是她用了左宗棠的功劳，自己脸上有光，便下一道上谕，把左宗棠内调，以大学士兼任军机大臣，以示优异。

左宗棠接到上谕，也因久在边省，连年办事，心力交瘁，兼之又得泻疾，正在有些不能支撑，将他内用，倒也适合下怀，当下单将刘锦棠以次的那班有功将领分别奏请奖叙，并令各率所部进关，安顿军队之后，即日班师入都。

走至半途，忽接几封要紧信札，拆开第一封一看，见是曾文正的次子纪鸿，号叫栗诚，由北京写来信借钱医病的。第二封是他的次子孝宽，禀知孝威落葬等事情。他就先复孝宽道：

> 禀悉，清卿学使所书威儿墓铭，琳琅炳耀，鸾凤回翔，近今大手笔也。可倩好手钩泐入石，待坟地协卜纳之，再多拓寄来，以便送人。志中

厨字，许书所无，假荫为合，兹以作荫本寄回，因忆吾昔书华山碑，著衔茶马，时威儿侍侧，固请从古作茶，当以字有古今，衔可从时晓之；然其书三忠祠碑，则仍作茶，吾亦未之改也。因思往事，益为怆然。厨是时俗字，唐人书石，于门荫无作荫者，然则作荫，正合古篆耳。

左宗棠写完此信，即命一个心腹家丁拿了三百两银子，连夜送与曾纪鸿收用，迟则恐防医治不及。家丁去后，又谕知孝宽、孝勋、孝同三子道：

　　宽勋同三儿同阅：曾栗诚托我向毅斋借钱，闻亦由家有病人缺资调养之故。毅斋光景非裕，劼刚又出使外洋，栗诚景况之窘可知，吾以三百金赠之。本系故人之子，又同乡京官，应修馈岁之敬。吾与文正友谊非同泛常，所争者国家公事，而彼此性情相与，固无丝毫芥蒂，岂以死生而异乎？栗诚谨厚好学，素所爱重，以中兴元老之子而不免饥困，可见文正之清节，足为后世法矣。

左宗棠发出以上二信，因为其余之信不甚紧要，随意复过，方始直抵京师。到京之日，慈禧太后虽未亲自郊迎，也命李连英传谕，必须次早陛见。等得次早召见的当口，太后满面春风地温谕良久，不料左宗棠奏对好好的时候，陡然之间，掉下泪来。

太后不觉一愣地问道："你为什么事情骤然伤心？"

左宗棠磕上一个头道："臣自四十八岁以后，方始蒙恩录用。这二十年中，都在军营办事，每遇紧急的时候，起早熬夜，力疾从公，因此得了一个见风淌泪之症。"

太后听了，似乎很不过意地说道："这是你的为国宣劳之处，咱们本在时常夸奖你的。你既有此毛病，平常时候，又怎样办法呢？"

左宗棠道："臣有一副墨晶眼镜，戴上便可挡风。"

太后又问道："既是这样，今天可带在身边没有？"

左宗棠道："带在身边。"

太后笑上一笑道："咱们还有说话要讲，你可取出戴上。"

左宗棠慌忙免冠叩首道："太后虽是破格天恩，臣则不敢。"

太后道："这不碍事，你是上了年纪的人。"

左宗棠听了，只好取出戴上，那知因在受宠若惊的当口，稍稍一个慌张，当下只听得"扑"的一声，左宗棠的那副又大又厚的墨晶眼镜早已掉在地上，打成几片。

太后便回头吩咐李连英道："你去，把那显皇帝在日曾在木兰狄狩用过的一副墨晶眼镜拿来，赏给左某。"

李连英赶忙取至，交与左宗棠之后，左宗棠先谢了恩赏，方敢戴上。等得奏对完毕，太后又谕知左宗棠速去接了东阁大学士之印，就到军机处办事。

左宗棠将要退出的当口，太后又止住道："慢着，咱们知道你是带兵老手，咱们想把神机营交给你带。"

左宗棠听说，复又连连磕着响头地奏辞道："太后命臣入阁办事，已经破格录用。臣查雍正七年闰月，世宗皇帝因见上海县举人顾成天所刻诗册中　载有祖仁皇帝挽词六章，词意悲切，不禁坠涕，嘉其秉性善良，居心忠厚，即以翰林擢用。五十二年一甲三名进士上元董教增，乃以翰林入直军机。以上二臣，已为本朝仅见之事，臣何人斯，破一例子，已觉非分，怎敢再带神机营呢？"

太后听了微笑道："咱们的列祖列宗可以破格用人，咱们难道不可以破格用人不成？你只好好替咱们办事，咱们知道就是。"

左宗棠听到这话，不敢固辞，谢恩退出。

来至朝房，恭王、醇王、张之万、李鸿藻几位王公大臣已知此事，首先朝他道喜，左宗棠正待谦逊几句，忽又瞧见进去一位大臣，不待他去招呼，已和他拱手。左宗棠一瞧正是他的冤家对头官协办官文，陡地冷笑一声问着官文道："官中堂，你还认识湖南劣幕左某么？"官文此时已知左宗棠的圣眷比他还隆，当下连连含笑赔礼道："兄弟当时误听人言，一时冒昧，还望季翁原谅一些。"

左宗棠为人，样样都好，刚愎自用，性子又躁，不能代他深讳，他在晚年的时候，连那曾文正公都得常常抬杠，何况一个官文，何况又是冤家？当时虽见官文向他认错，他仍不肯甘休，口口声声地硬要官文交出他那劣幕的证据。官文一时无法，只好借了一个由头，托故避开。

恭王忙去敷衍左宗棠道："官老头子已经避开，照咱的意思，还请季翁快到翰林院中接印去。"

左宗棠一听翰林院三个字，陡然想着凡是大学士到任，照例须在翰林院衙门接印的。清朝虽然不比明朝，必须翰林出身方能大拜，只要进士也可以了，但他终究还是一个举人，以一个举人，并未钦赐翰林，居然破例拜相，真是人生难得之事。这样一想，便把方才的一般怨气不觉消了下去；况且官文早已躲开，急切之间无处寻找，只好趁便收篷地回答恭王道："王爷吩咐，兄弟怎敢不遵？"说完这句，辞别大众，回到湖南会馆他那行辕之中，打发家丁，先到翰林院中通知，使有预备，好去接印。

岂知他那家丁走未多时，又见一个家丁导入一个内监，走去朝他请上一个道喜地安道："小的替侯爷道喜。"左宗棠还当那个内监真是替他道那兼带神机营的喜，便也含笑点首道："有劳你了。"说了这句，即命家丁拿出一百银子，赏给那个内监。

那个内监并不争多论少，谢了收下，忽又请上一个安道："这一百两银子，是侯爷兼带神机营的赏赐，小的不敢再请增加。还有侯爷今天得丁咸丰老佛爷御用过的这副眼镜，却得多多地赏赐一点。"

左宗棠淡淡地一笑道："不错不错，我倒忘了这个。"说着，又命一个家丁，再取五十两银子，赏给那个内监。那个内监陡现怪相，却又请上一个安，含笑地对着左宗棠说道："侯爷虽任外官，但是一定懂得咱们宫里的规矩的。"

左宗棠尚未答话，就见起先去到翰林院去的那个家丁已经赶了回来，说是快请侯爷前去接印，那里的掌院学士业已预备舒徐，贺喜的王公大臣都已候着了。

那个内监先接口道："这是不能误事的，侯爷赶快先去接印，小的赏赐事小，候在此地就是。"

左宗棠听说，赶赴翰林院中接印，及至进去，各事果已预备舒徐。接印之际，左宗棠很得意地自语道："食虫何末，驻节于此。"这两句说话，方是从前武元衡之弟武儒衡因恶元微之的品行不好，竟能拜相，明是挖苦元微之所行不洁之意。左宗棠当时引用此语，却是自谦之辞，仿佛说他不是翰林出身，怎么来此清声高贵的地方，接那东阁之印。当时掌院学士，以及全院翰林，还有一班贺客，一听左宗棠那样自谦，争相恭维一番。那时除恭王、醇王照例不来亲贺外，其余的军机大臣、六部九卿翰[1]詹[2]科[3]道[4]无不到齐，闹了一阵。

左宗棠又到神机营接事，哪儿知道忽又闹了小小一桩笑话。原来神机营的组织就是帝皇的护卫队伍，更比前代的宿卫还要着重，照例都是极有权的亲王

---

[1] 翰林院。

[2] 詹事府。

[3] 六科给事中。

[4] 各道御史。

所带，营中所有将领大半都是贝子贝勒。因为既是亲王所带，贝了贝勒原在亲王之下，本没什么问题。左宗棠的圣眷虽隆，可是他倒底是个汉人。

光绪时代，满人虽已都在大唱调和满汉的高调，那班年纪极轻的贝子贝勒仍是目空一切，何尝肯将汉人放在眼中？又因节制的关系，不好不去迎接这位左侯。左宗棠却是在外省带兵惯的，对于他的直辖部下照例不必客气。那天接印的当口，他竟忘了那班贝子贝勒不是外省的军营可比，人家向他站班，他却大摇大摆，昂头走过，连腰也没有一弯。

等他走过之后，那班贝子贝勒顿时哄了起来，私下会议道："这个左老头子，怎么这般大样，咱们替他站班，这是咱们大家守的营规。他虽兼带此营，他又不是皇亲国戚。既瞧不起咱们，咱们以后怎能办事？"内中有一个较为老成，稍懂一点道理的，便对大家说道："这件事情真难，方才大家所说，自然得有道理，他既瞧不起咱们，不要弄得来打咱们的军棍；从古以来，可有贝子爷、贝勒爷真去挨军棍的不成？但是他奉了旨的，咱们又不好彰明较著和他为难，这层须得斟酌。"内中又有一个少年的说道："老佛爷的上谕，咱们自然不敢违旨。咱们大家不干这个差使，不见得就会饿死的呀。"这个尚未说完，那个抢着要说，你也不让，我也不让，几乎为了这个要争说话的问题内部闹了起来。后来还是那个较为老成的，私下去将此事告知恭王，请示办理。

恭王也怕这班贝子贝勒去和左宗棠为难，闹出事来，害他要受太后闲话，只好叮嘱那班贝子贝勒，大家暂且忍耐，这是敷衍太后，不是敷衍姓左的。那个较为老成的，只得照话转告大家，大家方始不好怎样。

那时左宗棠已经把印接过，恭王复又陪他去到军机处，各位王公大臣见他去到，即教章京把那所有的奏折，呈给左宗棠先去过目。

左宗棠也不客气，翻开第一本一看，见是护理四川总督、将军文祥自请议处的折子。一边看着，一边就向各位军机大臣大发议论道："我在军营办事，整整的二十年，所用部下，从来没有过我命他们'相机办理'，他们竟敢'迎头痛剿'起来的。这样说来，这位文护督，多少总有一些处分。"

原来这桩案子，乃是四川双流县里忽有几个地痞闹事，不知利害的百姓前去附和也是有的，后来竟将一个汛地官打死了。护督文祥本是旗人，不识吏治，一见百姓戕官的案子，立下一个札子，给那省防统领名叫李有恒的，前去迎头痛剿。李统领奉有公事，自然立即照办，便用大炮去轰双流县城，这样一来，自然打死了两三百个百姓。百姓见是制台的公事，省中无理可说，只好去到北京都察院里控告。都察院不肯作主，即将此事去请军机处办理。军机处便派一个钦差驰往四川查办。

钦差到了成都，文祥自知他给李统领的公事确有"迎头痛剿"四字，他那存卷虽然可以更换，已到李统领手中的公事不能更换。正在无法补救的时候，忽有一个名叫田定阳的候补知县前去向他自告奋勇，说是他与李统领曾经换帖，只要制台照样再办一个札子交给他去，自有法子，可教制台没事，那个罪名就归李统领顶着。文祥听了不解其意，田定阳又和文祥耳语一会，文祥听完，方始大喜，说是只要此事办得妥当，定以一个大缺相酬。

田定阳退了下去，一面把那公事交与他那幕友挖补，一面就去禀知首府，请首府在一个钟头之后，亲去拜会李统领一趟，还怕首府不明白此事，又与首府咬上几句耳朵。首府本抱救大不救小的秘诀①，自然一口答应。

田定阳回到公馆，向那幕友取了业已做了手脚的那个札子，马上赶到李统领家里，装出一脸极关切的样子，问着李统领道："老把兄，钦差已经到了，你的那个札子上面，究竟是写着'相机办理'的呢，还是写着'迎头痛剿'？快些取出我看，使我也好放心。"

李统领不防其中有诈，即把原有札子一边取给田定阳去看，一边还很安心地说道："老把弟，我虽是一个武夫，倒底这个札子上面写着'迎头痛剿'的四个字，却还认识。"

李统领刚刚说了这句，田定阳还没有来得及答话，忽闻外边开锣喝道之声，首府已经如约到来拜会。照当时李统领之意，原想挡驾，田定阳却吓得忙去劝着道："首府既来拜会，必有什么要公，老把兄怎好不见？"李统领听说，只好别到一间花厅，前去会见首府。正是：

> 为人不惧良心黑，
> 设计须教顶子红。

不知田定阳等得李统领去后，在干何事，且阅下文。

---

① 清朝做官原有救大不救小、救生不救死、救新不救旧、救近不救远的潜则。制台官大，统领官小，于是李统领李有恒便被首府放弃。

第三十二回

田定阳偷梁换柱 左宗棠怒发冲冠

田定阳一经撺掇他那把兄去会首府之后，看看左右无人，急把他那身上的一个札子拿了出来，放在桌上，复将李统领交给他的札子悄悄撕得粉碎，送入嘴中，呷上一口热茶，吞下肚去。

吞下肚后，仅过一刻，即见李统领回了进去。田定阳忙问道："首府大人究为什么事情来此？"李统领蹙眉答道："大概是奉了制台意旨，要我在那钦差问我说话的时候，不可死顶制台。又说制台倘没处分，将来一定可以酬谢我的。"

田定阳听说，一面先把札子送还李统领，一面又装出打抱不平的样子道："札子上果是'迎头痛剿'，老把兄可以放心。不过这位知府大人真正在用救大不救小的秘诀了，却不知道制台就算得了处分，至多开缺而已。"田定阳说到这里，又自摇其头地接说道："人家一得处分，岂非有杀身之祸的么？"

李统领倒也细心，起初不答田定阳之话，先把那个札子翻开一看，只见那"迎头痛剿"四个大字好好地仍在上面，方才放心收过，接口答道："我有这个札子为凭，自然万无一失。不过首府要我帮着制台说话，并不是我不肯，究竟教我怎样帮法呢。"

田定阳因见李统领对他所换的札子毫没一点疑心，急于要到制台那里报信，好使制台早些放心，如何还肯再和这位指日身首异处的把兄闲谈。但是骤然之间又不好就走，他便眉头一皱，计上心来，当下假装失足跌地，连连喊着"哎唷哎唷"不休。李统领更不疑心，急扶田定阳上轿，回去医治。

田定阳一出李公馆，忙命轿班抬他上辕，及进督辕，早见几个文武巡捕已在那里望他，下轿之后，文武巡捕问他"干妥没有"，他一边点头答称"幸不辱命"，一边还要面见制台。文武巡捕自然替他通报上去，见了制台之面，禀明一切，文祥喜得连称"很会办事，很会办事"，当下不待案子了结，即命藩司立委田定阳一个大缺。

田定阳谢了回家未久，即奉首府传见，一见他面，急把一个大拇指头一竖称赞他道："你真是位干员，你可知道，你克日就要得简阳县缺了么？"田定阳忙向首府请上一个安，道谢道："这个虽是制军的恩典，也是大人的栽培。"

首府慌忙回安之后，又一把将田定阳拉入签押房里，一同坐下，悄悄地告知道："老哥，你可知道李统领已交县里看管了么？"

田定阳听了一愣道："怎么如此快法？"首府道："刚才辕上有位师爷前来送信，教我转饬县里，小心看管，莫使姓李的有了逃逸、自裁等事发生。"

田定阳问道："这个看管李统领的意思，还是制军的呢，还是钦差的？"

首府道："据说钦差曾经拜过制军，制军已把存案的案卷给与钦差看过。钦差瞧见案卷上面，并无'迎头痛剿'字样，只有'相机办理'字样。回他行辕，立将李统领传去，命他呈出札子，钦差一见札子上面有了挖补痕迹，一句没有多说，即将李统领发交县里看管，以便请旨定夺。"首府说到此地，忽又贼秃嘻嘻地向着田定阳一笑道："那个迎头痛剿的罪名，自然是制军栽培他的，这个挖补公事、要想卸罪于统领的罪名，可是你们的那位高师爷抬举他的。"

田定阳听说，也现着得色地笑答道："这是大人也有功劳在内，倘若大人不去拜会，卑职便没机会掉换那个札子。"首府听了，自然也极得意。

田定阳回家之后，复又好好地褒奖了高师爷一番。

哪知田定阳奉到署理简阳县缺的公事，尚未前去到任，已经知道钦差奉到回折，李有恒得了挖补公事、妄杀无辜的两项罪名，即日提出县衙，验明正身，绑到校场斩首；钦差回京复命。

田定阳正待带了高师爷去到简阳县上任，谁知那位高师爷因要巴结东家，出了这个毒主意，凭空害了那位李有恒李统领的性命，就从杀头的那天起骤得一个心神恍惚之症，竟至不能跟他那位东家同走。

田定阳忽见高师爷得病，念他设计之功，送他一千两银子，教他回他绵阳原籍暂时将养，一俟病痊，再到简阳。高师爷瞧见东家如此体贴，倒也答应回家养病，当下便与他的东家约定，那天送走了东家先出东门，他就再出北门，由北大道回他绵阳家去……

高师爷不到半月，呕血而亡。那位田大令和首府两个，不久也因另案革职充发新疆。

护督文祥虽在自行奏请失察处分，还以为军机处里必定不究，乐得大方一点，谁知刚刚碰见左宗棠新入军机，真的要办他的处分。当时一班军机大臣，听见左宗棠主张如此，只好稍稍给了文祥一些处分，左宗棠方始无话。

及至再看第二本奏章，见是汴抚奏保剿匪出力人员的，他又大发议论起来，说是这样一点小小土匪，本是武官应办之事，如何可以奏保上来。说着，又把他在甘陕剿平积匪的事情，从头至尾细细地讲给大家去听。

恭王因见左宗棠久任外官，不懂军机处的诀窍，这样地看一本奏章，议论一本奏章，几个钟头之内能看几本奏章？停刻太后叫起的当口，又拿什么话前去奏对，岂不大碰钉子？只好一边仍在口头"是是是"地敷衍左宗棠，一边暗暗地递了一个眼色给与那位领班章京，教他想法拿开那些奏章，省得左宗棠讲个不休。

那位领班章京倒底有些能耐，便去捧上一大叠不要紧的例行公事，送给左宗棠去看道："侯爷且请先瞧这些公事，因为立待去办。"左宗棠果然不知那位领班章京用了一计，不知不觉就去看那例行公事去了。

那位领班章京忙将那些左宗棠未曾看过的奏章换了下去，这样一来，到军机处散值的时候，左宗棠只得将那例行公事交给一班章京去办，即同恭王等人出了军机处，回他湖南会馆午餐。

及到里面，只见那个讨赏赐的内监还在那儿守候，不禁有些发火道："你这个人，怎么还在此地？这个赏号，又非什么大事，怎么这般认真？"

那个内监却也板着脸地答道："这笔赏号至少也得十万八万，侯爷固是不当大事，小的们却当它是大事呢。"

左宗棠一听"十万八万"四字，不禁大吓一跳地问着那个内监道："你这个说话，究竟还是真话呢，还是玩话？"那个内监又正色地答道："小的怎敢来和侯爷说着玩话。"

左宗棠不待那个内监说完，早已把他胡子气得翘了起来道："我做了二十年的督抚，也没落下十万八万呀。一副眼镜的赏号竟要这般多法，我却未曾听见过。"

左宗棠还待再说，忽见一个家丁将那曾纪鸿领入，向他道喜，他就指着那个内监问着曾纪鸿道："栗诚，你做京官多年，可曾听见过一副眼镜的赏号，竟在问我硬要十万八万？"曾纪鸿听说，先向左宗堂道喜，又谢了三百银子借款之后，始朝那个内监拱拱手道："请您暂时回宫，明天可到敝寓等信。"那个内监又和曾纪鸿轻轻地咬了一会耳朵，方才告辞而去。

左宗棠又问曾纪鸿道："栗诚，这个没鸡巴的浑蛋，叽叽咕咕地讲些什么？"

曾纪鸿只好含笑地答道："老世叔，现在时世真的一天不如一天了。"说着，又低了喉咙接说道："太后都在要钱花用，难怪这班内监这样胆大。老世叔这副眼镜，确是显皇帝御用过的。一二万两的赏号，照例应该给的，不过他要十万八万，自然多了一点。"

左宗棠听了一愣道："怎么，真有这个规矩么？这事我得奏参，此风如何可长？"曾纪鸿又轻轻地说道："李连英很蒙太后宠用，小侄倒要劝劝老世叔，似乎不必这般风厉。倘若得罪了李连英，老世叔不好办事。"

左宗棠听说，仍旧不以为然地答道："这件事情，莫说我姓左的没有这些闲钱，就是有了这些闲钱，我也不肯送钱去给没鸡巴的用的呀。"

曾纪鸿复又再三再四地劝上左宗棠一阵，教他拿出一万银子，了结这个赏号。左宗棠哪里肯听，单和曾纪鸿叙了半天世交，出门拜客去了。

曾纪鸿弄得没有法子，第二天一个人躲到朋友家中，不敢回寓。

左宗棠何曾知道，单是拜客之后，又将赏号之事前去请教几位同乡京官，大家都在异口同声回复，说是万万不可奏参，只有赏给一二万两银子了事。左宗棠听了同乡京官的说话，虽没有前去奏参，可也不肯拿出一二万两银子的赏号。

又过几天，并未瞧见那个内监去到他的会馆，正在有些不解的当口，又见曾纪鸿高高兴兴地前去向他报信，说是那个内监已把此事老实告知恭王，恭王生怕弄出事来，业已私挖腰包，赏了那个内监八千银子，那个内监瞧在恭王面上，总算认吃大亏了事。左宗棠听完，只是摇头慨叹而已。

曾纪鸿又说道："先君在日，天津的那场教案办得并不算错，竟遭御史奏参，幸得圣眷尚隆，没有得着什么处分。总而言之一句，现在做官真难。照小侄的意思，就是老世叔和那官中堂，既为一殿之臣，似乎也只好弃怨修和，不必再提旧事。"

左宗棠听了，却盯上曾纪鸿半天，方始逼出一句说话道："如此说来，老夫这个京官，怎样做得下去？"

曾纪鸿也和左宗棠相对歙歙一番，告辞而退。

第二天左宗棠上朝时候，本想狠狠地奏参几个人，自己也拟奏请开缺回家。谁知那位慈禧太后仿佛有先见之明一般，说话之间，很是劝着左宗棠须得任劳任怨，为国办事。左宗棠那样一位刚愎的人物，也被太后说得无可奈何，只好把他一肚子要奏的说话鳖了回去。

有一天晚上，左宗棠正在一个人写家信的时候，忽见一个旧时姓王的文案蹙额走入。左宗棠请他坐下，又问陕甘新疆几省的军务报销批下没有。王文案道："委员连夜来见侯爷，正为此事。我们所有的报销册子，统统被驳。"

左宗棠一愕道："怎么，太后如此重视边省，为什么又驳我们的公事呢？"王文案道："据委员所闻，部里实在没钱。"

左宗棠很不高兴地说道："我也知道，不过部里要些费用，无奈我们都是实报实销。这笔费用，又叫谁出呢？"王文案道："听说部里的确没钱，就有费用，也不肯收。"

左宗棠摇着头道："这就难了，我们这笔报销数在三百万以上，怎么了呢？"

王文案正待答话，忽见一个家丁慌里慌张地报入道："宫里的李连英公公到了。"左宗棠一吓道："李公公深夜至此，必有什么紧要密旨，快取衣冠，让我出见。"

等得出见，方知并没什么密旨，乃是李连英自己为着生财之道，特来献策给左宗棠的。正是：

人为财死鸟为食，
心似刀来口似糖。

不知李连英究为何事，究献何策，且阅下文。

第三十三回

李宦官献策生财
左爵帅外放两江

　　左宗棠忽见李连英深夜到他那儿，又已表示他有法子，陕甘新疆等省的军务报销可使不驳，自然很乐意地请教道："老大哥，我们三百多万的报销款子，每项每驳，兄弟很是为难，因为兄弟赤心为国，视国为家，都是实报实销的。"

　　李连英听说笑上一笑道："部里没钱，也难相怪。"说着又放低了喉咙轻轻接说道："左侯爷，教您一个好法子，您等咱们老佛爷万寿的那一天，递它一本折子，包您一看即准。老佛爷既已批准，部里尽管没钱，那就不怕他们不给了。"

　　左宗棠不解道："这件事情，太后未必不知，何必必须万寿那天，才能批准的呢。"

　　李连英又笑上一笑道："这个玩意儿，便是咱老李的计策了。咱们老佛爷平常时候只要听得部里在说没钱，她就不肯多事。万寿那天，她老人家本是很高兴的日子，倘若一见您侯爷的折子，她就一定想到她是一个女主，能够开疆拓土，很有面子，一个高兴，包您连瞧也不瞧，马上批上一个准字。"李连英说到这个准字的时候，又拉开一张大嘴，贼秃嘻嘻忽去拍拍左宗棠的肩胛道："只要咱们老佛爷批了准字，咱们那就得了。"

左宗棠被那李连英一拍一说，也会情不自禁、笑逐颜开地忙答道："这个真正是你公公的妙计。"

李连英又接口说道："侯爷称咱公公，怎么敢当？不过老佛爷万寿的时候，咱们伺候她老人家多年，咱又蒙她特恩赏赐，戴着这个亮蓝顶子，咱的破例，也和您侯爷一样，所以那天须得好好地孝敬她老人家一份重礼。哪知咱们躲在宫里，没有什么进账，还得求您侯爷转至陕甘新疆三省办那报销的官吏，稍稍赏赐咱们一点油水，也不枉咱今天晚上老晏地来献此计。"

左宗棠听说，很诚挚地答道："老大哥吩咐，并非兄弟不肯效劳，委实因为兄弟本是没钱，人所共知的。我的那班将官，所谓上行下效，他们也不敢舞弊。试问怎有钱来报效您老大哥呀？"李连英听了，毫无失望的神情，又微微地一笑道："左侯爷倘肯栽培咱这姓李的，那个报销册子，尽管放心拿去弄过，部里又没留下什么底子，难道还会多说闲话不成？"

左宗棠仍旧很踌躇地说道："这笔报销，总数三百多万，部里一定知道，怎么可以凭空又去加出若干？"

李连英不待左宗棠往下再说，又忙不迭地歪眼睛、偏着脑袋地指指左宗棠道："左侯爷，您的心眼儿真老诚。您只要在那报销册子的公事上，再去加一句'先将此数各请发给、余候续报'的字样，难道还不好任凭咱们再报销的么。"李连英一边讲着，一边又去拍拍左宗棠的肩胛道："咱们就是想着您侯爷年纪这般大了，也替国家很吃过辛苦的了，将来回家去咬谷，也得留下一些些的吧。"

左宗棠至此，始知李连英这人虽在招权纳贿，确也亏他有些歪才，刚才的一番说话，真是作弊的祖宗，当下只好含笑地答应，李连英也就大乐特乐而去。后来果照李连英的办法，他却一点没有沾染。左宗棠既将那笔报销大事办了，对于官文的旧恨也听了曾纪鸿的相劝，不再去与为难，平日只在那个神机营、军机处两处办事。

至于那个东阁大学士，倒是有名无实的。因为历代的大学士就是左右丞相，国家大事均须他们支配。清朝自设军机处之后，所有殿阁等于虚设，军机处就是皇帝的机要秘书，自然有了权柄。

有一天，左宗棠正在军机处办事，有位外居盛京的华硕亲王因事来到军机处，却见左宗棠面戴极大的墨晶眼镜见他这位亲王，并未照例立即除下，心里很是不乐，嘴上便与左宗棠开玩笑道："季翁，您戴着这副大眼镜，难道不怕吃力的么？"

左宗棠听了此言，明知华硕亲王怪他见他不除眼镜，未免不懂大清仪举，当下仍旧坐着不动，单是自指他那大墨晶眼镜，正色地答话道："此是文宗显皇帝御用过的，又是当今太后特赏的，还请王爷恕我不恭之罪。"

左宗棠话未讲完，只见那位华硕亲王的脸上顿现肃然之色，连连地拱着手说道："侯爷莫怪，因咱久居盛京，不知侯爷得此特恩钦赏这副眼镜，刚才咱的那句戏言，很犯大不敬之罪的了。"左宗棠至此，方始站了起来回答道："兄弟正因这个原故，否则见了你这位王爷，焉敢不遵例除镜之理的呢？"

此时恭王、醇王本在旁边，因见左宗棠又在和那华硕亲王针锋相对地暗暗斗嘴，恐怕彼此生了意见，日后总有事端发生，连忙一齐异口同声地对着左宗棠岔口道："咱们的华王爷，确实不知这个特恩。不然，决计不敢来和左侯爷开此玩笑。"

左宗棠有了面子，方才去谈公事，不提此话。

这天华硕亲王却是大失面子，退出军机处之后，便替左宗棠取上一个绰号，叫做左老牛，乃说他戴着那副大墨晶镜子，仿佛和牛一般，不过借此杀杀水气而已。哪知事为神机营的那班贝子贝勒所闻，大家背后无不争着大叫"左老牛"起来，左宗棠的老牛之名，于是传遍京华。

有一天，有位贝子因在慈禧太后寝宫，陪伴抹牌，无意之间，话不留口，对着太后，也把左宗棠的"老牛"绰号叫了出来。在那贝子一经叫出的当口，很为着急，生怕太后责备，不料太后一听"老牛"二字，竟会掩口葫芦起来地朝着大家说道："这个绰号，谁个刻薄鬼替他取的，真是活画。"

那位贝子听了此话，方才把心定下。退出之后，又把此事逢人告知，闹得长久，连左宗棠也有所闻，但是无可奈何，只好任人背后叫喊。

第二年的元旦，左宗棠又因神机营的一位贝勒犯了一件营规，即把他重杖四十军棍，那位贝勒竟因羞愤自尽。恭王奏知太后，几个满洲御史也去奏参，太后也因左宗棠奏贺那万寿的折子上面曾有"三多"字样，三多者，乃是多福多寿多男子的典故。太后本是寡妇，如何使得？早就知道左宗棠不为做这京官，可巧江南吏治疲败，便把他放了两江总督。

左宗棠陛辞那天，又奏了一派国计民生的老话。太后因见左宗棠已是望七的人了，此次出京，恐防难得再会见面，似乎又有不忍骤别之心，只好指指光绪皇上，对着左宗棠说道："你是老臣，此次出京，总得好好地整顿两江吏治，一时不能急切回京。皇上年纪渐渐大了，你有临别赠言么？"

左宗棠听说，他就老气横秋对着光绪皇上，一本正经地教训起来道："皇上第一件事情，总要好好地念书。"光绪皇上只好点首答应，也没什么言语。

太后因为左宗棠是一口湖南腔，没有听得清楚，心里又恐左宗棠真是一位三朝元老，倘是说的紧要说话，自然须得牢牢记着。当下虽见左宗棠业已下了阶沿，忙又去把左宗棠唤住，郑重其事地问着道："你对皇上讲的什么说话呀？"

那时左宗棠本已走了几步的，忽被太后将他止住，还当方才那句说话，只好对着平常世交子侄说的，对于当今天子似乎觉得不甚妥当；但又不好当场去骗太后，只得老实奏知。太后本来在怪左宗棠的，自然也没有什么说话。

及至左宗棠一到两江之任，第一天传见司道，就见有个名叫姚龙勋的候补道员，曾于癸巳小考放过湖南学政的。忽然想起了他那年的小考试卷确为平生第一次的佳文，竟横遭摈斥，没有入泮，便以恶声问那姚道员道："你的姓名，似乎曾经放过湖南学差的。"

姚龙勋见问，赶忙将腰一挺地肃然答道："职道曾放此差。"

左宗棠不及再待姚龙勋往下再说，立即接口问道："这样讲来，你不是还是一位翰林出身么？"姚龙勋此时早已忘记前事，因思翰林出身并不算错，忙答道："职道确曾点过翰林的。"

左宗棠听了此话，更加发起火来道："你既是个翰林，自然知道文字优劣，我那年小考的卷，请问哪一处不佳？"左宗棠说了这句，还怕各位司道不信他的说话，怪他辱及大员，急又把他那篇文章，朗朗地先背破承题，次背起讲两比，最后又背后比；背着一段，即问姚龙勋一段，何处不佳，究要什么文章，方能进着秀才。

姚龙勋直至此时，方始知道这位左制台在翻老本，自然只好竭力认了疏虞之罪。

左宗棠又微微地一笑道："朝廷放你学差，原是要你好好地衡文，你偏不耐烦去校卷，有了人才如左老三的，不能录为门生。如今竟来江南做你长官，你照例还得向我庭参。我瞧你这道台，却非大学之道，乃是小人之道。此种道非其道的人员，岂可在此作道。你曾做官河南，不知造些何孽？"左宗棠一口气说到此处，便向江宁藩司说道："方伯快快替我行文河南，调取姚道的劣迹。"

藩台因见左宗棠正在盛怒，不便就替那位姚观察说情，当下含糊敷衍了一会，才散衙门。第二天，藩臬两司去单见左宗棠，替着姚龙勋求情道："相侯昨天责备姚的说话，很能整饬科场之弊。但是姚道究竟考过相侯，倘若真的前去参他，恐防不知内容外人，信口雌黄起来，相侯反落量狭之名。司里打算劝着姚道不必在此候补就是。”

左宗棠听了点点头道："兄弟就瞧二位面上，不与计较。兄弟此次来任两江，两宫再三谕知整顿吏治。"左宗棠说着，又蹙眉道："兄弟知道'红羊'以后，任两江总督的，都是一班干材，如曾国藩、李鸿章、马新贻、沈葆祯、曾国荃、刘坤一等。谁非中兴名臣，何以竟把江南吏治弄得这般坏法？"

藩臬两司一同答称道："历任制台，本是好的，只因各处的属员，也是中兴的将吏居多。既是中兴的将吏，有了大功，缺少人众，屈居末位，难免没有尾大不掉之势。"

左宗棠听说，连连称是道："确论确论。单是中兴八旗将帅，起湖北者，多隆阿、舒保、穆善图、金顺、丰绅、富升、长顺这一班人，当时很替国家做事，可惜后来太平下来，都因不识汉文的多，未能个个大用。内中只有那位都兴阿，能够自草奏疏，也能识拔将材，颇有古大臣之风，当时宫中号称八旗圣人。他以荆州将军诏为江北钦差的时候，曾向鄂抚胡文忠公要求调取抚标中军胡世英同行。至调所，札胡世英有几句是：沿途纪律严明，秋毫无犯，本将军欢慰之情，有非笔墨所能罄者等词。"

藩臬两司道："说起这位都将军，时人很以他能重用那个胡世英提督为誉，不知胡提督究是怎样一位人才？"

左宗棠见问，便极高兴地答道："这件事情，兄弟很是清楚。胡提督曾经随着兄弟入甘，极有战功。他那时还是一位抚标中军，有一次，竟以五百人破伪抚王的十三万之众于扬州地方，后又攻降丹阳之贼，绝了金陵的外援。他平生的战功，要算跟着曾沅甫克复金陵，跟着都兴阿克复宁夏，两桩事情最大。兄弟在甘肃命那刘松山、刘锦棠叔侄二人攻打金积堡的时候，胡提督单骑活捉马化漋的大将马鸣琪，陇西始能敉平。不过胡提督这人很会负气，兄弟将他列保案的当口，他却不肯开足履历。他因瞧见刘锦棠骤得三品京堂，似乎有些赌气。其实刘锦棠的三品京堂，一半也念乃叔阵亡之功，朝廷故有那个特赏。胡提督本是一个普通将领，如何可以并驾齐驱的呢？后来穆善图还奏劾刘松山和他两个滥杀激变，当时不是兄弟竭力代为奏辩，刘、胡二人恐怕还有处分。"

左宗棠讲至此地，忽又捻须笑着道："胡提督有件最好笑的事情，他方屯兵扬州的时候，钦差下行公文，照例是札该守备。胡提督接到那个札子，一面撕得粉碎，一面还在大嚷道：'该该、还尔，还不该。'自后钦差对他，竟破例用并行体裁的照会，称他为贵守备，以钦差称呼一个五品守备为贵，岂非趣剧？"

潘司笑说道："司里也曾听过这段故事，因为现在通俗称负债，叫作该债，所以这位胡提督深恶那个该字。"

左宗棠点点头道："或是此意，他还有一个故事，也很有趣。他在扬州屯兵，军营之中，每逢元旦，照例只好借那就近乡庙，作为朝贺之地。那时分扎扬州的一班将领，至少也百数十员，朝贺时候，庙小难容多人，钦差头一天便有牌谕，必须三品以上的将官，方能入庙随班朝贺。其时总兵万金荣，方充胡提督的随身亲兵，也有不怕死的名号，一见胡提督乃是五品守备，不得入庙朝贺，便勒袖向着胡提督大呼道：'同是国家的将官，什么叫作三品不三品，俺万麻子却要拿着统领的拜垫跟着统领入庙朝贺。'

"胡提督也大声答应道：'好好，万麻子，你真正知道俺的心眼儿，不过这个拿拜垫的事情，照例须有东房，不用你去。'万金荣又大呼道：'不对不对，东房胆小像耗子，只有我这不怕死的万麻子拿着统领拜垫，方敢挤进庙去。'胡提督听了乐得双脚乱跳，竟将大帽上的一枚蓝翎，震成两截。

"当时胡提督带着万金荣入朝，只见地上的拜垫业已塞满，真正没有容膝之地的了。万金荣一眼看去，只有钦差的拜垫后头还有一点隙地，他也顾不得再去请示胡提督，当下就把他手上拿着的那个拜垫铺在钦差的背后。这样一来，胡提督的跪位，反在诸将领提督副都统的前面了。

"钦差既见胡提督站在他的背后，并未怪他不遵牌谕，而且很高兴地呼着胡提督的号道：'俊臣来了么，很好很好。'那时钦差自然是戴着红顶子，站在胡提督背后的那些人员不是红顶，也是亮蓝顶子，只有胡提督一个人戴上一颗车碟石的白顶子，巍颤颤地夹在中间，使人好笑。那时有个姓奚的记名提督，还在私下悄悄地问人道：'这位戴白顶子，可是新科状元么？'大众因见那个姓奚的不认识鼎鼎大名的胡世英，莫不掩口葫芦。"

左宗棠讲到这里，忽问两位潘桌道："你们可知道兄弟曾经参过胡提督的么？"潘桌答称不知此事。

左宗棠复皱了一皱双眉，接说道："这件事情，兄弟却是有些错的。因为不知怎么一来，入了我们同乡刘厚基军门的谗言，就去劾胡提督，说他纵兵殃民之罪。后来幸亏朝廷知道胡提督能战，没有降他处分。兄弟业已明白误劾了他，赶忙作书谢过。有一天兄弟路经胡提督的防地，有人劝他前去迎接兄弟，他便对人说：'俺姓胡的，只知道冲锋打仗，以性命报国，却不知道以磕头换顶戴。'

当时竟以闭门羹飨兄弟，兄弟也不怪他，但是以后他竟不为兄弟用了。"左宗棠说着，不禁连连慨叹起来。

藩臬两司正待用话相劝左宗棠的当口，忽见安庆首道施兆春因公进见，便把话头停下，静候左宗棠去与施道台谈公事，及听谈毕，又听得施道台对左宗棠说道："相侯可知道李少荃制军的四兄弟，李鹤章大人，已经闻着鹤顶红死了。"

左宗棠听了，大失一惊地问道："难道是太后赐令自尽不成？"

施道台答称道："不是的，乃是巡阅长江大臣、彭雪琴宫保因他犯了一桩强抢民妇的案件，只知守着国法，不肯去讲私交，倘若不是李少荃制军刚刚回籍扫墓之便，那位鹤章四大人还得身首异处呢。"

左宗棠不待施道台讲完，连连地称赞彭玉麟道："我们雪琴，真有包龙图再世之风。长江一带，真要他这位有风骨的官儿，前来办办才好。"

藩司接问着施道台道："老哥还有公事么，若没什么公事，何防把此事讲给我们听听呢。"施道台忙笑答道："可以可以。"正是：

漫夸大似包文拯，

险被中伤严世蕃。

不知施道台究竟怎样讲法，且阅下文。

第三十四回

私交强用鹤顶红 公愤相助鱼肚白

施道台本为此事来见左宗棠。他的私人意思，要想左宗棠去向彭玉麟、李鸿章二人调和交谊。一见藩臬两司问他此事，他便从头至尾细细地说了出来道："这桩案子，自然屈在李四大人。不过以官官相护的俗例讲来，彭宫保也未免太觉认真一点。彭宫保自从晋了官衔之后，又蒙两宫将他补授兵部尚书，可是彭宫保仍旧不愿前去到任，他老人家只欢喜巡阅这个长江一带，专事寻找贪官污吏，为民除害。近年来所做过的事情，很为百姓称道。上个月他巡阅到安庆的当口，没有几天，就奏参了两个记名提督、一个实缺总兵，这些事情，曾见官报，不必再说。他对李昭寿军门，也极不以为然。"

左宗棠道："李昭寿不是由长毛投过来的么？"

施道台答称道："是的，李昭寿军门自从反正之后，因有战绩，累保至记名提督。大局平定，曾文正公说他大有反相，而又行为不端，曾经奏参，打算把他正法，以除祸患。后来还是两宫的天恩，念他确曾立过一点功劳，不忍杀他，仅把他发交皖抚察看。谁知他在安庆省城住着，什么强抢民妇，什么殴辱官吏，视为家常便饭。往后听得彭宫保连参几位提督总兵，都是奏一本准一本的，李昭寿倒也有些害怕起来；以后对于瞧中的妇女们方才花钱硬买，既是花钱硬买，总有价目可争，似乎比较强抢好得多了。

"有一天，他又瞧中一位妇女，此女乃是怀宁秀才金大成的妻子，长得本是美貌，地方人士，即替她取上一个醉杨妃的绰号。那天这位醉杨妃刚由八卦门外上坟回城，忽被李昭寿瞧见，便问左右，此人姓甚名谁，哪个的妻子，左右老实告知。李昭寿立即命人去把金大成茂才唤到他的公馆，不问三七二十一地拿出三百两银子，硬迫金大成将妻子价卖给他。金大成也是一位名士，自然大怒起来。哪知李昭寿一任他去大怒，只是甘言相诱，并将身价银两从三百两增至八百两。金大成怕有什么危险，当场托故逃遁，一到家中，就把他的那位醉杨妃悄悄地领到一只船上，泊在城外码头，打算避过这个风头，等得安静一点再行回家。

"不防祸不单行起来，那个李昭寿因为金大成夫妻陡然失踪，倒也就此作罢。可巧李鹤章李四大人，因知李少荃制军请假回籍扫墓，他便由合肥接到省城，不知怎样一来，他的那只坐船可巧靠在金大成夫妇的那只船边。李四大人一见那位醉杨妃真正长得太觉风流，自然也与李昭寿同一眼光，不过李昭寿还拿银子去买，李四大人却不肯拿出银子去买，倒说一个人一脚跨到金大成的船上，去和金大成攀起乡亲起来。

"金大成当时还没有晓得李四大人也有不利孺子之心，连忙将他避那李昭寿的事情，老实地告知李四大人听了。李四大人便乘机哄着金大成道：'尊夫人本也长得太美，现在我见犹怜，何况李昭寿的那个色鬼。不过你们贤伉俪二位避在此地，还不妥当，莫若同着我去到我们公馆，莫说我是一位现任总督部堂的兄弟，自然能够保护你们夫妇。我们少荃家兄明后天便到，他一住到公馆，就算那个李昭寿明明知道你们躲在我们公馆之中，谅他也不敢正眼地去看你们。'

"当时金大成听了李四大人之话，尚在踌躇未决之际，那位醉杨妃倒底是个女流，一见有此大来头可靠，她就一口答应，情愿跟着李四大人去到他们公馆暂躲。金大成既见他的妻子已经答应，又没有知道李四大人存了歹心，方才答应着李四大人道：'大成夫妇既蒙四大人如此怜悯，我还想求四大人转商令兄少荃制军，立将此事出奏，办了那个李昭寿，方替地方除害。'

"李四大人听说，自然连连答应。谁知就在此时，少荃制军业已船抵码头，众官纷纷迎接，李四大人急于要同少荃制军去到公馆，只得暂把金大成夫妇丢下，及同少荃制军进了公馆。李四大人一个人，越想那个醉杨妃越觉好看，一时色胆如天起来，他就暗派一二十个家丁，连夜去到金大成夫妇的船上，先把金大成摔在水中，然后即把醉杨妃抢到公馆。他的公馆本大，少荃制军当然一丝不知其事。

"李四大人既已抢到了那位醉杨妃，他就前去跪在她的面前，老实说是他的夫人已经过世，醉杨妃如果相从，必以一品夫人待之。当时醉杨妃因见方才离去龙潭，又入虎穴起来，复因丈夫被摔下水，生死未卜，倘若当面拒绝，她的性命固有关系，她的丈夫果有不幸，谁人去替伸冤？只好反而含笑地一把先将李四大人扶了起来，复又红晕双颊地说道：'贱妾的这个醉杨妃绰号，乃是一班无赖子弟替我取的，四大人何故也来谬赞？'

"李四大人不待醉杨妃往下再说，便想将她拥在怀内，拟成好事。醉杨妃本待用她缓兵之计，以后再打别个主意，岂知李四大人忽有这种举动，又怕当场失节，对不起她的丈夫，只得将手一推，将眉一竖，正颜厉色地说道：'四大人也曾做过朝廷大官，怎么竟敢做此无耻之举？'李四大人到了那时，也顾不得再与醉杨妃多说，他只一把将她抱到床上，实行强暴起来。恰巧事有凑巧，金大成有个名叫金蹄子的远房本家在做李四大人的轿班，起先瞧见李四大人把那醉杨妃关进屋去，他虽没有胆子去到少荃制军那儿出首，他却悄悄地躲到那间屋外偷看，及见李四大人已在强奸醉杨妃。醉杨妃力不能抗，已经失身，但虽失身，却把李四大人的鼻子咬了半截下来。李四大人当场痛得几乎厥了过去，一个狠心，翻身下来，狠命一脚，就照醉杨妃的要害踢去，醉杨妃自然被踢身死。

"那个金蹄子也就吓得要死，马上逃出李氏公馆，一脚奔出城外，打算去找金大成的；不防奔得太急，刚到城门洞子，扑的一声，却与来人撞了一个满怀。二人定睛一看，各道一个'咦'字。原来城外奔来的那人不是别个，正是金大成。金蹄子急把金大成拉到城根僻处，问着他道：'大成阿哥，你是谁把你救起来的。'

"金大成不及答复此言，单问金蹄子道：'你从哪儿奔来，可知你那嫂子的信息？'金蹄子连声答道：'怎么不知，怎么不知？'金蹄子一看左右没人，方将醉杨妃被污身死的事情，撮要告知金大成听了。金大成不待听毕，陡的一拳向那金蹄子打去道：'我若不把你这个见死不救的小东西打死，抵你嫂子之命，誓不为人。'金蹄子急把金大成手抓住道：'大成阿哥，你先莫忙怪我，嫂子既是死得这般凄惨，你快随我去到李鸿章那儿出首。常言讲得好，叫作王子犯法，与民同罪。'金大成急忙接口道：'他们是亲弟兄，怎肯公事公办？'金蹄子正待答话，忽见一个青布长袍的白须老者，突从他的背后转到他的身旁，狠狠地一把

抓他那臂膊，突出双眼乌珠，喝问他道：'你方才的说话，可是真的么?'

"金蹄子因为并不认得那个老者，怎有工夫前去睬他，当下仅把他那臂膊用劲一甩，单对金大成说道：'大哥不必管他，我们两个，且去见了李鸿章再讲。他若真的帮他兄弟，还有彭宫保那儿，可以告状。'那个白须老者不待金大成接腔，他又用手朝他鼻子尖上一指道：'我就是彭宫保。'金大成本来见过彭宫保几面的，起先因为气愤交并的当口，又防不到一位巡阅长江大臣竟会青衣小帽地来此，此时既听彭宫保如此说法，急把金蹄子一拉，慌忙一齐跪下道：'宫保大人，小人妻子被奸身亡。'说着，指指金蹄子道：'他是小人的堂房兄弟，不会说假话的。还求宫保大人伸冤。'金大成一边说着，一边连连地在地上磕着响头。

"原来那位老者，果是巡阅长江大臣，现任兵部尚书的彭大人。他自从奏参了那几个提督总兵之后，本待巡往九江去的。因少荃制军指日可到，他便耽搁下来。

"这天晚上，一个人正在私访民间疾苦的时候，偶然走过城根底下，忽见金氏弟兄二人东一张，西一望，鬼鬼祟祟地在讲秘密说话，还当他们是两个歹人，当下便悄悄地跟了过去，隐身暗处，窃听说话。及至听到金蹄子说出李鹤章强奸踢死民妇，他已气得不可开交，所以一把去将金蹄子抓住，还怕内中尚有别情，故又问着金蹄子是否真言，嗣见金大成这般求他，便知不会假的了，忙命金大成、金蹄子二人站了起来，复令金蹄子细细地重述一遍。一等听完，忙不迭地把手一挥道：'你们二人，快快随我去和李少荃算账去。''去'字还没离嘴，他已走在前头，直往少荃制军的公馆而去。

"一到门口，不待通报，早已大踏步地闯了进去，口里还在大喊，'快莫放走人犯'。其时少荃制军的一班戈什哈，陡见彭宫保一个人大喊而入，不知为了何事，但又不敢阻拦，只好飞报进去。所以彭大人尚未走到大厅，少荃制军已经匆遽迎出，连问雪琴为了何事。

"彭大人先将少荃制军的双手抓住，跟着气冲斗牛地大声发话道：'何事何事，我劝你快把杀人凶犯交出，再谈别话。'少荃制军确属不知底蕴，拼命用出力气，推开彭大人的双手，将他揿至椅上坐下，自身挡住他的面前道：'雪琴有话好说，何必气得这般形状。'

"彭大人究竟上了年纪的人，起先听了金蹄子的说话，已是一气，复又急急忙忙跑了一二里路，此刻竟至上气接不上下气来。一个人靠在椅上气喘了三五分钟，方把李鹤章先行强奸，复又踢死金氏妇人之事，简括地告知少荃制军听了。

"少荃制军不等彭大人讲毕，早已吓得满脸发赤，彭大人刚刚住口，只得忙向彭大人一揖到地，替李四大人求情道：'舍弟胆大妄为，兄弟一定相信雪翁之话，不敢代辩，但望雪翁卖点交情，让我以家法处治如何？'彭大人答称道：'我不奏闻两宫，即是大卖私交，少荃若再多言，我就立即出奏。'

"当时少荃制军知道无法再救李四大人的了，赶忙命人在他第四只衣箱之中取出一副鹤顶红的朝珠，逼着李四大人闻着自尽。

"彭大人既见李四大人自尽，又将醉杨妃的尸身讨出，交给金大成，自去收殓，又赏给金大成五百银子，命他安葬其妻，赶紧用功赴考。又因那个金蹄子知道仗义，也赏一百银子，替他再荐一个饭碗。"

施道台一口气源源本本讲至此处，左宗棠和藩臬两司无不听得出神。施道台又求着左宗棠道："老帅本和彭、李二位大人，都是很好交情，可否前去调和一下，也是邦家之福。"

左宗棠点头答应道："贵道很识大体，兄弟可以担任此事。"左宗棠说着，立即亲自写好两封信，交给施道台带回安庆，先行分呈彭玉麟、李鸿章二人，又说一俟晤着二人时候，一定当面再说。

施道台持信去后，藩司笑问左宗棠道："彭大人这般铁面无私，为何从前不去到皖抚之任？"左宗棠也笑着答道："雪琴当时何尝没有到任，不过他仅到了一天之任，就闹一个小小岔子，他也自知不宜做地方官，因此求着曾文正替他奏请开缺，所以大家还当他没有到任。"

臬司接口道："老帅说彭大人只到了一天的任，不知究出什么岔子？"左宗棠见问，话未开口，先就笑了起来。

藩臬两司又一同说道："司里等那时候，可巧服官边省，又因军兴时代，道路梗塞，腹地之事，以致不甚了了。老帅未言先笑，大概彭大人所做之事，一定有些风趣吧。"

左宗棠颔首道："此事确极有趣，雪琴为人，他的心直口快，勇往有为，本是他的好处，不过有时稍稍过分一点，若一凑巧起见，便会闹出笑话。当时雪琴奉到署理皖抚的那道上谕，因他正在安庆安排水师，那位曾贞干廉访，急又望他前去办理善后，一力撺掇他立即接印，他也以为去做抚台，只要尽心王事，便不怎么。不料第一天出衙拈香，坐在轿内瞧见满街之上还有长毛的告示贴着，回衙之后便传首府进见，教他命人赶紧撕去。"

臬司听到这句，笑着接口问道："司里此刻忽然记起，那时安庆首府，不是那位绰号叫鱼肚白的徐荩臣太守么？"左宗棠听说，复又呵呵大笑起来道："正是此人。"说着，又问臬司道："这样么，老兄一定知道这位徐太守的来历了。"臬司答称道："司里只知道徐太守叫作这个绰号，却不知道得这绰号的来由。"

　　左宗棠又点点有道："兄弟倒知道的，这位徐太守本是举人出身，他在前去赴那鹿鸣宴的时候，不知怎么一来，饮酒过多，竟在大堂之上，仰面朝天地跌倒地上，急切之间，不能立即爬起。那班同年于是替他取此绰号。及他做了安庆首府，往往因酒滋事，他的一班属员背后很有闲话。

　　"雪琴既是教他命人撕去那些告示，本来是桩极小的事情。哪知雪琴做事最是认真，一到晚上竟去亲自复看，因见人街之上，虽然业已撕去，小巷里头依旧统统贴着。这一气还当了得，马上奔回衙门，连夜再传那位鱼肚白徐守，骂他敷衍公事，如何可做首府？一边骂着，一边竟向徐守挥拳击去。

　　"当时徐守虽然不能还手，可是出衙之后，就去哭诉藩司。可巧遇见那位藩司，照他资格，本可坐升抚台，正在怪着雪琴抢了他的应升之缺，一时无可出气，一见徐守前去哭诉，说是堂堂一位巡抚部院，怎么可以出手打人，又说士可杀不可辱，上司对于下属，只可奏参，不可随便打人，于是请到臬台、首道等人。会议之下，第二天大家不上抚台衙门。

　　"雪琴起初尚未知道，及据文武巡捕禀知此事，方才深悔自己有些鲁莽。他一想，这种地方官确与他那性情不相宜，所以一面先命藩司护院①，一面奏请开缺。所以曾文正替他代奏，有那彭某历办水师事宜，若令登陆，未免用违其长之语。朝廷据奏，也就准了。"

　　左宗棠说到此地，又朝藩臬两司笑上一笑道："那位徐守后来也曾带兵去打捻匪，一天打上一个大败仗，几至全军覆没，生怕朝廷治罪，一脚跳入河中淹死。据说他死的时候，尸首仰面地浮在水面，却有多数白腹大鱼拥着他的尸首，未致余入大海。当时人民很是迷信，说他乃是鱼王转世，于是他那鱼肚白之名，居然流芳千古的了。"

　　藩司听完笑答道："此事不过一时凑巧，断无鱼能拥尸之理，现在司里竭力主张破除迷信，将来还要请老帅通饬三省人员才好。"

　　左宗棠击节大赞道："方伯破除迷信，办得极是，兄弟一准通饬他们。"

---

　　① 即代理巡抚之官话。

臬司也笑着对藩司说道："这位徐太守的鱼肚白三字，倒是施观察所说的那个鹤顶红，好副对子。"

左宗棠这天讲得异常高兴，一听臬司在说对子，他又提起儿童时代的事情道："说起对子，兄弟七岁的那年上，塾中先生就出这个鱼肚白给我们去对，当时我即以鹤顶红对之。我那仲兄景乔对的是燕尾青。塾中先生当时就说我这个人，一定能够飞黄腾达，仲兄景乔，顶多一个解元而已。"左宗棠说着，忽又笑了起来道："兄弟此时，业已拜相侯，总算可称飞黄腾达的了，仲兄景乔，果仅一第了事。"

两司因为坐谈已久，赶紧敷衍了左宗棠几句，即行告辞而退。

又过几天，苏州有位世绅名叫潘瑾卿的，就是潘祖荫尚书的侄子，因为苏州地方出了一件事情，地方官吏办理不善，他是一位世绅，又和左制台确有世谊，不能不亲到南京，见着左宗棠面陈此事。谁知他一开口，左宗棠即把双手乱摇起来，不准潘瑾卿再行开口。正是：

> 同僚叙话参衙日，
> 绅士陈情隔省来。

不知左宗棠为了何事，有此举动，且阅下文。

第三十五回

左制台口不择言
鲍爵爷义助友人

　　潘瑾卿瞧见左宗棠向他乱摇双手，复又不使开口，自然只好让他去讲，谁知左宗棠却形似发火地对他大声说道："此事兄弟已经知道，这就要怪曾文正的不好了。"左宗棠说了这句之后，便又一连串地说了曾文正许多不会治国、不会治军、不及他的说话。

　　潘瑾卿一壁在听，一壁暗自思忖道：这位左相侯大概年岁太大了，说话没有头脑，否则我们这件苏州地方上的事情，又与曾文正何干？又与曾文正不会治国、不会治军何干？潘瑾卿想到此地，只见左宗棠滔滔不绝于口的，仍在那儿侍读侍讲①，一句插不进嘴；及至左宗棠一个人说完，正待接口说话，哪知左宗棠又已讲得疲倦，其势万难再谈。

　　在他端茶送客的当口，单听他讲了一句，明儿兄弟就请老兄在署午餐，潘瑾卿总算一喜，以为明天午餐的当口，自然可以彼此畅谈的了。这天出了督署，就在客栈之中随便混过一宵。

　　第二天的午正，果有一个戈什哈持了左宗棠的名帖，前去催请，及到进了

---

　　① 自言自语。

督署，入席之后，他的寒暄未已，只见左宗棠已在对那江西全省营务处姓徐名春荣的过路客官，叙述他在陕甘新疆一切的功劳，非但是他仍旧没有说话的机会，甚至那位徐营务处只在连声唯唯，也没一句可以插嘴，等得刚刚席散，花厅门外，已在高喊送客之声。

潘瑾卿料定这天又没机会，只得打定主意，次日再去进谒，幸亏已在席间打听得那位徐营务处，可巧和他同住一家客栈，一出制台衙门，回到栈中就去拜谒徐营务处。因见徐营务处已经比他先回，入室之后，道过寒暄，他就将他连日谒见左宗棠、无法说话的苦闷，说给徐营务处听了。

徐营务处不待潘瑾卿讲毕，也是皱着双眉说道："兄弟也有一个苦衷，正在没处诉说。谁知瑾翁先生也是如此，这倒可算得无独有偶的了。"

潘瑾卿便问徐营务处有何公事，要向左宗棠去说。

徐营务处又苦了脸地答道："兄弟此次奉了江西抚宪、敝老师刘仲帅的密谕，因有一件紧要公事，去与敝省浙江的那位杨中丞商量，敝老师又命兄弟顺道一谒此地的这位左相侯，也有一桩会奏的公事斟酌。岂知这位左相侯只顾自己一个人说话，不准别人接腔，兄弟和他究有上司下属之分，自然不便拦了他的话头去讲。"

潘瑾卿听到此地，忙接口道："左相侯怎么近来变成了这个样子呢？"

徐营务处道："兄弟也在莫明其妙，要么真的年纪大了。"

潘瑾卿至此，方始现出一些笑容起来道："杏翁和他因有上司下属之别，兄弟和他却是世交，至于地方上有了不合绅民的公事，自然只好来与总督商酌。兄弟明天再去见他的时候，一定不再让他一个讲话了。"

徐营务处听说，仍在一个人大为踌躇。

潘瑾卿又问徐营务处道："杏翁究因什么公事？"

徐营务处道："瑾翁先生又非外人，兄弟可以告知。这件事情，本是左相侯从前自己提倡的。他因中兴名将，本是湘淮两军之中出身的居多，现在湘淮两军之中的人物，大概补了缺的也不少了。只有其余各省的将领因为朝中无人照应，以提督借补总兵缺的很多很多，这个还算有缺可补，且不讲他。其余那些副参游都守千把①便没缺分可补。"

徐营务处说到这句，又慨叹了一声道："唉！现在且不讲他那些鸟尽弓藏的

---

① 副：副将；参：参将；游：游击；都：都司；守：守备；千：千总；把：把总。

说话，单是粥薄僧多而论，竟以记名提督在充营中伙夫的，很有几个。兄弟在江西省里，兼统的是亲兵营。有一次，有一个姓秋的兵勇犯了误差之罪，兄弟正拟办他的时候，姓秋的陡然之间双泪交流，从他腰间摸出一件公事，呈给兄弟去看。兄弟一看之后，方才知道他是一位记名提督，而且很有几件战功，他那姓秋的姓，乃是假的。当时兄弟即去面禀敝老师，敝老师听说，却向兄弟一笑道：'杏林，我看你的面子，一定委他一个差使就是。不过现在有官无缺的人员，至少也有三五十万。说是当时滥保他们呢，当时这些人员，确有一点战功，一个也没有滥保的；说是现在朝廷失信他们呢，焉得千万间的广厦，去庇这班人员。以后你也可以少问这些事情。所以左相侯在军机的时候，他曾奏请设法疏通这些人员。'兄弟此次即因这件公事而来。"

潘瑾卿听毕也摇摇头道："各省皆然，我们苏州同乡之中，像这一类的人物也是很多。"

徐营务处又说道："这些还是当时四五六七等的战将，兄弟知道连一二等的战将，现在也有在低级的。"徐营务处说到此地，忽问潘瑾卿道："杨厚庵军门，瑾卿先生应该知道他的。"

潘瑾卿连点首道："知道知道。他是水师里头的名将，除了现在的彭雪琴宫保之外，当时的杨载福和黄翼升二人，谁不知道他们的大名呀。"

徐营务处又唉了一声道："厚庵军门，本是兄弟的故人，倒说他也穷极无卿，前年过年不去，兄弟曾经送他一千银子的。"

潘瑾卿即把大拇手指一竖道："杏翁出手就大。"

徐营务处摇摇手道："这算什么？兄弟因为像厚庵军门这样的朋友，至少至少也有一二百个，倘若统统送上一千，那就力有未逮。谁知现在住在四川夔府的那位鲍春霆爵爷，他就和兄弟两样了。据一个四川朋友和兄弟说，春霆爵爷现在夔府纳福，无论生人熟人前去拜他，他总不见。他为什么不见人呢？也因他的同寅太多，他也不过二三十万的家私，万万不能来者不拒。有一天，他的门房见一个穿着蓝布大袍的老农，说是要见他们爵爷，门房自然不肯通报进去。那个老农说道：'你尽管大胆地通报进去，你们爵爷倘若见了我面，未必一定责你，或者还要赏你，也说不定的。'门房听得此人说得奇怪，真的替他传报进去。春霆爵爷一听此人的形状，果然大惊失色，忙整衣冠出迎，一见那个老农之面，一壁行着大礼，一壁口称老师何以孤身至此，若有什么事情，尽管呼唤门生到府就是。"

潘瑾卿听到此地，接口问道："此人必是杨厚庵无疑啊，我曾经听人说过，鲍春霆初入他的部下，后来才到江忠源那儿去的。"

徐营务处点点头道："一点不错。厚庵军门，本也封过男爵，不过这个男爵不能当饭吃的。他自罢归乾州厅之后，真个贫不能生，唯念旧部里头，只有这位鲍爵爷交情还好，家私也还可过，因此孤身前往告贷。总算春霆爵爷能念交情，当时款以上宾之礼，每日陪同出游，先后三月，毫无一点倦容。有一天晚上，厚庵军门骤然之间，吐泻交作起来，春霆爵爷又去亲侍汤药，甚至污秽不辞。及至厚庵军门病愈，握着春霆爵爷的手说道：'贤契待我固厚，但我家中还有老妻少子，不忍我一人在此享福，忘了他们。贤契如念前情，可否借贷千金，让我即日回家。'春霆爵爷虽在连声答应'是是'，并未拿出银子。厚庵军门又是有节气的人，不好再说。又过月余，春霆爵爷方始送出一千两银子，作为川资。厚庵军门既已如愿，自然欣欣而归。及到故里，一见他的住宅，不禁大骇起来，你道为何？原来春霆爵爷在厚庵军门到的第二天，暗暗派人拿了五万银子，去到乾州厅的杨氏故里替他造屋置田，早成一份中富人家的了。"

潘瑾卿听了拍掌道："鲍春霆此举，真正可以励薄俗、激人心，可惜他的家私不多，否则他那几位知己一点的老友，也可以无忧矣。"

徐营务处也点头答道："厚庵军门，因为还有一个姓鲍的救他。现在这班穷极无卿的无缺将官，若不赶紧奏请设法，真要不堪想了呢。"

潘瑾卿又问道："我听说现在山东抚台陈士述，不是曾经救过鲍春霆的么。"

徐营务处笑答道："果有其事。说起此事，使人可笑。这位陈中丞，以拔贡生朝考，为曾文正公的阅卷门生，后入曾幕，曾文正公略知相人之术，陈中丞暗学其诀。那一年，春霆爵爷病卧长沙抚标马兵雷脱皮家中，雷为医治痊愈，二人一同应调广西，属于向忠武公军中。春霆爵爷与雷脱皮每战皆捷，可惜所有的功劳都被本营的哨官冒名顶去。嗣因曾文正公曾奉上谕，命调广西兵助战，春霆爵爷又与雷脱皮应调回湘。一年之后，二人又一同为曾文正公的戈什哈，其时曾文正公的戈什哈数以百计，因为督办某军，即有戈什哈数十人，鲍、雷二人难得一见那位大帅的。有一天晚上，夜已三鼓，曾文正公忽然要调一座防营去守某地，但须绕过贼垒数处，无人敢往。春霆爵爷自告奋勇道：'老子敢去。'有人禀知曾文正公，曾文正公即命骑了快马，持了大令速往，并未知道其人为谁。春霆爵爷奉令之后，连绕数座贼垒，均能平安渡过，等得交令那座防营、春霆爵爷回转时候路过一城，城上有个兵士为其旧友，即在城上俯身大喊道：'老鲍老鲍，要吃牛肉么?'春霆爵爷平生最喜牛肉,他就在马上应声道:'牛肉煮熟否?'兵士又大声答称已熟,春霆爵爷便即下马,大嚼一顿,既醉且饱,驰回军中。等他走到,全军已从他处跟踪追上。某统领因其酒醉误差,即命推出斩首。雷脱皮见了不忍,便去死命地抱住春霆爵爷之足不放,声称情愿同斩。某统领认为坏他营规,便命同斩。那时陈中丞方当某统领的文案,忽闻军中喧哗之声,奔出窥视,见鲍与雷均具大贵之相,乃为求情,某统领卖了交情,各责军棍八百了事。及春霆爵爷已经独当一军,特聘陈中丞为他幕友,累保至今职。"

徐营务处讲至此地,又称赞道:"春霆爵爷,真是一个义勇兼全的人物。"

潘瑾卿听完也笑道:"今天畅谈甚乐,兄弟明天还得去谒相侯。我们暂别吧。"徐营务处听说,含笑送走潘瑾卿之后,他就想上一个计策,将他公事拜托一位督幕转言,督幕一口应诺,徐营务处自回南昌去了。

潘瑾卿到了第二天大早,又去竭见左宗棠,虽蒙接见,可是仍然不是叙他陕甘新疆平回之功,便是驳斥曾文正公治国治军的经验不及他好,一个人只管说只管讲,一任潘瑾卿无论如何设法接嘴,总是接不上去。潘瑾卿至此,也只好入宝山而空回,自行返苏,另想别法。

左宗棠是否有心不使潘瑾卿开口说那地方公事的呢?不是的。因为他的年纪已大,性子更加躁了,又加两宫十分优容、属吏十分恭维,这位古稀之年的左侯爷,未免酿成些忘其所以的了。

左宗棠既在江督任上,整顿吏治,也有年余时间,姑且将他暂搁一下,再来补叙彭玉麟巡阅长江之事。

原来彭玉麟自见曾文正逝世,左宗棠又赴边陲,李鸿章虽任直督,刘秉璋虽任赣抚,刘铭传虽任台湾巡抚,他认为长江数省却是腹地,一切吏治军政可作边省的模范,自然很为重大。谁知那班现任官吏,不是中兴武将,即属中兴文官,既因自恃战功,难免有些骄傲,再加大官借补小官之缺,尤其心中愤懑,这样一来,这班人物虽然不敢去和朝廷算账,只好去拿百姓出气。

有一次,彭玉麟巡到九江地方,他仍青衣小帽地一个人出去私行察访。一天访到下午,他见夕阳业将下山,如回他的行辕又很远,不如就近拣个小饭馆进去一饱,便可再做他的工作。刚刚走过一座大桥,忽见一个形似武弁的人物,在和一个挑馄饨担子的老者扭作一团,互相口角,他心里稍有成见,必是那个武弁又在恃势欺压小民,赶忙走上前去问着那个武弁道:"你是哪营人员?为了何事在此和这小贩争执。"

那个武弁虽然不识这位彭宫保，却已久闻彭宫保的私行察访之名，牛怕无意之中真个碰见这位杀星，总是凶多吉少，当下便含笑地答话道："承你这位老先生见问，我是此地提标的候补额外把总，姓姜名德胜，刚才路过此地，因为走得急促了一些，误撞了这个卖馄饨的老头子。我已向他认过不是，他却不肯甘休。"

　　彭玉麟听到这里，便去劝着那个老者道："他既向你认了不是，你也可以消气的了，何必再在和他拉拉扯扯，误了自己做生意的正事。"那个老者听说，因见彭玉麟穿的一件老蓝布褂，心下未免有些藐视，口里随意答道："你是过路之人，何必多管闲事，你又不是那个彭铁头。"

　　彭玉麟不等老头说完，他就拍拍前胸道："你不认识我么？我正是人称彭铁头的彭玉麟。"那个老者一听是玉宫保到了，不觉害怕起来，忙去指着那个武弁道："小的因他吃了我的一碗馄饨，不肯给钱，故此在此争执。"

　　彭玉麟听说，立即大怒地目视武弁道："哼哼，你吃白食，不肯给钱，今天可碰到我老彭的手上了。"那个武弁慌忙打上一个千儿，抖凛凛地回禀道："标下刚才误撞了他，确是有之。至于白吃馄饨之事，是他冤枉我的。"

　　那个老者接口抢说道："彭大人，你可不要听他死赖。"老者说着，即去拿出一只犹有余汤的馄饨碗来，证明其事道："这个半碗汤汁，是他吃剩的。"

　　彭玉麟因见那个老者如此说得有凭有据，便问老者道："你说此人白吃你的馄饨，他的肚中必有馄饨。"彭玉麟的那个"饨"字刚刚出口，陡地出那武弁的不意，即向布褂之内，扑地抽出一柄极快的马刀，就朝武弁"嚓"的一声，早把武弁的那个脑袋砍了下来，顺手再把他那肚皮破开一看，只见肚内并没什么馄饨，回头正待质问那个老者。

　　那个老者因见自己冤枉了人，致人死于非命，生怕彭玉麟办他，只好拔脚就跑，免去抵命。不防彭玉麟也有经验，早已料到此着，一见老者在逃，他就飞奔赶上，一把抓住，也照杀那武弁之法，将那老者一刀砍下脑袋，算是抵了武弁之命。街上众百姓们，一见彭玉麟办得公允，无不拍手大赞，说是彭大人这样一来，也可以教这位武官闭目了。

　　彭玉麟紧皱双眉地对着众百姓们，声明其意道："这个卖馄饨的老者造言生事，无端冤枉，害我杀死这个武弁，我虽将他当场杀死抵命，可是这个武弁未免死得有些冤屈。"彭玉麟说到此地，已见县官得报赶至，彭玉麟便吩咐县官道："这件案件，贵县速行验尸填报层宪，说明是本大臣办的。再给这个武弁的家属二百银子，可由贵县到本大臣行辕具领。"县官自然唯唯奉命。

彭玉麟此时因见他的行径已被众人识破，不能再行私访，只得就此回他行辕，及到里面，批阅一阵公事。晚饭之后，心里尚在对那个武弁有些抱歉，不知怎样一来，竟在一件九江县人民控告官吏妄杀无辜的状子之中，见有姜德胜的名字也在其内，不禁拍案惊奇地自语道："这真奇怪，如此说来，这个姓姜的定非好人，所以老天叫他碰在我手上。"

彭玉麟既知姜德胜之案，乃是冤冤相报，无非假借他手而已，方才丢开此事，心上一安，这天晚上，当然睡得很觉舒适。

……

不知后事如何，且阅下文。

第三十六回

兄弟分财引官司
铁面彭帅探谜情

次日又见首县禀见。

见面之后，便问有何公事。首县挺了腰杆地禀说道："前几天卑职衙门里头有件案子，表面上看去，倒是一桩极平常之事，卑职却有些疑心，一时不敢断结，特来请示宫保，要求宫保指教。"彭玉麟听了先一高兴道："贵县能够这样留心民事，实属可嘉，不知究是怎样一件案子？"

首县答称道："此地有个名叫赏天义的商人，一向在外经商，十年之中陆继托人带回一万五千多两银子，教他生母替他置办田地。每年接到回信，他的生母总说已令他的胞兄天仁替他置就。及至回家，他的母亲已死，胞兄天仁忽然向他变脸，说他生意不好，逼他另外去住。天义当场答他胞兄道：'家中田地都是我那汗血金钱所换来的，哥哥要我另外去住，是否先行分家。'

"他的胞兄听说，大不为然的，对他说道：'你这十年在外经商，所有本钱全是为兄替你借贷而来，你有什么银钱寄回？'

"天义听了大骇，又因母亲已死，没有见证，每年托人带回之款，那班过路客人一时无处寻找，幸亏他母在日，每年给他之信，可作凭据，于是去到卑职衙门控告。卑职传讯天仁，矢口不认，而且天仁还是一个秀才，乡里之中尚负一点文名。"

　　彭玉麟先只让首县说给他听，一句不答，直到此时，方始接口问着首县道："贵县见那赏天义的人物如何？"

　　首县答称道："人尚忠厚，不过毫没一点凭据。也是枉然。"

　　彭玉麟想上一想道："天义母亲在日，所有给他之信，可在身边。"

　　首县又答称道："卑职早已令他呈堂。据说乃是一个拆字先生，替他母亲代笔，此人也已他去，无从寻觅。"

　　彭玉麟听到这句，陡然很高兴地说道："贵县下去，立将他们兄弟二人带来本大臣亲自审讯。"

　　首县去后，彭玉麟急命一个义案，假做一道江西抚台给他的移文，刚刚办好，首县已将赏氏兄弟二人带到；彭玉麟坐出堂去，问过二人口供，都和首县所说不相上下。彭玉麟便命将那天仁带下，单问天义一个人道："天仁是你胞兄，你们生母在日又未分家，就算真是你经商赚回来的钱，你对于你的胞兄又怎么样呀？"天义叩头道："小人情愿分一半给他。"

　　彭玉麟又问道："你肯分给你的胞兄三分之二么？"天义道："大人吩咐，小人也可遵命。"彭玉麟听说，又面现欢容地点点头道："你且下去。"

　　天义下去之后，又将天仁带上，彭玉麟问他道："你说你那置田之款，都是你连年教读而得来的。本大臣想来，天下哪有这样好的馆地？现在姑且不说这个。但是天义乃是你的一母所生，你做哥哥的也应该给他一半。"

　　天仁叩头道："大人吩咐，本该遵命。不过这些田地，只好去抵生员连年借贷而来的老债。"

　　彭玉麟听说道："第一年的债款，你就该以第二年的收入还人呀。"天仁道："生员因为舍弟在外经商，本钱愈多愈妙，若是置了产业，债主也就信用，倘一还了人家，第二次去借，人家倘有不便，反而难了。"

　　彭玉麟听完，果见赏天仁的说话无可驳诘，仍又好好地劝上一番，天仁只是矢口不移，毫没转圜地步。彭玉麟至此，始把那件假移文取出，一壁交给天仁去看，一壁喝问他道："你们家务官司，本大臣只好不管。不过你是一个江洋大盗，江西抚台已有这件公事前来请我办你。"

　　彭玉麟说完这句，不待天仁再辩，即命左右快取大刑伺候。

　　赏天仁不待看完那道移文，早已吓得满身发抖，及听彭玉麟吩咐快取大刑伺候，慌忙呈还那道移文，连连地磕着响头道："大人明镜高悬，生员曾游泮水。

家中虽负人债，倒底还有这些薄产，何致去做强盗？这道移文上所说之人，或与生员同名，也未可知。"

彭玉麟又将那道移文，向着天仁的脸上一照道："公事上面，已将你的姓名籍贯年岁，叙得明明白白。本大臣劝你不必再赖，还是好好实招，免得皮肉受苦。"赏天仁听说，只好又连连地磕头道："大人千万不可用刑，生员可叫舍弟证明，生员从未干过不端之事。"

彭玉麟尚未答应，已见一个差人走至首县跟前轻轻说上几句，又见首县走到他的公案之前，请上一个安道："回宫保的话，赏天义说的，他情愿替他胞兄来具甘结，他的胞兄决非江洋大盗。"彭玉麟听了大怒道："贵县治下，有此大盗，平日所管何事，快快下去听候参处。"

首县碰了一个钉子，只好满脸不高兴地退至一旁。彭玉麟又在乱拍惊堂的，喝令左右将那天仁夹了起来。

左右即用夹棍，把那天仁夹上，尚未收紧之际，彭主麟又问天仁道："你这大胆强盗真要夹上方才招么？"天仁又喊冤枉地说道："大人本有彭青天之号，何故对于这道一面之词的移文，定要将生员刑讯？"

彭玉麟听说道："本大臣何尝听了一面之词，将你刑讯，但因你这家产不是每年数十两银子的馆地可以积至如此巨数的。譬如一年五十两就算一文不用，十年也不过五百两的呀。"彭玉麟说到这句，又把惊堂一拍道："你还不招，本大臣就要命他们收紧了。"

天仁至此，因为急想保全他的性命，竟会忘其所以地向着彭玉麟大声地说道："生员这个家产，真正不是抢来的，乃是舍弟经商寄回来的。"

彭玉麟不等天仁说完，复又连连拍着惊堂道："你那兄弟，他在外边经商蚀本，怎有这些银钱寄回？本大臣不是三岁孩子，能够听你谎供。"彭玉麟说至此处，只朝左右值刑的差役，突出双眼珠子地发怒道："快快收呀。"

差役正待收紧，天仁忙又高声大喊道："大人开恩，生员招了。"

彭玉麟听说，方把他手向着差役一摇道："且慢，姑且让他招来。"

天仁急又发极地说道："大人倘若不信生员的家产，真是舍弟经商寄回的。务求大人姑将舍弟提来一问，舍弟不肯证实，那时再办生员不迟。"

彭玉麟又冷笑了一声道："你那兄弟，他是你们一母所生，明知你这胞兄在做强盗，也只好姑且承认一下的呀。"

天仁又接口说道："大人真的不信，生员还有舍弟亲笔寄款回来的家信为证。"

彭玉麟摇摇头道："本大臣终于不信。"说了这句，始对着首县说道："姑烦贵县亲自押着这个强盗，到他家中去取。"

天仁一听彭玉麟如此在说，生怕县官曾经为他碰过一个钉子，此刻赌气不肯押他回家，忙又大声求着首县道："大老爷可否就押生员回家一趟？也是公侯万代之事。"

首县听说，只好真的押着天仁回家去取。正是：

> 不是彭公有心计，
> 如何赏贼吐奸谋。

不知能否取到，且阅下文。

第三十七回 以词交友文廷式 据理力援吴吉人

首县押着天仁回至家中，好久好久方才见他寻出一封天义亲笔之信，便又将他押回行辕，将信呈与彭玉麟过目。彭玉麟把信细细看完，始唤天义上堂对过笔迹，因见笔迹不错，忽又吩咐两旁差役把那天仁重责四十大板。

天仁在挨板子的时候，自然不服起来，喊着道："大人既已对过笔迹，足见生员的家产并非抢来，怎么还在办我？"

彭玉麟明明听见，并不答言，直等四十大板打完，眼看天仁一拐一踮地走至公案面前重行跪下，方才正色地对他说道："赏天仁，你可知道本大臣为什么办你的？"天仁哭丧了脸地答称道："生员委实不知。"彭玉麟微微一笑道："这个四十大板，并非办的盗案，却是办的你那家务之案。"天仁至此，方才知道上了彭玉麟之当，只好磕头道："生员不肖，不应吃没舍弟的田产，大人办得公正。"

彭玉麟接口对着首县道："此案既已证明，赏氏所有田地，确是赏天义一人所有，赏天仁无一点关系。贵县下去，就照本大臣所断结案可也。"

赏天义忙向彭玉麟叩上一个响头道："大人断得公允，还有何说。不过小人还想将这家产，仍照大人起先说过之话，或是分一半给我家兄，或是分他三分之二给我家兄。小人恐怕县大老爷不肯这般断法，务求大人吩咐一声。"赏天义说着，只等彭玉麟示下。

彭玉麟又恨恨地指着赏天仁说道："你这劣生，有了如此的一个好兄弟，不会好生友爱，你这兄弟此刻的说话，你可听明没有！"

赏天仁到了此时，良心发现，竟去抱着天义大哭道："兄弟，做你哥哥如此不肖，此刻真正有些没有面目见你了。"

彭玉麟本有鉴人之明，一见赏天仁的天良犹未全泯，便笑上一笑地又对着首县说道："既是如此，贵县下去斟酌办理就是。"

彭玉麟办好此案，心下十分畅快。又因那个首县断案能够如此细心，又去告知鄂督，将他升署知府。后来非但这位新升知府更加去做好官，就是赏氏弟兄也真的十分友爱。所以当时彭玉麟确有龙图再世之誉。

不过彭玉麟所做类于以上几案的事情，极多极多，本书不是他一个人的全传，只好略举一二罢了。现在单说彭玉麟办过李鹤章的那件案子，自然卖了私交，并未奏知朝廷。左宗棠又给了施道台调和彭、李二人之信，所以彭、李二人真的一点没有芥蒂。

日子容易过去，已到光绪九年的冬天，江西的那位刘秉璋中丞奉旨调补浙江巡抚，他又把那位得意门生徐春荣奏调浙江，仍然派充浙江全省营务处，统领水陆各营等差。徐春荣既是服官本省，便可将他的那位老母迎养到杭，心中很是安适。

有一天，方和刘中丞谈完要紧公事，正想回他运司河下公馆的当口，忽见刘中丞笑着一把抓住他的衣袖道："杏林莫忙，你不是常常和我说，你的为人，除了文王一卦之外，便觉毫无所长，说到做诗一节，更是眼高手低，你的那些说话自然都是谦辞，这且不必说他。但是我也是个翰林出身，应该见过一些好诗，谁知我也和你一样地手低眼高。近十年内，真的没有看见几首好诗。"刘中丞一直说到这里，方命一个管家，取到一卷诗稿，忙去打开，指着好多首宫词道："杏林，你且细细一读，我说还胜唐人的宫词呢。"

徐春荣便去接到手上一看，只见写着是：

拟古宫词

鹔鹴声催夜未央，高烧银蜡照严妆；

台前特设朱墩坐，为召昭仪读奏章。

富贵同谁共久长，剧怜无术媚姑嫜；
房星乍掩飞霜殿，已报中官撒膳房。

椽笔荒唐梦久虚，河阳才调问何如；
罡风午夜匆匆甚，玉几休疑末命疏。

鼎湖龙去已多年，重见照丘版筑篇；
珍重惠陵纯孝意，大官休省水衡钱。

金屋当年未筑成，影娥池畔月华生；
玉清追著缘何事，亲揽罗衣问小名。

桂堂南畔最消魂，楚客微辞未忍言；
只是夜浮风露冷，黄舆催送出官门。

九重高会集仙桃，玉女真妃庆内朝；
弟座谁陪王母席，延年女官最妖娆。

未央官阙自峥嵘，夜静谁闻吠影声；
想见瑶池春宴罢，杨花二月满江城。

河伯轩窗透碧纱，神光入户湛兰芽；
东风不解伤心事，一夕齐开白奈花。

藏珠通内忆当年，风露青冥忽上仙；
重咏景阳宫井句，荧乾月蚀吊婵娟。

千门镇钥重鱼宸，东苑关防一倍真；
廿载垂衣勤俭德，愧无椽笔写光尘。

各倚钱神列上台，建章门户一齐开；

云阳宫近甘泉北，两度秋风落玉槐。

月槛风阑拟未央，少游新署艺游郎；
一时禁楄抄传遍，谁是凌云韦仲将？

书省高才四十年，暗将明德起居编；
独怜批尽三千牍，一卷研神记不传。

水殿荷香绰约开，君王青翰看花回；
十二宫女同描写，第一无如阿婉小。

手摘松珠睡不成，无因得见凤雏生；
绿章为奏鹓仪殿，不种桐花种女贞。

诏从南海索鲛珠，更责西戎象载瑜；
莫问渔阳鼙鼓事，骊山仙乐总模糊。

龙耕瑶草已成烟，海国奇芬自古传；
制就好通三岛路，载来新泛九江船。

碧海波澄昼景暄，画师茶匠各分番；
何人射得春灯谜，著得银铧便谢恩。

云汉无涯象紫宫，昆明池水汉时功；
三千犀弩沉潮去，只在瑶台一笑中。

彩凤摇摇下紫霞，昆山日午未回车；
玉钗敲折无人会，高咏青台雀采花。

筥篮采叶尽吴姝，缫馆风轻织作殊；
新色绮花千样好，几家提调费工夫。

斜插云翘浅抹朱，分明粉黛发南都；

榴裙衬出鞯帮蝶，学得凌波步也无。

春老庭花喜未残，云浮翠辇上星坛；

纵山笙鹤无消息，惆怅梁新对脉难。

徐春荣一口气看完了这二十四首宫词，不禁连连称赞道："此诗飘飘欲仙，的确是一位才人之笔。此人是谁？请老师快快告知门生知道，门生一定向他学诗。"刘中丞听了，也很高兴地答道："杏林，你既这般倾倒，足见我的老眼犹未花呢。"

刘中丞说到这里，又命一个管家去到上房取出一大卷稿子纸来，笑着递与徐春荣道："杏林既是如此欢迎此人之诗，我就再给你看它一个饱了再讲。"

徐春荣果然看得兴起，忙得无暇答话，即在刘中丞的手上接了那卷诗稿，连忙定睛一看，只见上写着《山居六十四韵》，下注"用九佳全韵增入九字"的九个小字，又不禁咋舌道："此人真正才大如海，今天我徐某可得着一个做诗的知己了。"刘中丞听说，也笑上一笑道："杏林，你且看诗呢。真的李杜复生，想亦不过尔尔。"

徐春荣赶忙看去是：

息影岩阿足，萧闲事事皆；橐天符柱史，缪日命灵娲。

篱援春栽槿，郊扉昼闭柴；野游来广莫，代谢纪无怀。

潇洒华阳帽，优游关里鞿；棋图重布子，剑解与参差。

溪集商同趁，溪居客并佳；拾冈哀橡媪，寒浦挑莲娃。

丑凸深凹画，朝荣夕悴荄；绕庭滋石蔓，支牖斫风楎。

岚壁峰常峭，荒园户半闲；宗生萵避苋，夹植柳兼楱。

哀壑形津豁，飞泉势溯矿；溪晕摇飑艳，渊曲凑滚怀。

地僻防瘴瘅，风淫慎虐阒；巾车寻窈窕，虚室纳威樑。

栖峻扪萝径，循流泛荻簿；凝阴群象肃，吹籁八音鹐。

应律中鸣冒，知更鹤颊骴；龟供特健药，鹿系放生牌。

植翳恒囷雉，黏罾竞缀蜗；树鸡增凤馔，莲鲊荐清斋。

杯喜柟瘤列，罂将蒜壳柴；荣膺宏景赍，食减瘦郎鲑。

枫械思朋友，冀瓜饷等侪；霜消蝉嘒嘹，月黑狗眍唻。

酒瓮新生润，琴床积旧霾，囊盛云襄襄，笕过水潺潺。
草彩遥相接，林光净若揩；渔师争蹈獭，庖子欲羹豺。
机汲输回瀑，村谣答远飙；闲情调燕雀，微物富螺蠃。
跌宕从岩隐，弯环步短街，杖藜初矍铄，蹒跚尚徘徊。
远树低如荠，文莎细如绤，松高疑岱倚，橘老漫逾淮。
万竹青竿亚，双桴紫穗挨，蠹深南越桂，蚁聚北宫槐。
学种庄生瓜，还移孔墓楷，齐民曾讲习，老圃信痴崖。
仰面看飞鸟，停车轼怒蛙；振奇搜越绝，诙诡志齐谐。
汲黯狂犹昔，刘伶醉可埋，华胥前圣国，阿闷化人阶。
头漕周秦籍，心嫌郑卫哇；雅金稽郭璞，字解徇徐锴。
扬子玄伤巧，相如赋类俳；劬宵燐火耀，鸣晦翰音喈。
整帙标缃带，缮经剥翠籖；凌空杨鸷羽，蓦涧迈凡骀。
倦几抛书卷，栖尘满箭籖；藩难苞桢黩，旄节信音乖。
澹栗资连舶，传烽走快拿，幽浪更反侧，胡梵渐离俳。
飙怒号无穷，澜狂浩著涯；求沙虚抱朴，闻唱感洪崖。
素发俄垂领，朱门肯乞膜，翛然剪白石，宁要佩青萮。
转晷时光迅，繁霙岁墓筵；折梅聊酌醋，煨芋自然虀。
抚拌延谑笑，投壶止罚哇；五穷仍乐道，一旦敢行怪。

　　徐春荣一直看完此诗，先把那诗放在桌上，然后笑着问刘中丞道："此人究是哪个？"刘中丞见问，也哈哈一笑道："此人非别，就是江西萍乡才子文廷式孝廉呀。"

　　徐春荣听了大是惊喜道："他在此地么？"刘中丞道："我也久闻其名，惜乎不能一晤。可巧此地的俞曲园前来推荐于我，我就礼贤下士地请他办理文案。"刘中丞说着，即吩咐戈什哈快把文廷式文老爷请来。

　　一时请至，未及介绍，徐春荣急向廷式一揖到地地笑着道："道希①兄，徐某数年服官贵省，都因老哥出游，未能一聆教言，不图今天竟作同事，快极快极。"

　　文廷式慌忙回礼道："兄弟也是久仰杏翁，现承中丞委充文案，以后倒好常常地请教了。"刘中丞接嘴道："你们二位，既是相见恨晚，快去好好地谈他一

────────────

　　① 文廷式之字。

谈。我此刻还得出去拜客，恕不奉陪你们。"

徐春荣不及答话，即同文廷式去到他的房内，谈谈政治，讲讲诗文，不久竟成生死之交。

谁知他们虽是二贤相聚，其乐融融，可是法国对于中国，忽因一件交涉问题，居然大动干戈起来，不到几时，竟将他们的海军开入福建，以及浙江的镇海地方。

朝廷得信，顿时大着其慌，连连几道上谕，分给闽、浙督抚，说着我国的海军万万不是法国所敌，只有一任他们向我们开炮，我们这边非奉上谕，不准还炮。

当下徐春荣第一个便跳了起来，对着刘中丞说道："这道上谕，万万不能照办。至于说到我们中国的海军不能对敌外人，此言诚然诚然。但是现在已经到了两国开衅，如何可以只准人家开炮、我们不得还击，岂非亘古所无的奇事？"

此时文廷式也在座中，便先矗言道："杏翁身居全省营务处，又是兼统水陆各军，以职守言，当然如此论调。不过兄弟曾经听得人说，我国的所有海军经费，全部已经移作修造颐和园之需的了。这个海军，如何能够对敌？杏翁须要通盘筹算才好。"

刘中丞连连点头道："道希之言极是，倒是和我一般见解。"

徐春荣听说，微微地一笑道："道翁所说，海军经费移作修造颐和园的说话，本来不错。但是内中还有一点区别，颐和园的修造经费并非纯移海军经费，却是太后准了李连英之计，开了一个新海防捐，这个新海防捐的捐款，倒是全用在颐和园里的了。我国海军虽然不敌外人，只要做将官的调度有法，未必不可一战。"刘中丞道："杏林，你的军事之学，我自然相信你的。其奈两宫和恭王不相信我，说也枉然。"徐春荣听到这句，方才垂首无言。

文廷式道："镇海方面，既有法国兵船侵入，我又知道他们的统帅名叫哥拔，却是一位名将。中丞职守所在，似也不能不防一下。"

刘中丞本来很信用文廷式的，当下便一面点头称是，一面又对徐春荣说道："既是如此，别个人去，我自然不甚放心，只有杏林亲到镇海一趟。"刘中丞说了这句，又朝徐春荣看上一眼道："上谕的话，谁敢不遵？倘若有人不奉我令，就向法舰开炮，只有请你立刻砍他脑袋。"徐春荣听话，只好强勉答应而去。

一天到了镇海，那里的提台、镇台因为抚台本是挂有兵部侍郎衔，可以统属提镇的，全省营务处又是代抚台办事的，自然都来迎接，并想打听抚台的意旨。徐春荣不便相瞒，老实告知一切。

提台、镇台都说，徐营务处既然到此，我们悉听调度办理，不敢妄参末议就是。

徐春荣皱眉答道："兄弟自然不敢不遵上谕，以及抚帅的意旨，但是也得见机行事，总不见得一任法兵占了我们的浙江吧。"

提台、镇台都是官场老手，如何肯来负责，当下无非唯唯连声，貌似奉命而已。徐春荣等得送走提台、镇台之后，即与道府各县谈了一阵公事，又去亲自勘过敌舰的形势，方才密禀他的老师。

有一天晚上，徐春荣业已安睡，忽在睡梦之中，陡被一声轰隆隆的大炮声响将他惊醒，赶忙派人出去查问，尚未据报，已见那个炮台官魏占魁赶忙请上一个安道："回营务处的话，标下该死，尚求营务处准许标下将话说完，再行治罪。"徐春荣忙不迭地答话道："治罪事小，防敌事大。现在敌人方面怎样？"

魏占魁又抖凛凛地说道："我们开过一炮之后，敌船倒说渐渐退去。"

徐春荣听了方才把心稍稍放下，一壁命人再去探听，一壁始问魏占魁道："这样说来，此炮乃是足下命放的了。"

魏占魁很快地答道："标下又不是不要这个脑袋的，怎么敢放？"说着，立即退至门外，忽然带入一个酒醉糊涂的大汉，令他跪在地上，又恨得要死地指着那个大汉说道："此人名叫吴杰，号叫吉人，乃是炮台一个守兵。今天晚上，不知怎么贪饮了几杯黄汤，竟敢不奉命令，胆敢开此一炮。"

魏占魁还待再说，那个吴吉人忽来接口道："小人今天晚上，确属多喝了几杯热酒，睡得糊里糊涂的当口，陡然肚子大痛，忽想寻个地方出恭，一瞧炮台顶上有风吹着凉快，就到那儿前去出恭。不料刚才出到一半头上，陡闻一阵轧轧的声响，赶忙抬头一望，只见一只极大的外国兵船直向我那炮台前面开至。小人一时心慌，只好急把炮闩一扳，立即开出一炮，可巧那炮刚刚打中那只大兵船的瞭望台上，那只兵船陡然停止驶行，没有半刻，已经渐渐退去。"

吴吉人说到这里，正待去向徐春荣求饶的时候，魏占魁忽去朝他脸上死命吐上一口口水道："你这个黄霸蛋，自然是稀里糊涂，你不晓得你老子的一个吃饭家伙，已经被你闹掉了。"徐春荣听说，连忙摇手止住。正是：

> 小兵虽是能开炮，
> 大将还须会识人。

不知徐春荣要说何话，且阅下文。

徐春荣本来稍知一点相术，起先一见那个魏占魁带入一个大汉，虽然还是酒气熏人，讲话舌头发木，但是见他那张五岳朝天的面貌，已是心里一惊，及至听他声音洪亮，说话又极老实，将来必能大贵，所以赶忙摇手将那魏占魁阻止，方去问着吴吉人道："你擅自开炮，难道不知道你是一个小兵，没有这个权力的么？"

吴吉人见这位徐营务处的脸上仍是和蔼之色，没有什么怒容，也是他的官星高照、福至心灵起来，当下便大胆地答道："回大人的话，小人当时一见那只大兵船轧轧开至，倘然先被他们开炮，毁了我们炮台，这个镇海地方，便为外人所占。小人想想，国防事大，违旨事小。小人就是因此砍头，大人也会怜悯小人一点愚忠，能够抚恤小人妻子的。"

徐春荣听到此地，不禁肃然起敬地答道："我们有兵如此，何以不可一战？"说着，即对魏占魁道："此人颇有见识，不是其他小兵可比。你且将他带去好好看管，抚台那儿由我替他设法便了。"吴吉人一听徐春荣如此说法，连忙伏在地上磕上几个响头，便随他们的炮台官而去。

此时前去探听外舰的那个差官业已回来，徐春荣问他打听怎样，那个差官回话道："沐恩亲去打听，那些外舰确有似要退出之意。"

徐春荣听了，便去占上一卦，看了爻辞，已知其意，胆子越加大了起来，正在自拟打给抚台的电稿，又见一个差官来禀道："镇海电报局王委员，说有要公禀见。"徐春荣即命导入，谈了几句，始知那个王委员因见抚台派在镇海的坐探委员将吴吉人擅自开炮的事情，业已先行电禀抚台去了，乃是前来讨好的。

徐春荣命他退去，即将吴吉人虽然擅自开炮，其中别有原因，可否将他赦免，但将他自己失察的处分尽管加重办理的话，写在上面打给抚台。及接回电，仍命速将吴吉人即行正法，并将炮台官魏占魁发交县里管押，听候参处。至于徐春荣的失察处分，一字未提。

徐春荣看完电报，却自言自语地说道："这个姓吴的，无论为公为私，我须保他性命。况且敌舰既将退去，卦辞又是十分吉祥，我只有再电我们那位文道希，请他再在抚台面前竭力说项。"徐春荣说了这话，忙又打上一个长电给那文廷式，托他进言。及至再接回电，仍是没有效力。

徐春荣一时没有法子，他就索性发了一个电给他老师，说是吴吉人有三不可斩之理，他自己倒有三可斩之理，要请刘秉璋立即派人前去接办他那营务处以及统领水陆各军等差，俾得单身晋省、听候参办之语。

刘秉璋接到电报，不觉又气又急。气的是，他这位多年的门生竟因一个小兵之事和他闹起标劲起来。急的是，连连地杀了那个吴吉人，朝廷恐怕还要见罪下来。刘秉璋一个人气了一阵，急了一阵，只把那文廷式文案请至商议。

文廷式先自笑上一笑道："徐杏林的诗文，文某还可与他相埒。若论他的战略，不是文某在中丞面上说句不好听的言语，文某不必说了，恐怕浙江全省之中的文武官吏，没人及得他来。况且他与一个小兵非亲非故，何必如此，其中必有甚应道理。"

刘秉璋不待文廷式说完，慌忙接口道："你的说话自然有理，我与杏林乃是多年的师生，我的做官，谁不知道都是他在帮我？不过这桩事情，非我可以作主，倘若两宫见罪下来，如何是好？"文廷式又笑着道："中丞若是单为此事，何不电令杏林来省？当面一商，我料他一定有话对付两宫。"

刘秉璋又连连点头道："是的是的，我真老昏了。今天亏你提醒，不然杏林真的和我闹了脾气，我也只有马上一个折子告病回家，吃老米饭去。"

文廷式因见刘秉璋迁得可怜，便不和他多说，立即拟上一个电稿，送给刘秉璋看过，当即发出。哪知一连三天没有回电，北京军机处里责备的电报却先来了。

刘秉璋忙命文廷式译出一看，只见写着是：

> 浙江刘抚台勋鉴：顷奉两宫面谕，据掌陕西道监察御史奚鹿奏称，前奉上谕，明白晓谕，着令闽浙督抚，虽有外舰开至，不准先行开炮，以睦邦交。臣某风闻某月日，浙江镇海违旨擅开一炮，该炮究为何人所发，应令浙江抚臣刘秉璋明白复奏，并治违旨之罪等话。着刘秉璋飞即明白电奏并将外舰被击之后如何情形一并奏闻。贵抚接电希即查明奏报，免劳两宫圣虑是为至要。
>
> 　　　　　　　　　　　　　　　　　军机处印

刘秉璋还没看完，已在摇头不已，及至看毕，便把那封电报向那公事桌上一丢，跺着脚地自语道："奚林害我，奚林害我。"

哪知刘秉璋的第二个"我"字刚刚离嘴，只见一个戈什哈报入道："徐营务处到了。"刘秉璋忙不迭指着那个电报，气喘喘地对着徐春荣说道："你看你看。怎么得了。"徐春荣倒很镇定地先去看过电报，方始叫了刘秉璋一声道："老师，门生要替老师道喜，这位御史而且只好白参的了。"

刘秉璋不等徐春荣说完，忙又站了起来，一把抓住徐春荣的臂膀道："奚林，你在怎讲？"徐春荣笑上一笑，且不答话，反而先朝文廷式拱拱手道："兄弟出差，此地的公事更忙了，道翁偏劳得很。"

文廷式生怕刘秉璋着急，赶忙一边匆匆还礼，一边问道："中丞有何可喜之事？要么那个吴吉人的一大炮，竟把外国人打跑了。"徐春荣又笑着接口道："岂敢，不是如此，我们这位老师的喜从何来呢。"刘秉璋此时早已归坐，一听此言，急又站起道："奚林，你快坐下说呢。你再不说，真的要把我急死了。"

徐春荣听说，先请刘秉璋和文廷式一齐坐下，自己方去坐下道："老师，部下有些好兵，真正可喜。吴吉人自从开炮之后，他们的炮台官马上把他抓去见我。据吴吉人说，他是有心开炮的。"刘秉璋又不待徐春荣往下说完，忙拦着话头道："该死该死。他的脑袋不值钱么？我这个封疆大员，怎样可以违旨呢？"文廷式接口道："中丞莫急，且让我们奚翁说完再讲。"

刘秉璋又对着徐春荣乱挥其手地说道："你说，你说。"徐春荣又接说道："老师，你老人家怎么这般性急，一个巡抚不做，有何要紧？能够一炮打死一个外国元帅，岂不大好？"文廷式和刘秉璋又一齐惊问道："难道那个哥拔元帅，真被吴吉人一炮打死了么？这倒真是一件可喜之事。"

徐春荣点点头答道："在吴吉人匆匆开炮之际，虽然不知哥拔就在那只兵舰的瞭望台上，但他知道一被外国人先行开炮，那座炮台必定被毁无疑。他能冒了杀头之罪前去开炮，那炮无论能否打死敌人，总是可嘉之事。现在也是吴吉人的福命，倒说那个哥拔竟被一炮打死，所有全部的外舰统统退出镇海去了。"

刘秉璋听完拍着手地大喜道："这是杏林的调度有方，功劳很是不小。"说着，又朝文廷式大笑道："你们二人，快快替我拟这复那军机处的电稿。"文廷式即与徐春荣斟酌一下，照直而说，拟成电稿，不过末了加上几句，可否将那吴吉人即以都司归抚标补用。刘秉璋看过，即行发出，两宫见了，自然一一准奏。

谁知法国的兵舰虽在浙江失利，却在福建得手。闽浙总督本是一个姓赫的将军护理，一时无法对付法人，只得飞奏朝廷求援。朝廷即授两江总督左宗棠为钦差大臣，迅速率兵入闽，督办军务，并且电谕浙抚刘秉璋协助。

刘秉璋奉到那道上谕，忽又着慌起来，徐春荣、文廷式二人忙劝着他道："左相侯本是一位老军务，朝廷又极信用，他既前去，兵饷两项，决计没人掣他之肘。我们此地只要遣兵协饷已尽责任，何必发愁？"

刘秉璋急将眼睛望着徐、文二人道："左季高倘若要调你们二人前去，我可不能答应他的。"

徐、文二人笑答道："中丞放心，我们二人，当然在此报效。"

刘秉璋还待再说，忽见一个跑上房的小戈什哈走来报喜道："替大人道喜，四姨太太生下一位少爷。"

刘秉璋尚未答话，徐、文二人忙向他去道喜。刘秉璋微蹙其眉地说道："我的孩子多了，再养个把没甚关系。"说着，望了徐春荣一眼道："你在外边忙了半生，今年已是四十八岁，最好赶忙养下一个小子才好呢。"

文廷式笑问徐春荣道："杏翁还没少爷吗？"

徐春荣点点头道："内人曾经养过一个，仅到七岁上便夭亡了。道翁几位世兄？"文廷式又笑答道："前年养了一个，取名永誉，小字公达。孩子倒还伶俐。"

徐春荣道："听说宝眷尚在广东，何不接到此地？"

文廷式道："来春兄弟还想北上会试，倘能侥幸，那时打算再接家眷。"

刘秉璋笑着接嘴道："道希的才华，一定能够大魁天下的。"

文廷式连连谦虚几句，又问徐春荣道："杏翁可有如夫人么？"刘秉璋笑说道："我听我内人说起，似乎杏林的第三位万氏如夫人，不是业已坐喜了么？"徐春荣也笑答道："落在来春二月，不知如何？"他们三个谈上一阵，方始各散。

等得封印开印之后，转眼已是光绪十年二月初上，徐春荣因为年已半百，望子情切，就在那两天去向院上请上几天事假，只在家中闲着。

一天已是初九的晚上，万氏夫人^①业已发动，收生婆也已伺候在旁，徐春荣因事走过万氏夫人房外，觉着产母房内寂静无声，顺脚止步，忽将门帘搴起一看，哪知不看倒也罢了，这一看，只把这位久经战阵的徐营务处惊得目定口呆起来。你道为何？

原来徐春荣那时所见的，却是一个千年老白猿，正在房里纵跳。正待唤人去捉那只老白猿、犹未来得及出声的当口，陡见那位万氏夫人，一个人在她床上似乎惊醒转来的样子，已在抖凛凛地大喊道："房里有只老猿子，大家为何不来捉它？"

徐春荣一听万氏夫人如此在喊，便也不管是否血房，一脚奔入，不料一个眼花，那只老猿子忽又不见，同时复见万氏夫人又在喊她腹痛，收生婆赶忙上去伺候，早已生下一个孩子。

徐春荣当时瞧见产母平安，所生孩子谅是那只老猿投胎。无论此子将来怎样，总觉有一些来历，心下一个高兴，连忙奔出房外，一脚上院，报知他的老师知道。刘秉璋一听他这门生，已卜弄璋之喜，连连把文廷式请至，告知其事。徐春荣又将他们夫妇二人一同见那老白猿之事，说给大家听了。

刘秉璋先笑着地说道："杏林本是一个孝子，帮同打平长毛，又不居功，更是一个忠臣。晚年能得此子，定是老天赐报吧。"文廷式既是才子，自然无书不览，对于那些星相之学并能了解真谛，当下也忙插嘴对着徐春荣笑道："今年乃是甲申年，二月乃是丁卯月，今天初九，乃是乙卯日。"文廷式说到这句，又在掐指一算道："此刻正是戌时，乃是丙戌时辰，此子却是一个倒三奇格。"

刘秉璋忙问，怎么叫作倒三奇格？徐春荣接口道："甲乙丙丁，谓之顺三奇格。此子既是甲申、丁卯、乙卯、丙戌，谓之倒三奇格，倒三奇格自然不及顺三奇格。"文廷式又笑着道："只要成格便好。"

刘秉璋道："古来神龙老猿投生之事，不一而足。此子将来必定跨灶。"

徐春荣皱眉道："门生生平一无所长。此子即照老师的金口，将来能够跨

---

① 万氏夫人，即为作者生母。

灶，门生想来也不至于怎样。要么门生把我这个文王卦的学问，传授给他吧。"

文廷式道："以我看来，此子异日必负一点文名。"刘秉璋道："他这八字，能入词林么？"文廷式又道："点林的未必一定成名，成名的未必一定点林；点林仅能一时，成名却是千古。"

徐春荣笑着接口道："寒家毫无积德，安敢望此。"说着，忽然自己失笑起来道："现在还是一个脓血泡，只要家慈能有抱孙之乐，也就罢了。"

文廷式却正色道："兄弟本是一个博而不专的人物，但是平常偶尔鉴人，倒还不差什么。就是小儿永誉，将来也能得到一点点的虚声。"

刘秉璋听了，很乐意地呵呵大笑道："你们二人之子，只要将来能够都负文名，我纵不能亲见，也很开心。"徐、文二人自然一同谦逊几句，方才退山。

做书的做到此地，却要郑重地表明一声，以上这些说话，都是先妣万氏太夫人以后告知我的。当时先严和道希世叔，各人望子心切，情不自禁，或有这些议论。现在文公达老世兄确已负着很好的文名，做书的呢，完全是个不学无术之徒，一生事业，毫无足述，至于作几句歪诗、编几部小说，不过一个高等文丐而已。这段小说，不过不敢忘记先严先辈的口泽，断断不敢假此自炫，特将"蠢子"二字标题，读者诸君，或能见谅。

不过我在三四岁的时候，却有一段极危险而又稀奇的事情，至今已有四十四五年之久，敝县的那班父老犹作掌故讲述。

我们白岩村的老宅乃是依山为屋的，所以五层楼上还有花园草地。先祖妣童太夫人在日，即在那个花园草地之上盖上一座茅竹凉亭，凉亭紧靠先祖妣的卧房，由那卧房去到凉亭，必须经一座七八尺长、二尺多宽的小小板桥，桥下便是万丈深坑。五层楼下的佣人，每日总在那个坑里淘米洗菜，有时昂首向上一望，好比上海南京路上望着先施公司最高一层楼上，还要高些，因此板桥的左右，复用几根竹子做成桥栏，以防不测。当时无论何人走过那座板桥，从来不敢扶着桥栏，往下一望的。

先祖妣那时已有八十二岁的了，她老人家却有七子六婿，孙儿孙女大概也有二三十人之多，先严因是长子，我就是个长孙，先祖妣未免更加溺爱我些，也是有之，所以先祖妣每每谕知所有一班孙儿孙女的乳媪，不准抱着小孙到她那座凉亭，因要走过那座板桥，未免总带几分危险性质，这也是老人家有了经验之谈。

有一年的夏天，先祖妣正在那座凉亭之上，和那族中父老围坐纳凉的当口，陡见一只极大极大的斑斓猛虎，就朝她们人群之中奔去，大家自然飞奔地四散逃开。那只猛虎因见板桥那边还有屋宇，不知怎么一来，就向那座板桥之上奔了过去，不料虎的身体巨大，板桥太窄，倒说一被虎的身体一挤，左右两边的桥栏顿时折断，那只猛虎，也是它的晦气，砰的一声，坠落桥下坑里，立时跌成头碎骨折。一个身体成为数段，一种惨怕的样子，连那一班久与鹿豕为伍的乡下人见了，都没胆子前去正眼睹它。先祖妣自从瞧见跌死那虎之后，常常以此为，不准先慈以及乳媪带我前去定省。这句话，还是我在一周岁的当口。

及至我到四岁那年上，先慈又把我从杭州带到白岩老屋里去，探望她的婆婆。先祖妣因见爱媳众孙又由任所去到她的那儿，自然十分欢喜，就命先慈以及我的乳媪带了我住在她老人家的卧房。每逢我要恬祖母，总是她老人家从那凉亭上回到卧房，从来不准乳媪将我抱到凉亭上去的。我那乳媪也知先严当时仅有我那一个宝贝，每日每晚也不准我离她一步。

有一天的中上，我那乳媪抱着我的身子和她一起午睡。等我一个人醒转一瞧，乳媪正在做她好梦，我当时推她不醒，又因房内一个没有大人，忽然想到先祖妣常常地给我对课，课一对上，便有糖果赏赐，一时等候不及，于是悄悄地起下床去，一个人一摸两摸地摸到那座板桥。

不料这天，正有两个木匠在修那座板桥，那时木匠刚去小便，桥栏既已卸去，桥板的一端仅仅乎搭在先祖妣卧房外面，还有一端搭在凉亭子的阶前。两块极薄极软的桥板搁在那个万丈深坑之上，莫说是人不敢走过，就是一只小小的蚂蚁，它若有些智识，也决计不敢爬过去。独有那时天不怕地不怕的一个我，竟会摸至桥边，刚刚踏上桥板，桥板陡然轧轧轧地一软，我就扑的一声，一脚滑下桥去。正是：

纵有慈亲防后患，
哪知稚子已前趋。

不知那时业已滑下桥去的我，究竟怎样危险，且阅下文。

第三十九回

真钦差请将出山
假商家暗走台湾

当时的我年纪虽仅四岁，倒说一经失足滑下那座板桥之后，也会吓得带哭带喊地一面在叫乳媪，一面已将左右两只小手，仿佛那郎中先生在按病人脉息的样子一般，骈了两手双指，搭在桥板之上。一个小身体悬在下面，又似吊桶一样。哪知那座桥板因为业已腐旧，所以在叫木匠修理，我的身子虽小，那座腐旧的桥板早已禁受不起，只在那儿轧轧地作响，大有立时立刻就要不必等我身子离它坠下，它也不能自保其身。同时我那两只小小的臂膀，试问有何长久气力！

正在危险得一百二十四万分的当口，我那乳媪睡在梦中，陡见一只极大极大的老白猿子一脚奔到她的床前，拼命地把她推醒。一见我那个人不在她的身边，情知闯了大祸，赶忙不要命连跌带冲地奔到那座桥边，一眼瞧见我已声嘶力竭，两只手臂已在那儿发颤，她忙心下先定一个主见，然后将身轻轻地跪伏在那桥板一端，飞快地把我身子一抓，同时用她双脚忙不迭地一缩，我和乳媪二人方能到了里边。这样一来，那时的我，现下在此胡言瞎道冒充小说家的徐哲身，总算保牢一条小小狗命。

当时我那乳媪，究竟是一个什么主见呢？原来她已抚领了我四年，知道我是徐家的一个活宝，倘真不幸有个差池，她就跟着一同跳下桥去，葬身坑底了事。她的轻轻跪伏桥板，更是恐怕她的身子重、桥板轻，倘一震动，那还了得，这个小心之处，虽是我那乳媪，因已拼出性命，反而能够镇静下来，其实还是我这个人，应该要在这个世界上吃他几十年的苦，否则为我个人计，当时一坠而死，诚如先严所谓不过一个脓血泡罢了。

这是我孩提时的把戏，却与本书无关。

再来接说那时先父既生我这个蠢子之后，对于国家公事越加认真。一天听说左宗棠已经驻节福建马关，因为忧愤时事，有如心疾，每天只在营中喊着"娃子们，快快造反，料理裹脚草鞋，今儿老子要打洋人"的说话，便去和文廷式商酌道："左相侯今年已是七十开外的年纪了，倘若真的得了心疾，如何能够再去对付洋人？兄弟要想亲到福建一趟，我们中丞一定不放，可否请兄代我一行。"

文廷式听说，把他五官蹙在一起地答话道："杏翁还不知道么？兄弟已向中丞请了假，明后天就得北上会试。"

徐春荣不待文廷式讲毕，忙接口道："哦！倒忘了此事。兄弟还得就替老兄饯行。"文廷式连连摇手道："现在正是多事之秋，我们两个的交谊决计不在形式。杏翁还是去和中丞商量福建的事情吧，因为本有上谕叫中丞协助左相侯的。"徐春荣听说，只好笑着答道："老兄见教极是，兄弟连那送行的虚文俗套一起捐免。"

文廷式因为行期已促，便去忙他私事。

徐春荣也与刘秉璋商酌一会，立即派了一个名叫徐浦臣的参将去到马江，和左宗棠面陈协饷调兵等事。及至赶到马江，方知左宗棠并没什么心疾，无非厌恶洋人之意，很觉厉害，民间不知底蕴，有些谣传而已。

一天马江的总兵楼大成因想巴结这位左钦差起见，就借他那五秩大庆之期，设宴演剧；左宗棠亲自点了一出岳飞大胜金兀术的戏文。当场文武各官已知其意，赶忙恭维左宗棠道："侯爷从前威服俄人，现在又来打这法人，似乎更比岳武穆还要有功。"

左宗棠听了，方才呵呵大笑起来道："诸位这些说话，未免太觉恭维老朽了。老朽从前打平浙江的长毛，又把安徽、河南、山东一带的捻匪剿平，后来去到陕甘，也把积年作乱的回匪办得平平安安。伊犁之事，若非我和刘锦棠等人陈兵以待，恐怕那位曾劼刚袭侯和那俄人的交涉也没如此顺手。"

左宗棠一边这般说着，一边又在大咳其嗽，咳了一阵，又笑着指指戏台道："今天乃是楼镇台的生日，老朽只好随和一些。老朽在那省城里的时候，那天正是元旦，大家也在演剧。我便问杨石泉制军，今儿什么日子。他说在过新年。我说不准过年。我要立即出队去打洋人，恐怕洋人要趁我们过年当口，偷打厦门。我要去打前敌。杨石泉说洋人俱怕侯爷，不敢来的。我说这话不可靠的。我当初以四品京堂去打浙江长毛，不是他们怕我；打陕甘回回打新疆回回，也都不是他们怕我，我却不管他们怕不怕我，我只要打。杨石泉仍是再三阻止，我故来到此间。今天这个衙门里又有唱戏，我怕洋人打来。"

文武各官一直听完，忙又一齐答称道："侯爷不必怕，洋人定惧侯爷的威名，怎敢打来？"左宗棠摇摇头道."杨石泉不是罗萝山门人，这个福建太糟。"

左宗棠说到这里，忽见他的戈什哈报进道："福州将军穆图善穆大人，亲自来此拜会。"左宗棠一愣道："他来何事？他在陕甘害死了我的刘松山，还有好多大将，也是他害的，所以我在省城，不喜见他。"谁知左宗棠自顾自地在说，那位穆将军却已自顾自地走进来了。

左宗棠一见穆图善自己走入，只好念他是皇帝一块土上的人，慢慢地离席起座，方请穆图善升炕。穆图善见着左宗棠很守规矩，不敢就去升炕。

原来清朝的官制，有真钦差假钦差之分。真钦差是上谕上面有那钦差大臣字样，如从前曾文正的钦差大臣、年羹尧的钦差大臣、岳钟祺的钦差大臣；那时左宗棠的钦差大臣，这个钦差大臣方算真钦差，照例可以札饬督抚将军的。若是上谕上面没有钦差大臣字样，仅仅乎由军机处派出，这是翰詹科道，以及六部司员，都可以的，这个谓之假钦差。假钦差便没多大威权。当时左宗棠既是真钦差，穆图善自然不敢和他升炕。

左宗棠又把他的手一挡道："你就坐下吧，我只问你前来见我何事？"穆图善只得战战兢兢地坐下道："晚生因闻侯爷自己要去打前敌，特地赶来阻拦。"

左宗棠忽突出眼珠子问道："此话怎讲？"穆图善道："侯爷在此，却是一军的元戎，只宜坐镇。倘若真的去打前敌，只要我们将军、总督前去。"

左宗棠忽又流着泪地说道："那不行。你们二位已是大官。你们去得，我也去得。太后待我真好，当我是个心腹，故此将这钦差给我。"

穆图善听到这句，便不待左宗棠往下再讲，忙拦着话头道："晚生不教侯爷亲自去打前敌，正是为了太后倚重侯爷。晚生和杨总督两个虽是大官，无非一个普通臣子罢了，怎么及得侯爷一身关乎大局的呢？"

左宗棠听了，半晌无语，直过一会，方始拭干泪痕，望了穆图善一眼道："既是如此，你们二人也不必去。我命诸位统领前去，但是不准他们一人不去。"

穆图善见已止住左宗棠了，便又狠命地恭维了左宗棠一番，方始告辞回省。

左宗棠送出穆图善之后，重又入席，执杯在手，一边颤着，一边问着楼镇台和文武各官道："你们诸位可知道穆将军来此何为？"众官答称不知。

左宗棠太息道："他在兰州时候，硬说刘松山激成马化漋变叛。刘松山战死，完全倒是他所激成的。现在因为我是特旨的钦差大臣，怕我借了这个洋鬼子之事参他，有意来此巴结巴结，消消我的气。"

楼镇台首先答道："穆将军本和前任总督何璟一鼻孔出气的。有一天何制台听说法国兵舰将要杀到此地马江来了，忙去拜佛念经，说是菩萨会得保佑。穆将军恐怕何制台如此行为，民间必要不服，福建的一班京官也要群起而攻地奏参，便上一个条陈给何制台，主张立用大石，把此地马江到台江去的水路统统镇平，免得法国兵舰直驶省城。何制台认为奇计，立即下令照办。不防法国兵舰因有石填满江底，不能直驶省垣，可是此地附近一带的百姓竟被外国大炮打死论千论万。后来有人参了何制台几本，何制台拿问进京，这位杨石泉制台始来继任。杨制台倒底在侯爷部下办过事的，一切调度胜过何制台不少，现在穆将军暗底下很与杨制台不睦。现在我们福建的兵权，侯爷千万不可分给穆将军去。"

左宗棠点头称是道："贵镇所陈，我全知道。穆将军的来此消我之气。第二步就是要想来分我的兵权。"左宗棠说到这里，忽把桌子大拍一下，又气哄哄地自语道："老实说一声，我可没有第二个刘松山再被他来害死了。"

众官同声道："侯爷本是军务老手，自然不上穆将军之当，自然不惧法人。不过春秋已高，须得好好保全精神，以支国家危局。最好是，何不奏调从前的几位部下来此？也好替替侯爷的手脚。"

左宗棠听说，便望了一眼大众道："诸位爱我这个老朽，也未免太过了。话虽如此，我早打算奏调一个懂得水师的帮手。"楼镇台接口道："现在水师人才，真个很是缺乏。"左宗棠不待楼镇台往下再说，忙接嘴道："我倒想到一位好手了。"众官问是哪位。

左宗棠捻着须地笑答道："你们说说看，杨厚庵杨军门如何呢？"众官听了无不大喜道："侯爷能够请他到来，还有什么说的？但怕他已归隐长久，不愿再出来做事吧。"

左宗棠摇摇头道："厚庵穷得要死，不是鲍春霆还有良心，恐怕这一位中兴水师名将早已饿成干饼的了。人家前去找他，他自然不肯来的，我这左老三若去找他，他就不好意思不来。"

众官一听左宗棠要去请那杨载福前来，大家自然放心不少。

及至席散，左宗棠连夜一个电奏，请派杨载福帮办福建军务。那时朝廷本来十分倚重左宗棠的，自然立即准奏。

杨载福果然不好推却左宗棠的保奏，克日来到马江接印。左宗堂一见杨载福之面，一把就将他抓住道："杨老福，你真的前来帮你老大哥的忙么？"杨载福含笑地答道："老大哥的忙，固然不敢不帮，但是大清朝的天下，也是我们湖南人在那长毛手中夺回来，难道真好让这法国的洋鬼子又来抢去不成？"左掌听说，方命众官见过杨载福杨帮办之后，然后一同坐下，商议对付法人之事。

杨载福先把他那八字须勒上二勒，睁眼望着左宗棠说道："老帅，我知洋鬼子现在正在去到本国调兵，我们趁他们还未到来的时候，赶紧陈兵厦门四面山头。况且老帅打长毛，打捻匪，打回匪，打俄国洋鬼子，法国的洋鬼子没有不知道的。我敢料定一见老帅的旗号，不敢正眼窥视。"说着，又向左宗棠附耳说道："我再亲率水师，出其不意，突然靠近他们洋船，前去抢他大炮。大炮这样东西，只能打远，不能打近。打仗的人只要不怕死，自然反而能够不死。兵法上所说，置诸死地而后有生，就是此意。"

左宗棠听了高兴得跳了起来道："杨老福，你真正是位老当益壮的好手。我就马上下令，立即照办。"

杨载福便即退下，自去料理。不到几天，厦门邻近各山均已布置妥贴。

刚刚妥贴，法国的大队兵舰果已到来，尚在距离厦门五十里地的海面，洋人拿出探海灯一照，瞧见厦门沿海各个山头全行竖起左恪靖侯的红旗，知有准备。一个带兵官连连对着手下的洋兵晓谕道："中国的左宗棠厉害，还是设法议和，弄点赔款回去吧。"

洋兵听说，大家于是叽哩咕噜了一阵，真的不敢去攻厦门。

那时杨载福虽有准备，因见法国兵舰未近厦门，却也无法上去抢炮。这般地相持了一两个多月，另外的几大队法舰已经侵入台湾腹地去了。

左宗棠得到报告，急将杨载福请回马江，要他亲赴台湾拒敌。杨载福自然一口答应。左宗棠悄悄地对他说道："你真肯去，须得万分机密。"杨载福也低声答道："老师放心，此去好歹虽然不知，我总凭我智力行事。"左宗棠连称好好。

杨载福回至他的行辕，尚未坐定，他的一班好友已经得信，前来阻止道："厚庵，台湾很是危险，你可去不得的。"

杨载福颔首至再地答道："我要保我老命，不去不去。"

一班好友刚刚走出，又是一班旧日同寅奔至，也是劝止道："杨军门，法国的洋鬼子厉害，台湾又是孤岛，粮饷难以接济，千万不可去的。"

杨载福又连连称是道："同寅如此爱我老杨，我又不是傻子，不去不去。"

一班同寅去后未久，他一班文的部属又来进谒，杨载福仍然说是不去。文的部属走后，一班武的部属又来进谒，杨载福仍然说不去。等得大家都知道杨帮办决不到台湾去的了，杨载福忽然大病起来，吩咐差役，拒见宾客。

左宗棠却知其意，便借别个题目，前去拜访杨载福。杨载福使人挡驾道："敝上骤得大病，不能迎入钦差。"左宗棠忙拍着双手，对他的一班戈什哈说道："完了完了，杨帮办病了，怎样好法？快回行辕，另调将士。"

左宗棠回辕之后，又派那位楼镇台前往探视杨载福之疾，并赠人参二两。等得楼镇台去了，回报道："杨帮办果然病重，不能见客；只留一位少爷，在他病榻之旁侍奉汤药。"左宗棠佯为叹息不止。

没有两天，马江的百姓无不知道杨帮办大病之事，纷纷传说，洋人也知道。杨载福料得中外人等确已信他有病，一天晚上悄悄地问他儿子幼庵道："为父假装生病，你可明白此意？"幼庵一见左右没人，才敢低声答道："爹爹可是要想偷渡台湾么？"

杨载福点点头道："你既明白为父之意，可将箱中藏有两件老蓝布大褂子取出，为父和你各穿一件，装着买卖人的形状连夜去上渔船，偷渡台湾。"幼庵一面取出布褂，分别穿上，一面又问杨载福道："难道一个兵将都不带去？"

杨载福道："为父已经密函驻扎台湾的王纯龙统领的了。现在此地四面都是法国兵舰，我们这个水师万非其敌，如何可以带兵前往？"幼庵不觉一愕道："王纯龙所部不到三千人数，怎样可以对付洋鬼子呢？"杨载福先将帮办关防暗藏衣底，方始答话道："为父自有办法，此事非你孩子所知。"

幼庵听说，不敢再问，便随杨载福暗暗地上了渔船；及至外国奸细前去搜查，但见老少两个买卖人卧在船上，并无什么违禁之物，又见老的还在呻吟不已，便不再搜身上，喝令"开船去吧"。

杨载福等得船到海面，还在假装叹息着地对他儿子说道："听说台湾大乱，洋鬼子要和我们中国打仗，此去所有的旧账，不知能够收到若干。"

幼庵也装出不乐地样子道:"爹爹不该此时前去收账,恐怕有些危险。"

船户轻轻插嘴道:"前舱那位客人像外国探子,你们二位客人既是前去收账,言语须得谨慎一点,不要被他听去,恐怕一到台湾,就要你们报效军饷呢。"杨载福却淡淡地答道:"他们有个例子,须得上万的生意,方令报效三成。我们的生意还不到一千数目,倒不要紧。"

原来那时的法国人早已暗出重金,买通中国的歹人,做他奸细。奸细且有公私之分,公的奸细,外国人那儿挂有名额,有饷可支;私的奸细,外国人那儿没有名额,须得自备资斧,随时随地私自侦探,探出事情,前去报告,方始分别轻重给赏,所以那时遍地都有外国奸细。杨氏父子虽然不知前舱那个客人便是奸细,不过处处说话留心,居然瞒过那个奸细。

等得一到台湾,立即走入那个王纯龙的军中,王纯龙一边叩见杨帮办,一边还现出惊讶的样子道:"帮办真是天人,台州到台湾来的客人,已经断绝好多个月了,帮办竟能平安至此。"

杨载福道:"我们父子二人一路行来,也极危险的。"说着,又问王纯龙道:"你的手下,可有三千人数。"

王纯龙低声答道:"没有没有,一共不过二千。"

杨载福道:"不要紧,你快密传本帮办的命令下去,限定各营连夜造我杨字大旗,每哨官兵一共只准四人;明天大早,此地岭上,必须全行竖起我的旗号。"

王纯龙奉令下去照办。

杨载福正待写信报知左宗棠去,忽见房门外边突然走入一个人来,向他指着说声"你好大胆"。杨氏父子顿时大吃一惊。正是:

> 阵上茫然犹作战,
> 都中忽尔又言和。

不知此人是谁,且阅下文。

第四十回

夫人调兵防落草 和尚看脚遭捉拿

　　杨载福父子两个一见突然走入一人，指着他们说声大胆，恐怕又是奸细到来，自然大吃一吓；及至细细一看，才知就是左宗棠的机要文案钟鲁公观察，业已比他们先期到此。当时杨载福也还钟鲁公一指，带恨带笑地答话道："你才大胆。见我这位帮办，毫没一丝规矩。"

　　钟鲁公也笑着道："你们乃是来此收账的商贩，什么规矩不规矩呀？"

　　杨载福不答这句，单问钟鲁公道："我的此计，观察究竟以为何如？"

　　钟鲁公微微应声道："好是好的，可惜瞒不长久。"杨载福一愣道："这又还有何法呢？"钟鲁公道："好在北京出来的那位阁中堂，也在极端赞成和议。军门只要能够马上夺回一点地方，和议更加容易成功。等得和议一有眉目，军门这个虚张声势的计策纵被这班洋鬼子识破，那也没甚危险的了。"

　　杨载福听说，顿时跺脚大怒道："这是什么说话？朝廷既要议和，就不该教我们来打；既要教我们来打，就不该又要议和。难道还怕我们未曾死在长毛手里，竟要我们死在洋鬼子手里不成？"

　　钟鲁公笑着相劝道："军门何必无端生气。我国海军不敌外人，人尽皆知，这也叫作无法。现在这个和战并行的计策，听说还是直督李少荃制军奏请的呢。"

杨载福仍在摇着他的脑袋道："就算我一个人白打一场，没有话说；我们这位左钦差，他也不肯就此罢休的呀。"钟鲁公也摇头道："朝廷主张，臣下有何法子？"钟鲁公说到这句，又朝着杨载福低声说道："钦差本来派我来此探听洋鬼子机密来的。我已探得洋鬼子的人数，至少也有二万；我们队伍，仅有二千，所以我方才说你大胆，倒非一句玩话。"

杨载福忽然情不自禁，大声地答道："我可不管这个，且看洋鬼子把我老杨生吃不成。"钟鲁公又将他来台湾所探得的一切机密军情统统告知杨载福，之后方才退去。

哪知第二天的早上，法国洋人陡见四处岭上统统扎有杨载福的兵马，约计人数已和他们相埒，而且人不知、鬼不知。杨氏的兵马究竟从何而至？这般一想，便觉锐气为之一馁。

杨载福本是又在出那洋鬼子的不意，用他那个打长毛本事自己打着头阵，一连三天大战，总算被他夺回四堵五堵各处地方。

洋兵瞧见杨载福果是一员战将，那时中国的纸老虎面目又未戳穿，外国人制造器械也没现在的这般发明，几样一凑，法国的兵头只好下令暂行停战，一面电知本国，再派援兵来华，一面也在赞成议和。

一天杨载福的捷报到了左宗棠那儿，左宗棠那时业已移驻省垣，赶忙亲自出问他的兵勇道："今天有大喜事，娃子们为何不替我悬灯结彩起来？"他的兵勇虽然不知其事，却又不敢违令，连连地把那灯彩悬好。

左宗棠忽又问着左右道："今天有大喜事，为何没有贺客？"左右也不知其事，急去通知总督杨昌濬、将军穆图善。

谁知杨、穆二人也是尚未得到军报，更加不知什么事情，只好衣冠入贺道："今天我等来贺侯爷，不知侯爷是何喜事？"

左宗棠见问，一个人大笑起来道："如此大喜事，你们二位都不知道，未免对于时局大事有些漫不经心。本钦差已经灭了洋鬼子，杨帮办已有露布入告了。如许大喜事，你们身居总督、将军，徒然无知，还成什么说话？"

杨昌濬、穆图善听说，只得连连地一起认了不是，复又话不停口地恭维了左宗棠一会，就去入席。左宗棠却一边吃着，一边尽夸杨载福能灭洋鬼子的本事，后来不知怎么一来，又在掩面大哭起来。杨、穆二人瞧见左宗棠的年纪太大，所有一切的言语行动竟与平日判若两人，生怕在此多事，暗暗相约，告辞而去。左宗棠等得杨、穆二人走后，又将部下将领统统传至，饬以不得带着骄气，恐怕还得大打洋人。众将自然唯唯听命。

哪知左宗棠吩咐众人的说话还未讲毕，忽见总督衙门送来一件公事，拆开一看，见是朝廷与法国业已议和的和约，当时一气之下，陡然双手大颤，两颧发赤，不待看完，早已气喘喘地痰塞喉管，不能讲话。左右慌忙替他背上搧了几下，左宗棠方才吐出几口浓痰，自点其头地太息道："阎中堂，天下清议所归，奈何也在附会和议。"众将一同劝慰道："侯爷忠心为国，标下等自然万分敬服。不过两宫既已允准这个和约，侯爷也须体会朝廷的苦衷，不必生气。"

左宗棠听说，忽又突出双眼乌珠地朝着大众道："这是什么说话？你们不知道洋鬼子的脾气，我可知道清楚。这些洋鬼子都是不好惹的东西，只要一得甜头，他就得寸进尺，哪有一点公道？"左宗棠说到这句，又大摇其头地起来道："和议一成，效尤者众，从此多事矣。"

众将瞧见左宗棠似有疲乏之状，忙请左右扶入，大家方始各散。

这天晚上，左宗棠一个人睡到午夜，忽又爬了起来，唤入左右道："快快替我召入众将，我要立即出队，去打洋人。这个天下乃是我同曾国藩等人打出来的。太后老了，皇上还小，他们不要这个中国，我可不行，我要从南边打到北边，看看两宫把我怎样？"

左右因见左宗棠的神气，似有痰迷心窍的样儿，不敢去唤从将，只得委委曲曲地劝上一番。左宗棠也没说话，仍去睡下。第二天大早，总督杨昌濬已经得报，赶忙亲自带着医生到来，左宗棠吃了二剂药，才觉不大说话。

又过几天，杨载福已由台湾回省，杨昌濬接到码头，告知左宗棠已得怒气攻心之疾，劝着杨载福暂时不去见面为妥，杨载福也以为然。虽是一经回他行辕，但命左右暗探左宗棠的病状，时刻报告。

第二天，杨昌濬、穆图善两个同至杨载福行辕，商议左宗棠既已有病，却又不肯入告，应否由他们三个会同出奏的事情。杨载福先自叹上一口气道："唉，左钦差的春秋，真也太高了，万一有个不幸，如何是好？"

杨昌濬道："左钦差的贵恙，原是因为不能去打洋人而起。倘若两宫将他老人家调进京去，或者能治他的心病，也未可知。"

杨载福摇摇手道："他的脾气古怪。现在中兴元老又只有他和彭雪琴宫保两个的了，他既不肯将他有病之事入奏，我们三个似乎不便先行出奏。"

穆图善道："到刻再派一个妥当一点的人去瞧瞧，倒底于大事有碍，我们再定主意。"

杨载福便命一个近身二爷亲去看来，二爷去了一刻，即来回报道："家人已去见过左钦差的贴身管家，据说他们钦差这两天很好，每在饭后，必至后花园散步。"这个二爷讲到这句，忽又偏过头去暗暗地一笑，忙又回过头来接说道："家人还听得这位管家说，昨天午后，左钦差在那花园里，还和那个右营千总平安吉的孩子，在开玩笑。"

　　穆图善插嘴道："开的什么玩笑？"

　　那个二爷回答道："据那管家说，昨天午后，左钦差一个人坐在一块太湖石上闲看野景，正在看得有些高兴的当口，忽见花园门外有个十一二岁的孩子，在那儿探头探脑地朝里面张望。左钦差知道有人挑水出进，并未责备园丁没有关门，当时用手向那孩了招了几招，命他走入。那个孩子并未知道是左钦差，走入之后。左钦差和那孩子随便问答几句，后来左钦差忽然自己指着肚皮，问那孩子道：'你可知道，我这肚皮里头装着什么东西？'那个孩子冒冒失失地一口答道，'肚皮里头装的是屎。'"

　　那个二爷的一个"屎"字刚刚出口，早把一位总督部堂、一位福州将军、一位军务帮办一同引得大笑起来。杨载福又单独笑骂了一声道："这个该死孩子，亏他讲得出口。"穆图善也笑问那个二爷道："难道左钦差不生气的吗？"那个二爷回答道："左钦差倒未生气，当时不过又指指他的肚皮对着那个孩子，正正经经地说道：'此中满腹经纶，可惜没处用了。'"

　　杨昌濬接口对着穆图善、杨载福两个道："我们这位老上司确是满腹经纶，他老人家前在浙抚任上的时候，把兄弟与现在的粤抚蒋益沣中丞，当作关公手下的关平、周仓一般用的。"

　　杨载福听到此地，因闻左宗棠病体稍愈，不觉高兴起来，又因头一天听到一桩事情要与杨、穆二人长谈，便命那个二爷快去换茶。

　　原来前清官场的仪注极多，单是会客时候的一碗茶也有不少的礼节。譬如有客到来，主人先得送茶，客人也得回敬主人之茶，方始彼此归坐。照例须要主人唤茶之后，对客说过一声"随便用茶"，客人方能喝茶；不然，主人的那个执帖二爷本是笔立直站在花厅门口，伺候着在那儿的，若见客人一去端茶，立即提重嗓子，高喊一声"送客"二字，还要把那"送客"的一个"客"字尾音拖得极长，好使门外客人的轿班听见，就好预备，同时那位主人也将左手端起茶碗，右手按在茶碗盖上，向客人一拱，客也照样一敬，或呷一口，或在唇边一碰，放下茶碗，立起才走。若是主人要和客人长谈，必须叫声"来呀"，跟着说声"换茶"。此番茶至，主客方始随意可喝，客人要走，仍须端碗表示。所以前清的老门槛二爷，凡是客来，茶碗之内只倒半杯冷水，一则水浅，不致泼出失仪，一则水冷，主又既不去喝，乐得偷懒。

当时杨载福的那个二爷一听主人命他换茶，忙去泡了热茶送上，杨载福照例说声"随便吃茶"之后，方才含笑地答着杨昌濬的说话道："制军提起蒋中丞来，兄弟这里，昨天可巧有一位朋友刚从广东到来，说起蒋中丞的那位钱氏夫人，真正是位才女。现在谁不称赞沈葆桢制军的夫人，简直和那梁红玉一样！其实当时沈夫人的调兵遣将，又用她的首饰奖励业已要去落草的兵士，后来保住孤城，照我说来，乃是逼出来的，不是自然的。"

穆图善忙问道："此事我不清楚。"杨昌濬指着杨载福对着穆图善道："此事是杨帮办亲自眼见的，你且听他说了下去。"

杨载福接说道："这桩事情，还是沈葆桢制军在做江西南康县时候的。这时曾文正公已驻祁门大营，赣抚因见长毛骤至，省中很少知兵人员，即将沈制军升至署本府。那知城里的兵士因闻长毛来得厉害，不敢前去打仗，只好大家相约，一齐前去落草，两边不帮。其时沈制军又因饷械之事进省去了。一天晚上，突到几万长毛，那座府城势将破在顷刻。沈夫人的年纪虽轻，却有一点镇定功夫，一面亲自草了一件公文，命人去到浙江边界请兵。内中的警句是，同是国家兵士，似乎不可分着轸域。救兵如救火，万请不必禀知上峰，先行率队来援。抽夫因公晋省，氏故代拆代行云云。一面又把她那头上所有的珍贵首饰全行变价，作为军饷，赏给那班将要前去落草的兵士；那班兵士一见夫人如此能干，既有重赏可领，浙江的援兵不日可到，胆子一大，自然感激沈夫人起来，倒说就此不去落草，拼命地去与长毛打仗。等得浙江的援兵一到，里外一夹攻，长毛方才大败而去，一座孤城总算保住。"

穆图善道："这样说来，这位沈夫人确有一点调度。杨帮办方才说沈夫人是逼出来的，不是自然的，未免有些不恕人家了。那时倘若那位沈夫人，也和寻常的娘儿们一样，她竟不去调兵，不肯拿下她那头上的首饰，杨帮办又怎么说法呢？"

杨载福听得穆图善如此说法，方始点头笑上一笑道："将军说得也是。现在且不说她，我急于要说蒋中丞这位钱夫人的事情。此次蒋中丞升补广东巡抚，钱夫人也由桂林赶到。"

穆图善又笑问道："难道钱夫人没有和蒋中丞同在浙江的么？"杨载福摇摇

手道："没有。她有一个堂房哥哥，倒是广西的一位能员，一经到处署缺。去年调补桂林首县，钱夫人所以常常到广西去的。"

杨昌濬也笑着插嘴道："现在蒋中丞的肚子是很通的了，可以用不着这位严师的了。"穆图善听了，更是不解。

杨载福道："将军莫忙，姑且听我说完了钱夫人的这桩故事呢。"

穆图善连连点首道："你说你说。"

杨载福又说道："有一天，钱夫人去到观音山上的那座庙里烧香，庙里的方丈名叫智远，不过三十多岁年纪，人也长得很漂亮，一听抚台太太前去烧香，自然率领全庙僧人同到山门口迎迓。别个僧人见了那位抚台太太，哪里还敢抬头正眼相看，除了双手合十之外，无不眼观鼻、鼻观心地呈出一种诚敬的样子。只有那个智远贼秃，倒说把他一双乌溜溜的眼睛珠子，盯着钱夫人的两只金莲死看。钱夫人正想破口大骂，忽又想到一件大事，马上又和缓了她的脸色，故作不知其事的样子，仍到庙里进香。及至回转抚台衙门，急对蒋中丞说道：'观音山上的那个方丈智远一定不守清规，快快速命首县前去拿办，迟则一定被他逃走。'蒋中丞当时自然要问什么原故。

"钱夫人方始老实说道：'为妻前在桂林的时候，本已听人说过，说是此地的智远方丈似有不守清规等事。为妻今天的前去烧香，一半因是拜佛，一半也是要去查察查察，谁知这位秃贼，他一瞧见我下轿子，一边面含笑容地出庙迎迓，一边却又尽把他那一双贼眼，盯着我的双脚死看。'钱夫人说到这句，又把话头停下，问着蒋中丞道：'喂，你该明白了么？'"哪知那位蒋中丞真是有些颟顸，还在问着他那妻而兼师的夫人道：'我真的还不明白，一个和尚看了一眼你的脚，也没什么大事，何以知道他就不守清规呢？'

"钱夫人当下又恨恨地说道：'一个方丈，如果望了一望别个女施主的脚，本也不好算为有罪；但是我是一位本省抚台太太，年纪又轻，这个贼秃连我面前都敢如此，他那平日胆大妄为的事情也就可想而知的了。在我当时，本想当场发话，后来忽又想到我却不能当场拿他，故而赶忙收了怒容。但是虽然立时收了怒容，可是能够料定那个贼秃一定已经觉着，怕我回来告诉你后，就要前去拿他，请问一声，他还不逃，更待何时呢？'蒋中丞听完他那夫人之话，当时只好似信不信地传谕首县，姑且去到庙里查勘一下，果有不法情事，方准拿办。岂知首县去了回报，说是等他一去，那个智远方丈早已先期在逃。"

杨昌濬、穆图善两个听到这里，一同拦着杨载福的话头问道："那个贼秃，真的被他逃走了么？"杨载福点点头道："倘在钱夫人一回衙门去的时候，蒋中丞不去和她罗哩罗嗦地问答说话，立即就命县里拿人，或者还能拿住那个贼秃。"

杨昌濬道："我说这个贼秃在逃，事情还小；我所佩服的是这位钱夫人，确有一点识见。"穆图善道："这个贼秃在逃，难道县里就此了事不成？"杨载福道："怎么可以了事？当场即把全寺一搜，搜出一百多个少年妇女，而且还有几具奸毙的尸首。"穆图善听到这句，方始将他舌头伸得老长，一时缩不进去。

杨昌濬道："我在浙江的时候，本与蒋中丞天天在一起打长毛的。他的这位钱夫人不但有才，而且有貌。不过她的行为很是奢侈，也是蒋中丞的一个大累。"穆图善却淡淡地说道："一个娘儿们，只要有才有貌，至于多花几文闲钱，本来不算什么。"

杨昌濬摇头道："这倒不是这般说法。"说着，又笑上一笑道："你是一位皇亲国戚，祖上又是有钱，却不知道我们汉人，倘若贪些贿赂，皇上便要砍我们的脑袋；不贪贿呢，请问好拿什么东西，供给夫人奢侈？"

杨载福接口道："我就穷得要死，若不是我们春霆曾经接济了我一笔巨款，恐怕此时早成饿殍了呢。"

杨昌濬刚待说话，忽见钟鲁公匆匆走入。正是：

> 各人自扫门前雪，
> 莫管他家瓦上霜。

不知钟鲁公到来何事，且阅下文。

第四十一回

钱氏遇变兵施威
洪生抢马桶得奖

杨昌濬一见左宗棠的机要文案钟鲁公观察匆匆走入，赶忙站起相迎道："观察何来？钦差的贵恙，这两天好些了么？"

钟鲁公一边先与穆图善、杨载福二人点头招呼，一边始答杨昌濬的说话道："钦差这几天颇好，职道却也被他老人家闹腻了，故此偷闲来此。"钟鲁公说到这里，把他眼睛望一望杨载福道："要想和我们这位厚庵军门谈谈。"

杨载福便请钟鲁公一同坐下道："我们正在和他们二位谈着蒋中丞夫人的事情。"杨昌濬不候钟鲁公接腔，忙岔口道："钟观察和蒋中丞是通家至好，这位钱夫人的事情，你更知道清楚的。"

钟鲁公笑着道："她还是我的老把嫂呢。诸位既要听听她的历史，我可详详细细地奉告。她的先世也是苏州吴县的望族，后来渐渐中落，双亲又早见背，不但景况不佳，且没兄弟、姊妹，因此单身一个，就在他那堂房哥哥钱梦香明府家中居住。梦香明府后来广西候补，她也一同去到桂林。梦香明府又是一位名孝廉出身，她又是一位才女，住在一家，文字切磋，更有进益，所以不仅琴棋书画，件件来得，就是那些《大清会典》《大清律例》，也能烂熟胸中。可是择婿甚苛，起码定要嫁位现任道台。那时候，我们这位老把兄正在广西补了道缺，只因军务时代，年虽三十开外，犹未正式娶亲。"

穆图善笑着岔口道："这样说来，这位蒋中丞虽未正式娶亲，一个壮年男子对于那些莺莺红娘之事就难免了。"

钟鲁公点点头道："何消说得，他在湖南原籍的时候，却与一个名叫韩金花的马班子打得火热，韩金花自然情愿嫁他。他因娶妓作室，不甚雅观，不肯答应。后来他由军功出身，做到道台，韩金花就到广西前去找他，原想重伸前情，做位现任的道台太太。哪知我们这位老把兄的脾气很是古怪，若是单单拒绝婚事，或是多给一些银钱，自然是在情理之中的事情，唯他却不然，倒说硬要逼迫这个韩金花嫁给他的幼小朋友、湖南贩布商人羊瀚臣起来。又说韩金花倘肯嫁了羊瀚臣，他一定每月津贴一二百两银子，并且还可藕断丝连的。韩金花本来认识那个羊瀚臣的，羊瀚臣又比我们这位老把兄年轻貌美一些，于是这场特别交涉总算办妥。当时韩金花嫁与羊瀚臣之后，我们这位老把兄真的和她仍然私下往来，津贴款子，也未失信。"

穆图善一直听到此地，又问钟鲁公道："你怎么尽在讲这姓韩的事情，倒把正题忘了。"钟鲁公接口笑着道："你老人家莫忙呀，且听我讲下去呢。"杨昌濬也笑道："老穆专喜说话打岔。"穆图善道："这是我的性子急的缘故。"

钟鲁公又说道："我们这位老把兄，他那等马步的本领本是数一数二的；只有对于文学一层上面，因为出外得早，自然欠缺一些，既是做了方面大员，怎好目不识丁？就是御史不去参他，他也自己不便。他就发誓定要娶个才貌双全的女子，须得天天教他念书。这样一来，我们这位老把嫂便入选了。自从嫁了过来之后，真的把我们这位老把兄当作小学生看待起来。"

钟鲁公讲到此地，忙去呷上一口茶，润了一润喉咙，又含笑地接续说下去道："据我们这位老把兄亲口对我讲过，他因记性不好，时常地受着那些跪踏板、打手心的等等责罚。"杨载福接口道："我听得钦差说过，他已能够自办奏折稿子的了，这真难得。"钟鲁公道："岂止会办奏稿而已，简直一手好字，照我说还比我们钦差写得有力。"

穆图善忽指杨载福对着杨昌濬笑道："他也来打岔了，你怎么不阻止他的呢？"钟鲁公不让杨昌濬去和穆图善斗嘴，忙又接说下去道："我们这位老把嫂，即是我们老把兄的严师慈母一般……"

杨载福又指指钟鲁公道："你这慈母二字，下得何等刻薄！"杨昌濬笑着道："鲁公观察本是这位钱夫人的小叔子，长嫂当母，古有成训的。这句说话，一点不算刻薄。"

钟鲁公也不辩驳，仍然自顾自地说着道："她既有了大功，而又生得极美，于是对于她的一切用度，未免奢侈一点，也是有之。我说此事只要她的亲丈夫情顾，旁人何必多去指摘。

"她有一年，因见我们老把兄升了福建臬司，她就主张家眷暂不同去。因为既是军务时代，调来调去，不能一定，臬司又是一个升缺，不会做长久的。家眷同走，很是麻烦。我们老把兄本来当她的说话也和上谕一般着重，自然一口答应。我们这位老把嫂，仍然住在道台衙内。

"有一天，我们老把兄未曾带走的两个粮子因为闹饷，忽然兵变起来。那时城里城外只有那二个粮子，他们一变，当然没有可以制服他们的东西了。幸亏那些变兵虽然把那一座庄严灿烂的城池奸烧掳杀，搅得一塌糊涂，百姓无不大遭其殃，可是不敢前去惊动这位夫人。内中还有一部分变兵，且向这位夫人献策，说是我们已经辜负大人向日的恩典，做了变兵，省垣上司不日要来剿办我们，将来恐有拒捕之事发生。我等要想保护夫人晋省，只要将要近省的时候，我们不送进城去就是了。

"当时我这老把嫂听说，也以为然，真的打算由着他们保护进省。正要起程之际，事为百姓所知，都去向着我这老把嫂跪香道：'夫人一走，这些变兵恐怕还要闹得厉害。我们这班手无寸铁、任人鱼肉的小民，还有命吗？特此来向夫人跪香，万求夫人不走。'那班人说了又哭，哭了又说。

"我们老把嫂，她就亲自走出大堂，提高喉咙对着那班百姓说道：'官兵既变，我是一个女流，自然没甚法子。我的晋省，也叫没有法子。你们既来向我跪香，我也见了不忍。男子汉，我不好管，凡是妇女们，准定跟我同走。'我这老把嫂说到这句，用手指着她那上房道：'我们老爷走后，留下八千串钱给我零花。我的用度也大，不到两个月，业已花去五千二百串了，还剩二千八百串，可以做你们的盘缠。你们肯听我的主张，快快回去收拾收拾，明天大早同走就是。'那班百姓一听这位夫人如此说法，个个欢天喜地，无不说是愿教女眷同走。"

杨昌濬道："那就是她的长处了。"穆图善、杨载福也一同说道："那个大经纬，竟出一位太太之口，真正难得呀难得！"

钟鲁公点点头又说道："我们那位老把嫂确有一些才具。倒说她自从带走几千妇女之后，一到第二个县里，就命本县县官去把最老年的妇女查明究有若干人数，连夜报告。县里查明回报，说有一千多个。她就命县里赶快筹垫五千串钱，每名分给五百，就命这些老年妇女留下，以便家乡平服一点，便好就近回去，因为走得越远，回家越难。此是避难性质，只要离开险地就好。"

杨昌濬、穆图善、杨载福三个一齐拍掌接口道："着着着，办得真好，真有心思，不是胡乱来的。"

钟鲁公一边点头，一边又接说道："我们这位老把嫂，她就一经照这个办法办去，走过一县，便把那些较为年老的妇女留下一县，不到几天，十成之中倒有九成半的不在她的身边了。

"又有一天，走到一个县份，那班乱兵因为争夺买鸡之事，杀死一个童子，满城顿时大乱起来。我这老把嫂一见出了乱子，就命旗牌官去传县官，要他办理那件案子。那个县官据称还是一位翰林出身，又是曾经带过粮子的，当时一见旗牌官前去传他，吓得连忙装病，单请旗牌官好言回复，并送一桌烧烤酒席。我这老把嫂据报，也不过笑骂了一句，说是'这个笨贼，这般没用，不知一个堂堂翰林，怎么被他骗到手的'。

"后来我这老把嫂又命旗牌官去向那个县官说，说是贵县既是如此怕事，这桩案子只有本太太自己了结，但是须借贵衙大堂一用，好办这个龙头①。那个县官当然不敢回绝。我这老把嫂连夜就去坐堂，问明两造之后，先好好地安慰了那个死孩之父一番，当堂又赏给二百串钱，以作安葬之费，那个死孩之父连连磕头领赏退去。我这老把嫂还怕死孩之父在那半途之上碰见那班乱兵，二百串钱，不能安稳到家，复派两名旗牌持了大令，沿途护送回去。至于那个龙头，当堂办了二百板子，就此结案。"

穆图善不待钟鲁公往下再说，忙去拦着话头问道："怎么，二百板子可抵一命不成？"杨载福接口道："这是乱兵呀！钱夫人薄责他几下，无非平平民气而已。倘若真个办他抵命，他肯服罪么？所有的乱兵，肯不再闹么？"杨昌濬也接嘴道："这位钱夫人能够打那乱兵二百板子，已经是她的能耐了，怎么能够照平时的案子办理呢？"穆图善忽被杨载福、杨昌濬这般一驳，不禁把脸一红，假装前去喝茶，用那茶碗借以遮蔽。

钟鲁公又向三人笑上一笑道："这桩事情，我这老把嫂自然办得很好的。连那全省的刑名老夫子，无不佩服得五体投地。但是此次我这老把兄升了广东抚

---

① 乱兵最凶的谓之龙头。

台，到任的头一天，我这老把嫂便闹上一桩极可笑的把戏。"

杨昌濬一惊道："这是何事，难道这位钱夫人真会闹着笑话不成？"

钟鲁公笑答道："岂敢，这就是我这老把嫂平日奢侈脾气酿成的。原来大凡督抚到任，照例是首县办差的。"

穆图善此时已将他那脸上的红晕退去，忽然又来岔口问着大家道："我曾经听见你们汉人讲过，县里替上司办差也有老例的。据说上司本人和他太太，不必说了，老太太的差也办了，未出阁小姐的差也办，甚至上司姨太太的差也办；独有不办老太爷的差，以及少爷少奶奶的差，这是什么道理？"

杨昌濬笑答道："只是已出阁小姐的差，也不办的。"

钟鲁公道："这个道理，就是三从四德的'三从'了。在家从父，所以小姐的差，必须办的。出嫁从夫，所以太太、姨太太的差，都要办的。夫死从子，所以老太太的差，也要办的。至于老太爷乃一个堂堂男子，他自己有本事，尽管自己前去做官，自然有人办差，不能来沾儿子的光的。少爷也是堂堂男子，他自己有本事，尽管自己前去做官，自然有人办差，不能来沾老子的光的。少奶奶以及出阁小姐，本已都是有夫可从的，也不能来沾公公和老子的光的。"

穆图善一直听得钟鲁公说完，不觉紧皱双眉地摇头道："这个办差的弯儿，真正绕得太远了。我们在旗的却不如此，只要能够进得老爷衙门的人，统统须得办差。"杨载福笑着道："这是旗人的办差，我们汉人不敢变更老例。"

穆图善听了，方要变色，忽又想到杨载福乃是中兴功臣，又是左宗棠的帮办，只好忍气下去。

钟鲁公仍然说着道："这时我这老把兄统共只有一位太太，县里又久知这位太太是向来奢华惯的，所办之差，除非天上的月亮，没有办到。谁知我这老把嫂第一天进衙门，就说那个县官不会办差。不会办差，便难治民，便教我这老把兄立将那个县官撤任。你们三位知道为了何事？原来我这老把嫂，她是苏州人。苏州人的马桶，不甚高大。广东人的马桶，来得很高很大。我这老把嫂因为用不惯高大马桶，只好熬了一天，没有出恭；到了晚上，真正地熬不住了，只好拿了一个较大较高的饭桶去当马桶。这样一闹，我这老把兄即在通省之内拣上一位能员，去署首县。

"这位能员姓洪名棣华，据说还是洪秀全的本家，自从调署首县，他已知道前任撤任的原因，马上出了重赏，四处地搜罗苏州马桶。无奈广东省垣，自然广东人多，偶有苏州去的候补人员，或是生意经人，所有马桶，却又都是用过的了，用过的东西，如何可以呈诸抚宪太太？于是这位洪明府、洪能员，几乎弄得不'能'不'员'起来了。

"后来还亏他的一位钱谷老夫子，替他想上一个妙计。老夫子说：'这几天之中，必有几家苏州人家的小姐出嫁的，出嫁的妆奁必有苏州马桶的。东家不妨自己带领三班六房前去假装道喜，一见苏州马桶，好则问他情让，歹则问他硬讨，甚至抢了回衙，总不见得敢去控告首县强抢马桶的。即使前去控告首县强抢马桶，这位抚台太太也会硬出头的。'

"那位洪明府洪能员自然大喜，立即如法泡制，不到半天，居然被他一连抢到一二十个簇新的苏州马桶，马上亲自上院禀见抚台，第一句老实就说：'卑职蒙大帅栽培，调署首县，卑职也知道是为宪太太的出恭大事。今天卑职费了九牛二虎之力，总算办到了一二十个苏州马桶，伏乞大帅转交太太，不过太太在她出恭之际，知道卑职一点劳绩便好了。'"

杨昌濬听到这里，也会长叹了一声道："我们蒋中丞，将来必受这位钱夫人所累矣。"

钟鲁公此刻已经讲得性起，也不答话，仍然接说道："那位洪明府洪能员，自从献上一二十个苏州马桶之后，以为他的劳苦功高，只要安安逸逸地等候升官好了。谁知不到一两个月，抚台太太又命一个巡捕指名问他来要苏州马桶。那位洪明府洪能员不禁大惊失色，直跳了起来道：'怎么，难道这许多马桶，竟会用完了不成？'"巡捕答称道：'老同寅，说得真是发松，这是马桶呀，又不是什么补品可以当饭吃的。若不用完，何必教兄弟前来奉索？'

"洪明府又皱眉地问道：'怎么这般快法的呢？'巡捕笑答道：'我们这位抚宪太太，为人最爱清洁，大凡一个簇新马桶，只要用过一二次，便不再用。老同寅送去的也不过一二十个，并不算多，照我们这位抚宪太太的意思，还算万分省俭使用的了。'洪明府听到这句，忽又大叫一声道：'如此说来，我命休矣？'"

杨昌濬、穆图善、杨载福三个一齐捧腹地大笑起来道："这是什么事情，这位洪大令，何致叫出'我命休矣'四字出来呢？"钟鲁公自己也在跺足地大笑道："原来苏州马桶确已被这位洪明府搜完。一时三刻，急切之间，请问叫他哪儿去找，哪儿去办。而且出恭之事，又不可以暂记一下，下次再出的。"

杨载福此时已经笑得淌着双泪，一边忙在揩拭，一边又问钟鲁公道："这倒是桩难题。这位洪能员倒底怎样办法呢？"钟鲁公道："谁知这位洪能员真是大有才情，倒说赶忙死命地又去搜罗了三五个来，交与巡捕带转。还要再三再四地拜托巡捕，禀明抚宪，求他转至宪太太，十天之内，务必务必省俭使用。十天之后，他能办到，一天就用十个，也不碍事。"

穆图善又笑问道："不是广东地方的苏州马桶都被这位能员搜完了么？十天之后，怎么又这般多的出来呢？"

钟鲁公道："他便立刻拜托那位钱谷老夫子，亲自带上千把银子，去到苏州，找上一二十个箍桶名手，一同到粤，就在大堂之上，做了那班箍桶匠的工场，出品愈多，抚台那边的夸奖愈好。不过当时省城之中，却出了一种童谣，那个童谣是：嫁才郎，配才郎，才郎虽是绣花枕，夫人却是读书床。有朝大便忽不便，苏州马桶，自然堆满了大堂。"钟鲁公的那个"堂"字犹未出口，不但二杨一穆重又狂笑起来，连那各人的二爷无不掩口葫芦。

杨载福忽停下笑声，正色地对着钟鲁公说道："你们这位老把兄的一把抚台交椅，真正也是他的性命拼出来的。你们这位老把嫂如此闹法，不要被人参上一本，那就不是玩的呢。"

钟鲁公听说，不觉皱皱双眉道："我早奉劝过了。无如我这老把兄一见了我这老把嫂，连他的屁股也会发笑的。这个毛病，真没法儿医他。"

杨昌濬正待说话，忽见他的一个戈什哈奔至相请，说是衙门里到了上谕。杨昌濬站起要走。穆图善道："慢着，我也坐久了，一同走罢。"正是：

> 妇女无才便是德，
> 丈夫溺爱酿成奸。

不知杨、穆一同走后，钟鲁公尚有何话，且阅下文。

第四十二回

左侯逝世谥文襄
彭氏遇仙询死期

杨载福同着钟鲁公送走杨昌濬、穆图善二人之后，回至里面，仍复坐下。

杨载福话未开口，先自笑了起来。钟鲁公问他所笑何事。

杨载福道："你本是我们钦差那儿的机要军师，你们这位老把嫂既是这般的耀武扬威，似于你这老把兄的声名有累。我说无论如何，总得想出一个法子，规劝规劝她去才好呢。"

钟鲁公听了，连连地乱摇其头地苦脸答道："我说这些事情，问题尚小，现在倒是还有一桩大事，我在此很替我这位老把兄担心，而且还不好替他宣布。"

杨载福一惊道："你们这位老把嫂，难道还有……"杨载福说到这里，忽又将他话头停住，便把双手向那些站在帘子外面的管家一挥，说了"退去"二字；等得统统退去，方又低声地接着说道："莫非还有中苪之耻不成？"

钟鲁公一见左右无人，也就很快地答话道："我听人说，这个奸夫，就是羊瀚臣这害人精。"

杨载福不解道："一座抚台衙门，耳目必然众多。这个姓羊的，又非亲戚故旧，此事怎么发生的呢？"钟鲁公道："这件事情，说起来又很长了。据我一位亲信朋友说，这个姓羊的，自从听了我这老把兄之话，娶了那个马班子为妻，那个马班子便常常地亲到我这老把兄那儿取那津贴。我这老把嫂，她的平时为人，本是很会吃醋拈酸的，独有对于这位马班子，倒说吃了她的马屁，竟会改变平时态度，甚至准许她和她大被同眠。

"那时那个马班子业已得了痨病，每在我这老把嫂高兴的当口，暗暗拜托她道：'我已得了膏肓之症，恐怕不久于人世，你若等我死后，念我在生可怜，务必照应我这丈夫。'当时我这老把嫂，起初还当是说的玩话，后见那个马班子越说越真，方才答应她道：'你放心，你的丈夫本是我们老爷亲自做成这桩事的。他们二人又是多年朋友，你倘真的有了长短，我们老爷一定能够照顾他的。'那个马班子说道：'男人家本来没有女人家来得细心。他又是位大官，我那丈夫轻易不能见着他的。你能答应了我的请求，我死之后，一定感激你的大恩。'我这老把嫂当场听了那些话，马上又把她那骄傲脾气拿出道：'你既讲得如此郑重，我现在立刻就教我们老爷，请你们丈夫来当账房，也好让你亲眼看见我能待他如此，你总可以放心的了。'

"据说那个马班子，当时听见我这老把嫂答应了她的事情，曾经替我这老把嫂磕过几个响头道谢的。那个姓羊的一进衙门，不久即与我这老把嫂有了暧昧，我这老把兄当然睡在鼓里。后来那个马班子果然死了，姓羊的于是无家可归，更与我这老把嫂打得火热。"

钟鲁公一直讲到此地，跟着又长叹了一声道："我说这件事情，真正才觉不好呢？"杨载福听了，也难想出什么救济法子，只好又谈别样。这天，钟鲁公一直谈到深夜方去。

回到行辕，他的家人悄悄地禀知道："刚才听说，钦差的毛病又有一些重起来了。泻肚的事情，也没什么药料可止。"

钟鲁公不待那个家人说完，赶忙奔进里面，及见左宗棠果已迷迷糊糊地躺在床上，疲倦得不能讲话。他就走近一步，上了一个条陈道："钦差的贵恙既已如此，何不电知家乡，快请三位少大人来此，也好诸事便当得多。"

左宗棠沉着声气地答道："他们来此，多是害我心烦。我现在的毛病只要一道上谕，教我再打洋鬼子去，毛病一定会好。"

钟鲁公忙恭维道："这是钦差爱国之心，重于爱身，可惜朝廷一时不能知道。职道的愚见，还是准定打个电报去，请三位少大人去。"

左宗棠刚待答话，忽见一个戈什哈送进一封信来。左宗棠便命钟鲁公拆开先看，钟鲁公见是左宗棠的故人王柏心从他家里写来问安的，递给左宗棠瞧过，又问可要就写回信。左宗棠摇摇手道："此信须我亲自复他。"说着，一边咳上几声，又接说道："柏心这人，是我平生最钦佩的，他自廷试得了主事之后，因见朝廷不能大用，又逢这般乱世，他便灰了心，告请终养，旋充荆州书院山长几年，著书规切时政，叫作《枢言》。"钟鲁公听到这句，笑着接话道："这部书本来做得极好，职道见过多次。他的才学，只有钦差可以敌他。"

左宗棠微笑道："这话我可不敢承认。我说现充浙江全省营务处的徐春荣，和那曾充刘仲良总文案的文廷式，倒可与他称作时下三杰。"钟鲁公道："职道不久听得人说，他现在吟吟诗、画画兰，颇得天然高隐幽逸之致。"

左宗棠点点头道："我从前的那个西征方略，便是他所授的。且待我此次回京的时候，一定奏请奖他一奖。"左宗棠说到这里，忽又一笑道："我那亡友胡文忠，从前乡试时候，中在蒲圻但文恭的房里的，次日谒见，呈上千金为贽。但文恭也奇其才，即以千金为贺。后来胡文忠巡抚鄂垣，但文恭的世兄但湘良，方以道员听鼓我们湖南。胡文忠因感师恩，力保但湘良补了督粮道。这等高节，真正令人可敬。"

钟鲁公道："钦差所说极是。职道此时恐怕钦差讲话多了，似乎太觉劳神。"

左宗常正在讲得有味，倒也忘了他的病躯，便摇摇首道："你在此地讲讲，我倒觉得很长我的精神。"

钟鲁公听说，不便再说，只好仍陪左宗棠闲话，后来左宗棠又谈到从前的张、骆二位湘抚竟能信任很专，他才能够放手做事。钟鲁公道："职道之意，骆花门制军的德量更远，就是那位但大令和这位王主事，也能于乱世之中，赏识胡文忠与钦差二位的器识才干，现在果成中兴数一数二的名臣。"

左宗棠很高兴地答道："洞庭一湖，当时很钟灵气。像我老朽，似乎名实不甚符合。其余中兴名将，半出湖南，这也是一时佳话。"

钟鲁公因见左宗棠正在高兴头上，便又乘机请他电召三子来闽侍疾。左宗棠听说，方始单召孝宽一个。后来孝宽来到，据说王柏心业已因病逝世。左宗棠听了很觉伤感，即命钟鲁公拟上一分奏稿，去替王柏心请恤。朝廷自然允准，追恤赐谥，却也隆重。

不料左宗棠自己之病忽又日重一日起来，延至光绪十一年乙酉，薨于督办福建军务任上。慈禧太后得到遗折，辍朝三天，特旨赐谥文襄，所有恤典，异常优厚。

左文襄既殁，杨载福也就告病回家，福建洋务又已早经议和，军务督办一职便即撤去，单放沈葆侦做了福建的船政大臣，驻节马江。左文襄盘丧回籍等事，不必细叙。

单说浙江巡抚刘秉璋一得左文襄逝世之信，因见一班中兴名臣渐渐地次第凋谢，便有归隐之志；他那得意门生、浙江全省营务处徐春荣也极赞成。正待奏请开缺的时候，忽见现任长江巡阅大臣彭雪琴宫保，青衣小帽地飘然而至。

刘秉璋忙将他请入签押房中，彭玉麟第一句说话，就慨叹道："文襄作古，我与你二人，恐也不久人世矣。"刘秉璋也现凄然之色地答话道："雪琴，我瞧你的精神，近来更是矍铄，可不碍事；只有我的身体一向不好，恐怕我们的这位文襄公，已在那儿等候我了呢。"

彭玉麟听见刘秉璋苏维他的精神还好，不禁把他一个脑袋摇得犹同拨浪鼓的一般道："我也不行了，我也不行了。我今天来到你们浙江，原是前来和我们这位曲园亲家商量小孙女婚事的，只要此事一了，我也没有什么心事了。"

刘秉璋忙不迭向着彭玉麟拱手道喜道："说起此事，我正在替你高兴，你们这位令孙婿陛云之才，我敢决他必定大魁天下。"彭玉麟笑着谦逊道："但愿应了你这位大世伯的金口，我们两老弟兄倒也一乐。"

刘秉璋又问道："喜期拣在哪天，是否即在德清举行？"彭玉麟道："婚期就在下个月，大概是在德清做事。"刘秉璋呵呵一笑道："喜期那天，我一定奏请出巡，必去亲到道贺。"彭玉麟连声笑答道："这个不敢，这个不敢。我还有一桩得意之事，告诉你听，你一定很乐意的。"

刘秉璋忙问何事。彭玉麟道："我因听了我们这位曲园亲家怂恿，业已由他替我在此地西湖边上，筑上一所小小宅子，取名'退省庵'三字。从此以后，若能天假吾年，我们几个老友，倒可以随时诗酒盘桓了。"

刘秉璋听说，真的大喜起来，一把执住彭玉麟的手道："我正在此地打算奏请归田，遂我初服。你既有此庄子，我却要改易东坡的诗句，叫作'别后湖山'付与你了。"

彭玉麟笑着用力将刘秉璋的手一摔道："亏你也是一位翰林出身的人物，今天为何乐得如此，怎么叫作别后湖山付与你呀？不通不通。快快散馆去做知县吧。"刘秉璋也大笑道："这就叫作乐而忘形、语无伦次的了。"

彭玉麟忽又大声说道："快把你那高足徐杏林请来，我和他又有好久不见了。"

刘秉璋急命人把徐春荣请至，相见之下，略叙寒暄，彭玉麟先问道："杏林，我听说你已得了贵子，真正可喜之事。"徐春荣笑答道："乳臭小儿，何得言贵？但望宫保赐他一点福寿才好呢。"彭玉麟接口道："我已劳苦一世，有何福寿何言？"

徐春荣正待答话，忽见刘秉璋已将老猿投胎之事简括地讲给彭玉麟听了；彭玉麟不待刘秉璋讲毕，已在连称真有这般怪事。及至听完，忙将徐春荣一把拖到身边坐下，满脸现出不可思议的神情，对着徐春荣说道："杏林，我有一件很奇怪之事讲给你听。我于去年的正月间，陡然遇见一桩奇事，同时又知道一个古洞之中走失一只老猿，他的主人玄道人倒是和我细细说过。我那时以为此事似近神怪，不甚相信，后也就置诸脑后。谁知此猿居然投胎你家，这倒使我不能不相信了。"

刘秉璋不禁大喜地忙问道："雪琴，此话不假么？"彭玉麟突出眼珠地咦了一声道："我这彭铁头素不说假，何况你们师生二位面前。"

徐春荣也急说道："宫保，可否把这始末讲给大家听听？"

彭玉麟很郑重地答道："杏林莫忙，你既生下这位有些来历的儿子，我也替你高兴。我去年的正月间，在芜湖地方无意中遇见了黄翼升军门。他对我说，他不日就要往东梁山去谒那位玄道人，问我可有兴致同去。我因向来不喜欢这些僧僧道道的，当时便回绝了他。不料没有几天，又在东梁山脚下碰见了他。他就连说'巧极巧极'，不管三七二十一，逼我同走。我在那时自然不便再拒，于是同他两个一直走到梁山顶上，又进一个极深极深的古洞，尚未走到里边，已觉满眼的奇花异卉、怪石流泉，真的又是一座世界。我就悄悄地拉着黄军门，问他这位玄道人是人是仙，他怎么知道这个古洞。当时黄军门对我说：'他也是苏州玄妙观的一位有道方丈指引他的。'

"及至走入里面，果见有位老道士，垂眉闭目地坐在一个蒲团之上，我一看见那位老道士确有几分道貌，不由得我不去肃然致敬。那位老道士听见我们两个的脚步声，方始睁开他那双眼，顿时就有一道神光射到我们两个脸上，心地竟会一清。老道士即令我们两个分坐他的左右，先朝黄军门说道：'军门一生杀戮太重，上天所赐你的和平之气，业已销灭殆尽，以后须要步步留心，不可再踏危险之地。'"

刘秉璋听到这里，不觉大惊地问着彭玉麟道："我知道黄军门不是在去年夏天游山中风的么？"彭玉麟连点其头地答道："他的中风，确是走的一块松土，以致不幸，真个应了那位老道士之言。"徐春荣接口道："如此说来，这位玄道人果有一些道行的了。"

彭玉麟又点点头道："确有一点道行，我自从得了黄军门的噩耗之后，本已深信。去年的冬天，我又一个人再去晋谒，谁知洞口云封，大似渔父再访桃源景象，不得其门而入，只好怅怅而返。"彭玉麟说到这里，忽又望了刘秉璋一眼道："今天一听见你说老猿投生之事，愈觉那位玄道人的说话可信。"

刘秉璋又问道："当时那位玄道人，究竟和你讲些什么呢？"彭玉麟道："那位玄道人当时对着黄军门说过话，便朝我笑上一笑，又对我说：'彭宫保，你的结局似乎胜过这位黄军门。'

"我当场便请问他，我说仙长方才不是说过我们这位黄军门因为杀戮过重，已失和平之气，彭某也是打长毛出身，岂非事同一例，况且现在又在巡阅长江，我又常常地斩杀那些贪官污吏、土豪强梁的。那位玄道人听了我的说话，却连连摇首道：'存心不同，得报有别。我说黄军门的杀戮过重，并非指他打仗而言，乃是指他平日的性格而言。宫保斩杀这些贪官污吏、土豪强梁，他们早已得罪于天，应该受此杀戮，不过假手宫保而已。'"

彭玉麟说了这句，又朝刘秉璋、徐春荣二人很得意地接续说道："我当时并非因为那位玄道人当场在称赞我，我就信他，实在因他所说之话尚能分出真假善恶。我就问他，我以后的终身如何？那位玄道人，立即掐指算着道：'明天流年好，后年流年也好，大后年的流年更好。'他说到这里，又朝我看了一眼笑着道：'宫保到了光绪十五年的那年上，还有一场破天荒的大喜事。'我又问他：'什么喜事，若是升官，我可不能算喜。'他却微摇其头道：'天机似乎不好泄漏，那时宫保自会知道。'

"他刚说到这句，忽见一个极清秀的道童飘然走入，肃立一旁。玄道人问他有无事情禀报。那个道童道：'后洞那只老猿，忽然不知去向。'玄道人听说，当时似乎已知其事，复又掐指一算，微微地唔了一声道：'这个逆畜不听为师之言，可是早走了一百年，此去徒得一点虚名而已。'我便问他，老猿走失之事可能见告。他点点头道：'我的后洞，本来有只老猿，平日替我挑水打柴，供我使唤。但他虽有一些道行，仍然不改喜动不喜静的猴性，每每求我要想投生人世。我便谕诫他道："你还没有得道，此去投胎，恐怕未必做出什么大事，何不再在此地跟我苦修一二百年，也好去到世上做番事业。"岂知此猴不听教训，现已逃走。'我当时听了一吓，忙又问道：'此猴前去投生，是否又要扰乱世界？'

"玄道人摇手道：'这倒不会，他已稍有一点道行，若再修一二百年，将来

去到人世，自可出将入相，现在去得太早，只好做个名士诗人罢了。名士诗人，不过一点虚名，于人无忧，于世无补。'

"玄道人说完，黄军门又问他道：'此猴投生谁家，可能见告？'

"玄通人微笑道：'大概在城北徐公家中吧。'玄道人说了这句，又自己微微地点了几点头道：'在我看来，名士诗人，究竟不及做他一番有益国家的将相；但是世上，没出息的人物太多。一家之中，能得一个文学之士的子孙，也就罢了。'玄道人说到此地，即送我们两个出洞。"

彭玉麟说完这句，又朝徐春荣拱拱手地贺喜道："哪里知道玄道人所说的这位城北徐公，竟是说你。你既有此名士诗人之子，也应该一贺的了。"

徐春荣的为人，本极旷达，一听他的孩子将来能做一个文士，倒也暗暗欢喜，当下忙向彭玉麟谦逊道："此事不知究竟如何，小儿果真就是那只老猿投生，只要他不致扰乱世界，全个名士也好，草包也好，寒家倒也不去管他。"

刘秉璋听说，忽然大笑着地对着徐春荣道："如此说来，杏林，你可要好好地教养我的这个小门生，索性让他成个名士也好。"徐春荣自然谨敬受命。

彭玉麟又叫着徐春荣道："杏林，我倒要请你再替我卜他一个文王卦，再过五年，究有什么喜事？"徐春荣便去卜上一卦，卜好之后，笑着道："大概又是朝廷的天恩。"

彭玉麟皱眉道："我已受恩深重，无可报答，这样说来，我在这几年当中倒不好归隐了。"徐春荣道："中兴元老，半已凋谢。宫保乃是国家柱石，就是宫保要想归隐，朝廷怕也不放吧。"

彭玉麟道："请你再替我卜上一势，我要几时，可与文正、文襄二公相见于地下呢？"刘秉璋听说，不准徐春荣去卜这卦。彭玉麟如何肯依，只是打拱作揖地要求徐春荣替他再卜。徐春荣无法，只好又卜一卦，谁知一看爻辞，不禁暗暗一惊。正是：

> 君子问凶不问吉，
> 常人愁死不愁生。

不知徐春荣见了那个爻辞，何以会得暗暗一惊，且阅下文。

第四十三回
背国号如数家珍
劝盗魁取材戏文

徐春荣卜卦之后，一见那卦是个火卦。彭玉麟的性质，以水为宜，所以平生的事业尽在水师之上得功，水既遇火，十六年的那一年上必定有个关缺，当下虽在腹中暗暗吃惊，脸上并未现出别样颜色。

彭玉麟不知就里，还在笑问道："杏林，此卦怎样？"徐春荣敷衍道："十六年分，宫保或有一个小小关缺，只要此关一过，定能寿至期颐。"

刘秉璋在旁接嘴道："仅有一个小小关缺，有甚要紧。"彭玉麟也笑着道："莫说小小关缺，就是大大关缺，我这一生，业已闯过了百十个了。"徐春荣因见彭、刘二人，对于他所卜的爻辞都不什么经意，急忙用着闲话混开。

彭玉麟又问刘秉璋道："仲良，我曾听得人说，江西才子文道希孝廉也在你这幕里，不知现在可在此地，我想请来一见。"刘秉璋微微地将他双眉一锁地答话道："他于去年上京会试，听说未曾会上，现在遄回广东去了。"

徐春荣道："道希的文学，确是当今奇才，我说与其随便中上一个进士，不得鼎甲，宁可不中的好。门生曾经私下替他卜过一卦，非得到了庚辰那年，才得合着他的流年。三鼎甲里头，必定有他份的。"

彭玉麟正拟插嘴，忽见一个戈什哈拿进一个手本，对着刘秉璋禀说道："回大帅的话，左文襄公的机要文案钟鲁公钟大人路过此地，要想禀安禀见。"

刘秉璋听说大喜道：'他来了么，我正想见见他，快请到此地来就是。"

戈什哈出去，不到片刻即将钟鲁公钟观察请入。钟鲁公先谒刘秉璋，又次第地见过彭玉麟、徐春荣两个，方始大家一同坐下。

刘秉璋先开口道："鲁公观察，我知文襄的年纪虽大，精力颇旺，怎么竟致出缺？"钟鲁公紧蹙皱其眉地答道："文襄公的性子最急，自从见了朝廷与法人的和约之后，他就不知不觉地怒气攻心，成了膏肓之症。"彭玉麟微喟道："我也和文襄的意见相同，那个法国的洋鬼子未必就是劲敌。"

彭玉麟说到此地，忽又问着刘、徐、钟三个道："你们可知道鲍春霆的毛病极重么。"刘秉璋抢答道："不错，我也听得如此说法，未知春霆又是何病？"

彭玉麟道："正与文襄同病。他自蒙朝廷起用，以钦差名义，命他率统旧部，去到云南白马关防御法人，他便命他旧日部将徐步洲军门，做了大统领兼前部先锋，正拟一战击败法人，不料忽又奉到议和上谕。春霆本是武人，一时因被忠愤之气所激，竟将那道上谕抢到手中，立即沙沙地扯得粉碎。于是朝廷责他扯诏违旨，犯了大不敬之罪，革职而回。他便在四川夔州府城内起上一所宅子，方思安静一下，度他余年。不知怎么一来，病就很厉害。"

钟鲁公接口道："春霆爵爷和方才所说的那位徐步洲军门，都是职道在浙江时候的老同事；现在左文襄已经去世，倘若春霆爵爷再有一个什么长短，真是国家的大不幸了呢。"

徐春荣坐在一旁，已在暗暗地替那鲍超卜上一卦，尚未卜毕，不禁破口连说"不好不好"。刘、彭、钟三个忙问"何事惊讶"。徐春荣老实说出道："我与春霆爵爷略有一些私交。刚才因见宫保说他的毛病厉害，我即替他袖起一卦。"徐春荣说着，又露出凄惨之色地道："但顾此卦不准，春霆爵爷方无危险。"

刘、彭、钟三个一齐异口同声地说道："你的文王卦，本是卜一卦准一卦的，此卦怎么又会不准？"

徐春荣微点其头地答道："所以只有望它不准。"大众叹一会。

刘秉璋又问钟鲁公道："文襄前在陕甘，他出嘉峪关的时候，鲁公观察也在那儿么？"钟鲁公忙肃然地答道："职道从未离开文襄寸步的。那时职道可巧有些贱恙，一到哈密地方之外，真正是个不毛之地，事事不便。"

彭玉麟听到这句，跟着侧头地想了一想，又因一时想不起来，便问徐春荣道："我晓得那个伊犁一带，就是都被汉武帝征服的西域国度，杏林还记得那些名目么？"

徐春荣笑上一笑道："伊犁就是乌孙国，喀什噶尔就是疏勒国，叶尔羌就是莎车国，乌鲁绕齐就是车师国，库车就是龟兹国，辟展就是郅善国，楼兰塔尔巴哈台近哈萨克，就是康居国境呀。京中的西域图志馆，统有载着。"

彭玉麟不等徐春荣说毕，连连地颔首道："对对对，杏林的记性真是不错。"

刘秉璋笑着道："记性错不错，我且不管，可是我的肚子饿，你们讲得上劲不饿么？"说着，即命左右添菜摆饭，一同吃毕。

钟鲁公首先告辞，回他成都原籍。彭玉麟一宿之后，次日他至德清，会着俞曲园，忙他喜事去了。

没有两个月，刘秉璋忽然奉到升补四川总督的上谕，急将徐春荣请至，连恨带笑地说道："我和你两个，还在商商量量的，要想奏请归田呢。岂知天恩浩荡，又把我补了川督之缺，此事你看如何？"

徐春荣很快地答道："照门生之意，老师万难辜负这个圣眷，只好去到那里，混他一二年再想别法。门生是正好趁此机会，回到家乡，以娱家慈晚景。"

刘秉璋听了大惊失色地说道："咦，这是什么说话，你不同去，教我如何去法？"徐春荣忙笑答道："老师何必苦苦拉住门生一个。老师手下的钱玉兴军门、万应樨总镇、吴吉人参戎，都是很办事的。"

刘秉璋摇手道："他们都是武官，怎么能够帮我。现在总而言之一句，你若能够同去，我就立办到任的谢恩折子；你若不去，我就立办奏请收回成命的折子便了。"

徐春荣不便再说，只得推在他那童氏太夫人身上道："老师既已说得如此尽头极地，门生马上写信告知家慈，只要她老人家答应，门生再没二话。"刘秉璋点点头道："这话倒也公平，不过此信，须得劳你第四位师母亲自送到白岩府上。"徐春荣道："这又何必呢？"刘秉璋把手向桌上一指道："你不用管这个，你只快快写信，我还要教你出差一趟。"

徐春荣便去写好了信，交与刘秉璋之后，始问出差何地，刘秉璋袖好那信，即命左右取出一件公事，一边递给徐春荣去看，一边很郑重其事地说道："这件公事，就是万应樨从台州专差送来要请救兵的。"

徐春荣不待看完，已知其事，当下也在连连自摇其首地说道："这个王金满，真也太觉猖獗了。照门生之意，早就要亲去一趟的，都因老师顾怜门生，说门生上有八旬老母，下有三岁幼子，不教亲去冒险，以致因循至今。现在老师既要近日入川，此事非得了结了走，方才对得起浙江。"

刘秉璋拍着他的大腿道："我本是为你家中老有老的，小有小的，一身关系重大。"徐春荣接口道："食君之禄，应该忠君之事。门生一定前去了结此事，不过还是带兵前往，还是只身前往，且让门生回家打定主意再讲。"刘秉璋笑上一笑道："这些事情，做你老师的万万不能过问，只有你自己前去斟酌。"

徐春荣回家之后想了一宵，方才决定主张，第二天大早，又去见着刘秉璋道："老师，门生原籍，离开台州不远。王金满所住的那座山头，名叫狮岩坑，自峰顶至山脚，竟有三十里路的高，谁也知道真是一个一夫当关、万夫莫入的所在。王金满还有弹击飞鸟、手打猛虎的绝技，所以官兵去一千死一千、去一万死一万。门生昨天晚上，一个人想上一夜，只有单身前去。"

刘秉璋听说，把他双眼盯着徐春荣的脸上，抖凛凛地问道："你真一个人前往，岂非不怕危险不成？我却有些担心。"

徐春荣微笑道："门生家有老母在堂，现在倒也不敢立于岩墙之下，自蹈危机，以贻老母之忧。只因知道王金满，他在山上，每每坐着绿呢大轿，戴着红顶花翎；此是一个盗魁，本来不怕什么法纪，他要穿黄袍，坐金殿，也无不可的，现在既在坐绿轿戴红顶，可见他还有以官为荣的心思。门生猜透他的心思，故而情愿一个人前去，当面劝他一番。只要他肯投顺，不妨真的给他一个小小武职，命他带个粮子，搜剿两浙的各路匪徒，这也是一个以毒攻毒之法。"

刘秉璋不等听完，早已呵呵大笑起来道："杏林真有一点特别见解，这个法子极妙，准定如此办理。"

徐春荣忙又回到家中，换了青衣小帽，正待动身，谁知他的汪氏夫人、葛氏夫人、万氏夫人、刘氏夫人，统统将他团团围住起来道："老爷一身关系家国两度，何等重大，就是要去剿办那个王金满，也得带他十营八营人马，怎么可以单身前去冒险呢？"

徐春荣即把告诉刘秉璋之话，重又述了一遍，告知大家。汪、葛、万、刘四位夫人还未答腔，那时做书的尚止三岁，却去拖着先严杏林公的衣盖道："伯伯，你这法子，可是书上那个知己知彼、百战百胜的道理么？"说着，又回身向着四位母亲，把他小腿弯着跪下，高拱一双小拳道："四位母亲，快快不必阻拦伯伯，伯伯此去，定能马到成功的。"

四位夫人听了，都也笑也起来。先严也笑道："三岁孩子都知此理，你们何必替我害怕。"先严就在这话之中，飘然出门而去。

等得到了台州，万应樨总镇业经得信，早已亲自接到城外，二人密谈一会，同到万应樨的坐营。万应樨又蹙额地说道："营务处真要单身去会那个王金满，标下情愿亲率几个粮子，悄悄地跟在营务处之后，万一有变，也好听候指挥。"徐春荣笑着摇头道："不必，不必，王金满本是此地土著，遍地都有他的心腹侦探派着，若一带兵前去，岂非与我宗旨不合了么？"万应樨只好连连应着几声"是是"。

第二天黎明，徐春荣一个人便向那座狮岩坑山上进发，未到正午，已经到了山脚，及至到山顶，已是太阳下山时分。那时山顶上的一个匪探一见有人上去，慌忙飞报王金满知道。王金满听了一愕道："天下竟有这般胆大的人不成？快去问了姓名，报我知道。"匪探又去问明，徐春荣老实以真姓名相告，匪探也当场一吓道："你就是白岩的徐营务处么。"说完这句，忽又飞奔进去报告。

王金满干笑一声，即命导入。徐春荣刚刚一脚跨进房内，就见王金满身穿枣红色的开启袍子，一个人躺在一张烟铺之上，一见徐春荣进去，急向烟盘上抓起一支装有子弹的手枪，对准徐春荣的前胸就放。徐春荣赶忙将身一侧，见子弹没有打出，忽又向着王金满拱拱手道："你且不必放枪，我现在只有一个人，你要打死我，何时不可打死我，何必忙在此时？姑且让我说明来意，至于是好是歹，那时再定分晓未晚。"

王金满因见枪子忽然不能放出，心里已是一奇，又知徐营务处既是好官，又是孝子，不禁略起一点好感，忙将手枪向那他烟盘之上一丢，又把手一招道："你且请过来，坐了再说。"徐春荣走近几步，即在王金满的对面坐下。

王金满把嘴一指道："徐大人，你快躺下，让老子烧几口烟你吸。"徐春荣笑谢道："我是素来不吸烟的。我知道你为了这个大烟，往往杀人如麻，似乎不妥。"王金满笑喝一声道："不讲此等废话，还是快讲你的正经。"

徐春荣笑问道："你可念过书么？"王金满气哄哄地摇着头道："读书的都是奸臣，宋朝的秦桧便是状元。"

徐春荣不接这腔，又笑问道："梁山上一百零八条好汉的戏文，你该看过。"

王金满又很快地说道："这是我老子看过的。不过好的人也少，只有黑旋风李大哥、行者武二哥、豹子头林三哥，最对老子脾胃。"

徐春荣又笑道："就算这三个是好人，后来也难自保首领。"徐春荣说到此地，又问王金满道："你自己想想看，你有这三个的本领么？这座狮岩坑，有那梁山上的险峻么？从前的发匪、捻匪、回逆，其势何等猖獗，现在又到哪儿去了呢？你在此山独霸一方，平时杀人如麻，省里的刘抚台没有派着大兵前来剿你，无非恐怕糜烂地方而已，并不是一定没有办法的呢。我因见你爱坐绿呢轿子，爱戴大红顶子，大概很想做官，所以单身前来劝你，你肯诚心投降，同我去到省里，包你马上就坐绿呢轿子，马上就戴大红顶子便了。"

王金满听了一乐道："我的罪孽深重，恐怕难邀赦免。"徐春荣拍拍胸地力保道："你放心，有我保你。"王金满道："小人还不放心同去。"

徐春荣很诚恳地答道："我可在此为质。你先拿了我的亲笔信件，上省去见刘抚台，他若给你做官，你可写信教我回省，否则他杀了你，你们此地也可以我抵命。"

王金满听了大喜道："这个办法极好，准定如此。"说着，一连抽上一二十口大乐意的大烟，方去唤入一个小匪，又和那个小匪轻轻地说了一阵，小匪退出，他又笑问徐春荣道："徐大人，你是忠臣孝子，所以方才我这百发百中的一支手枪，竟会打不出去。"王金满说了这句，又叫了徐春荣一声道："徐大人，你将来还得大发。"

徐春荣笑谢道："我要大发，早就大发的了。曾文正公、左文襄公、彭雪琴宫保，他们三位都是我的老上司，他们侯的侯，爵的爵，我却不甚稀罕，所以你不必恭维我，我倒要恭维你将来一定大发呢。"王金满一愣道："何以见得？"

徐春荣笑答道："起先这支手枪，倘发放出弹子，我一定被你打死；不过我虽被你打死，请问省里的官兵肯不肯放你过门的呢。此枪骤然不能放出，安知不是天上念你可以归正，方有这个朕兆。如此说来，你岂不是定要大发的么？"

王金满听说，口上虽在谦逊，心里可极快活。

第二天大早，王金满拿了徐春荣的信件，也是单身晋省。刘秉璋因有徐春荣的信件，自然事事照办，当下即委王金满做了亲兵营的营官，又答应他可以保他一个副将衔的参将，并命担任剿办两浙土匪。王金满至此，当然十分满意，立即写了禀帖，恭请徐营务处回省。

等得徐春荣回省，刘秉璋竖起大拇指，夸奖徐春荣道："杏林，你真能够料事如神。"徐春荣正待谦虚时，刘秉璋又拦着他的话说道："你们师母，已从白岩回来。"说着，即向身边摸出一封信来道："你们太夫人也已答应你我回到四川。"徐春荣还怕其中有假，忙去拆信观看。

刘秉璋笑着道："杏林还有疑心么？可是你虽是一个徐元直，我可不是曹阿瞒。"徐春荣收好了信道："既是家慈准门生同到四川去混几年，我们何时起身？

可惜道希回到广东去了，否则一同去到四川，岂非更有一个帮手？"

刘秉璋道："他要会试的人，这样远法，不好邀他。"刘秉璋说着，又去拿出一张宫门抄来，递给徐春荣道："此人放了四川的遗缺府，使我办事有些为难。"

徐春荣见是掌陕西道监察御史署礼部仪制司郎中汪鉴，放了四川成都府的遗缺府，不觉微微地笑上一笑。

刘秉璋仍在恨恨地问道："杏林，你笑什么，我在此为难，无非谨慎之意而已。"正是：

诸葛一生唯谨慎，
吕端大事不糊涂。

不知徐春荣答出何语，且阅下文。

徐春荣因见刘秉璋说出"谨慎"二字，微觉不以为然地问道："老师所说谨慎之意，门生有些莫测高深。"

刘秉璋也问道："杏林，你难道不知道他曾经参过我的么。"

徐春荣道："此事虽听老师提过，却还不甚详细。"刘秉璋道："让我再细细地讲给你听。这个汪鉴字叫筱潭，仍是我们安徽旌德县人氏，一向颇负清名，后来在那戊辰科点了翰林。那科的状元，就是江苏的洪文卿洪钧，现已放了德国钦差。汪鉴点了翰林之后，太后见他素负清名，又能言事，便将他升了御史。我听人说，他似乎还是李少荃制军的门生。我那年在安庆帮打'四眼狗'的当口，他曾参过我纵兵殃民、辜负朝廷爱民之至意的。当时因在军务时代，朝廷仅将原参折子发给我看，教我自己明白复奏。"

刘秉璋说到此地，又向徐春荣望了一眼接说道："那时你正请假回籍省亲去了，那个复奏折子还是我自己亲拟的。现在他忽放了四川遗缺府，查四川成都府出缺，照例是那个夔州府升补，京里放出来的遗缺府，就补那个夔州。不过夔州府是兼夔关的，却是天下第四个优缺。我若照例而办，将他补了夔州府缺，他一定当我怕他，有意拿这个优缺去给他的。如此一来，岂不以后事事和我顶撞，酿成尾大不掉之势，此乃使我为难者一也。我若不照例办，换个坏缺给他，旁人虽没什么说话，他本是懂得例子的，岂不一定怨我公报私仇，此乃使我为难者二也。将来我和他见面时候，我若怪他从前参得不是，那就须得当面责他几句。一个制台和一个实缺知府有了意见，如何再能办事？此乃使我为难者三也。我若承认他从前参得是的，我如何肯担这个恶名，况且我的确未曾殃民，此乃使我为难者四也。我若意气用事，不给他去到任，世人都知他和我有过芥蒂的，必要怪我没有容人之量，此乃使我为难者五也。我所说的谨慎之意，无非想将此事预先有个兼全之法，你怎么真的不明白我的意思不成？"

徐春荣一直听到此地，慢慢地摸着他那八字胡须，微微地一笑道："老师所说的这个谨慎，那能叫作谨慎？门生不怕老师生气的说话，这个主意，只好说他荒唐呢。"刘秉璋大惊道："真的么？杏林，你的话我本来没有一句不听的，你既说这个主意荒唐，你须讲出道理。"

徐春荣听说，却朗朗地答道："此理甚明，何用细说。汪守从前参得是的，朝廷早降严谴。朝廷一经老师自己复奏，便没事情，汪守之参，已经虚了。不过御史参人，照例有那'风闻'二字冠首。风闻二字即未必件件是真。汪守虚参了人，他对于朝廷，都没什么处分，对于老师，自然更不必负着什么责任。况且当时有他那样一参，一经老师一奏，便没事情，世人因此反知老师的军纪之好了。照门生说来，老师非但不必气他，而且应该感他呢。"

刘秉璋听了笑上一笑道："这话也觉有理。"

徐春荣忙接口道："老师既说门生之话有理，那么对于汪守这人，不必再有芥蒂，既没芥蒂，自然以那夔州补他。汪守这人倘是明白的，自然知道老师公事公办，不记旧事；以理而论，他方感激钦佩老师之不暇，怎会事事顶撞，致有尾大不掉之嫌呢？汪守这人，倘是糊涂的，老师应该以他到任后的办事错与不错为标准，拿到把柄，要参就参，要降就降。只是不必记着前事罢了。"徐春荣说到此，又补上一句道："老师方才所说的'谨慎'二字，何尝谨慎呀？"

刘秉璋听完大喜道："着着着，杏林之言甚是，我真正有些老糊涂了。你回去收拾收拾，蜀道难行，我们家眷是要一起走的。"

徐春荣听说，便回公馆，一进门去，汪、葛、万、刘四位夫人都来问他道："老爷，我们真的一同到四川去么？"

徐春荣点首道："太夫人既已答应，只好如此。"万氏夫人又单独说道："刚才那个金满营官已经来过，据说他的性命是老爷救出来的，他的功名是老爷抬举他的，他拟辞去此地差使，情愿伺候我们一同到川。"

徐春荣连摇其首道："万万不能，此地土匪，全要他去剿办。不过他的一片好心，我们知道就得了。"说着，即命差官，就将此意告知金满。后来金满也能分别事之轻重，尽心剿办两浙土匪，不在话下。

没有几天，徐春荣便率了家眷，随了刘秉璋直向成都进发。

那时川口尚没小轮，由杭州赴沪，还是坐的无锡快民船，由沪到汉是大轮船，由汉到宜昌，也是大轮船，由宜昌到重庆，水旱都可，旱路是在万县起旱，十天可到，水路坐民船，至少要两个月。

那时刘、徐两份家眷都是起旱而行，及到重庆，自有众官迎接。不防刘秉璋也有望七的年纪了，因为沿途受了风霜，一病极重。他的正夫人李氏，便与汪、葛、万、刘四位夫人商量，打算就此因病奏请开缺，不再入川。徐春荣一闻此事，正合他的心意，又与刘秉璋商酌一下，立即电奏进去，候旨遵行。等得奏到军机处的回电，说是太后不准所请，仍命扶病入川；光绪皇上且说刘督本有徐某帮同办事，到川也可将养的说话。刘秉璋奉到此电，只好真个扶病进省。又因有病在身，恐走水路，更加耽搁日子，于是仍由重庆起旱；重庆到省，谓之东大道，十五站，即可达成都。

至省接印之后，徐春荣仍充四川全省营务处之职，不过又兼着洋务局总办、机器局总办、火药局总办、牙厘局总办、支应局总办，以及锦川书院山长、花阳书院山长等等差使而已。

那时四川的藩台乃是旗人松寿，既有官场架子，对于《大清律例》又熟，于是和这位徐营务处似乎有些吃醋的味儿。徐春荣却不知道其事，也不睬他。

有一天，马边雷波等处的蛮子闹得极其厉害，钱玉兴军门、万应榉总镇、吴吉人参将先后都吃败仗回省。刘秉璋便命徐春荣亲自出马，徐春荣当然一口答应。

但因马边雷波的蛮子不是旦夕可平，若是耽搁一久，营务处的差使重要，不能因此久悬，须得有人代理，方好不必心挂两地。刘秉璋也以为是，便请徐春荣保举一人。徐春荣当场便保举了刘秉璋的幕府陈石卿大令。

刘秉璋听说便蹙额道："陈令才也开展，代理此职，本无不可。但是他的底官，却是一个候选知县。一旦教他充当这个道班差使，恐怕对于司道有些难处。"徐春荣道："这不要紧，虽是代理，也得出奏委派、应以差使为标准，不能以底官为标准的。况且以候补游击代理提督的也多。"

刘秉璋因见徐春荣举出例子，又以为是。

徐春荣说完这话，就去调齐人马，径自出省，剿办蛮子去了。这里的陈石卿接了关防之后，第一天就得拜客，第一个就得去拜藩台松寿。他的差官便去问他请示，说是去拜藩台，应用什么帖子。他见那个差官虽然问得不为无理，但是营务处的差使照例不是由藩臬两司兼着的，也是一位极红极阔的候补道员充当。司道本是同一个官厅的，所以道台去拜藩台，照例用愚弟贴子；有些人间有用晚生帖子的，这是或有世谊的关系，或是自己谦虚的关系，甚而至于是拍马屁的关系。

道台充当营务处的差使去拜藩台，不生问题。他是一个知县，去见藩台，照例须下官厅，须上官衔手本，不过既经当了营务处的差使，万万不能把这营务处差使的手本用在藩台面上。因为营务处差使的手本，只有去见督抚，或是将军，照例不应该用在第三个人面上的。陈石卿想到此地，倒也有些为难起来，半天不能答复那个差官。

那个差官也知他们主人的为难之意，忙又进言道："沐恩也知今天这个帖子有些稍稍为难。因为若用营务处的手本去拜藩台，照例用了手本，必须去下官厅，从古以来，也没有看见一位营务处去下藩台官厅的，就是大人谦虚为怀、朝廷的功令，也难随意亵渎；若是仅用愚弟帖子去拜藩台，大人的底官倒底只有七品，似乎也难援那顶门拜会的例子；况且这位松藩台，最肯讲究仪注的。"

陈石卿听完道："这个礼节，我岂不知？我正为以一个知县充当营务处的差使，却是破天荒的事情，因此没有什么例子可援。要么就用个一炷香的帖子吧。"那个差官听说，也以为很妥当的了，哪知一到藩台衙门，投帖号房之后，忽见一个执帖二爷大模大样地把那帖子向他一丢道："我们大人吩咐出来，教你们贵上须换官衔手本，须到官厅里去听候传见。"

那个执帖二爷还没说完，陈石卿坐在轿内早已听得清清楚楚，这一下脸，使他气得非同小可，立即在他轿内用手拍着扶手板，气哄哄地吩咐他的差官道："快快回去，快快回去，我情愿不当这个差使，不见得定要下他官厅。"等得回转公馆，却又不便把此事迳去禀明制台，只好装病请假，不到营务处里办事。

刘秉璋不知内中底蕴，还当陈石卿真的有病，还在传谕出来，说是营务处的公事很多，快请陈大人赶紧医治，莫要因此误了公事等语。陈石卿本来没病，试问教他医什么？

做书的对于此事，只好搁他一下，要等徐春荣回省，方有解决。

现在先说北京的那位汪鉴汪太守，那天已经船到东门码头，并未上岸，就有成都、华阳二位首县上船禀见。汪鉴一见二位首县，含笑地说道："贵县来得甚好，兄弟此次出京的当口，曾蒙两宫召见数次；是后一次，又蒙太后交下人参一斤，命兄弟顺道带来转交制军的。现在拟请二位贵县就去禀知制军一声，究在什么地方接旨？"

成都、华阳二位首县听说，连忙上岸，坐了他们的弓杆轿子，飞奔地前去禀知制台。不到一刻，早已回转，下船之后，即与汪鉴说道："卑职等已将大人之话禀知制军，制军传谕出来，说是病犹未愈，不良于行，只好请大人明天辰刻，将这御赐人参携到督辕，制军就在大堂接旨。"汪鉴听说，自然照办。成都、华阳二位首县照例又寒暄一阵，方始告辞。

第二天大早，成都府率同成、华二县，已在督辕大堂伺候。果见汪鉴手捧一只黄缎包着的小匣子如期来到，下轿之后，直到大堂。那时大堂之上，已经排着接旨的香案，四川总督部堂刘秉璋也在一旁由人扶着肃然而立。汪鉴仍把那只小匣子捧到当胸，面南站着。

刘秉璋先行三跪九叩首之礼，始向汪鉴问话道："两宫圣体安否？"汪鉴谨敬答道："两宫圣体甚安，太后赐有人参一斤，交与卑府带出京来，交给大帅。"汪鉴说完，刘秉璋仍又叩首谢恩，那只人参匣子自有戈什哈前去接去。这个礼节过后，汪鉴照例要用庭参之礼见刘秉璋的，刘秉璋的巡捕也照例说声"免参"，汪鉴方始向着刘秉璋磕头下去。

原来照前清的《大清会典》载着，从知县以上，向着督抚将军磕头，督抚将军都须回叩。唯有那时的直督李鸿章，他却倚老卖老，不但对知县以上等官不肯轻易回头，甚至遇见资格轻浅一些的巡抚司道，他也假装腿痛，不能下跪，随意一弯其腰而已。后来有一次，遇见一位新由部中选出去的知县前去见他，尚未谒见之际，坐在州县官厅里面，可巧听见一班同寅私下在谈李鸿章架子太大，不肯回头之事。

这位知县便插嘴道："这是那班督抚司道，以及府县自己轻视自己的原故，以致酿成少帅的骄傲脾气，否则大可引出《大清会典》，指名要他回头，他也没有二话。"

内中有个知州驳他道："老同寅，此说恐怕未必吧。《大清会典》，只要稍稍留心仪注的人，谁不看过？但是大家要想做官，如何敢去挑剔上司的眼儿？"

这位知县便将他的脑袋一撇道："这倒不然，下属比较上司，自然上司大于下属。若以上司比较朝廷，自然朝廷大于上司。《大清会典》乃是朝廷的法制，谁也不能不遵，谁也不能含糊？诸位同寅不信，兄弟可以讲件眼见的故事与诸位同寅听听。"大家都说很好，一定洗耳恭听。

这位知县未讲之先，还去打扫了一打扫喉咙，方才朗声说道："去年兄弟因事去见直隶藩台裕堃裕方伯，却是普通见的，当时连兄弟一共有十二人之多。及至大家说话完毕，裕方伯就端茶送客，他刚送到花厅门口，正在微弯其腰、要想回进去的当口，内中忽有一位散馆知县名叫皮鸣皋的，却去向着裕方伯朗声地说道：'卑职要请大人多送几步，查《大清会典》载着，藩司送知县的仪注，应在二堂檐下的。'当时裕方伯也只好红了他脸，连称'是，是'地送到二堂檐下了事。"

这个知县说完这个故事，又向大家郑重其事地说道："今天已是十二月二十五了，兄弟打算不去禀见这位少帅，且俟明年的元旦那天，兄弟再去见他，而且要他一定回我的头，嘴上并且非常客气。"大家听了不信，这个知县当场也不深辩。

及到第二年的元旦那天，这个知县去朝李鸿章磕头的时候，李鸿章仍照老例，推说腿有毛病，只是弯腰而已。这个知县磕完了头，起来之后，重行朝着李鸿章一边磕下头去，一边口上说道："这个头，是卑职替大帅的老太太叩年的。"李鸿章一听见替他老太太叩年，只好连称"不敢不敢"，慌忙跪了下去，恭恭敬敬地回这知县之头。

这个知县将要走出花厅门口的时候，故意放重声音，自言自语地骂道："中兴功臣，本来多于狗毛，像这样自大身份，不照《大清会典》的仪注直受下属之头，哪儿好称功臣，简直是个鸟蛋罢了。"这个知县骂完这话，扬长下阶而去。后来李鸿章因他很熟律例，非但不记骂他鸟蛋之恨，还去给他补上优缺。

当时的那位刘秉璋，也曾瞧见《申报》载着此事。但他为人素来长厚，对于下属一切的礼节，倒也能照会典办理，况又允了徐春荣的条陈，对于这位曾经奏参他过的汪鉴汪太守，当然比较别人客气，回头之后就请升坑。

哪知那位汪鉴汪太守不待刘秉璋开口，却先提起从前之事道："卑府从前奏参大帅，乃是做御史的天职，后来大帅自己奏复之后，太后也未再命呈出证据；卑府当时虽知风闻不及目见，但是朝廷既准御史风闻奏事，自有深意存在。此次卑府蒙恩简放此间遗缺知府，来做大帅属下，对于前事早已忘怀，岂知太后记性真好，深恐大帅和卑府两个尚有从前芥蒂，特旨命卑职携参来此。太后又面谕道：'尔将此参带给刘督，他见此参，便知咱在调和你们二人之至意了。'"

刘秉璋一直听完，很感激天恩道："仰蒙太后如此操心，真使贵府和我无可图报。其实我的门生徐杏林早已劝我过了，他说贵府从前参我，应该感激你的。"汪鉴听说，口上也在客气几句，心内已在钦佩徐氏为人确识大体。

刘秉璋又说道："兄弟因为不知贵府何时可到，所以不能先将夔府恩守升补首府，现在贵府已到，兄弟就命藩司办理此事，贵府即补夔府遗缺可也。"

汪鉴并未道谢，口上仅说一声："大帅照例办事，很是可敬，卑职将来到任之后，只有力图报效国家而已。"汪鉴说完，即行辞出。

没有几天，果已奉到饬赴夔州府新任的饬知，摒挡到任，头一天就接到鲍超族人、候补提标都司、名叫鲍藩的一张状子，说是鲍超打发逆时，曾经借他五万银子去垫军饷，后来屡次延约，推说没钱，不肯归还。当时他在边省当差，还当鲍超之言是真，及至去年回川，始知鲍超业已病故，不过见他所住夔府城内的一所宅子异常奢侈，不似无钱之辈。嗣又探知鲍超之子虽已外出，可是鲍妻藏有大宗军火，似有谋为不轨情事，请求秘密查抄，并将欠款如数发还具领。因被县里批驳特此上控等语。

汪鉴曾充刑部司员多年，见此巨案，不免大吃一惊，又因事关造反情事，立即飞禀川督请示。正是：

> 黑心武职栽赃去，
> 强项黄堂密禀来。

不知刘秉璋如何批法，且阅下文。

第四十五回

死爵爷真个抄家
贤总督欣然作伐

四川总督刘秉璋接到夔州府汪鉴的禀帖，不觉大惊失色，急命戈什哈传见那位代理营务处陈石卿。哪知陈石卿仍然推说有病，不肯应召。刘秉璋没法，只好拍了份密电去请恭亲王的示，要想把那重大责任交给恭亲王去负。

原来那个时候，咸丰皇帝的亲弟兄，仅剩老六、老七二人存在，老六就是恭王，老七就是醇王。醇王现管神机营事务，以及内务府诸事，不暇再问朝政。恭王既充军机处领袖，又掌总理衙门，对付这等谋叛之事，本是他的份所应为。当时一见刘秉璋的密电，连连地顿足大叫不好道，鲍超在时，因为要打法国的洋鬼子，连那议和的上谕都敢撕碎，他的子孙既有谋为不轨情事，自在意中，况且他是第一个中兴勇将，他的下代必有非常惊人之技，倘一发难，试问谁能抵御？恭王想到此地，慌忙面奏慈禧太后。

太后不待恭王奏毕，也在连称"不妙不妙"。恭王一直奏完道："奴才愚见，自应立即电复川督，命他即去查抄，若无形迹可疑之处，就好作罢，免有打草惊蛇之举，惹了一班功臣；否则先将鲍氏家属就近拿下，也好以此挟制他们。"

太后听说，蹙额地低声说道："咱们就怕这班将官的子孙造反。从前的吕太后，她若不早把那个韩信悄悄地处死于那未央宫中，那座汉家天下，未必能够传到二十四代呢。"恭王道:"此刻尚在叛迹未彰之际,似乎有些难处。因为长毛造反,本是反对咱们满人,倘若一班中兴名将的子孙,大家抱着兔死狐悲之感,统统群起而攻,咱们的这座天下那就有些靠不住了。"

太后又问道:"咱们知道刘秉璋的身边,不是有个会卜文王卦的徐某人在那儿么?何以这件事情弄得漫无布置,如此惊惶的呢?"

恭王回奏道:"听说徐某出省去打蛮子了,或者刘秉璋没有和他商酌。"

太后听了忽然一乐,顿时面露笑容起来。恭王惊问道:"老佛爷此时忽有笑容,未知想到何事?奴才愚鲁,一时莫测高深。"

太后见问,又是淡淡地一笑道:"刘秉璋做了几十年的官,一股脑儿用了一个姓徐的。姓徐的虽将那个孝字看得重于忠字,自然难免认题不清。但是既在帮刘秉璋的忙,刘秉璋是咱们的封疆大员,咱们就有便宜之处在里头了。"太后说着,更加现出很放心的样子,又接说道:"你既说姓徐的出省去了,咱就知道刘秉璋仿佛失去了一个魂灵,因此对于一点小事,自然要大惊小怪起来了。这件事情,若是姓徐的在省,也没什么办法,那就有些怕人。夔州府汪鉴本是一个念了几句死书的文官,怎有这个应变之才呢?所以咱倒高兴起来了。"

恭王道:"奴才下去,就叫刘秉璋先去查抄了再说。"太后点头应允。

恭王退出,立即一个十万火急的回电,说是奉了懿旨,着将鲍超家里严行查抄奏闻。刘秉璋一接回电,一因没人商量,二因乃是懿旨,如何还敢怠慢?当下也是一个十万火急的电报,打给汪鉴,命他照办。汪鉴奉到电报,即去会同本城的协台,就把鲍超的那座住宅团团围住,马上查抄起来。

可怜那时的鲍宅,除了鲍超的棺木停在中堂之外,只有一班妇女小孩。大家一见奉旨前去查抄,自然个个吓得屁滚尿流,一时号哭之声震达屋瓦,也有长毛杀来的那般厉害。汪鉴和协台二人一边命人锁了妇女,一边一进进屋子地查抄进去。等得抄毕,兵丁衙役等人呈上一张清单,汪鉴接至手中一瞧,只见写着是:

> 后膛枪二十三支,手枪四支,各种子弹一千二百余粒,马刀十六柄,大刀两柄,盔甲一副,号衣五十六件,大旗八面,铜鼓一架,军号五具,衣箱三十四只,首饰四匣,烟土四柜,烟枪十支,烟具八副,御笔福寿字各一副。

汪鉴犹未看完，那个协台早在一旁跳了起来，发狠地说道："反了反了。这些都是造反的东西，快快先把这班叛妇砍了再说。"

汪鉴因知这个协台曾经当过鲍超的亲兵的，此时又见他那种冒冒失失的样儿，不禁暗暗好笑。当下便笑着接口道："老兄说话，尚须检点一些，难道太后的御笔，也是叛器不成？况且既成钦案，怎么可以未经奏闻，未问口供，贸然乱杀起来。"那个协台听得汪鉴如此说法，始把脸蛋一红，没甚言语。

起先那班鲍家的妇女听得协台要杀她们，早又号啕大哭起来。及闻汪鉴在说，未经奏闻，未问口供，不能乱杀，自然放心一点。鲍超的大媳妇还去向着汪鉴呼冤道："汪大人，这些枪弹却是先爵爷防家用的，职妇的丈夫现往河南岳家探亲，不日就要到北京引见，怎敢忘记天恩祖德，意至造反？"

汪鉴听了，便含笑地答道："这件案子，本是有人举发的。按照本朝律例，上谕上面若有严行字样，便得刑讯。现在本府第一样对于这些枪支子弹，认为武将之中，应有之物。第二样看在鲍爵爷确是一位中兴功臣，暂不刑讯你们。且候制台复奏之后，看了上谕再讲。"

汪鉴一边这般说着，一边即命衙役，先将鲍氏妇女送往县里，发交捕厅管押。那个协台却不识趣，又向鲍家大媳妇喝道："你们赶快叩谢府尊大人的恩典，去到县里，好好守法。"

那知这位协台大人的一个"法"字尚未离口，不防那个鲍家的大少奶奶陡地走近几步，出那协台的一个不意，扑的一声吐了他一脸的涎沫，恨恨地骂道："汪大人倒还公允。我就骂你这个一声'负心贼'，你莫非忘了在我们爵爷部下当那小兵的时候么？"

汪鉴在旁听得清楚，恐怕这位鲍少奶奶要吃眼前之亏，所以不等那个协台接腔，忙命衙役好好地扶着鲍家妇女出去。然后又去亲自检查一遍，眼看封屋之后，方向那个协台拱拱手，回他府衙办公事去了。

现在不讲那个协台，明明求荣反辱，只得塌塌肚皮回去，单说汪鉴回衙之后，即把查抄经过据实禀知制台。刘秉璋接到公事，见有枪支子弹，更加怕受失察处分，忙又电知恭王知道。恭王又去奏知太后。

太后想了半天，方始略现怒容道："国家的枪弹，何等重大，鲍超怎敢藏在家里？此事若不重办一下，何以杀一儆百？"太后说着，更吩咐恭王下去，电知刘秉璋，迅速严行审问，按律惩办。恭王奉谕退出，当然照办。

刘秉璋一接此谕，不觉连连叫苦。你道何事？原来刘秉璋人虽忠厚，倒底是个翰林出身，况且也是中兴名臣之一，他与鲍超又是知好，倘若一经按律而办，鲍氏全家便得满门抄斩，莫说自己一时不忍下此狠手，就是一班中兴功臣闻知其事，怎肯甘休？将来大家向他责难起来，也不得了。

刘秉璋正在左右为难的当日，那位钱玉兴军门恰来进见。刘秉璋先把电谕送给钱玉兴看过，急问着道："你视此事怎么办法，这不是汪筱潭明明来使我为难的么？"钱玉兴听说，半晌不能答出，好一会方始皱眉地答道："此事真正有些为难，徐营务处又不在此地，要么赶紧请他回省一趟。"

刘秉璋摇首道："他在那边，正在打得得手，怎么能够叫他回省？要么派个妥当的人物，前去取决于他，"刘秉璋说到此地，又唉声叹气地怪着陈石卿道："早也不病，晚也不病。他若不病，大家商量商量，也好一点。"

钱玉兴便低声说道："我听我的部下说，朝廷真的要办鲍爵爷的子孙，大家一定不服，将来有得麻烦呢。"刘秉璋听说，急将双手掩着耳朵道："吓死我也，此等逼我为难地说话，我却没有胆子敢听。"

刘秉璋掩了双耳一会，一面放下手来，一面又问钱玉兴道："你说说看，究叫哪个去问杏林呢？"钱玉兴道："还是请石卿劳驾一趟才好。"

刘秉璋连连点头道："说得不错，说得不错，只有他去。"说着，即命一个亲信文案拿了全案卷子，去教陈石卿看过，马上动身。陈石卿本来没病，又见事关重大，于是漏夜出省而去。

谁知去了月余，尚没信息到省。恭王那儿的催信倒如雪片一般飞至。没有几天，刘秉璋忽又一连接到二十多封电报，译出一看：

第一封是直隶总督李鸿章的；
第二封是长江巡阅大臣彭玉麟的；
第三封是福建总督杨昌濬的；
第四封是马江船政大臣沈葆桢的；
第五封是浙江巡抚卫荣光的；
第六封是福建水师提督欧阳利见的；
第七封是西江巡抚李兴锐的；
第八封是南京总督刘坤一的；
第九封是在籍绅士三品卿衔刘锦棠的；
第十封是记名提督谭碧理的；

第十一封是前湖北提督郭松林的；

第十二封是前两淮运使方濬颐的；

第十三封是出使英德俄法大臣曾纪泽的；

第十四封是前湖北布政使厉云官的；

第十五封是前凉州镇周盛波的；

第十六封是丁忧巡抚潘鼎新的；

第十七封是前右江镇周盛传的；

第十八封是在籍绅士曾大成的；

第十九封是山西布政使聂缉椝的；

第二十封是前浙江提督黄少春的；

第二十一封是前寿春镇郭宝昌的；

第二十二封是广东提督苏元春的；

第二十三封是钦差大臣娄云庆的；

第二十四封是前皖南镇潘鼎立的；

第二十五封是前钦差大臣唐仁廉的；

第二十六封是记名提督陈济清的；

第二十七封是前台湾巡抚刘铭传的；

第二十八封是浙江海门镇杨岐珍的。

刘秉璋匆匆看毕，只见大家不约而同说的是，同是功臣，谁无子孙，如此一办，天下凡有功者无噍类矣。卖反献功之人，余等必有以处之。解铃系铃，公好为之。内中尤以彭玉麟、李鸿章、潘鼎新、潘鼎立、周盛波、周盛传、娄云庆、唐仁廉、杨岐珍几个说得更加决裂。彭玉麟、李鸿章、周氏弟兄、潘氏弟兄，以及杨岐珍，还怪着徐春荣不应助纣为虐。

刘秉璋只好仰天长吁道："天亡我也。"说了这句，又自己摇头道："雪琴、西园两个，他们是最钦佩我们杏林为人的，怎么也在瞎怪起来。"

刘秉璋刚刚说到此地，忽见一个戈什哈报入道："徐营务处打退蛮子，和陈石卿老爷已经回省，马上就来禀见。"刘秉璋听说连连地拍着几案道："快快请来，快快请来。不准再在别处耽搁。"

戈什哈只好又去传话，没有好久，只有徐春荣一人走入。刘秉璋一见徐春荣之面，几乎转了悲音地说道："杏林你虽剿平蛮子回来，我却被大家逼死了呢，汪筱潭也是一个害人精。"

徐春荣微微地一笑道："老师不必着急，门生已有办法在此。"

刘秉璋扑地跳了起来，一把抓着徐春荣的衣袖道："真的么？"徐春荣将手轻轻一抬，先请刘秉璋仍然归坐，方在一旁坐下道："汪守前来请示，并不为错。所错的老师应该拍电问我一声。"

刘秉璋忽把他的大口一张，似要说话的样子，却又急得气喘喘地说不出话来。徐春荣忙问道："老师要说的话，可是汪守前来请示，并不算错，老师去向恭王请示，也不能算错了。"

刘秉璋不待徐春荣说完，忙把他的嘴巴闭拢，跟着把脚一顿，双手向他两只大腿上用力一拍道："对啰！"

徐春荣因见左右无人，忙不迭地低声说道："这倒不然，难道老师不知道恭王是旗人么？太后确有汉朝吕后之才，不过没有全用出来罢了。"刘秉璋听说，急把眼睛连眨两下，又轻轻地说道："隔墙有耳，杏林今天何故如此大意？"

徐春荣一听此言，方才想到刘秉璋身边确有一个戈什哈是醇亲王荐来的，当下不免一吓。幸亏功名之心本淡，略过一会，也就镇定下来道："此人在此，门人不能说出主意。"

刘秉璋点点头，当下叫了一声"来呀"，就有几个戈什哈一同奔入，刘秉璋望了一望，不见那个名叫霍神武的在内，便问道："霍戈什哈呢？"

内中有个回话道："方才还见他站在门外，此刻不知哪儿去了？"

原来霍神武正是醇亲王荐来的。起先徐春荣在说太后像吕后的时候，他已听见，嗣恐刘、徐二人有话避他，他有意托故走开。此刻听见制台问他，忙又走入。刘秉璋便朝他说道："我要问岐将军讨样满洲饽饽，你去才好讨来。"

霍神武听了，忙笑答道："沐恩就去。"

刘秉璋等得霍神武走后，始问徐春荣道："杏林，你是什么主意？快快说来。"

徐春荣道："老师快快电托雪琴、宫保，请他约同一班中兴功臣，由他领衔出奏保奏。太后有了面子，自然会卖这个人情的。"

刘秉璋听了大喜，即将几上一大叠的电报拿给徐春荣去瞧道："你且看了再说。"徐春荣看完道："老师就将此意告知他们，他们也好消气。"

刘秉璋即请徐春荣拟了复电，说明此事原委，果由彭玉麟领衔出奏此事，太后照准，各方方才不怪刘、徐二人。

原来浙江海门镇杨岐珍本是徐春荣的谱弟，而且童太夫人待如己子，做书的落地那天，杨西园世叔适由海门晋省，回完公事，正待告辞，刘秉璋太夫人忽向他笑说道："你们杏林盟兄，日内正要得子，你和他亲如手足，大该前去帮忙。"杨西园世叔连连答应，回至我们公馆，一见先严，便一把抓住道："大哥，你有弄璋之喜，何以不告诉兄弟一声？还是中丞留我来此帮忙。"

先严大笑道："一个孩子之事，如何可以惊动老弟。我又知道你们台州的那个王金满猖獗万分，万万不能以私废公。"杨西园世叔道："不要紧，王金满已经闹了多年了，也不在乎这几天。况且此人非得大哥前去智取，恐怕不能由兄弟力敌的呢。"先严听说，方留西园世叔在家照料。后来西园世叔眼见一猿入室，他就大惊起来，还是先严教他守秘，他才等做书的落地之后，回任去了。

他的继配杨氏太夫人，更为先祖姚童太夫人所钟爱，当时百称童太夫人为母，不加世谊字样；先嫡母汪太夫人，先庶母葛太夫人，先生母万太夫人，家四庶母刘太夫人，同时也和杨太夫人十分知己，亲同姊妹。

嗣后先严由刘秉璋太夫子奏调到川，从此与杨家便没往来机会。及至光绪十八年九月，先严由川请假回籍，西园世叔可巧先一月升了福建水师提督到任去了。以后忽忽四十年来，不通信息。

直至民国二十一年二月三日，暴日攻我闸北，做书的危坐斗室，编此《曾左彭三杰传》时候，忽接西园世叔的长孙公子，名叫祖贤，号叫述之的，寄来杨氏重闹，纪念二集一册，又席荫轩酬唱集一册，乞我题诗，方始结此一段前因后果。

现在接说先严办好那桩公案，彭玉麟、李鸿章、潘氏弟兄、周氏弟兄、杨岐珍总镇，都向先严道歉。汪鉴也向刘秉璋谢罪，又向先严诉说他的苦衷，似有告退之意。先严安慰再三，又去告知刘秉璋。刘秉璋一经先严告知，也去慰留汪鉴，复又自任月老，便将汪鉴的长女，名绣仙的聘给做书的；三女名桂仙的，聘给做书的第三个胞弟名梁生的。我们弟兄二人现在成了连襟，不能不感激这位太夫子之情。

后来先岳汪鉴又升了成都首府，就在那时，成都省里又到了一位钦差，出了一件天大的案子。正是：

> 川督虽教守秘密，
> 清廷却已起疑心。

不知究是一件什么案子，且阅下文。

第四十六回 投鼠忌器骗子发 爱屋及乌亲家考

先岳汪鉴自升成都府后，有一天忽据一个差役密报，说是草堂祠里上个月
到了一班匪类，行为很是诡秘，似乎不能不查。汪鉴听说，便问那个差役，怎
么知道此事。那个差役又说道："草堂祠里，有个香火和尚本是小的亲戚，昨天
晚上，亲到小的家中告知此事。大人要知这个底细，只要立将草堂祠的方丈传
来一问就得。"

汪鉴即命那个差役去传方丈，等得传到，汪鉴问那方丈，祠里到了匪类，
何故秘不禀报？方丈听了一吓道："大人怎么知道他们都是匪类？僧人看来，恐
怕还是一位北京出来查办事情的王爷，也未可知的呢。"

汪鉴道："你且把此事细细禀明本府，本府自然明白。"

方丈道："上个月的初上，有天来了三四个客商模样的人物，据他们说：要
租一庭院子，以便办事。当时僧人便问他们，说是城内有的是客栈，你们何故
一定要租这个祠里的院子呢？他们说：'城里客栈，人头太杂，我们是大商家，
进出银钱很多，当然谨慎为妙。你们此地清静一点，就是房金贵些，倒也不
妨。'僧人的祠里本靠出租院子，去做香火钱的，因此就答应了他们，他们也照
例付了定银而去。第二天大早，即搬进二三十个人去，以及不少的行李，僧人

还算仔细，当场又去暗暗留心一番，并没什么异人之处，故而一任他们住在那座西院子里头。一直到了本月的初上，僧人瞧见他们进进出出的人众虽很忙碌，但是都还正派，故又不去注意他们。

"不料在前天下午，他们的下人出去叫了一个剃头司务进去，等得剃头司务出来的当口，颇有一些令人可疑之处，僧人就把那个剃头司务唤到方丈房里，正待设法用话盘问他的当口，他已不待僧人盘问，早已神色张皇起来。僧人便去检查他的身上，即在身上搜出一只五十两重、户部所存二七色的元宝。僧人当时还当是偷出来的，正要命人前去告知那班客商，那个剃头司务就向僧人跪地磕头，说是那只元宝，并非偷窃，确是一位王爷赏给他的剃头钱。僧人当时自然不信，那个剃头司务又说：'王爷因为我替他剃头、在卷领了的时候，忽然被我瞧见了他那里面穿的龙袍，所以赏此元宝，封封我的嘴的。'"

汪鉴一直听到此地，方问方丈道："此话靠不住了，就算是位王爷，他也不穿龙袍的呀。"

方丈点言道："大人说得不错，僧人当时也用这话去驳那个剃头司务的，他回答僧人说：'龙袍不龙袍，我是一个剃头的，自然弄不清楚。不过我见他所穿花花绿绿的，我们川里人从没瞧见过这种衣裳，我所以才敢咬定他是王爷。但是我当场并未称呼他王爷，他就赏我这只元宝，叫我千万不准在外面张扬。我因他既吩咐这句说话，我又只剃了一个头，就得一只元宝，心里有些着慌，因此所有的举动，反被你这位大和尚看破了。'

"僧人一听此事的关系很大，一面放走那个剃头司务，一面等到深夜，就叫一个香火悄悄地走到西院子里，瞧瞧有没什么怪异的地方。果有什么怪异的地方，本要报官的。哪知那个香火稍稍地进去之后，就见那班客商已在收拾东西，似乎次日早上就要动身的样子。别样地方虽没什么可疑，只是一叠一叠的公文案卷很多。"

方丈讲到这里，忽把话头停住，反问汪鉴道："近来地方上，很有一些谣言，都在说，北京怕有钦差到来，要来密查此地的几桩大案，大人可也听见这些说话没有？"汪鉴点点头道："这些谣言，可也发生好久好久的了，但也不能一定说是谣言。"

方丈接口道："对啰，他们既有那公文之案卷，必非客商可知。僧人当时一据香火回报，正待连夜前来密报大人和两县。就在当晚上，又得一个秘密信息，说是还有几天耽搁，僧人因此还想再探一番，再来禀报，否则所报不实，僧人也有罪名的。"

方丈说完，又问汪鉴道："不知大人怎么已经预先知道，是不是就是那个剃头司务前来报告的？"汪鉴摇摇头道："并不是剃头的，倒是你的那个香火，前来报告我们此地的一个差役。"方丈听到这里，又接口说道："今天早上，西院里的一班人物忽然统统出去，直到大人去传僧人的时候尚未回去。"

汪鉴忙不迭地问道："此刻呢？"

方丈笑上一笑道："僧人已来大人这里半天的了，怎么会得知道？"

汪鉴听得方丈如此说法，也不觉失笑起来道："本府这句说话真的未免问得太急了。本府此刻打算同你回去私探一下，你瞧怎样？"方丈大喜道："大人能够自己前去一探，僧人的责任便好轻了一大半，怎么不好呢？"

汪鉴听说，立即传到成都、华阳两县，大略告知几句，就与两县各自换了青衣小帽，便同那个方丈一脚走到草室祠里。因见四院子里的各僧尚未回来，赶忙命人开锁进去，第一眼看见桌子上面堆上几大叠的公文案卷。汪鉴就同两县分头翻开一看，果然就是密查四川一切弊政的奏折。内中虽有些捕风捉影之话，可是若被太后知道了去，倒也有些麻烦。

原来满清官场的老例，本有好些瞒上不瞒下的公事，此弊由来已久，早成习惯，但被太后知道，一经打起官话起来。那就上自督抚将军，下至州县佐杂，个个都有发往军台效力的罪名。

汪鉴虽是一位强项官儿，然已做了年把夔州府的实缺，因知此等旧例，断断不能由他去翻案的。当下也吓得将他舌头一伸，问着两县道："此事一经闹出，大家都是不好。究竟如何办法，贵县可有什么主见么？"两县异口同声地答道："照卑职等的愚见，只有赶紧禀知督宪，余外别无办法。"

汪鉴听说，笑上一笑道："兄弟真正晦气，鲍超抄家一事，督宪已在怪着兄弟。"两县不待汪鉴再往下说，忙又接嘴说道："此事关系历任督抚的考成，更比鲍超的案子为大，大人似乎不可轻视。"

汪鉴听说，只好吩咐方丈几句，同了两县去禀制台。刘秉璋一见又有巨案发生，恨得拍着桌子道："快快去请徐营务处和陈石卿陈老爷。"戈什哈奉命去后没有多久，即来回报，说是徐营务处立刻就到，陈老爷有病不能前来。

刘秉璋听了，又很生气地说道："石卿的毛病，真也生得奇怪，倒说一迳没有好过。"汪鉴方待答话，只见他的亲家徐春荣已经匆匆走入。刘秉璋将手向大家一拦道："此地不便，且到签押房里细商。"

刘秉璋说着，先在头里领路，大家进了签押房里分别坐下。汪鉴即将私查草堂祠一事，重行详详细细说给徐春荣听了。

徐春荣静心听毕，始问汪鉴和两县道："亲翁既和二位仁兄亲去查勘过的，可曾查出他们是不是真的王爷呢？"刘秉璋首先问道："杏林你莫非还疑心是骗子不成？据我看来，天下哪有这般大胆的骗子？"汪鉴也接口说道："就是骗子，也得设法敷衍。因为此事一被御史知道，谁不抢着奏闻，夺这大功？"

刘秉璋对着汪鉴一笑道："你就做过那些多嘴御史的。"汪鉴也和刘秉璋略开玩笑道："大帅怎么未忘此事？好在卑府没有参动大帅。"汪鉴说着，用手指指他的嘴巴道："我还恨它不会多呢？"

徐春荣不来插嘴这笑玩话，单对刘秉璋说道："只要老师包得定他们不是冒充王爷，门生有法对付他们。"刘秉璋道："不管是真是假，你的法子姑且说给我听听。"

徐春荣笑笑道："门生因为现在皇帝所得的天下，未免太觉便宜。我们那位崇祯皇帝，死得也太可怜。"徐春荣的一个"怜"字犹未离嘴，一座之人无不吓得变色。

徐春荣虽见大家替他惊慌，他却仍然形若无事地笑着说道："老师和亲家，以及二位仁兄，不必如此害怕。我昨天晚上，因为别件事情已经私下卜了一卦，这座大清朝的天下怕不长久了吧。"刘秉璋又一吓地问道："将来谁做皇帝？"

徐春荣微微地皱眉答道："爻辞上面，非但瞧不出谁做皇帝，而且连皇帝的名目似乎还得断称，不知何故。"刘秉璋摇手道："我们此刻应该急其所急、缓其所缓，先将这桩案子商妥再谈闲话。"

徐春荣听了，却正色地答道："门生何尝在谈闲话，正为这等瞒上不瞒下的弊端，很于我们大汉百姓有益。例如好些报荒的钱粮，国家少一点收入，百姓却极沾光。再加这班旗人，一生下地来就有皇粮可吃，这些弊端，倘若一被满人知道了去，我们大汉百姓岂不更加吃苦？所以我主张大家坐观其败，保全此弊，万万不能去给满洲皇帝知道。"

汪鉴听说大赞道："我们亲家大有思明之意，这个所谓清朝的弊，正是给汉民的恩惠呢。"汪鉴说着，又问徐春荣如何办法，可了此案。

徐春荣道："只要舍出一二十万银子，去叫那个方丈和那位王爷交涉，我是久知道的。满洲人的贪钱，更比我们汉人厉害万倍。"

刘秉璋连说两声"好好"，即命成都、华阳两县下去办理。

汪鉴便向刘秉璋请示，如果说成，此款何处开支。刘秉璋未至答言，徐春荣岔口道："这很容易。我此番打平马边一带的蛮子，本有一笔报销，只要开在这账上，各方都安逸的。"刘秉璋忙问道："你此番出差，前去打平了蛮子，可要四五十万的用度么？"徐春荣伸掌一比地说道："不过五万。"

刘秉璋一乐道："怎么只用了这一点点的数目么？怎么历任的制台，动辄就是几十万的报销呢？"徐春荣笑道："这就是历任制台和下属的好处。"徐春荣说了这句，又向汪鉴说道："我跟了我们老师一二十年，从前打长毛时候，因为费用真大，确有几十万的报销。自从在那江西四五年，又到我们敝省浙江两三年，何曾有过几十万的报销呀。"汪鉴未曾答言，刘秉璋又来岔口道："那是打土匪，不是打蛮子，我知道蛮子确比土匪厉害。"

汪鉴笑着道："我们这位亲家，他能实报实销，正是大帅的春风化雨所教。力能如此不欺。"徐春荣也笑笑道："这就叫作春风化雨之中，没有莠草。"

刘秉璋连听汪、徐二人之话，很是乐意，忽然抬头瞧见成、华两县还在候他的示下，便朝两县一笑道："款子已有着落了，你们为何还不去呀？"

两县听得制台如此吩咐，方与汪鉴略略斟酌一下，先行告辞而去。

汪鉴等得两县走后，很认真地问徐春荣道："亲家的文王卦，听说卜一卦准一卦的，从前左文襄、彭玉麟宫保、李少荃制军，他们三位进京的时候，对于亲家的文王卦确曾面奏太后过的，太后也极赞许，我此刻倒要请教一声。"

徐春荣道："有何见教，知无不言。"汪鉴道："我知道古人讲易，言理不言数的，因为理字较实，数字稍泛。况且数之一道，自从康节先生之后，没有真传。现在讲太乙数的，竟有能验运祚灾祥、刀兵水火，并知人之死生贵贱，其考阳九百六之数，历历灵验，其说可得闻乎？"

徐春荣正色地答道："宋南渡后，有王湜著乙学后备检三卷，为阴阳二逆，绘图一百四十有四。以太乙考，治人君之善恶，其专考阳九百六之数者，以四百五十六年为一阳九，以二百八十八年为一百六。阳九奇数也，阳数之穷，百六偶数也，阴数之穷。王湜之说谓后羿寒浞之乱，得阳九之数七；赧王衰微，得阳九之数八；桓灵卑弱，得阳九之数九；炀帝灭亡，得阳九之数十。此以年代考之，历历不爽。又谓周宣王父厉而子幽，得百六之数十二；敬王时吴越相残，海内多事，得百六之数十三；秦灭六国，得百六之数十四；东晋播迁，十六国分裂，得百六之数极而反于一；五代乱离，得百六之数三；此百六之数，确有可验。然又有不可验者。舜禹至治，万世所师，得百六之数七；成康刑措，四十余年，得百六之数十一；小甲雍已之际，得阳九之数五，而百六之数九；庚丁武乙之际，得阳九之数六；不降亨国，五十九年，得百六之数八；盘庚小卒之际，得百六之数十；汉朝明帝章帝，继光武而臻泰定，得百六之数十五；至唐贞观二十三年，得百六之数二，此皆不应何也？甚至夏桀放于南巢，商纣亡于牧野，王莽篡汉，禄山叛唐，得阳九百六之数，皆不逢之，又是何故？据我所授者说来。数不敌理。因为理生于自然，数若有预定。所以圣人只知言理，不肯言数；数之全部，仅不过理之一端而已。"

汪鉴、刘秉璋一同大悟道："着，着，着，此谕甚明，真正可破古今之疑的了。"

徐春荣又微笑道："话虽如此，我的往常卜卦有时理不可测的当日，偶也以数来决之，倒也十分灵验。"

汪鉴又问道："亲家，你的这个学问究为何人传授？"刘秉璋接口道："我也常常问他，他总含含糊糊地答应。"

徐春荣道："老师既是如此说法，门生今天只好略说一个大概了。我家住在白岩，白岩的对面有座搬山，历代相传，都说崂山最高峰上那块大石，石中有个玉匣，内藏天书一部，就是数学，可惜无处去寻钥匙。我在十九岁的那一年上，因痛先君无疾而终，理不可解，数亦难知，便到那块大石之下前去痴望，要想觅得那部数学，解我疑团。后来忽有一位老人走去，问我望些什么？我即老实说出想得天书。老人笑谓我道：'此乃子虚乌有之事，你何以相信如此。'老人说完，即以上说讲给我听，我还不甚明白，他又画了一个样子给我去看，我方有悟，老人忽又不见。又过年余，又见那位老人一次，复又指示一切。我现只好以此而止，其余断难宣布。"

汪鉴大喜地说道："亲家既得数学真传，这是我的这位坦腹东床一定可以继述先人的事业了。"徐春荣连摇其头道："不能不能。此子倘若早生二十年，此学或望有传。现在这个孩子太小，我又不能久于人世。"

汪鉴不待徐春荣说毕，忙接口道："亲翁此话太奇，难道真个能够预知自己的寿数不成？"刘秉璋双手乱摇道："杏林此话，我早不信。"

刘秉璋说到这句，又问徐春荣道："石卿究生何病？自从你保举了他代理这个营务处，可是他一天也没办过什么事情。"徐春荣听说，先望了一眼汪鉴，始接说道："筱潭亲家也非外人，说说不妨。"

徐春荣说着，即将陈石卿受了松藩台之气的事情，详详细细告知刘秉璋听了。刘秉璋听完，微微地将眉一蹙道："这也难怪石卿，松藩台太没道理。石卿可卜他的官厅，营务处却不能下他的官听。况且本朝定例，只讲差使，不讲底官。譬如参将署了提台，他的部下很有总兵副将等职，难道一位提台还去递部下的手本不成？"

汪鉴笑着插嘴道："松方伯确也难得说话。卑府有天前去禀见，等得公事回毕，他因瞧见卑府的靴子太旧，便向卑府开玩笑道：'贵府这双靴子，未免太觉破旧，若被喜欢说笑话的人看见，岂不要以那个破靴党的牌子，加在你这位堂堂知府的头上么？'卑府当时听了，便答还他道：'卑府此靴的面子虽破，它的底子很好。大人的靴子，面子虽好，可是说到底子，那就不及卑府多了。'"

徐春荣接口道："亲家的这句'不及卑府多了'六字，松方伯一定大气，因为你是翰林出身，他的出身自然不及你呀。你若在不及卑府四字之下，多了二字之上，加进靴了二字进去，他自然不生气了。"

汪鉴连声地说道："亲家此话一丝不错。我当时却是无心的，那知他却有意。"汪鉴说着，还想再说，刘秉璋已在问徐春荣道："石卿难道尽病下去不成么？"

徐春荣笑上一笑道："门生已经教他一个报复的法子，叫他马上去报捐一个双月道，再请老师替他明保一下，那就变了特旨道了。这个营务处的差使，暂且让石卿代理下去，等得石卿的上谕一下，松藩台自然要去拜石卿的。那时教石卿一面吩咐请，一面又教执帖的去对松藩台说，说是营务处现看要紧公事，请大人稍候一候。那时松藩台当然在他轿内等候，让他等他三四个时辰，方把他请入，这也可以算为报复了。"

刘秉璋、汪鉴两个不待徐春荣说完，都一齐指指徐春荣道："你真刻薄，此计亏你想出。"徐春荣又笑着对刘秉璋道："门生下去照办去了。"

刘秉璋一面点头应允，一面端茶送客。徐、汪二人出来，分别回去。正是：

> 计策全亏才去用，
> 聪明也要福能消。

要知以后还有何事，且阅下文。

第四十七回

仗义彭公护命妇
花貌钱氏受官刑

　　徐、汪二人出了制台衙门，汪鉴自行回去，督率成、华两县办理草堂祠交涉之事。徐春荣回到公馆，即将陈石卿请至，告知制台业已答应行计报复松藩台之事。陈石卿听说，自然十分欢喜，他的假病顿时好了。一边回去上兑报捐道员，一边销假视事。后来他那特旨道台到手，就照徐春荣之计，狠狠地报复了松藩台一下。松藩吃了那个暗亏，起先当然怪着陈石卿的，以后探出此计乃是徐春荣代为出的，于是又恨徐春荣起来。

　　那时四川将军可巧又是旗人岐元，他们两个暗暗商量，打算害死徐、汪二人，方才甘休。谁知事有凑巧，居然被松、岐两个查出徐、汪二人两桩把柄出来，一桩是汪鉴命成、华两县去和草堂祠的王爷交涉，王爷得了十万款子之后立即飘然而去。后来打听出来，京中并没什么王爷到川查办案子，明是一班骗子。汪鉴身为现任首府，当然要负不会办事之嫌。

　　松、岐两个正待暗托北京御史奏参徐、汪二人之际，还要火上加油，复又得到徐、汪二人两桩错事。徐春荣的是背后谤毁太后，说她有那汉朝吕后之奸，以及清朝不久灭亡之语。汪鉴的是，那个鲍超族人鲍藩却在岐将军处，控告汪鉴任夔府的时候，本批准了他的五万借款，何以至今一字未提，汪鉴似有受着鲍超家属贿赂之嫌。

徐春荣的功名心淡，只要能够安全回籍得以奉事乃母的天年终身，已是喜出望外，至于奏与不奏、参与不参，毫不在他心上。只有汪鉴，他是寒士出身，十年灯火，十年郎署，才得熬到一个知府地位；只要从此循资按格地好好做了下去，将来陈是开藩，升到督抚，甚至入阁大拜，都是意中之事。况且他那两桩事情本是奉了制台之命而行的，如何肯受这个冤枉。所以一经得着松、岐两个预备奏参他和他们徐亲家之信，立即气哄哄地前去告知徐春荣，说是他要捐升道员，离任①赴京，去与松、岐二人大告京状。

当下徐春荣笑着相劝道："亲家，你也上了年纪的人，何必如此盛气？凡事总有一个公论，断无不水落石出之理的。"

汪鉴道："这些事情，论情方面，我们自然不错。若论《大清律例》，我和亲家二人就有与制军通同作弊之嫌。我若进京去找找那旧上司老实说明，他便不去出奏。只要不去出奏，我们二人便没事情。"

徐春荣听说，想上一会道："这样也好，我们准定一起同走。"

汪鉴道："制军不肯放你走路，你又怎么呢？"

徐春荣道："照我之意，连我那位老师春秋已高，也好归隐的了。"

汪鉴道："我们二人，快快分头行事。"徐春荣点头应诺，汪鉴欣然告辞回衙。

谁知汪鉴和刘秉璋本没什么深交。他的捐升道员离任之事，倒也被他办妥，立即离川赴京。只有徐春荣这人却是刘秉璋的灵魂，如何肯放他先回家。至于刘秉璋自己，本也赞成辞官归隐的计划，无奈圣眷尚隆，每逢奏上，总是慰留，刘秉璋无可奈何，自然死死活活地留住他这门生不放。

后来汪鉴到京之后，竟蒙太后召见两次，问问四川情形，便将汪鉴以道员交军机处存记，遇缺开单简放。吏部书办要他花笔银子，说是可以立即放缺，汪鉴是个强项官儿，焉肯做此舞弊之事，于是一怒出京，即在安徽六安州城内买下一所巨厦，享他林泉之乐起来。甲午那年，李鸿章因赴马关与日本议和，曾经奏调他去充作随员，他也一口谢绝。只与在籍绅士、前任台湾巡抚刘铭传却极投机，因此把他第二位小姐许与刘铭传的胞侄、名刘树人的。一直又纳了二十多年的清福，方始寿终正寝。算起年代，还比他那徐春荣亲家迟死几年。

---

① 前清例子，实缺府县因事不能离任者，只要捐升一级便可如愿。

汪鉴之事，既已叙完，现在又回过来再说徐春荣，既被刘秉璋苦苦挽留，只好仍旧黾勉从公，为民造福。因之四川的一班老百姓，见他很为制台相信，有权办事，于是替他起上一个小制台的绰号，这样一来，更遭松寿、岐元两个的妒嫉了。

有一天，徐春荣方将应办公事办毕，正待休息一下，忽见一个差官报入，说是在籍绅矜钟鲁公钟大人拜会。徐春荣听了大喜，急命请入签押房中叙话。钟鲁公走入，首先紧握徐春荣之手不放道："杏翁，我们二人又好久好久不见了呢。"徐春荣请他坐下道："鲁翁，我本想早去瞧你，无奈连一连二的事情，闹不清楚，真正是契阔久矣。"

钟鲁公道·"我的事情，恐怕杏翁尚不知道。我自那年回川之后，又被彭雪琴宫保找去，帮着办了年把事情。此次因为先荆逝世，还是苦苦地请假回来的。"徐春荣听了一愣道："我若知道鲁公又被雪琴宫保找去，我的几桩事情老早就好前去拜托你了。"

钟鲁公忙问道："可是报销的事情么？"徐春荣道："不止一件。"说着，便把入川之事简括告知钟鲁公听了。

钟鲁公听完道："雪琴宫保，对于杏翁真是二十四万分地心悦诚服的。莫说杏翁的事情，毋须你去叮嘱，断无不关心之理，就如那位蒋芎泉中丞，他们二人的私交还不及杏翁多多，他也十分关切。"

徐春荣听到这句，忽插嘴道："芎泉中丞，不是已经作古了么？我还听说他的那位钱夫人，似乎还在打着家务官司。"

钟鲁公皱眉地答道："岂止家务官司而已。钱夫人此次的事情，若没雪琴宫保暗中替她帮忙，恐怕此时早已身首异处的了。"

徐春荣大骇道："钱夫人究犯何罪，何至于说到身首异处，难道也有人冤枉她和鲍爵爷的家属一样，要想造反不成？"

钟鲁公道："杏翁还在此地，当然不很清楚。你且莫问，让我细细地告诉你听。原来这位钱夫人虽然很是能干，可是她的性情未免有些风流，她与那个羊瀚臣，名虽居于宾主，实则已是情同伉俪的了。自从芎泉中丞逝世之后，她就同了羊瀚臣两个双双扶柩回籍。芎泉中丞既是湖南安福县的巨绅，他的灵柩到家，当然有人前去祭奠。当时不知怎样一来，她和羊瀚臣两个的行径已被一个名叫蒋荣柏的坏本家瞧破。那个蒋荣柏开口就要二十万银子。芎泉中丞在日，本来不会贪钱，又加钱夫人花得厉害，算起蒋府上的家产，不过三五万银子，怎么拿得出这笔巨款？当时自然一口复绝。谁知那个蒋荣柏也和鲍爵的那个鲍藩一样，既是发了风，总得下些雨，于是便到安福县里告了一状，第一样告的是钱夫人自开药方谋毙了芋泉中丞。这是应该凌迟的罪名。第二样告的是，钱夫人和羊瀚臣通奸，这是杖一百流三千里的罪名。第三样告的是，钱夫和奸夫二人，虐待十岁的一个入继之子。这又是杖一百流三千里的罪名。当时雪琴宫保既知此事，命我去拜托湖南巡抚，须得格外看顾。"

徐春荣忙问道："难道三样事情都是真的么？"

钟鲁公摇头道："只有第一样事情是冤枉她的。钱夫人本来知医，她虽和那羊瀚臣有染，此事已经多年了的。对于芋泉中丞，本没什么杀父之仇，只要芋泉中丞不去捉她之奸，她已别无奢望，何致去害丈夫之命。至于虐待继子，一个十岁孩子，打两下也是有的，其事甚小。所以雪琴宫保对于这桩案子，本是雪亮的。不然，难道眼看芋泉中丞被人谋毙，反而去帮淫妇不成？当时湖南的那位中丞，虽然不认识芋泉中丞，却是很尊敬雪琴宫保的，一见我去嘱托，自然一口答应，立即派人传谕安福县官，叫他模模糊糊了事。岂知那个蒋荣柏竟去请了一个有名讼师，倒说第一堂就把钱夫人盯得不能开口。"

徐春荣又问道："不是钱夫人很会讲话的么？"

钟鲁公笑上一笑道："要么芋泉中丞恨她犯奸，竟在阴间显灵，也未可知。"

徐春荣道："后来倒底怎样了案的呢？"

钟鲁公道："姓羊的杖一百，充发三千里；钱夫人杖一百，流三千里。"

徐春荣太息道："唉，一位一品命妇，真去赤身露体的，在那公堂受辱，这也未免有负蒋中丞了。"

钟鲁公正待答话，陈石卿奉了刘秉璋之命，忽来和徐春荣有话，等得说完，徐春荣方将钟鲁公介绍见了陈石卿。陈石卿本也久仰钟鲁公之名的，自然相见恨晚，彼此道了寒暄，徐春荣又把钟鲁公方才所讲这桩案子述给陈石卿听了。陈石卿听完："我虽历充文案差使，可是没有做过刑名老夫子，对于一部《大清律例》，真有好些不解。我只知道寻常百姓，只要花上一百多两银子，捐上一个监生，便好做个屁股架子。何以一位堂堂命妇，竟致不能折赎的呢？"

钟鲁公笑着道："照《大清律例》所载，凡是妇女，非但逢杖可以折赎，就是流罪，也可折赎。这位钱夫人本是办的流三千里的，她只花了十五两三钱银子，便把罪名折赎。"陈石卿道："五两银子一千里，倒也便宜。这个三钱的零头，又是什么费用？"徐春荣接言道："这是补折的库平。"

陈石卿道："三千里的流罪都能折赎，何以这一百下刑杖，反而不能折赎的呢？"钟鲁公道："因为她是奸案，凡是奸案，便不准赎。"徐春荣道："朝廷设律，本也几经斟酌，凡是妇女可以折赎的道理，因欲保其廉耻。若是奸案，本人既已不顾廉耻，与人犯奸，国家也就不必再去保她廉耻了。"

陈石卿连连点首道："杏翁此谕，极有意味。"说着，又对钟鲁公道："鲁翁，你能把钱夫人受杖的内容详详细细地讲给我听听么。"

钟鲁公笑笑道："我是亲眼所见的，倒也十分详细。不过那班皂隶在他行杖的时候，不免有些凌辱妇女。"

陈石卿道："鲁翁此言，可是因为脱去下衣受刑而发？"钟鲁公道："不是为此，这是大清法律，怎好怪他？现在且让我来从头讲起，你们方能明白。我当时既奉雪琴宫保之命，去托湘抚。湘抚立即如命办理，命人前去知照安福县官。谁知那个蒋荣柏所请的讼师十分来得，第一堂钱夫人就被他驳得无言可答，安福县官不能了结此案。湘抚便命把那案子提省，发交善化县里审问。幸亏署理善化县的那位文大爷也与雪琴宫保友善，我又前去嘱托一番，文大爷回复我说：'这件案子，打了好久，闹得通省皆在注目，钱夫人的这个对头又很厉害，我当见机行事。第一样总要保全她的性命，至于面子可不能保，因为原告本有叩阍之说，倘若真的闹到叩阍，钱夫人一个娇滴滴的身子，如何受得起那些官刑？就是官司打赢，恐怕已经半条性命不着杠了。'"

钟鲁公说至此地，又朝徐春荣单独说道："杏翁，你是知道雪琴宫保脾气的，我所以必待那桩案子了结，方好回去复命。"

徐春荣道："雪琴宫保为人，本是最讲公谊私情的。现在的世人见他常常地斩杀贪官污吏、恶霸土豪，已经替他起上一个彭铁头的名号。"

钟鲁公点点头又接说道："我那时既然不能空手回去复命，索性住在善化县的衙门里面。所以钱夫人一共问了十四堂，方才结案，我可没有一堂不去看审。那位文大爷确能公正无私。第一堂问过，就将钱夫人发交捕厅看管，没有下监，这就是卖了雪琴宫保的私交。当时钱夫人明知难免刑讯的了，她便托人去和值刑差役讲定铺堂之费，每逢提审，不问是否动刑，每堂都给五百元的堂费。捕厅那里，也讲定每天十元，所有饮食一切仍由钱夫人自己出钱。堂费既已讲定，那班差役都去向她各献殷勤，有的教她对于县官不能称公祖，须称大老爷的；有的教她自己不可就称犯妇，应称职妇，因为案未断结、罪名未定，尚无犯字可加。"徐、陈二人一同说道："这个教得就有理。"

钟鲁公又说道："有的还去教她，说是官府如问诰封，可说未曾发下，因为刑部只管刑名，吏部只管吏治，二部各不相问。只要外边没有指名请革诰封的公文到部，他们毫不过问的。"陈石卿接口道："此事我倒明白，县里对于犯人要动刑的时候，照例须得详请革职或是革去诰封，只要不是死罪犯人，大家一任刑讯，不肯提着官衔诰封字样，因为案子一了，叮以保全功名或是诰封。"

徐春荣笑着道："石卿很懂这个诀巧，何以方才还在推说不懂《大清律例》？"陈石卿也笑道："此事本来不关律例，都是一班滑吏蠢役想出来的弊端。"

钟鲁公不来插嘴此话，单接说道："总而言之，银钱是好东西，钱夫人既肯花钱，那班差役真的知无不言、言无不尽的了。"

陈石卿又问道："那位文大爷，究是第几堂才动刑的？"

钟鲁公道："大凡对于命妇动刑，照例总在三堂。当时钱夫人更有面子，第四堂方受刑讯。"陈石卿道："莫非第一次就挨小板子不成。"

钟鲁公道："第一次仅打了二百嘴巴，以后一连审上十堂，钱夫人一共挨了二千多下嘴巴、三千多下藤条。至于那些什么天秤架，什么老虎凳，什么跪练，什么夹棍，凡是衙门里应有的刑罚，这位雪肤花貌的钱夫人可说没有一样未曾尝过。后来据她自己说，别样刑罚固是厉害，都还罢了，当场最难承受的，就是那样解去裹脚，站在一块砖头上面，不到半个时辰，全身筋骨缝中，都会发酸起来。"钟鲁公说到此地，又低声说道："我当时眼见她的小便，竟会直流出来。"

陈石卿道："这是裹过脚的吃亏了，倘若是双天足，那就不怕此刑。"

徐春荣大笑道："石卿真在乱说了，若是天足，他们何必去用此刑。我知道还有一种拔手指甲脚趾甲的刑罚，真是非刑。"

陈石卿不答此话，又去问钟鲁公道："那位文大爷，既然在卖雪琴宫保的交情，又有本省抚宪交代过的，何以连用这般大刑呢？"

钟鲁公道："我当时也用此话问过，据文大爷说，原告是有讼师在他身边指点的。倘不经过这些大刑，他们要去京控，被告到了京里，恐怕受刑还要厉害十倍。"陈石卿点点头道："难道钱夫人真肯认了奸案不成？"

钟鲁公道："她在头一堂当口，就认了奸情、虐待两案，这都是那班差役指教她的。"

陈石卿听了悬空地骂了一声"狗屁"二字道："这叫什么说话？原告一共只告三桩案子，头一堂就认了两样，若说谋杀亲夫是真有其事的，还可以说是避重就轻之法。这桩谋杀之案，既是冤枉，难道三桩案子，照例都须硬认的么？"

钟鲁公笑上一笑道："石翁此话，自然不错。不过那个讼师，当时业已教唆蒋荣柏当堂呈出药方证据，药方上面之药，本来可以办钱夫人误杀亲夫之罪的。误杀亲夫之罪，可以办绞立决的。奸案、虐待两案，倒底没有死罪。至于当堂受杖，一则照例而办，二则也是平平原告之气的。当时因为原告已经联合了全族人等动了公呈。文大爷若不把钱夫人当堂一办，钱夫人之命，我可以说，一定难保。"

钟鲁公说着，又问徐春荣道："杏翁，你说一个妇人，除了斩立决、绞立决的罪名外，裸体受杖是不是已算很重的了么？"

徐春荣点头道："斩绞徒流，枉究的罪名，虽在第三等，可是比较斩绞罪名，一死一活，那就相去很远了。"钟鲁公道："这话对了，否则我在善化县里，也不肯答应的呀。"

陈石卿笑着道："鲁翁，你就讲钱夫人受杖的事情，我还要去回制军的话去呢。"钟鲁公道："钱夫人受杖的那一天，却是十月初一。她外边仍是补褂红裙，里边穿的银鼠小袄、银鼠裤子，她被皂隶拖下掀在地上的当口，皂隶要她自去下衣。她呢，自然害臊不肯，那个皂隶在她的耳边，悄悄地说了一句说话，她竟不待皂隶说完，顿时红晕双颊，连忙自褪下衣起来。"钟鲁公的一个"来"字，犹未出口，徐、陈二人一齐忙问，皂隶所说何话。正是：

> 衙中恶习原该杀，
> 口上歪才足济奸。

不知钟鲁公答出何言，且阅下文。

钟鲁公因见徐、陈二人一同现出诧异之色，跟着问他那个皂隶在向钱夫人耳边究说何话，当下便笑答道，"你们问他所说的什么说话么？他说大凡可褫妇女下衣的人物，除了丈夫之外，只有奸夫。你若不肯自褫下衣，要我动手，你就承认我是你的奸夫，将来我得奸你一奸，以避这个晦气。"

钟鲁公说到这里，还待再说，忽见徐公馆的管家呈上一封电报给他，说这封电报是他家里打发人送来的。钟鲁公接到手中，赶忙译出一看，见是彭玉麟打给他的，上面写着是：

四川成都县速转钟观察鲁公兄鉴：

　　别后甚念。尊夫人丧务，想已蒇事。务希见电立即东下。弟顷得军机处函称：奉太后面谕，来岁正月皇上大婚，典礼不妨稍稍隆重，着派彭玉麟来京，就近统带神机营，照料大婚事务等语。嘱弟从早入京，免致遗误特旨事件。查神机营之设，原为两宫护卫，本朝二百余年，毕属嫡支亲王统带，其中仅有左文襄曾经仰蒙特恩一次，弟何人斯，如何敢膺如此重任，业已奏请收回成命，现尚未奉批回。若因固辞不获，弟则不能不先朝入京，接洽一切。唯此间巡阅长江事务，极关重要，兄系熟手，无论如何，务必速来代我主持一切奏稿为要。曩岁弟因办理孙女婚事入浙，谒仲良制军时，浙江全省营务处徐杏林方伯曾经为弟一卜，据爻辞云，明年为水年，弟之五行，逢水大吉，必有特别喜事，今果蒙此非常圣眷，杏林方伯之卦，洵可谓绝无仅有神乎其技者矣！

兄如晤面时，可为一谢。何日起程，迅速电示。切盼。

彭玉麟印

鲁钟公一直看毕电文，便把电报送与徐春荣去看，等得徐春荣看完，转递陈石卿去看的时候，钟鲁公忽朝徐春荣拱手笑道："杏翁的文王卦，怎么这般灵验？我此刻就要求杏翁代我一卜，我想不应彭宫保之召，不知可能办得到否？"

此时陈石卿已将电报看完，一面送还鲁公，一面接嘴笑道："杏翁之卦，本来不肯轻易为人卜的，我说彭宫保既来相请鲁翁，鲁翁如何可以不去，何必要劳杏翁卜这一卦呢？"

钟鲁公未及答话，徐春荣望了陈石卿一眼，始对钟鲁公说道："石卿此言，我很赞成。非但不必卜卦，而且有件大事，要托鲁翁前去面恳雪琴宫保一下。"

钟鲁公听说，忙问："什么大事，说得如此郑重？"

徐春荣又朝陈石卿低声说道："我托鲁翁去和雪琴宫保讲的说话，石卿千万不可去对我们老师说知。"陈石卿连连点首道："你放心，我决计不多嘴就是。"

徐春荣因见陈石卿如此说法，忙对钟鲁公说道："兄弟家有八十多岁的老母，下有两个孩子，大的不过几岁，所谓仰事俯畜的事情一样没有办妥。我又自己曾经卜过一卦，爻辞上面，却有'生于秦而死于楚'的一句话。倘果应了那话，我做他乡之鬼，倒不在乎，如此一来，岂不急熬我的老母？"

徐春荣说到这句，不禁转了悲音，同时落下泪来。钟鲁公、陈石卿两个忙不迭地一同劝慰道："杏翁纯孝天成，快快不可如此伤感。"

徐春荣拭着泪道："鲁翁能够应允兄弟之托，兄弟全家一定感激。"钟鲁公极诚恳地答道："快请吩咐，决不相负。"

徐春荣道："我们仲良老师，生平最佩服的是雪琴宫保。我想求他老人家将我咨调到他那里，然后让我回籍隐居。"

钟鲁公听说，不觉现出很踌躇的颜色出来道："兄弟平常时候，常听雪琴宫保说起，一遇机会，他想奏保杏翁去做江西巡抚或是湖南巡抚的。又说现在一班中兴名将，已经寥若晨星，兄弟猜他之意，未必就肯让杏翁就去高蹈呢。"

徐春荣连连地双手乱摇道："大凡能够忠于君上的人物，一定能够孝他父母。我料雪琴宫保，只要鲁翁为我委曲陈情，定蒙采纳。"

钟鲁公听到这里，不禁义形于色地答道："既是如此，杏翁放心。兄弟本因家事纠缠，不顾重行出山，再作冯妇。现在杏翁既要兄弟去和雪琴宫保一说此事，兄弟单为这个面上，也要再走一遭的了。"

徐春荣忙拱手相谢道："既蒙金诺，还求玉成，事不宜迟，愈早愈妙。"

陈石卿也望着钟鲁公道："我听说，皇上大婚的日期，本来定在今年正月间的，不晓得为了何事，又改在明年正月二十六日。鲁翁既已答应了杏翁，此刻已是九月底边了，雪琴宫保至迟总在十一月里，定得到京。鲁翁自然早到那儿，去与雪琴宫保接洽接洽为妙。"

钟鲁公正待接腔，忽又想到一桩事情，一看左右无人，便低声地问着徐春荣道："我似乎听得杏翁曾替雪琴宫保卜过一卦，说他明年庚寅，有个关口难过，此话怎讲？"

徐春荣也轻轻地答道："我看那个卦上爻辞，雪琴宫保乃是水命，生平遇水必胜，遇火必克。明年岁在庚寅，恐怕难过，所以我急急地催你从早动身，便是为此。"

钟鲁公听了一吓道："如此说来，雪琴宫保真的寿仅如此不成？"

徐春荣点点头道："大数已定，似难挽回。"

钟鲁公听到这句，慌忙站起告辞道："我就趁早回家，收拾收拾，立即动身，总要办到雪琴宫保先把杏翁资调离川才好。"

陈石卿笑着道："你们二位这般说话，难道雪琴宫保真的马上就有不幸不成？"徐春荣道："照我替他所卜之卦，似乎很难挽回大数。要么但愿此卦不准，或是雪琴宫保积德所致，人定也可胜天。"

钟鲁公不及多谈，匆匆告别，一到家中，摒挡一切，即日起早东下，沿途既不耽搁，十月下浣，已抵太平府城。彭玉麟一听钟鲁公到了，连忙奔出内堂，走到钟鲁公向来住的那间房内，发急似的说道："你来得正好。我已奏报进京，后天准定动身，沿途稍稍巡阅一下，十一月内定得赶到京里。"

钟鲁公便将当时应问之话、将来应办之事，匆匆地和彭玉麟当面接洽一过，方将他在成都往谒徐春荣，以及徐春荣托他转求彭玉麟资调离川之事，真的委委曲曲告知彭玉麟听了，彭玉麟听毕，也就一口答应。但因起程在即，不及赶办，只好次年出京南下之时再办。

钟鲁公此时也见彭玉麟精神饱满，就是有只猛虎在前，也能一拳打死；徐春荣的文王卦纵能十分灵验，照此情形看去，彭玉麟未必立时就有不祥。等得送走彭玉麟动身之后，即发一封电报入川，告知徐春荣使他放心。

徐春荣接到电报，又发一电进京，一则去贺彭玉麟兼统神机营照料大婚之喜，二则自己又去叮嘱一番，免得彭玉麟忘记。

彭玉麟到京之时，已是己丑年十二月初五，到他预定寓中看过徐春荣的电报，也复一电，说是次年出京，必定替他办理等语。

彭玉麟发电之后，忽然自己失笑起来，暗暗忖道：杏林真在发痴，他又不是阎罗王了，怎么说他一个鲜龙活虎的人物，竟至"牛干秦而死于楚"的乱语，他曾替我卜过一卦，也说明年庚寅，似乎我有关口，我却不能十分相信。

彭玉麟一个人暗忖至此，可巧恭亲王命人前去请他，及见恭亲王之后，恭亲王首先替他贺喜道："雪翁大喜，太后命你统带神机营照料大婚之事，除了从前的左季高之外，这个特旨隆恩，真正可喜可贺。"

彭玉麟肃然地答称道："太后命某兼统神机营事务，已经使某受宠若惊，还要命某照料大婚之事，教某怎样办得下来。"

恭亲王笑着摇首道："雪翁大才，何用客气？至于说到大婚的典礼，本朝开国至今，连这一次，的确不过三次。头一次是康熙佛爷大婚，他老人家原是七岁登基的。第二次便是同治佛爷大婚，他老人家也和今上一样，都是从小登基的。除此三位以外，其余的皇上都是没有登基时候娶亲的。本朝列祖列宗的成法，向来不立太子。皇子娶亲，所娶的无非一位福晋，福晋的典礼自然不及皇后的排场了。这次大婚的典礼，诚如尊论，却很隆重的。"恭亲王说到此地，又朝彭玉麟笑上一笑道："好在将来照料大婚典礼的人物不止雪翁一位，咱们已经知道派出亲王四人、郡王八人、贝子贝勒一十六人，都是咱们满洲人呀。雪翁，果有稍稍不知道的地方，咱们可互相关照的啦。"

彭玉麟谢了恭亲王之后，忙又问道："彭某此次匆匆进京，还未曾知道预备皇上选后的，究是哪几家呀。"

恭亲王见问，便又轻轻地答话道："咱们老佛爷的意思，她却看中桂祥的格格，叶赫那拉氏的。无奈今上嫌憎她的相貌，不及现任江西巡抚德馨的格格来得美丽，其次也不及志伯愚詹事的两个妹子，一个名叫瑾姑、一个名叫珍姑的漂亮。因此我们老佛爷就命叶赫那位氏和德馨的格格，瑾、珍二姑，统统站到今上面前，由他老人家自己去赏如意。哪知德馨这个老头子，真是功名心重，他竟悄悄地叮嘱他的格格，一等站到今上面前的时候，有意摔上一跤。这跤一摔，自然犯了失仪的处分，不但没有后选之望，连妃子的地位也不能够的了。"

彭玉麟听说，很诧异地问道："天下怎有不愿女儿做后之人，这位德中丞，究是什么意思呢？"恭亲王笑道："照本朝的定例，凡是国丈，仅能赏给三等承恩公的爵位而已。德馨因为一个三等承恩公的俸禄，不及江西巡抚的收入百分之一，所以有意教他格格失仪的。"

彭玉麟道："彭某知道凡是选后的时候，本人因是将来的一位国母，自然不应失仪。若是妃子，似乎不要紧吧。"恭亲王道："雪翁所说甚合例子，但是咱们老佛爷因恶德馨的格格，太觉妖娆，倘若做上今上的妃子，恐怕圣躬因此不能保重，于是就在选后的第二天，已把德馨的格格特旨配与景善之子为妻，以死今上之心。"

彭玉麟道："现在可是桂祥的格格，应了后选的么？"

恭亲王点点头道："她是老佛爷的嫡亲内侄女，因亲结亲，自然好些。老佛爷也防今上不甚愿意，因准今上选了志伯愚的两个妹妹为妃。"恭亲王说到这里，又轻轻地说道："瑾、珍二妃，听说就是江西才子文廷式的女学生呢。"

彭玉麟听了大喜道："怎么瑾、珍二妃，就是道希孝廉的学生么。道希现在何处？彭某很想见他一见。"恭亲王道："他就住在志伯愚的家里。本朝的定例，凡是选定之妃，除了父母弟兄之外，其余统统得回避；只有受业师傅，可以不用回避。这也是咱们列祖列宗重视人师的至意。"

彭玉麟听到这里，忙又敷衍一番，出了恭邸，急到志锐的家里，去拜文廷式孝廉。

原来这位文公自从出了浙抚幕府，即到北京会试，无奈他的文章虽然名满天下，可是时运未至，连会两次，均为额满见遗，他又回到广东一次，复又入京。志锐因慕他的才名，将他请到家中，适馆授餐，备极尊敬。瑾、珍二妃未应选时，也常见面，及至既选之后，文公乃是外省举子，照例须得回避，只因志锐不愿一刻离开文公，想出一个法子，当即奏明太后，说文公是瑾、珍二妃的受业师傅，所以不必回避，至今犹寓志锐家中。

当时文廷式接到彭玉麟拜会名片，马上请见。彼此互相谈过仰慕之话，文廷式又将志锐介绍与彭玉麟相见，彭玉麟因为志锐确是一位满洲才子，倒也相见恨晚。这天一直谈到深夜，彭玉麟忽然想到他在内城，正待告别，志锐和文廷式一同笑阻道："此刻城门已关，宫保只好再坐一时，倒赶城出去的了。"

彭玉麟无法，只得再与志锐、文廷式二人谈些文学之事。志锐忽在口上念出一首七律道："吾弟看山夙多兴，导我名胜穷幽微；赏心泉石境漪美，闻根桂榅香依稀。蓍蔡示兆无咎悔，霾雨需才宁遯肥；缅怀清芬起恭敬，良游惜别还沾衣。"彭玉麟不待志锐念完，抢着大赞道："好诗好诗！若是置诸《山谷集》中，谁人分得出来？"

志锐把嘴指指文廷式，笑答道："这是我们道希兄的二令姊芸英女史做的。"

彭玉麟更失惊道："怎么，如此说来，天上才只一石、文氏一门，却占八斗矣。"文廷式忙谦逊道："此是今年八月十八那天，我与二家姊同游横龙洞时，偶有所作，二家姊和我原韵的。"彭玉麟道："快把尊作念给我听。"

文廷式便念出道："济尼能说林下韵，往往辍尘登翠微；秋深既雨城郭净，寺僻无僧钟磬稀。幽岩香高桂空老，放生泉清鱼自肥；徘徊父祖旧游地，日暮风紧可添衣。"彭玉麟又大赞道："此诗却有仙气，可惜没有一朵红云，捧他上天。"

志锐即把他手向着东方一指道："那儿不是一片红光么？"文廷式道："怎么今上晚上，这般短法，难道已经天亮，太阳出来了么。"

文廷式的一个"么"字尚未离口，陡见一班管家奔入报告说："不好了，正阳门走水，听说不到一刻，统统已经化为灰烬。"

彭玉麟急向窗外一望，犹见半空之中，黑烟如芝，很是可怕，便即告辞出城，不及安睡。第二天大早，前去进谒七王爷以及各位军机大臣的时候，路过地安门，始知不是正阳门失火，乃是太和门失火。不禁一吓，暗中自忖道：太和门即在宫禁，既已化为灰烬，明年正月二十六的那天，皇上大婚，如何赶造得及？等他回转寓中，只见志锐、文廷式二人已在候他好久。

彭玉麟忙问二人道："你们二位，可曾晓得昨天晚上烧的不是正阳门呀？"

二人点头道："我们也是今天才知道的。"彭玉麟道："正月大婚，怎么赶造得及？"二人一同答出一句说话，更把彭玉麟奇怪不置。正是：

> 金城银阙奚为贵，
> 鬼斧神工始是豪。

不知二人究说何话，且阅下文。

第四十九回

硬铁头挥泪朝房
李太监妆奁炫奢

彭玉麟因听文廷式、志锐二人和他说，宫保不必这般着急，这是天上的火德星君来贺今上大婚之喜来的，即所谓越烧越发是了，当下始笑着答话道："二位既是如此幸灾乐祸，我是一位奉旨特派的照料大婚人员，为自己的考成计，唯有据实奏参，幸勿见怪。"志锐听说，也和彭玉麟开着玩笑道："我却是位簇新的国舅，恐怕皇上瞧在我的两个舍妹分上，不准你奏，也未可知。"

文廷式接口道："宫保，我有一句说话，你可相信。"彭玉麟忙问何话。

文廷式道："我说的就是那座太和门的工程，今年年内一定能够造好。"

彭玉麟不信道："天下断没有这般快法的工程。我也曾经干过几次监造水师营房的委员，若说这座太和门的工程，最快也得半年。"

志锐道："宫保且不管他，到了年底再谈。"志锐说着，即从袖内取出一张诗笺，交给彭玉麟去看道："宫保请瞧，此诗作得怎样？"彭玉麟接到手中一看，见上面写着是：

昨偕志伯愚詹事左笏卿刑部煦廷堂郎中同游极乐寺，望西山率赋二绝

地贫僧守半残庵，雨过山流深色岚；

且喜飞蝗不相害，稻田旆旆似江南。

西山变态有千万，吾辈交亲无二三；
不问花开问花落，夕阳无语只红酣。

萍乡文廷式　未定草

彭玉麟顺口吟哦了一遍道："这又是道希兄的佳作，我说只有从前的袁随园和现在的敝亲家俞曲园二位可以敌他。这且不说。"彭玉麟说着，即把那张诗笺一面交还了志锐，一面又笑着说道："我此刻倒想拜读拜读伯翁的佳章呢。"

志锐收藏了那张诗笺，方才说道："元白在前，教我怎样班门弄斧？还是请宫保的大笔一和吧。"

彭玉麟不待志锐说完，连连地双手乱摇道："我是武夫，如何敢和？"

文廷式插口道："宫保为什么如此谦法，你当年的那首'十万军声齐奏凯，彭郎夺得小姑回'之句，何等雄壮，岂是我们这班腐儒风花雪月之作可比？"

彭玉麟听说，便很高兴地说道："什么叫作可比不可比？你们二位，今天倘肯和老夫比试拳头，老夫倒可奉陪。"文、志二人一同大笑道："宫保乃是一位擎天之柱，所以太后才命宫保统率神机营事务照料皇上大婚的。况且现在又是八方无事诏书稀的时候，何劳我们三个打仗？"

彭玉麟也大笑一会，又问文廷式道："我知道道翁，不是曾和敝友徐杏林方伯在浙江同过事的么，现在可还通讯？"

文廷式见问，不觉露出抱歉之色地答道："我和他一别数年，真的天天要想写信，只因上次会试不上，以致无从写起。"

彭玉麟正待答话，忽见一个家人来报，说是刚才军机处打发人来通知，说是太后传旨，明天辰刻召见老爷，彭玉麟点头答应。文志二人因见彭玉麟次晨既要应召，自然须得预备预备，便不再坐，告辞而去。

第二天五鼓，彭玉麟即到朝房守候，等得叫起的当口，太后因为彭玉麟确是一位硕果仅存的中兴名将，首先慰劳一番，及至提到太和门失火之事，便觉有些不快活起来。彭玉麟奏对道："皇上大婚，自有百神到来护卫，此乃蓬勃兴发之象，很可喜的。"

太后听了，方才微笑道："你是一员福将，所以咱们要你照料大婚事务。"

彭玉麟免冠叩头道："臣谢太后金口，将则不敢辞，福则未必。只有皇上，一过大婚之期，定兆三多之喜。"太后点头道："但愿能够如此，大家都好。"

太后说着，又望了彭玉麟一眼道："你现在的精神还好么？你替咱们也办了好几十年的事情了。咱们闲一闲的时候，也得替你找件较为安逸的职务办办去。可是还有什么人才？你得保举几个上来，让咱们好用。"

彭玉麟忙奏陈道："江西举子文廷式，就是一位人才。"

太后笑笑道："此人还是皇上新选妃子的受业师傅，且俟他会试之后再讲吧，余外还有没有呢？"

彭玉麟又奏陈道："还有现充四川全省营务处的徐春荣，素随督臣刘秉璋办理军务，也是一位封疆之材。"那知彭玉麟的一个"材"字犹未离嘴，已见太后陡然大变其色地发话道："你怎么也来保举他起来？咱们从前听得曾国藩、左宗棠两个说他会卜什么文王卦，本也想用他一用的。后见刘秉璋去做江西巡抚，就奏请派他做江西的全省营务处，一步不能离他，只好缓缓再讲。哪知道到如今，不是七王爷来说，咱们真的还当他是个好人呢。"

彭玉麟一直听到此地，不禁在他腹内暗叫一声不好道：这样说来，我倒反而害了杏林了。彭玉麟一边这般在想，一边就忙不迭地问着太后道："徐某并没什么坏处，太后何以疑他不是好人？"太后又恨恨地说道："他在外面，口口声声地在说咱们是满洲人，你想想瞧，可气不可气啦？"

彭玉麟听了太后这句说话，不禁很诧异地说道："太后本是满洲人，徐某这句说话，似乎也不讲错。"太后道："光是满洲人的一句说话，自然没什么关系，他在分咱们满汉，明明是要想造反啦。"

彭玉麟更不为然地奏答道："徐某帮着督臣刘秉璋，曾经打过十多年的长毛，他倘要想造反，何必又替国家出力？"太后道："长毛又是长毛，造反又是造反。他又不是清朝的老祖宗，为什么要他来管满汉不满汉啦。既是在恨咱们满洲人，他就有思想明朝之意。"

彭玉麟道："太后如此说法，莫非听了什么人的谗言不成？照老臣的愚见，现在的人才很是缺乏，莫说此话是否徐某所说，臣还不敢就信。即是他说，似乎也没什么歹意。"太后道："徐某乃是刘秉璋的心腹，又不是你的心腹，你又何必如此帮他。咱们现在要办皇上大婚的事情，没有工夫去和这个妄人算账。"

彭玉麟一吓道："难道太后真的还想惩办徐某不成？"太后道："乱臣贼子，人人得而诛之，何况咱是一国之主。"

彭玉麟道："太后放心，老臣愿以身家性命保他。"

太后摇头道："此事不是咱们不相信你，只怕你已经为他所蒙。"

彭玉麟只好磕上一个头道："先帝在日，曾说老臣和曾国藩、左宗棠三个尚有知人之明。老臣既蒙先帝奖谕，似乎不致为人所蒙。太后若是信臣，就是不用徐某，也请勿以乱臣贼子之名加他。若不信臣，臣愿同着徐某一齐领罪。"

太后听了一愕，略过一会方才说道："此是小事，你且下去办理照料大婚之事。因为同治皇上大婚的妆奁，后来照单一点，少了二三十件啦。"

彭玉麟听说，只好磕头退出，一到朝房，正遇仁和王文韶、善化瞿鸿机两个，刚从军机处散值出来，大家寒暄几句，王文韶先问彭玉麟道："雪翁今天奏对很久，太后讲些什么？"彭玉麟老实相告。

瞿鸿机太息道："徐杏林方伯，还是我的老谱兄。我去年放四川学差的当口，就知道松藩台与岐将军两个很在和他作对。在我们这位老谱兄之意，早就想辞差归隐的了，无奈刘仲良因他办熟了手，确实不能离他。"王文韶接口道："我们这位敝同乡，他在我们本省做了好几年的营务处，据小儿辈的来察，说他极能办事，何以太后有此谕旨？"瞿鸿机道："鸟尽弓藏，本是老例，我们这位老谱兄，他的文王卦真是无次不准的。他曾自卜一封，爻辞上面，却有一句'生于秦而死于楚'的说话，难道现在真要……"瞿鸿机说到这里，虽然连连把话停住，但已有些凄惨之色呈出。

彭玉麟睹此光景，忽也想到徐氏说他明年庚寅有个关口，不觉悲从中来，竟至无端地涕泗滂沱起来。

王文韶笑慰道："雪翁不必伤感，我知道你有那个彭铁头的绰号，谁也硬不过你的。我说对于太后面上，也不可不事和顺，这就是朝廷之上贵有诤臣的意义。"彭玉麟听说，仍作悲音地答道："我已说到情愿陪同徐某一齐领罪，太后依然未消怒意，叫我也没法子。"

瞿鸿机正待接腔，忽见醇亲王已经摇摇摆摆地走将进来，只好同了大众肃然相迎。醇亲王仅仅把头略点一下，即向正首一坐，又把他的二郎腿一跷，连向左右摇着，笑对瞿鸿机说道："子玖，人家都在称您为三国先生，咱说这个话儿确不含糊。"瞿鸿机未及答话，又见奔入一个内监，对着醇亲王说了一句："老佛爷有旨，召七王爷进宫问话。"

醇亲王单朝彭玉麟将腰微弯一弯，仍旧大摇大摆地同着那个内监进宫去了。

彭玉麟一等醇亲王走后，便对王文韶、瞿鸿机二人冷笑了一声道："老七的架子真大，我却瞧不下去。"王、瞿二人不便接腔，彭玉麟也知他们怕事，就不再说，单问王文韶道："老七方才说我们瞿子翁什么三国不三国，我可不懂。"

王文韶笑上一笑道："三国者，乃是华国的文章、敌国的富强、倾国的妻房。"彭玉麟听完，忙朝瞿鸿机拱拱手道："失敬失敬。"瞿鸿机连称不敢道："宫保不可相信我们王相国的瞎话。"

彭玉麟还待再说，因见时候不早，只好匆匆地别了王、瞿二人，出了朝房，回到寓中，很是不乐，却又一时想不出搭救徐氏的法子。第二天告知文廷式、志锐二人，文廷式听了也是一吓道："这倒不好，怎样办呢？"

志锐接口道："我虽有个法子，不知有用没用。"

文、彭二人忙问"什么法子。"

志锐忽尴尬其面地说道："我们两个舍妹，都蒙皇上自己选中的。等得她们入宫之后，我叫她们一面暗暗留心，果然听见有了不利于徐方伯的事情，飞即送信给我。我就联合全体的翰詹科道一同谏阻，一面再由两个舍妹暗中恳求皇上，再由皇上去求太后。"文廷式道："这个法子虽好，但恐缓不济急，我的意思，宫保再去拜托恭亲王和李少荃制军一下。"

彭玉麟听了，话都不及答复，先去晋谒恭王，恭王也怪醇王多事，答应遇机设法。彭玉麟又向太后请了几天事假，亲到保定去托李鸿章帮忙。李鸿章皱眉地答复道："此事我才知道，且俟明正皇上大婚当口，等我见了太后，见机行事。"

李鸿章说着，又问彭玉麟道："刘仲良为什么死死活活地不放杏林回家？我的意思，杏林如果回家，似乎较为稳当一些。"

彭玉麟道："这也难怪仲良，一则杏林跟他多年，一切的事情都办熟了手的；二则仲良又未知道松寿、岐元、七王爷等人，都在太后面上咭叽。"

李鸿章点点头道："这个信息，姑且莫给杏林知道，否则岂不把他气死。"彭玉麟太息道："人家打了几十年的天下，落了这个结果，真正使人寒心。"

李鸿章即留彭玉麟住在签押房内，二人又商量了几天。彭玉麟方才回京，急将李鸿章之话又去告知文廷式、志锐二人，文、志二人稍稍放心一点。

时光易过，已是封印之期，这天大早，李连英命人来请彭玉麟、志锐二人，去到宫里瞧那大婚时候的妆奁册子，防有疏失等事。及至彭、志二人，经过太和门的当日，彭玉麟陡见那个工程果已完竣，不觉连连称奇起来道："天下怎么真有这般快法的工程呀。"

志锐忽然大笑道："宫保，您觉得这个工程，可和从前的一样？"

彭玉麟忙又仔仔细细地看过一遍，复又用手摸过道："真正的一模一样。"

志锐又问一道："真的一模一样吗？"

彭玉麟很快地答复道："自然真的一样，不见得还是纸扎的不成。"

志锐把脸一扬道："偏偏是纸扎的，你又怎样？"

彭玉麟还不十分相信，忙又用手再在壁上掐了几下，方始觉有些不像砖瓦造成的，便问志锐道："伯愚，你快老实对我说了。"

志锐道："宫保，您是在外省做官的，难怪您不知道京里扎彩匠的本领？他们真正好算得天下第一的了。莫说宫保不知就里，自然瞧不出它是纸扎的，就是老在北京的土著，若不和他们老实说明，谁也瞧不出它是假的。"

彭玉麟听了，不觉惊喜交集起来，忙又抬头再去打量一番，只见那座纸扎的太和门，非但是高卑广狭的地方，和那砖造的无少差异，甚至那些榱桷的花纹、鸱吻的雕镂、瓦沟的深浅、颜色的新旧，也没走了一丝样子。更奇怪的是，那天适在刮着很猛烈的朔风，倒说刮到那座高逾十丈有奇的纸扎墙上，竟能一点不致动摇。彭玉麟至此，方才信服文志二人所说十天再谈的说话，并非欺人之言。

彭玉麟还待鉴赏一会，志锐却与他一同走到李连英那儿。李连英一见彭、志二人到了，忙将一部妆奁册子双手交与彭玉麟道："宫保赶快过目，还得交还承恩公的府邸里去呢。"

彭玉麟慌忙郑重其事地接到手中一看，只见写着是：

　　上赏金如意成柄，进上金如意二柄，帽围一九一匣，帽檐一九一匣、又一匣，各色尺头九匹一匣、又一匣、又一箱，铜法瑯太平有象桌灯成对，紫檀龙凤玉屏风铜镜台一件，紫檀雕福寿镜一件，金大元宝喜字灯成对，金福寿双喜执壶杯盘双对，金粉妆成对，金海棠花大茶盘成对，金如意茶盘成对，金福寿碗盖成对，黄地瓷茶盅成对，黄地福寿瓷盖碗成对，金胰子盒成对，银胭脂盒成对，金银喜相逢槟榔盒成对，玉人物盆景成对，红雕漆太平筟筟櫍成对，脂玉夔龙插屏成对，黄面红里百子五彩大果盘成对，古铜兽面双环罐成对，脂玉葵花御制诗大碗成对，古铜三足炉一件，古铜蕉叶花觚一件，脂玉雕鱼龙一件，脂玉雕松仙子一件，翡翠大碗成对，汉玉松鹤笔筒一件，碧乘福禄圆花璧一件，郎窑大碗成对，汉玉雕八仙插屏成对，青花白地西莲大碗成对，汉玉雕和合仙子一件，璧瑕雕荷叶双莲一件，碧脂玉嵌乳璧成对，汉玉双环喜字兽面炉一件，璧瑕双兽面盖瓶一件，翡翠瓷观音瓶成对，汉玉兽面方炉一件，碧玉盘龙扁瓶一件，古铜周云雷鼎一件，古铜周父癸鼎一件，金转花西洋钟成对，金四面转花大洋钟成对，铜法瑯大火盆成对，翡翠坑案成对，翡翠嵌事事如意月圆桌成对，珊瑚嵌花茶几成对，白玉紫檀八宝椅八张，琉璃琴桌成对，香玉莲三镜成对，金面盆成对，金银翠玉匣子成对，紫檀嵌玉箱子一百只，紫檀金银玉嵌大柜十对，进上玉如意成对，领圈一九一匣、又二四匣，针黹花巾一九一匣、又二四匣，玛瑙喜字灯成对，珊瑚福寿连三镜成对，金小元宝福寿灯成对，金玉油灯成对，金漱口盂成对，金抿头缸成对，金香水瓶成对，金粉盒成对，金牙箸八双，金喜字羹匙八双，金寿字叉子八双，金饭碗成对，玉漱口盂成对，金爹斗成对，金洗脚盆成对，金痰盂成对，金溺子罐成对，金靴刷成对，金恭桶成对，银便壶成对，玉恭桶成对，翠便壶成对，金玉翠瑚子孙器成对。

彭玉麟看毕之后，将那册子递还了李连英道："到底不愧皇家，真正的满目琳琅、美不胜收。"

李连英笑答道："这还是老佛爷再三吩咐过从俭省的呢。从前同治皇上大婚的妆奁，就多一倍；至于康熙皇上的，那更不用说了。"彭玉麟笑道："如此说来，我的责任，岂不十分重大？"

李连英、志锐两个且不答话，只把四只眼睛朝里在望。正是：

> 漫道皇家真富贵，
> 须知宫阙降天仙。

不知李连英、志锐究在望些什么，且阅下文。

第五十回
忠臣大义炳千秋
孝子归真全书结

　　彭玉麟因见李连英和志锐两个都把各人的眼珠朝着宫门之内在望，于是也将他的双目跟着李、志两个所望之处望去，却见一队异乎寻常美貌的宫女都在那儿奔进奔出，忙忙碌碌地不知干些什么，正待去问李连英的当口，同时忽又听得有那很干脆的声音在说："这个老头子，就是大家喊作彭铁头的硬头官儿啦。"

　　他就一边笑着，一边问着李连英道："这班究属什么人物？怎么也在背后叽叽喳喳地议论老夫。"志锐接口笑答道："这班人物，都是新皇后叶赫氏的贴身宫娥，因为大婚之期已近，特来摆设妆奁的。"李连英也笑答道："彭宫保，您这彭铁头三个字的绰号真不含糊，连这一班新皇后的宫娥彩女也都知道了。"

　　彭玉麟还待再问，又见宫中有人出来，说是太后在唤李连英进去。彭玉麟见李连英有事，只好匆匆地与李连英接洽一下，即同志锐出去办他应办之事。

　　没有几天，已是正月二十四了，彭玉麟既是在忙那照料大婚的妆奁事务，志锐也在忙他两位妹子先期进宫的事情，文廷式此时又在会试期内，所以彭、志、文三人都少见面。等得二十六的上午子正，光绪皇上已与新皇后叶赫氏行过大婚典礼，同时吃过长寿饽饽子孙面。当天晚上合卺之喜，因有瑾、珍二妃，遵着清室列宗列祖的成法，大概已将皇上须与皇后行那周公之礼的事情教会，自然十分美满。

太后因见这位新皇后是她的内侄女儿，一切赏赐的典礼反比那位同治皇后来得隆重好些。又因彭玉麟此次照料大婚事宜，所有进呈几百抬的妆奁，毫没一点遗失，也赏不少珍玩；并下一道懿诏，说是彭玉麟须俟皇上新婚满月之后，方准交御神机营差使，出京回任。

彭玉麟既奉特诏，便也安心供职；当时又碰着一件最高兴的喜事，就是文廷式已经点了庚寅科的榜眼，后来又知道文廷式本已可望点元，嗣因错写了一个字，虽已临时设法改正，但因此故，遂至改为一甲第二。

彭玉麟既得此信，前去替文廷式道喜的时候，还替他大抱委屈。幸亏文廷式是位名士，对于失去状头之事毫不介心；所最关心的，倒是不知道李鸿章究在太后面前，已替徐春荣讨下人情没有。彭玉麟更为关切，即把他已见过了李鸿章，李鸿章说是太后已经应允不伤徐氏性命之话，告知文廷式听了。

文廷式听毕道："太后之话，想来不致反悔。好在杏林方伯本来早想辞官归隐，就是将来功名上有些什么不利之处，却也不在他的心上。"

彭玉麟听到这句，忽然皱着双眉地说道："道翁，我这个人恐怕真被徐杏林的那个文王课说着了呢。"

文廷式忙问此话怎解。彭玉麟道："前几天，我在神机营里看操的时候，内中有个将官，对我不守营规，我就把他军法从事，谁知全营的将官都去和我为难；当时虽由恭王赶到喝止，没闹什么乱子，可是我已因为此事一气，这几天常常地口吐鲜血。徐杏林说我今年一关难过，我怕要与道翁就此长别了呢。"彭玉麟言罢，似有欷歔之意。

文廷式忙安慰道："宫保不必疑虑，莫说宫保为官清正、为友忠心，皇天不负好人，自然寿登耆耋。只有清室的一班少年皇族，自恃或是皇子皇孙，或是椒房贵戚，早把我们汉人不放在他们眼中，物必自腐，然后虫生。"

文廷式说到这里，便又低声说道："昨天我接到广东发来的家报，说是那里的香山县中，出了一位名叫孙文的少年志士，对于清室似有革命之意。宫保此番出京回任，对于此等人物，须得暗为维护。"

彭玉麟听了大惊道："如此说来，徐杏林确有未卜先知之明的了。他本在说清祚恐怕不能永久。太后恨他，原是为此。目下既出一位少年志士，我必不让他做吕留良第二便了。"

文廷式点首道："宫保能够这样最好。我当乘机奏明皇上，赶速亲政，和善外交，总要办到太后撤帘罢政。这就是我们的百姓将有好日子过了。"

彭玉麟听到此地，忽又色喜起来道："道翁既是这般说法，我当一俟大婚满月之后，即行出京。因为我倘能够多活一日，便好多办几个贪官污吏。"

文廷式听说，便又诚诚恳恳地慰藉了彭玉麟一番。彭玉麟也就告辞回寓，预先收拾行装。及至大婚满月，立即陛辞请训出都，回到他那太平府的巡阅行署。只见钟鲁公替他所办之事，都极井井有条，毫未误事。当下一面慰劳钟鲁公，以及告知在京诸事，一面便发一份电报去给川督刘秉璋，说明自己在京得病，要调徐春荣东下帮忙。哪知刘秉璋的回电，竟不允其所请。电中并述川边顺庆一带的蛮子，又有蠢蠢发动之势，徐某既任全省营务处之职，自顾不遑、焉能东下云云。彭玉麟看完电报，便问钟鲁公："如何办法？"

钟鲁公道："杏林方伯，虽然急于辞官，但他是位富有责任心的人物，川中既有蛮子蠢动之事，只有等他办完军务，再行计议。"

彭玉麟道："只好如此，别无他法。"

钟鲁公道："职道近见宫保的精神似不如前，何不赶紧延医诊治？"

彭玉麟听了大笑道："我现在正拟出巡长江，要去好好地惩治一班贪官污吏、恶霸土豪，倘一服药，便须在署养病，如何使得。"

彭玉麟便不听劝，即于第二天溯江而上，先到金陵，次到安庆，再次到九江，再次到汉口以及武昌等处。当时彭玉麟正在做那个包龙图第二工作的时候，正是徐春荣也在四川顺庆一带做他大杀蛮子的时候。不料徐春荣的工作还没蒇事，可怜这位三朝元老、现任巡阅长江大臣的彭玉麟宫保，竟至不能再与徐氏一见，业已撒手西归去了。

北京得信，两宫辍朝三日，以志其哀，并赐谥刚直，谕知湘抚，行查彭氏子孙名单，以备服满时送部引见。一班百姓一知彭玉麟逝世的消息，无不如丧考妣一般，甚至有人以身殉的，也属不少。

徐春荣因在川边，得信较迟，及见官报所载，方始伏案大恸道："雪琴宫保，你老人家真的先我而去了么？"说了这句，哭至晕去。

左右幕僚争相救醒，安慰道："彭宫保不幸去世，朝廷失去一只臂膀，固属可痛。不过营务处这里，现在大敌当前，似且暂时节哀，先治军务要紧。"

徐春荣听说，因见左右既以大义相劝，只好去顾军事。哪知徐春荣的生平打仗，全凭那个文王课的爻辞为旨，所以能够战无不胜，攻无不克。自从弱冠之岁、投笔从戎以来，从未吃过一次败仗。只有这次，因为伤感彭玉麟去世，急切之间，无暇再去卜，总算吃了一次大大的败仗。这仗一败，自然给了那些蛮子战略上的一个便利，害得徐氏一直打到第二年的冬天，始将川边一带的蛮子治得伏伏贴贴，班师回省。去见刘秉璋的时候，刘秉璋不及慰劳，即紧执了徐春荣的双手，很抱惭地说道："杏林，你可不要怪我。"徐春荣陡闻这句无头无脑的说话，当然不解。

刘秉璋又叹上一气地接说道："我留你在川，无非为着国家之事，并不是为我个人之事。无奈卸任入京的岐元和那松寿，总是死死活活地与你作对。"刘秉璋说着，急在签押桌上拿起一封京电，递与徐春荣去看道："此是瞿子玖私下拍给我的，你且看了再谈。"

徐春荣忙将那电一看，只见上面写着是：

仲良制府勋鉴：马密。

昨日晨正，岐元松寿，均蒙叫起，太后垂询川事甚久。事后探知，岐松奏对之辞，进谗杏林方伯贻误军事、克扣饷糈、买官鬻爵、舆论沸腾等语。犹虑太后不信，又说成都东门之杏林堂药店，即杏林方伯受贿过付之机关。并且牵涉钱玉兴军门，谓其开设玉兴钱店，与杏林方伯通同舞弊。太后本已深恨杏林方伯，所以不即立下严旨者，尚顾彭刚直在日，力为求情暨李合肥为之再四辩白。今太后又闻岐松之诬奏，遂触旧恨，已派贵畹香侍郎，入川密查。此案不派汉人而派旗人，杏林方伯与玉兴军门，恐极不利，特此飞电奉闻，务希注意。

弟玑叩

徐春荣看毕，将那电报交还刘秉璋之后，始淡淡地笑道："此事怎好怪着老师？既派钦差来川密查，自然容易水落石出。"徐春荣说到此地，忽又失笑道："门生却знаю知道成都省里，并没什么杏林堂药店，以及玉兴钱店的呀。"

刘秉璋恨声答道："欲加之罪，何患无辞？照我之意，最好是你就在年内请假回去。"徐春荣摇头道："这倒不必，我若一走，反而像个情虚畏避的了。"

刘秉璋正待答话，忽见一个戈什哈送上一份京电，译出一瞧，见是文廷式拍来的，内中大旨，也与瞿鸿玑的相仿。徐春荣略略一看，单对刘秉璋说道："门生近来有两三个月，没有接到家慈的平安信件了，此刻急于回到寓中一查此事。"刘秉璋急急挥手道："这是我那四位门生媳妇，连同三个小门生，何尝不在惦记于你。"

徐春荣赶忙回到寓中，四位夫人尚未知道钦差入川密查之事，只因已有两年不见，一旦奏凯回来，自然喜形于色。徐春荣先问近日有无家报到来，万氏夫人忙去拿出两封童太夫人的手谕，徐春荣看毕，因见老母尚安，方始放心，略谈出差之事，才把瞿、文二人电中之话述给四位夫人听了。四位夫人听说，一齐笑说道："我家果然有钱去开药店，太夫人岂不早早责备?"

徐春荣微蹙其额地说道："只要没有性命之虑，得能归见老母一面，于愿即足。"四位夫人譬解一番，陈石卿也来劝慰。

等得贵钦差秘密入川查过，回京复奏，说是事出有因，查无实据，太后据奏，火气略退一些。李鸿章、曾纪泽也求庆亲王代为缓颊，文廷式又太联合班翰詹科道一同上折伸辩，太后却不过众人之情，始将徐春荣、钱玉兴二人革职，永不叙用，了结此案。

徐春荣既见保全性命，不觉大喜，即于光绪十八年三月初一那天，叩别刘秉璋，率眷回籍。及到白岩，童太夫人早已得信，一见儿媳孙子等等平安回家，索性谕知大家，不准再提四川之事，免去烦恼；只是每天地含饴弄孙，享受团圆之乐。

徐春荣本是孝子，便于承欢色笑之外，又把所有官囊分做了二十份均摊，太夫人得一份，六弟六妹各得一份，祠堂祭扫之费得一份，族中恤贫之资得一份，其余几份，留作自己过活。太夫人瞧见她的爱子安排公允，自然更加高兴。这样一来，日子过得便快，转瞬之间，已是十九年的八月中旬了。

徐春荣因见到家已有年余，并无什么疾病发现，本月中秋就是老母八秩晋三的寿诞，他这个人，竟能生于秦而并未死于楚，心里很觉快活，当下便命四位夫人，中秋那天，须得好好地替他老母祝寿，四位夫人自然照办。

中秋的那天大早，徐春荣便率领四妻三子，以及六弟六妹，去与童太夫人拜寿，午间开出寿筵，童太夫人坐了正中，所有儿孙连同女儿女婿，分坐两旁四席。酒过三巡，童太夫人笑对徐春荣说道："弟老①，为娘活到八十三岁，要算今天第一快乐了呢。"

春荣公忙与童太夫人敬酒之后，方始含笑答道："国家承平，家庭无事，你老人家身体健康，都是祖宗的积德。"大姑太太插嘴道："大哥方才所说，果是人

---

① 此为嵊县民间老母亲对儿子的爱称。

牛难得之事。现在，再望我们这三个内侄早早成名，那更好了。"

春荣公微蹙双眉地答道："大妹如此期望，自是正理。可惜你的这三个内侄年龄太小，不能继我之学。"

大姑太太方要答言，只见做书的手执一封信札，由外走入，双手呈与祖母。童太夫人即命春荣公拆开观看，春荣公看毕，不禁喜动颜色地对着童太夫人说道："孩儿刚才正愁你老人家的三个孙子年纪太小，儿子又是风中之烛，不及教训他们学业。"说着，以手指信接说道："文道希现在已放了江南正主考了。他的学问胜过儿子十倍，将来三个孙子如遇不知之学，不妨前去就正于他。"春荣公说到此地，又把信中附着的一张诗笺递给做书的道："你把此诗，解给祖母听听。"

做书的慌忙接到手中一看，只见写着是：

奉命典试江南出都门作

九朝文献重三吴，常譬人材海孕珠；
况是明时须黼黻，要令奇士出葫芦。
不才恐负文章约，经乱庶几民物苏；
雨后西山添爽气，山灵知我素心无。

做书的看毕，即将诗意解与祖母听过。祖母笑着道："汝弟尚幼，汝虽只有十岁，大家都在赞汝能吟小诗。汝父方才之言，须得牢牢记着。"

做书的谨敬受命。

一时席散，春荣公这天微有醉意，晚餐既罢，即由万氏夫人扶着上床安睡。刚刚入梦，忽见一位红袍纱帽的官吏，含笑走入道："徐方伯，下官奉了三杰之命，来请方伯前往议事。"春荣公忙问"三杰何人"，那个官吏道："见后自知。"

春荣公不便盘问，只好同他出门，一时到了一座公廨，尚未走入大堂，已见曾国藩、左宗棠、彭玉麟三位中兴名臣降阶相迎，邀入一所签押房中，一同笑着道："杏林方伯，我们中国的劫数，正在方兴未艾，以后事情正多，须得你来帮忙。"

春荣公听了不解其意，顺眼看去，只见案上摆有甲午劫数人名录、戊戌劫数人名录、庚子劫数人名录、辛亥劫数人名录的四本簿子，正待去翻。曾、左、彭三公一齐按住道："天机不可露泄，此时还早。杏林方伯，快快回去安排身后之事。两来复后，定当饬人相迓。"

春荣公不觉一吓，已经惊醒转来，方知做了一个奇梦，当时默忆梦境，犹觉历历在目，急把梦中之事详详细细地告知万氏夫人。万氏夫人大惊，竟至不能对答说话。春荣公却又正色地说道："自古皆有死，我已安然到家，侍奉老母年余，此正我的意外之幸也。你们即从明天起，好好替我预备后事，不到我的临殁那天，不准去给太夫人知道。"

　　万氏夫人含泪答应，第二天暗暗地告知汪、葛、刘三位夫人，以及做书的弟兄三个。那时候两弟很小，做书的业已十岁，略知事务，但又不敢高声哭泣，以违老父之命，心中所希冀的，只有盼望此梦不准而已。及至八月大尽日的那天白天，春荣公仍与往常一般，并没什么可异之处。做书便悄悄地安慰万氏夫人道："母亲放心，父亲之梦，未必应验。"

　　万氏夫人急问何以见得，做书的申述己意道："父亲前曾卜过一卦，爻辞所载，说是'生于秦而死于楚'的，此卦既不应验，此梦难道会准不成？"

　　万氏夫人听说，也认有理。谁知一到九月初一上午的子时，春荣公陡然双颊生火，料知有变，即把做书的召至榻前，遗嘱道："为父梦中曾蒙曾、左、彭三公谕以天机不可泄漏，但是对此舐犊之情，不能无言。甲午、戊戌、庚子、辛亥这四年之中，既有劫数字样，国家必有大乱。汝年尚幼，趁此在家侍奉重堂，并须好好念书。"

　　春荣公说到此地，气息已经仅续，又谕知做书的道："为父平生最佩服的文人，只有你那文道希世叔。你的世兄文永誉，字公达，现在仅比你长两岁，不过他是名士才子之子，将来的学业当然在你之上，你好生求之。"

　　春荣公说完，竟至无疾而逝。做书的写至此处，一则因为曾左彭三杰之事，已经叙毕，二则若要再写，便是我家徐姓孤儿寡妇之辞，就是要写，恐也不能成文了。正是：

> 野史只宜观事还，
> 吾生原不擅文词。

　　即以此句，作为本书的结束。